탐정 홍련

철산 사건 일지

탐정 홍련

초판 1쇄 인쇄일 2022년 11월 5일
초판 1쇄 발행일 2022년 11월 15일

지은이 이수아
펴낸이 양옥매
디자인 송다희 표지혜

펴낸곳 도서출판 책과나무
출판등록 제2012-000376
주소 서울특별시 마포구 방울내로 79 이노빌딩 302호
대표전화 02.372.1537 **팩스** 02.372.1538
이메일 booknamu2007@naver.com
홈페이지 www.booknamu.com
ISBN 979-11-6752-209-2 (03800)

* 본 도서는 한국콘텐츠진흥원의 콘텐츠 창의인재동반사업 우수 프로젝트
  사업화 지원을 받았습니다.

탐정 홍련
철산 사건 일지

장화홍련전의
숨겨진 이야기

이수아 장편소설

책과나무

차
례

1

한양의 산자락을 타고 내려온 바람 끝에는 이른 봄기운이 매달려 있었다. 밤새 눈이 내렸지만, 장독대에 쌓인 눈은 사(巳)시 무렵부터 녹아내리더니 오(午)시를 넘기자 흔적도 없이 사라졌다. 겨우내 단단하게 얼어 있던 땅은 제법 녹아서 성질 급한 복수초의 연한 이파리로도 뚫고 올라올 수 있을 정도였다.

그래도 아직은 겨울이었다. 오시를 넘어가자 다시 찬바람이 불었다. 한 사내가 별당으로 이어지는 판석 징검다리를 디디며 서둘러 들어오더니 댓돌 앞에 섰다.

"마님."

출입을 허하는 대답을 기다리는 찰나에도 연신 손을 비비며 발을 동동 굴렀다. 들어오라는 대답이 채 끝나기도 전에 신발을 벗어 던지고 댓돌을 밟고 올라섰다. 돌이 어찌나 차갑던지 발바닥의 한기가 그대로 등줄기를 타고 온

몸으로 퍼졌다.

　방으로 들어온 사내는 마님이 건넨 대추차를 마시며 몇
마디를 나눴다. 그런데 지금은 깜빡깜빡 졸고 있다. '마
님은 무슨 생각을 저리도 오래 하시는지'라며 꿈에서 흥을
보고 있을 때 갑자기 질문이 날아들었다.
　"입과 눈이 닫혀 있었다고?"
　생각에 잠겼던 젊은 부인의 눈매가 올라갔다. 머리를
올린 것으로 보아 분명 혼인한 부인이지만, 아직 소녀의
태가 남아 있었다. 다시 앙다문 입은 좀처럼 열리지 않았
다. 오디처럼 까만 눈망울은 이미 답을 알고 있는 눈치였
지만.
　그녀는 검지로 서안을 두드렸다. 일정하게 울리는 소리
때문에 잠시 깨었던 전령이 다시 잠들 뻔했다. 펼쳐 놓은
검안서들에 해답이 있는 것일까? 시선은 줄곧 서책에 머
물러 있었다.
　"입가에는 거품도 일었느냐?"
　"예."
　"살찐 자로구나."
　졸다가 깬 전령의 눈이 동그래졌다. 눈앞에 망자의 모
습이 또렷하게 스쳐 갔다. 기골이 장대하고 풍채가 다른
이의 곱절은 되는 자였다.

"어찌 아셨습니까? 역시 추리 마님이십니다."

열흘 전 철산에서 보고 온 시체를 바로 눈앞에서 보듯 읊어 대는 마님의 신기 어린 솜씨에 놀란 것이다. 달리 추리 마님이 아니었다.

작금의 조선은 날로 규방의 법도를 운운하며 양반집 아녀자들의 바깥출입을 단속하는 추세였다. 담장 안에 갇혀 사는 여인들은 새장에 갇힌 새처럼 굴어야 했다. 그래도 살인 사건은 끊임없이 일어났다. 규방 법도에 갇혀 소리 없이 죽어 간 여인들의 수도 늘어났다. 아비가 혹은 어미가 죽어도 그 이유를 모르는 일이 허다했다.

억울한 여인들은 추리 마님을 찾기 시작했다. 참으로 신통한 솜씨였다. 그녀는 방 안에 앉아 있으면서도 천리경으로 본 듯 죽은 이의 사인을 밝혀냈다. 시신에 남겨진 몇 가지 단서나, 사건 현장의 정황들을 바탕으로 범인들조차 알지 못하는 증거를 찾아내 사건을 해결하는 추리 실력이 일품이었다. 그래서 봄날 나리꽃처럼 노랗게 피는 꽃인 원추리가 제 이름이지만, 그것보단 추리 마님으로 더 알려졌다. 그렇게 추리 마님이 되었다.

추리 마님의 낭랑한 목소리가 방 안을 채웠다.

"의원에게 약을 지은 것이 있다더냐? 풍을 앓았다거나 기가 안 통했다거나."

"아닙니다. 아주 건강한 무장이었다고 합니다."

"두 손을 쥐고 있었고?"

"그렇죠. 이렇게."

전령은 본 대로 흉내 냈다.

"손톱, 발톱엔 푸른빛이 돌았겠구나."

"맞습니다. 푸르르르르딩딩한 게 얼마나 오싹한지."

"그렇다면."

결론은 이미 났다. 하지만 부인의 표정은 떨떠름했다. 그 사실을 인정하고 싶지 않기 때문이다.

"귀신에 놀란 것이다."

"에이, 마님도."

마님의 추리 솜씨에 놀란 것도 잠시, 전령은 입을 삐쭉거리더니 푸념을 털어놓았다.

"귀신? 제가 우물가에서 총각 귀신이 밤마다 찾아온다고 그렇게 하소연했을 때는 들은 척도 안 하시더니. 그러시는 거 아닙니다. 밤에 뒷간도 못 가고 얼마나 무서웠는데. 사내놈이 어쩌고, 겁이 많아서 저쩌고 하시더니."

"아이를 둘이나 키우는 아범이 그리도 담이 작아서 어디에 쓰겠는가?"

"귀신 얘기에 그 말이 왜 나옵니까?"

"다 이유가 있느니라."

"아무튼 마님, 서운합니다. 세상에 귀신은 없다고 그렇게 절 달래시던 분이. 귀신이요?"

"없는 귀신을 만들어 내는 자네 솜씨 때문에 그런 것이다."

"봤다니까요. 우물가에서 총각 귀신을."

"우물에서 죽은 자는 총각이 아니라, 여인이다."

"그럼 처녀 귀신이요?"

"십 년 전 시아버지에게 겁탈당한 여인이지. 남장을 하고 도망치다가, 상황이 여의치 않자 우물 두레박을 잡고 버틴 것인데. 하필 두레박이 풀어지는 바람에 죽었지. 그런 귀신을 보고 총각이라니. 원이 사무치면 인간에게 보일 수 있지만, 죽었는데 뭣 하러 남장을 하고 나타나겠느냐. 그것은 인간들의 헛된 망상이다. 그러니 망자가 본 귀신이 진짜인지, 가짜인지는 다시 가려내야 할 문제다. 그러나 망자의 몸에 새겨진 증좌들은 분명 사악한 기운에 놀란 것이다."

마님의 일장연설에 먼 길을 달려온 전령은 하품을 쏟아냈다.

"아무튼 귀신이라면 장화 홍련, 고것들 아닙니까."

마님의 눈썹이 미세하게 일렁였다. 조선 팔도에 장화 홍련 귀신을 모르는 자가 있을까? 처녀 귀신으로 죽은 자들이 손각시가 되어 철산에 부임하는 사또를 잡아먹는다는 소문은 이미 사실화가 되어 있었다. 소문은 계속 소문을 키웠다.

사람들이 가장 두려워하는 귀신이 손각시다. 대대손손 멈추지 않고 그 집안을 끈질기게 괴롭히기 때문이다. 오죽하면 손각시의 횡포가 무서워 관아 뒤편에 부근당을 세워 놓고 처녀 귀신을 달래 줬을까. 손각시가 해코지를 하면 넋을 위로하는 제사도 지냈다. 그렇게 달래 주면 한동안 잠잠해진다고 믿었다.

하지만 이번은 달랐다. 아무리 굿을 하고, 제를 올려도 장화 홍련 귀신은 부임하는 부사를 죽였다. 처음 몇 해 동안은 어린 자매들이 까닭 없이 죽었기 때문에 많은 이들이 동정했다. 하지만 부사들이 계속 죽어 나가자 백성들의 불만이 점점 늘어났다. 가뭄도 귀신 탓, 장마도 귀신 탓, 느티나무가 벼락 맞아 죽은 것도 귀신 탓으로 돌렸다. 십시일반 돈을 모아 굿판을 벌여 봤지만 한 맺힌 처녀 귀신들을 달래진 못했다.

추리 마님도 철산 사정이 그렇다는 소문만 들어왔다. 그런데 전령이 전해 온 망자를 죽인 귀신이 장화와 홍련 귀신일 줄이야. 그는 그곳에서 물고 온 소문을 마저 털어 놓았다.

"벌써 열두 번째 원님이랍니다. 호랑이도 때려잡았던 사또까지 한 번에 보내 버리니 나라님도 별수가 없다는 거 아닙니까."

"원한이 깊은가 보지."

"무슨 원한이요? 그 어미가 계모지만 어렸을 때부터 친어미처럼 물고 빨고 예뻐했답니다. 좌수댁 아씨들이라 어려움도 없이 꽃처럼 곱게만 자랐구요. 그런데 왜 죄 없는 원님들을 죄다 골로 보내느냐 이겁니다. 철산 사람들은 죄다 죽을 맛이랍니다. 귀신 들린 마을이라고 소문이 퍼져서 돈 있는 양반들은 다 떠났고, 갈 곳 없는 백성들만 옹기종이 모여 앉아 굶어 죽길 기다린다고 합니다."

마님의 표정이 어두워졌다.

"굶는단 말이냐?"

"말해 뭐 합니까. 가 보니까 소문보다 더합니다. 원님들이 죽어 나가니 관원들은 장례 치르기도 바쁜데, 이 원님은 팔척장신이라 관도 안 맞고 수의도 다시 맞춰야 한다고 이방이 어찌나 툴툴거리던지."

"관이야 장인이 맞출 터인데 무례하구나."

"새로 관을 짤 새도 없이 죽어 나가니까 아예 대량 구매를 한 겁니다. 아무튼 철산이 폐읍되는 건 시간문젭니다."

"폐읍이라⋯."

"삼 년째 흉년이지, 원님들은 죽어 나가지. 백성들이 무슨 수로 먹고산답니까."

마님의 눈동자가 흔들렸다. 전령에게 들키지는 않았지만, 그녀의 마음은 이미 쿵쾅이고 있었다. 이제는 더 이상 안방에만 앉아 추리 부인 흉내를 낼 수는 없었다. 자신의 눈으로 확인하고 싶었다. 정말 장화 홍련 귀신 때문에 원님들이 죽어 나가는지 알아내야 했다. 뜻을 세운 마님의 눈썹이 미묘하게 떨렸다.

추리 마님은 며칠을 고민하다 남편인 황 대감에게 말을 꺼냈다.

"아저씨."

남편과 둘이 있을 때는 꼭 이렇게 불렀다. 어렸을 적 버릇이기도 했다.

사실 두 사람은 아주 오래전부터 알고 지낸 사이다. 대감은 원추리를 낳자마자 죽은 친모의 친구니까. 남녀가 유별하다고 하나 그 신의를 지키는 마음조차 남녀가 유별할까.

그는 붕우유신(朋友有信)의 덕목을 지키기 위해 죽은 친구의 딸을 거두기로 마음먹었다. 하지만 정상적인 방법으로는 그럴 수 없었다. 오래전 친구의 죽음도 석연치 않은데, 그녀의 딸 역시 목숨이 촌각에 달린 상황이었다.

우선 급한 대로 '원추리'라는 이름을 새로 지어 주었다. 이 꽃은 산골짜기에 군락을 이루고 초여름이면 줄기 끝에서 가지가 갈라져 나와서는 노란 꽃을 피운다. 친구는 늘 '원추리는 뿌리부터 꽃까지 버릴 것이 없다'며 기특해했었다. 그 바람처럼 기특하게 자라 주길 바라는 마음을 담았다. 그리고 믿을 만한 집안에 양녀로 보냈다. 그렇게 한동안 양부모 아래서 조용히 지낼 수 있었다. 참으로 기특한 아이였다. 황 대감은 그것만으로도 고마웠다.

그러나 어리다고 고통을 모르겠는가. 홍련은 어린 시절의 이름과 기억을 애써 지우고 새로운 이름, 새로운 부모에 적응했다. 모든 것이 낯설었지만 살아남아야 했다. 저승보다야 이승이 낫다는 생각으로 그 시절을 버텼다. 그런데 양아버지가 윗분들의 역모에 휘말려 사약을 받고, 양어머니는 노비가 되었다. 양딸이었던 원추리도 당연히 노비가 되었다. 관아 노비로 일하던 중 총명함을 알아챈 관리가 의녀가 될 재목이라 생각하고 뽑아 갔다. 의녀의 삶은 고달팠지만 일이 잘 맞았다. 이렇게 평생을 살고 싶었다. 조용히, 궁궐 담 안에서 안전하게.

하지만 황 대감은 친구 딸이 그렇게 평생을 살까 봐 걱정이 끊이질 않았다. 배필도 얻지 못하고 한평생 살다가 처녀 귀신인 손각시가 되어 사람들을 괴롭히는 악랄한 존재가 될까 봐 전전긍긍했다. 게다가 궁녀는 임금의 여자이니 함부로 데리고 나올 수도 없었다.

그런데 의녀는 좀 달랐다. 양반의 첩이 되면 궐 밖으로 나와 자유의 몸이 된다. 황 대감은 그 점을 노리고 친구 딸과 혼인을 맺었다. 부인의 반대가 심했지만 그의 고집을 꺾지는 못했다.

"만약에 무슨 일이 생겨 우리 아이가 홀로 남게 된다면 거둬서 키워 줬을 거라는 걸 모르오?"

말리던 부인도 그 말을 듣고는 입을 다물었다. 둘의 우정이야 이미 제 눈으로 직접 목격했다. 내 자식이 귀하면 남의 자식도 귀하다는 법을 머리로는 알았지만, 가슴으로는 알 수가 없었다. 혼인 후 아직까지 후사가 없어서 전전긍긍하고 있던 차였다. 그래서 더 탐탁지 않았다. 내 아이의 자리를 뺏은 것 같아서 마음이 조급했다. 그렇지만 옹졸하게 대처할 수 없었다. 무릇 인간에게는 도리가 있지 않겠는가. 후사가 없는 것이 그 아이의 탓은 아니니까.

남편은 정말 원추리를 제 딸처럼 아꼈다. 좋은 혼처가 나타난다면 지금까지 말 못 한 사정을 이해시키고 시집도 보낼 요량이라고 했다. 그때까지만 데리고 있겠노라고 약속했다. 그래야 저승에서 친구 볼 면목이 있지 않겠냐는 말에 더 이상 반대를 할 수 없었다. 이런 사연으로 혼례도 올리지 못한 원추리가 황 대감의 작은마님이 된 것이다.

황 대감은 좀처럼 부탁을 하지 않는 그녀가 먼저 찾아와 내심 놀랐다. 무엇을 말하려는지 짐작조차 하지 못했다. 혹시 마음에 둔 사내가 생긴 것일까? 그렇다면 무엇을 더 바라겠는가. 마음의 준비를 단단히 하였다.

"아저씨도 장화 홍련 귀신 이야기를 들으셨지요?"

고개를 끄덕였다. 조선 팔도 모두가 아는 귀신이 있다

면 처녀 귀신, 총각 귀신, 그리고 장화 홍련 귀신일 것이
다.

"알고는 있다만⋯."

왜 그 이야기를 꺼내는지 까닭은 알 수 없었다.

"제가 가야겠습니다."

황 대감은 너무 뜻밖이라 당황했다. 네가 왜 거길 왜 가
느냐고, 무엇 때문에 가느냐고 묻고 싶었지만 말문이 막
혀 버렸다. 머릿속이 마구 풀어놓아 제멋대로 엉켜 버린
실타래처럼 복잡해졌다.

"예. 그 사건은 제가 가야만 풀 수 있습니다."

"허나⋯."

그는 이 말을 뱉고도 오래도록 말을 잇지 않았다. 철산
으로 돌려보내는 것은 한 번도 생각해 보지 않았다. 새 이
름과 새 신분으로 한양에서 숨어 살아야 하는 분명한 이유
가 있기 때문이다.

바로 이 아이의 안위 때문이다. 거짓 혼인을 한 후 별당
에 숨겨 놓으면 누구도 이 아이를 해치지 않을 것이라는
확신이 있었다. 실제로 마음은 편했다. 아직까지 친구를
살해한 범인이 잡히지 않았다. 범인이 잡힐 때까지는 안
심할 수 없는 상황이다.

그런데 어느 날부터 별당에 여인들이 몰래 출입하는 것
을 눈치챘다. 하긴, 어린것이 홀로 감옥도 아닌 곳에 갇혀

홀로 지냈으니 얼마나 적적하겠는가. 차담이라도 나눌 수 있는 동무들이 생겼으니 그 정도는 모르는 척 눈감아 줬다. 하지만 어느 순간부터 그들의 차담이 안부나 묻는 소소한 것이 아니라는 것을 알게 되었다. 어머니의 수상한 죽음을, 동기간의 살인을, 몇 달째 소식이 끊어졌다가 시신으로 돌아온 남편에 관한 하소연들이었다. 그리고 '추리 마님'이라는 별칭으로 한양에서 일어난 사건들의 실마리를 의금부나 포도청에 제공한다는 소문도 들었다.

사람들의 딱한 사정은 알겠지만 혹시라도 원추리가 위험에 빠질까 봐 그 일은 그만두라고 충고할 참이었다. 그런데 갑자기 장화 홍련 귀신 이야기는 왜 꺼내는 것일까?

"혹여 철산에 네가 홍련이란 걸 아는 자라도 있다면 어쩔 셈이냐?"

홍련이라. 원추리는 제 이름을 가만히 들었다. 참 낯설었다. 황 대감이 그 이름을 직접 부른 것도 오랜만이라 더 생경했다. 세상에 그런 이름이 존재한 적 없었던 것처럼 이질감이 들었다.

"누가 저를 기억하겠습니까, 이미 죽은 사람일 텐데요."

홍련은 맑게 웃으며 말했다. 미소 끝자락에는 잔잔한 슬픔이 깔려 있었다.

"언니가 죽던 날, 저도 죽었습니다. 그리워하다 견디지 못하고 죽었습니다. 계모 때문에 계곡에 몸을 던진 언니

를 따라 죽었다지요? 장화 홍련 귀신을 봤다는 사람이 저
리도 많은데, 누가 제가 살아 있을 거라고 생각하겠습니
까? 저와 언니 때문에 철산이 폐읍이 되는 것만은 막아야
겠습니다. 그 귀신의 정체를 제가 꼭 알아야겠습니다."

　황 대감은 오디처럼 까만 눈동자로 호소하는 그녀를 더
이상 말릴 수가 없었다.

2

"뭐, 부사?"

권 이방은 벌써부터 귀찮다. 벌써 몇 명의 시신을 치웠던가. 이방이 아니라 꼭 저승사자가 된 기분이다. 그래서 한양으로 서신을 보냈다. 더 이상 철산으로 부사를 보내지 마시라고. 그런데 어디서 잘못되었는지 알 수 없지만 이미 부사가 출발했다는 전갈이 도착했다. 그런데 서신보다도 부사가 더 일찍 도착했으니 놀랄 수밖에. 전령이 느린 건지, 부사가 부지런한 건지 알 수 없지만, 그 소식을 듣자마자 영 찝찝한 기분을 지울 수가 없었다. 모두 호기롭게 왔다가 주검으로 돌아갔으니까.

"출세가 뭐라고 목숨까지 내놓고 급히 당도한다는 말이냐."

혀를 찼다. 아무리 부귀영화가 좋다고 하지만, 목숨이 더 소중한 것이 아닐까? 부모에게 불효하면서까지 충신

이 되고자 하는 철없는 신임부사가 이방은 벌써부터 싫어
졌다.

"관은?"

권 이방의 심복인 곰발이 심드렁하게 대답했다.

"있습다."

"우리는 구경이나 하다 장사 치를 준비나 하자고. 장례
는 신속 간결하게 처리해야 하네."

"암요."

권 이방은 일을 시켜 놓고도 기분이 개운하지 않았다.
제 손으로 땅에 묻은 부사가 도대체 몇이란 말인가! 부사
가 고을을 돌볼 새도 없이 줄초상이니, 마을 사람들도 이
제는 부사가 반갑지 않다. 장화와 홍련이 죽은 후로 이 마
을에는 가뭄이 이어졌고, 흉년이 반복되고 있었다. 그렇
게 쌀 한 톨이 부족한 곳에서 부사의 장례 비용이 얼마나
속절없어 보였을까?

백성들은 자신들의 불행을 장화 홍련 귀신 탓으로 돌리
기 일쑤였다. 갈수록 민심은 더욱 흉흉해졌고 약탈과 싸
움이 끊이지 않았다. 그 와중에도 비루한 백성들의 삶은
계속 이어져야 했으니…. 철산은 먹고살기 위해서는 살인
도 망설이지 않을 만큼 원초적인 본능이 도사리는 마을로
변해 있었다.

그 모습은 홍련에게도 깊은 인상을 남겼다. 황 대감의 허락을 받고 철산에 온 지 두 달이 지났다. 함께 온 몸종 방울이와 호위무사 무영의 눈에도 철산은 지옥이었다. 정말로 폐읍이나 다름없었다. 고을을 떠나는 사람만 있을 뿐, 새로 들어오는 사람은 없었다. 관에서 운영하는 약방도 문을 닫았고 의원도 폐원하였다. 관리들은 제 밥그릇 챙기기만 바빴고, 백성들이 죽는 일은 비일비재해서 거들떠보지도 않았다. 정말 방만한 태도로 일했다. 부사가 부임해야 고을을 살피고 백성들을 돌볼 것이 아닌가. 결국 백성들의 삶만 나날이 고달파지고 있었다.

지난 두 달 사이에 벌써 세 명의 부사가 죽었다. 철산으로 올 때만 해도 홍련은 궁에서 익힌 의술로 부사들을 살려 낼 작정이었다. 목숨만 붙어 있으면 밤새 본 것이 무엇인지, 정말 귀신이었는지 물어볼 수 있을 거라고 생각했다. 하지만 부사들의 얼굴조차 보지 못했다. 궁궐에서 배운 의술을 부사들에게 써 보기도 전에 죽었으니까.

어찌어찌하여 홍련이 의술을 알고 있다는 소문이 나기 시작했다. 소문을 내려고 낸 것이 아니었다. 죽어 가는 아이들을 그냥 지나칠 수 없었다. 어른들이야 굶주림은 참고, 병은 이겨 낼 수 있다. 하지만 어린것들의 사정은 달랐다. 음식을 잘 먹거나, 간단한 약만 먹이면 낫는 병들이었다. 그들의 병명은 가난이었다. 너무나 간단한 처방이지만 가련한 백성들에게는 전 재산을 바쳐도 구할 수 없는 것들이었다. 아픈 아이를 둘러메고 발을 동동거리는 아낙들의 마음은 어떠했을까. 그 아이들은 치료받을 기회조차 얻지 못하고 이승과 이별해야 했다. 보다 못한 홍련이 환약 하나, 탕약 한 사발을 주기 시작한 것이 '구아방(求兒房)'의 시작이었다.

구할 구, 아이 아.

어린아이들만을 위한 약방이었다. 누가 일부러 이름 지은 것도 아닌데, 모두 그렇게 불렀다. 남정네들은 의녀인 홍련을 얕잡아 보며 '돌팔이네', '자격이 없네' 떠들어 댔다. 하지만 아이 엄마들은 달랐다. 아픈 아이를 살려 내는 홍련은 삼신할머니와 다름없었다. 게다가 돈도 받지 않았다. 홍련은 오직 사비로 약을 감당했다. 황 대감의 도움이 아니었다면 힘들었을 것이다.

홍련은 그날도 끼니를 거른 채 아픈 아이들을 돌보다가 겨우 잠자리에 들었다. 막 잠에 들려는데, 밖에서 애절한 아낙의 소리가 들렸다.

"의원님, 계세요? 아이고, 살려 주세요. 우리 애기 좀 살려 주세요."

울음 섞인 목소리가 깊은 밤, 고요 속을 파고들었다. 냉큼 일어나 급히 나가 보니 아낙 하나가 광목천으로 아이를 둘러업고 발을 동동 구르고 있었다.

"무슨 일이십니까?"

잠귀 밝은 몸종 방울이가 벌써 나와 있었다. 아이 엄마
는 대답도 못하고 그저 '살려 주세요, 살려 주세요'만 외치
고 있었다. 홍련은 얼른 아이부터 안았다.

홍련은 돌쟁이를 품에 안자마자 일이 잘못됐음을 느꼈
다. 축 늘어진 아이는 가늘게 숨은 쉬고 있었지만, 이미
생과 사를 오가고 있었다. 얼마나 토했는지, 땀에도 토한
냄새가 배어 있었다. 역겹거나 더럽다는 생각조차 할 수
없는 급박한 순간이었다. 다행인 건 아이도 아이대로 애
쓰고 있었다.

"어서 안으로 들게."

아이 엄마는 그 말에 긴장했던 힘이 풀려서 주저앉고 말
았다.

"어서! 어미가 강인해야 아이도 사는 법일세."

홍련의 호통에 어미는 끙-하고 일어섰다.

다행히 밤새 아이는 기운을 차렸다. 다 죽어 가는 얼굴
로 왔다가 방싯방싯 웃는 얼굴로 돌아갔다. 아낙은 어떻
게든 약값을 쥐여 주려고 했지만 홍련이 마다했다. 어린
것의 웃음소리면 됐다고 했다. 모자가 돌아가고 나니 피
곤이 몰려왔다. 잠시 자리에 눕는다는 것이 그만 잠들어
버렸다. 그 시간 홍련을 찾아온 자가 있었다.

아침 댓바람부터 권 이방이 구아방을 찾았다. 홍련은 아직 신분을 숨긴 채, '원 의녀'로 불리고 있었다. 홍련을 찾는 경우 반드시 먼저 만나야 하는 사람이 있었으니, 바로 무영이었다. 황 대감과는 먼 친척 관계라고 들었다. 사정이 있어 잠시 사랑채에 기거하던 중 그의 부탁으로 홍련과 함께 철산으로 왔다. 한양에서 몇 달 동안 한 울타리 안에서 지냈지만, 철산으로 와서 친밀해졌다. 철산에서는 그림자처럼 늘 함께 움직였다. 홍련은 '내게도 친정 오라비가 계시다면 저런 모습이지 않을까?' 늘 생각했다.

장대같이 키가 크고 어깨가 딱 벌어진 그가 권 이방을 막아섰다.

"의녀님께서 이제 막 잠자리에 드셨습니다."

"새벽닭이 언제 울었는데 이제 잔단 말이냐. 얼른 불러 오너라."

"오시를 넘겨 다시 오시지요."

무영도 물러서지 않았다. 아니, 물러설 수 없었다. 홍련이 며칠 밤을 새웠는지 누구보다 잘 알고 있었다. 멀쩡하던 아기들은 해만 지면 울음 끝이 길어지다가 아프지 일쑤였으니까. 그렇게 밤새 아이를 돌보고, 또 낮이 되면 약재를 얻으러 오는 여인들을 응대했다. 이렇게 잠깐이라도 눈을 붙이는 시간은 정말 얼마 되지 않았다. 그는 내심 홍련이 쓰러질까 봐 걱정하던 찰나였다. 그러니 아무짝에도 쓸모없는 이방 영감 따위는 돌려보내고 싶었다. 작은마님을 지키는 것이 호위무사의 임무니까. 지금은 쉬도록 지켜 드려야 한다. 허나 뜻대로 되지 않았다.

"무슨 소란입니까?"

홍련이 머리칼 하나 흐트러지지 않은 채 밖으로 나왔다. 분명 잠드는 것을 확인했던 무영은 그새 단정한 모습으로 나온 그녀를 안쓰럽게 볼 뿐이다. 그런저런 남의 사연이야 상관없이 제 사정만 바쁜 권 이방은 이때다 싶었다. 방정맞은 걸음으로 막무가내로 밀고 들어갔다. 무영은 무례한 태도의 이방을 거칠게 막았다.

"전 괜찮습니다."

홍련의 한마디에 무영은 권 이방을 놔줬다. 그는 무영을 쏘아보고는 다시 간사한 얼굴로 그녀에게 인사를 건넸다. 누가 봐도 안부는 건성이요, 내심 원하는 것이 있는 눈치였다.

"그간 무고했고?"

"예, 덕분입니다. 그런데 일찍부터 무슨 일이신지요?"

"소문 들었지? 부사 새로 온다고."

"예."

"이번에는 정말 수고 좀 해 줘야겠네. 나도 이런 부탁을 하긴 그렇지만, 자네도 알다시피 우리 고을에 의원이 있나. 우리 원 의녀가…."

홍련은 곧장 말을 바로잡았다.

"정식 의원이 아닙니다."

"우리도 알지. 근데, 이게, 나랏일이라는 게, 뭐 대충하는 거 같아 보여도, 절차가 다 있거든. 부사가 죽었는데 내가 그냥 묻을 수 있나. 시신이나 확인해 주게."

내심 어떻게든 이번에 오는 부사를 살려 달라고, 미리 손쓸 약재가 정말로 없냐고 물으면 모르는 척 도와주려고 했다. 그러나 다 죽은 다음에 돕는 것이 무슨 소용이 있겠는가. 내키지 않았다. 핑계를 대야 했다.

"여인의 몸으로, 그럴 순 없습니다."

"그럴 수 없는 건 자네 사정이고, 암튼 난 말해 놨네."

처음부터 대답을 들을 생각이 없었던 사람처럼 내빼기 시작했다. 그러다 권 이방이 뒤돌더니 궁금한 표정으로 물었다.

"근데 말이야, 원 의녀."

홍련의 눈에 머리를 한참 굴리는 권 이방의 탁한 눈동자가 들어왔다. 검시 부탁이 진짜 용건이 아니라는 것은 진작부터 알았지만 더 확실해졌다. 원하는 것은 따로 있을 것이다.

"혹시 귀신 쫓는 약은 없나? 내가 팥은 써 봤는데 효과가 없어."

"귀신 쫓는 약재는 없습니다."

"그렇지? 그런 건 없지?"

부사를 보필 못하면 파직당할까 봐 전전긍긍하는 속내를 드러냈다. 어떻게든 부사를 살려 내야 승진도 하고, 포상도 받지 않겠냐며 우는 소리를 했다. '어떻게든 부사를 살리겠다'는 말이 홍련의 마음을 움직였다.

벽사 손수건이 떠올랐다. 먼 길 무탈하게 다녀오라고 황 대감이 건넨 것이었다. 얼른 방으로 뛰어 들어갔다 나오더니 붉은 손수건을 내밀었다.

"사또의 서안 서랍에 넣어 놓으세요. 혹시 모르지 않습니까?"

권 이방은 벽사 손수건을 알아보고는 흡족한 얼굴로 돌아갔다.

무영은 그 모습이 못마땅했다.

"어르신께서 귀하게 얻으신 것이다. 어찌 저런 자에게 주느냐?"

"사또를 살려 귀신이 누구인지 물어볼 수만 있다면 뭐가 아깝겠습니까?"

그렇게 웃었다. 참으로 오랜만에 보는 편안한 웃음이었다. 황 대감의 명으로 작은마님의 호위 업무를 맡았을 때 그녀를 처음 보았다. 사랑채에 지내면서 마주친 날은 다섯 손가락으로 꼽을 수 있을 정도였다. 마님이라고 해서 적어도 서른 살은 넘긴 여인일 줄 알았는데, 이렇게 앳된 여인인 줄 몰랐다. 게다가 특별한 사연이 있다고 하니 더더욱 궁금하던 차였다.

호위무사와 마님의 관계가 이렇게 편하지는 않을 터인데 둘의 사이는 각별했다. 홍련이 철산으로 가는 여정 중에 비밀을 고백하면서 더욱 가까워졌다.

"제가 홍련입니다."

무영도 그날은 퍽이나 놀랐는데, 비밀을 공유한 날부터 정말 친누이동생처럼 느껴졌다. 오늘처럼 웃는 날은 영락없는 개구쟁이 막냇동생이었다.

"벽사의 기본은 믿는 마음입니다. 간절하면 믿고 싶고, 믿고 싶으면, 용기가 생깁니다. 그 용기가 귀신을 이기게 해 줄 테지요."

참으로 허무맹랑한 이야기를 오물오물 잘도 이야기했다.

"그래도 죽는다면? 그 연유는 무엇이겠느냐?"

"별수 없는 천명이지요."

"명쾌하구나."

"언제나 진실은 간단합니다. 불순한 의도가 진실을 흐리게 할 뿐입니다. 장화 홍련 귀신 소문처럼요."

사람들은 왜 장화 홍련 귀신 이야기에 열광하는 것일까. 이렇게 내가 버젓이 살아 있는데. 홍련은 참으로 이해할 수 없었다.

여기서부터 철산임을 알리는 천하대장군, 지하여장군이 마을 입구에 우뚝 솟아 있었다.

"철산입니다!"

철산 부사로 임명받은 정동호와 함께 길을 떠난 몸종 쉰동이였다. 쉰동이는 몸종으로 살아가는 데 아무짝에도 소용없는 훌륭한 외모를 가졌다. 노비인 어미가 고을에서 외모로는 첫 번째 손가락에 드는 양반과 동침해서 낳은 외동이었다. 그 양반의 나이가 쉰이라서 '쉰동이'로 불렸다. 아비는 그가 태어나기 하루 전에 명을 달리했다. 아버지가 살아만 계셨어도 서자가 되었을 팔자인데, 아비 목숨 끊어 놓고 태어났다고 마님에게 쫓겨났다.

엄동설한에 쫓겨난 어미는 갓 난 쉰동이를 품에 안고 걷고 걷다가 정동호의 집에서 젖어미를 찾는다는 소문을 듣고 찾아갔다. 정동호의 어머니는 몸이 약해 젖을 물리지 못했다. 빈 젖만 빠는 아들을 보며 날마다 발을 동동 구르고 있었다. 그러다 겨우 젖어미를 구해 귀한 아들의 목숨을 살린 것이다. 그렇게 그 집에 머물게 되었다.

그날부터 쉰동이는 어미와 젖을 모두 도련님 정동호에게 양보해야 했다. 도련님이 풍족하게 젖을 먹고 남으면 그게 제 몫이었다. 그래도 배가 고파 자지러지게 울면 쌀뜨물을 끓여 먹였다고 들었다. 그렇게 부실하게 먹고도 미남자로 컸다. 몸종에게 그리 좋은 조건은 아니었다. 쓸

데없이 잘생겼다고 돌이나 맞았다. 그래도 도련님 곁에
있으면 날아오는 돌은 피할 수 있었다.

쉰동이는 철산에 도착했다는 사실이 아직도 믿기지 않
았다. 갑자기 도련님이 부사로 발령받았다고 해서 연회를
베풀어야 하나 들떴다가, 그곳이 철산이라고 해서 초상집
이 되었다. 익히 장화 홍련 귀신 이야기를 들어온 도련님
은 관직을 파하려고 했다. 하지만 마님의 서슬 퍼런 눈빛
에 도련님은 바로 짐을 싸야 했다. 감히 어명을 거역하느
냐며 아들의 짐을 손수 싸 주시던 모습은 광기가 따로 없
었다. 한때 권세를 날리던 가문이 지금은 위태로운 상태
였다. 당파 싸움으로 남편을 잃은 마님은 아들을 이용해
서라도 다시 명예를 얻고 싶었다. 그것이 조선에서 양반
이 살아남는 방법이다. 대의명분이 아들 목숨보다 더 중
한 시절이었다.

귀한 도련님 정동호는 한숨이 절로 나왔다. 저 멀리 보
이는 고을은 그저 자신의 무덤일 뿐이다. 어머니께 효도
를 이런 식으로 하게 될 줄은 몰랐다. 개국공신인 할아버
지의 그늘 아래 아버지도, 자신도 편하게 살게 될 줄 알았
는데. 한번 낀 먹구름은 좀처럼 사라지지 않았다.

한양에서 철산으로 오는 내내 그에게 흐르던 귀티는 날
로 사라졌다. 평소 허약한 체질이라 줄곧 방 안에서만 지
냈다. 서책의 여백처럼 흰 피부가 오늘따라 유난히 파리

해 보였다. 태어나서 지금까지 한양을 떠나 본 적 없는 그에게 걷고, 또 걸어 북쪽 고을 철산으로 오는 길은 태어나서 처음 체험해 보는 고생이었다. 말이라도 타면 좋으련만 안장에 오르기만 하면 구토가 올라와 걷기를 자처했다. 덕분에 쉰동이가 말을 타고 좋은 구경을 하며 철산에 도착했다. 그러니 아무리 정동호가 미남자라도 편하게 말을 타고 온 쉰동이의 신수가 더 훤했다.

쉰동이가 말 위에서 지나가는 행인에게 길을 물었다.

"동헌이 어디쯤이오?"

"아이고, 새로 오신 사또 나으리십니까?

사람들은 쉰동이에게 머리를 조아렸다. 그리고 정중하게 길을 알려 줬다. 누군가는 잠시 동행도 했다. 그렇게 정동호가 머슴 취급을 당하며 터덜터덜 걷다 보니 목적지가 보였다.

"동헌이 보입니다. 도련님!"

쉰동이는 말에서 훌쩍 뛰어내려 뒤처져 걷고 있던 정동호를 잡아끌었다. 분명 앞으로 잡아끄는데도 도련님은 계속 뒷걸음질하는 것 같았다. 마치 도살장에 끌려가는 소처럼.

"사또, 얼른 가시지요."

"뭐가 그리 급한가. 어차피 먹을 제삿밥. 급히 먹으면 체하는 게다."

"아직 안 죽었거든요? 굶어 죽으나, 귀신 보고 죽으나. 죽는 건 매한가지 아니오? 사람이 왔으니 동헌에서 밥은 내줄 것 아닙니까? 어서 갑시다."

쉰동이는 남은 힘을 모아 제 주인을 동헌으로 밀어 넣었다.

드디어 새로 부임한 부사가 도착했다. 권 이방은 거지 꼴로 도착한 사또와 몸종에게 따뜻한 목욕물과 진수성찬을 대령했다. 인사치레는 하지 않았다. 어차피 한 번 보고 말 사람들이 아니던가. 정확히 말하자면 이승에서 단 한 번밖에 볼 수 없는 사람들이 아니겠는가. 오늘따라 유난히 해도 짧았다.

진수성찬을 앞에 두고 쉰동이는 허겁지겁 밥을 먹었다. 하지만 홀로 밤을 지내야 하는 정동호는 도통 수저를 들지 못했다.

"정말 한 수저도 안 드실 겁니까?"

쉰동이가 채근했다.

"밥이 부족하면 내 것을 더 먹거라."

"아, 진짜. 이 양반. 먹고 죽은 귀신은 때깔, 흡!"

아무렇게나 지껄이던 입을 두 손으로 막아 봤자 이미 늦었다. 내뱉은 말은 정동호의 가슴에 제대로 박혔다. 심장이 저릿저릿했다. 유난히 겁 많고, 유난히 허했던 그에게 는 말 한마디도 날카로운 비수였다.

"또, 또 인상 구긴다. 내가 잘못했소. 일단 자셔야 귀신 이랑 독대를 하든, 따라가든 뭐라도 하시지. 에헤. 이러 다 날 다 저뭅니다, 도련님."

사실 쉰동이가 한입 가득 생선을 물고 말하는 바람에 말 을 잘 알아들을 수는 없었다. 생선 냄새마저 오늘따라 고 약하고 비리게 느껴졌다. 아예 밥상을 외면하고 돌아앉는 데 밖에서 이방의 소리가 들렸다.

"내아는 치워 놓았습니다."

"알겠네."

정동호는 짧게 답했다.

결국 밥은 한 술도 뜨지 않은 정동호가 권 이방의 안내 를 받아 내아로 향했다. 내아에 당도할 때까지 두 사람은 말이 없었다. 뒤따르는 쉰동이도 마찬가지였다. 봄이 왔 다지만 북방인 철산의 밤에는 칼바람이 불었다. 말랑말랑 했던 마당도 단단하게 얼어 버렸다. 저절로 몸이 움츠러 들고 옷깃을 동여맬 수밖에 없었다.

관원들은 모두 멀찍이 서서 백면서생 같은 사또를 구경 했다. 정말 구경이라는 말이 딱 맞았다. 건강하고 무예에 능한 사또들도 속절없이 당했는데, 저렇게 곱게만 생긴 미남자가 귀신 자매의 희롱에 견뎌 낼 수 있을까? 관원들에게는 보기 좋은 구경거리였다.

정동호는 내아의 댓돌에 올라서면서 권 이방에서 당부의 말을 건넸다.

"내 미흡하지만 앞으로 잘 부탁하네."

권 이방은 사또의 눈에 가득한 두려움을 보았다.

"그럼요, 내일도 모레도 부탁하셔야 합니다."

"반드시, 그러겠네."

다행히 목소리에는 단단한 힘이 실려 있었다.

내아는 잘 정돈돼 있었다. 너무 정리가 잘되어 있어서 오히려 삭막한 느낌이었다. 사람이 머물렀던 흔적을 찾아보기 힘들었다.

"근데 좀 을씨년스럽네."

한쪽에서 짐을 정리하던 쉰동이가 등골이 오싹해졌는지 몸을 부르르 떨었다.

"그동안 비어 있었으니… 귀, 읍!"

정동호는 제 입을 막아 버렸다. 저도 모르게 나온 말이다.

"귀신 나올 거 같다구요?"

애써 참고 있었던 '귀신'을 쉰동이가 서슴없이 말해 버리자 맥이 빠졌다. 결국 자신의 일이 아니면, 다들 불구경하듯 좋아하는 법이다. 오늘처럼 쉰동이가 미운 적이 없었다. 애꿎은 마음에 노려봤다. '내가 이 세상을 하직하는 것이 아무렇지 않은가?'라며 속상한 속내를 내비칠 뻔했지만 꿀꺽 삼켜 버렸다. 그러는 사이 시간만 속절없이 흘렀다.

"자네가 머물 아래채는 쓸 만한가?"

"길바닥보단 낫겠죠. 하룻밤 자기엔."

아이쿠야. 쉰동이는 또 입을 틀어막았다. 한 번 터진 입은 제멋대로 말을 쏟아 냈다. 주인 보기 민망해서 손바닥으로 제 주둥이를 찰싹찰싹 때렸다.

"이게 뚫린 주둥이라고. 이 주둥이, 주둥이!"

"괜찮다. 마저 정리해라. 집무실에 가 볼 테니."

"그럼요. 오시자마자 바로 공무 수행하시고, 아주 편히 쉬실 수 있는 아늑한 방으로 대령하겠습니다."

쉰동이가 괜히 너스레를 떨며 그를 밖으로 떠밀었다.

집무실 역시 이미 깨끗하게 치워져 있었다. 정동호가 손댈 필요가 없었다. 사또가 된다면 몇 년간 머물고 싶을 정도로 값비싼 문방사우가 갖춰져 있었다. 다만 아직 아무도 사용하지 않아 몇 년째 새것인 상태였다. 규례집과 향촌을 설명하는 서책까지 구비돼 있었다. 철산은 겨울이 길지만 늘 푸른 소나무가 마치 병풍처럼 관아를 둘러싼 명당에 자리 잡고 있었다. 동향이라 해가 길게 들어와 오래도록 머문다고 적혀 있었다. 내일 이 햇볕을 맞이할 수 있다면 얼마나 좋을까.

잠시 사색에 잠겨 있는데 이방이 들어왔다.

"벌써 업무를 시작하셨습니까?"

"아닙니다. 한번 둘러보는 것입니다."

"잘 오셨습니다. 철산에 와 보신 적이 있으신지요."

"초행입니다."

"천천히 눈에 익히십쇼. 비록 지금은 힘드시겠지만, 돌아가실 때는 고향처럼 여기게 되실 것입니다. 여서 자고 나란 제가 보장합니다."

"풍광이 아주 마음에 듭니다. 그런데 말입니다."

권 이방은 피할 수 없는 질문임을 짐작했다.

"정말 귀신이 있습니까? 있다면 이방께서도 보신 적이 있으십니까?"

"그게⋯. 전, 아직 못 봤습니다."

"이상합니다. 그렇게 유명한 귀신인데 어찌 사또들에게만 나타난단 말입니까? 혹시 없는 것 아니오? 사또들이 살해되고, 그 시신을 없애기 위해 일부러 소문을 낸 것이 아닐까⋯."

정동호는 줄줄 읊어 대다가 실소했다. 공자께서 멀리하라고 하신 괴력난신으로 소설을 짓고 있자니 자괴감이 들었다.

"그저 의문이 들었다 이 말입니다. 이방께서도 궁금하지 않으십니까? 오늘 저와 함께 장화 홍련 귀신을 만나 보시지 않겠습니까?"

"사또! 무슨 농담을 그리고 진지하게 하십니까, 으하하하하하."

"하하하하."

정동호가 함께 웃다가 정색을 했다.

"농담 아닙니다."

두 남자 사이에 어색한 기류만 흘렀다. 그래도 먼저 입을 연 사람은 권 이방이었다.

"철산 관아에는 숙직하는 관리가 없습니다. 밤새 특별히 처리할 일이 없으니 푹 주무셔도 됩니다. 설마 주무시고 계신데, 고 귀신 년들이 나리를 깨우겠습니까?"

"허나. 밤중에 관내에서 일어난 급한 사건은 어쩐단 말입니까?

"밤중엔 사건이 일어나지 않습니다."

권 이방이 쓸쓸하게 말했다.

"도둑놈들도 귀신이 무서워 밤에는 도적질을 끊었습니다."

"참 훌륭한 치안법입니다. 우선 오늘 밤 대책 회의부터 열겠습니다. 관원들을 회의에 소집해 주십시오."

잠시 후, 모처럼 집무실에 모인 관원들은 신임 사또의 입만 뚫어져라 쳐다봤다.

정동호는 모든 부사가 첫날밤에 잠을 자려다 죽거나, 잠든 후 죽은 점에 주목했다. 나름대로 머리를 굴려 작전을 짰다.

"오늘부터 비상근무를 서겠다. 하룻밤을 넘긴다면 사건의 실체를 알 수 있으니, 내일부터는 이 사건에 대해 본격적인 수사를 시작할 것이다. 그대들은 밖의 상황을 살펴라. 나는 밤을 지새울 것이다. 그럼 본격적인 업무는 내일 시작하겠다."

"예."

대답을 끝낸 관원들은 서둘러 집무실을 도망치듯 나왔다. 그곳에 있는 것조차 두려워서였다. 권 이방은 나오자마자 관속들 입단속을 했다. 그리고 은밀하게 물었다.

"장례 준비는?"

"거의 끝났습니다."

"우리는 우리 일정대로 준비하자고."

"예!"

사람 마음이 모두 사또와 같지는 않았다.

시시각각 밖은 어두워졌다. 정동호는 내아에 가부좌를 틀고 앉아 심호흡을 했다. 쉰동이가 자리끼를 떠 오며 그

38

를 힐끗힐끗 쳐다봤다.

"오늘 밤 같이 있어 드리겠습니다."

정동호는 거절했다. 임금이 자신을 뽑은 이유가 있을 것이다. 자신에게 충심을 보이라는 것. 그걸 증명하기 위해 홀로 밤을 지키기로 약조했다. 어차피 귀신이야 둘이 있더라도 한 사람에게만 보이는 요물일 터이니 쉰동이를 고생시킬 수 없었다. 계속 머물겠다는 그를 내보냈다. 방문 닫히는 소리가 나자, 정동호는 저도 모르게 약한 마음이 울컥하고 올라왔다. '지금이라도 열고 나갈까?'라는 생각과 동시에 '아니다, 죽더라도 충을 지키고 죽자'는 두 마음이 첨예하게 대립했다.

결국 가부좌를 다시 틀고 자세를 바로잡으며 앉았다. 마음을 굳게 먹었지만 밤이 깊어 갈수록 덜덜 떨리는 몸은 어쩔 수 없었다. 밖에서는 이승에서 마지막 밤을 뜨끈하게 보내라고 장작을 연신 넣어 줘서 엉덩이가 뜨거웠다. 일어서면 웃풍 때문에 코가 시렸다. 이러지도 저러지도 못하는데, 졸리기 시작했다. 일단 잠들지 말아야 살아날 승산이 있다. 그런데 깨어 있다가 귀신을 만나면 어차피 죽게 될 것이다. 그럼 차라리 자는 것이 나을까? 하지만 모두 자는 듯이 죽어 있었다고 하지 않았나.

이런저런 궁리를 하는 사이 잠은 달아나 버렸다. 급한 대로 각종 주문을 외우기 시작했다. 나무아미타불 관세음

보살. 지장보살 지장보살 지장보살. 수리수리 마하수리. 삼신할미, 산신령, 장군신, 조상신을 찾았다.

주문을 외우던 그가 이마를 탁 쳤다. 모든 신들도 결국 귀신이 아니던가! 귀신을 피하려고 귀신을 부르는 꼴이라니. 아무리 영험하신 삼신할미가 나타나 목숨을 구해 준다고 해도 마다할 판이었다. 주문을 멈추고 주역을 꺼내 들었다. 세상의 이치를 깨치는 데 이만한 책이 있을까? 급히 책을 펼쳐 아무 곳이나 낭독하기 시작했다. 소리에 집중하다 보니, 잡념이 사라지고 마음이 편해졌다.

얼마나 시간이 흘렀을까? 밖에서 보초를 서던 포졸들도 꾸벅꾸벅 졸기 시작했다. 방에서 들리던 사또의 책 읽는 소리도 뜨문뜨문 이어졌다. 그러다 헛기침을 하고, 다시 책 읽는 소리가 이어졌다가, 이내 끊어졌다.

정동호는 목덜미를 감싸는 서늘한 바람에 화들짝 놀라며 눈을 떴다. 잠시 잠들었던 모양인데 그사이 구들장이 이렇게 식었단 말인가. 온몸에 한기를 느끼며 요 아래 손을 넣어 보았다. 여전히 절절 끓고 있었다. 잠결에 사방을 둘러봤지만 창문, 방문도 닫혀 있었다. 식은땀이 등줄기를 타고 흘러내렸다. 식은땀인가 싶어 등을 만져 보니 축축했다. 역시 땀이었다. 정신을 차리고 다시 서안 앞에 앉아 책을 다시 읽기 시작했다.

툭, 투둑.

책 위로 물방울이 떨어졌다. 무심코 손바닥으로 쓰윽
닦아 내는데 소스라치게 차갑고 감촉이 미끌거렸다. 온몸
에 소름이 돋았다. 털이란 털은 모조리 삐쭉 섰다. 설마
귀신일까 싶어 눈동자를 굴려 보았지만 아무도 없다. 그
럼 그렇지, 안심하는 사이 일이 터졌다.

쏴와와아-

머리 위에서 물벼락이 떨어졌다. 비명을 질렀지만 소리
가 입 밖으로 나오지 않았다. 흠뻑 젖은 채 덜덜 떨면서
고개를 들어 올렸을 때, 천장에 거꾸로 매달린 채 자신을
노려보는 붉은 눈알 네 개를 보고 말았다. 그는 비명도 지
르지 못하고 쓰러졌다.

천장에서 물구나무서듯 거꾸로 내려온 자매 귀신 중 맏
이가 투덜거렸다.

"아니, 뭘 했다고 또 기절이야?"

"내 말이."

두 자매는 투덜거렸지만, 문 앞에서 팔짱을 낀 채 이들
을 지켜보는 처녀 귀신은 벼락처럼 호통을 쳤다.

"야, 니들 단정하게 하고 오라고 했냐, 안 했냐?"

처녀 귀신의 호통에 자매는 샐쭉해졌다.

"그 봐, 언니. 머리는 묶자고 했지? 사또 놀라신다고."

동생은 처녀 귀신의 눈치를 보며 기가 죽었지만 맏이는
달랐다.

"생전에 이러고 죽었는데, 그럼 어쩌란 말입니까!"

처녀 귀신은 난감했다. 하여튼 요즘 것이란. 화가 치밀
어 오르는 것을 참으며 최대한 친절하게 미소를 잃지 않고
설명을 시작했다. 공손한 손짓은 덤이었다.

"오랜만에 부사가 왔잖니? 우리는 저분을 달래서, 살려
서, 우리 편으로 만들어야 하지 않겠니? 저분이 살아야
니들 사건도 조사하고, 니들은 한을 풀어야 좋은 기분으
로 저승 가겠지?"

"누가 그걸 몰라요? 근데 왜 맨날 우리만 피해를 보냐구
요. 좀 담대한 사또를 보내 주면 안 된대요? 저리도 심약
한 사또들을 보내니까 우리가 한도 못 풀고 구천을 떠돌잖
아요!"

맏이는 참지 않고 쏘아붙이더니 새침해져 벽 속으로 사
라져 버렸다. 동생은 처녀 귀신에게 급히 인사를 하고 언
니를 뒤쫓아 갔다.

"싸가지 없는 것들. 지들이 필요하다 해서 사또를 주선
해 줬더니만. 그나저나 어쩌지?"

처녀 귀신은 쓰러진 남자를 쳐다봤다. 아무리 봐도 자
세가 웃겼다. 사또가 앉았던 모습 그대로, 옆으로 쓰러졌
기 때문이다. 참아야 하는데 한번 터진 웃음이 사라지지

않았다. 자매 귀신들처럼 죽은 모습대로 사람들에게 나타
난다면, 이 남자는 앉은뱅이 자세로 평생 돌아다녀야 할
것이다. 양심 있는 처녀 귀신은 부사의 죽음이 웃음거리
가 되지 않게, 그를 바로 눕혔다. 그리고 팔을 가지런히
모아 주었다.

"좋은 곳으로 가세요. 오늘 일은 미안하게 됐지만 업보
라고 생각하시면 마음 편할 겁니다. 허나 우리 저승에서
는 만나지는 맙시다."

마지막 인사를 하며 그의 오른 다리를 모을 때 남자의
입에서 얕은 숨이 터져 나왔다.

"어머, 살았어?"

처녀 귀신이 활짝 웃었다. 이번 부사는 참말로 담이 큰
것일까? 그렇다면 이번이 유일한 기회다. 신명난 귀신은
힘을 모아 먹을 갈았다. 이번에는 붓을 들 차례다. 귀신도
간절히 원하면 아주 짧은 시간 동안 인간의 물건을 만질
수 있다. 그 대가로 언제 어디선가 탈이 나겠지만 지금은
중요하지 않았다. 우선 글을 남겨야 했다. 그 아이를 위
해⋯. 서신의 마지막 자를 써 넣는데 문밖에서 쉰동이의
목소리가 들렸다.

"도련님!"

쉰동이는 애가 닳았다. 쿵- 하는 소리를 듣자마자 달려
온 것이다. 그리고 방으로 뛰어 들어왔다.

"아이고, 아이고, 도련님!"

쉰동이는 요에 반듯하게 누운 채 차갑게 식은 도련님의 몸을 부둥켜안았다.

"이제 가면, 언제 오나. 가엾은 우리 도련님. 살아서 가신다 약조를 해 놓고."

가련한 머슴의 곡소리가 동헌에 울려 퍼졌다.

깜빡하고 잠이 들었던 권 이방도 그 소리에 깼다.

"결국 사달이 났구먼."

대충 의관을 갖춰 입고 시신 수습을 위해 뛰어갔다. 일꾼 곰발도 곡소리를 들었다. 머리를 맞대고 잠들어 있던 네 명의 머슴들은 그의 불호령에 우당탕 넘어지며 일어났다. 머슴들은 일사분란하게 커다란 광목천의 네 귀퉁이를 잡고 사력을 다해 달렸다. 이미 고인이 된 사또의 마지막 모습을 아름답게 지켜 주기 위해서였다. 문지방에 손을 뻗은 채 발견된 사또부터, 물구나무를 선 채로 죽은 자도 있었다. 그런 소문은 삽시간에 고을에 퍼져 망자를 불명예스럽게 만들었다. 그러니 다른 관원들이 보기 전에 덮어야 했다.

권 이방과 곰발 일행이 방에 도착해 보니, 쉰동이가 주인을 끌어안은 채 곡을 하고 있었다.

"사또께서는 나라를 위하는 분이셨다. 어명을 받들다

하직하셨으니 이보다 더 명예로운 죽음이 있겠느냐. 명심해라. 네 주인의 죽음은 결코 헛되지 않았음을."

"예, 예. 아무렴요. 이런 사또가 또 어디 계시겠습니까?"

"이제 보내 드려야 할 때이니라."

"예."

쉰동이는 순순히 자리를 비켰다. 권 이방이 절차상으로 죽었는지 확인하기 위해 콧구멍에 가느다란 한지를 가져갔다.

"아이고, 도련님."

갑자기 울음이 또 터진 쉰동이 탓에 권 이방은 가늘게 흔들리는 한지를 보지 못했다.

머슴들은 흰 천을 시신에 덮었다. 이제 모든 것은 끝났다. 모두 참담하게 고개를 돌리는 순간, 흰 천을 씌운 정동호가 벌떡 일어났다. 놀란 관원들은 혼비백산하여 뛰어나갔다. 너무 놀란 쉰동이는 그 자리에서 얼어 버렸다. 제 눈으로 본 것이 무엇인지 생각조차 할 수 없을 정도로 얼이 빠졌다. 시신은 다시 누웠다. 이내 숨쉬기가 답답했는지 천을 걷어 버렸다. 비록 깨어나진 않았지만, 죽지도 않았다.

"살았다. 사또께서 살아 계시네!"

제 눈으로 모든 것을 본 권 이방은 이 광경이 믿기지 않았다. 이제 막 새벽닭이 울었다.

구아방의 방울이는 벌써 세수를 마치고, 부뚜막에 앉아 사그라지는 땔감을 살펴봤다. 발치에서 마음에 쏙 드는 물건을 찾아냈다. 젓가락처럼 가늘고 긴 숯덩이를 꺼냈다. 아직은 어둡지만, 툇마루에 올려놓은 거울을 보기에는 충분했다. 숯 가락의 절반을 뚝 잘라 버렸다. 그리고 숯덩이로 눈썹을 쓱쓱 그려 갔다. 한두 번 해 본 솜씨가 아니었다. 매끈하게 눈썹꼬리를 그릴 때 대문이 벌컥 열렸다.

"원 의녀!"

깜짝 놀란 방울이가 눈썹꼬리를 옆으로 쭈욱 그려 버렸다. 거울에 비친 제 모습이 볼썽사나웠다. 방울이는 권 이방을 노려봤다. 다급하게 달려온 권 이방의 눈에도 방울이의 모습은 우스꽝스러웠다.

"호박에 줄이 갔구먼! 어서 의녀님을 불러다오."

"어디서 불러오라 마랍니까. 우리 마님 종이지, 댁네 종이 아닙니다요. 급하면 직접 부르시든가."

방울이는 손가락에 퉤퉤 침을 발라 눈썹을 지우며 부엌으로 갔다.

"원 의녀!"

권 이방이 애타게 불러 보지만, 대답이 없었다.

부엌에서 소쿠리를 들고 나오던 방울이는 고소하단 듯 쳐다봤다.

"집에 계셔야 대답을 하지."

"새벽부터 어딜 가셨느냐?"

그는 어제 일부러 들러 검시를 부탁했건만, 이렇게 필요할 때 자리를 비운 원 의녀가 야속했다.

방울이는 마루 한편에 널어놓은 환약을 걷으면서 약을 올렸다.

"우리 의녀님이 얼마나 바쁘신 분인데. 새벽부터 앞산에 이슬 받으러 가셨습니다요. 요 이슬은 해 뜨기 전에 한 알, 한 알 유병에 모아야 약효가 으뜸입니다요."

"하필 오늘?"

"그러게 하필 오늘 오셨습니까?"

그때 홍련이 막 대문에 들어섰다.

"원 의녀!"

이보다 더 반가울 수 있을까? 권 이방은 얼른 달려갔다. 물론 홍련의 두 손을 맞잡기 전에 무영이 막아섰다. 방문 이유를 짐작한 홍련의 목소리는 차가웠다.

"부사의 검시를 맡지 않겠다, 미리 말씀드렸습니다."

"알지, 알아. 검시가 아닐세. 부사가 살았어."

홍련의 눈이 커졌다. 곁에 있던 이들도 마찬가지였다.

"살았다구요?"

"그래. 우리도 죽은 줄 알고 장사 치르려고 보니까, 벌떡 일어나더라구. 그런데 정신을 못 차리네. 애들 먹이는 약이라도 먹여 봐야 하지 않겠나?"

일리 있는 말이었다. 사람 살리는 데 어른 약, 아이 약이 어디 있겠는가. 구아방의 약이 필요하다면 내어 줄 수 있었다.

"증상이 어찌 됩니까? 일단 약을 드리고, 차후에 정식으로 의원을 부르는 것이 좋을 듯합니다."

"여보게. 약보다는 직접 맥이라도 짚어 보고 침이라도 놓으면 빨리 회복되지 않겠는가."

권 이방은 애가 탔다. 하지만 홍련의 답은 명료했다.

"남녀가 유별하고, 이미 혼인한 몸이라 외간 남자를 진료할 수 없습니다. 반나절만 가시면 변 의원이 계시지 않습니까?"

"변 의원이 풍 맞았다는 소문을 못 들었는가?"

권 이방도 한낱 의녀에게 구걸하자니 자존심이 상했다. 그러나 그가 깨어나야 서안에 펼쳐 있던 서신의 출처를 알수 있을 것이다. 귀신 사건의 주요 단서를 갖고 있는 부사를 무슨 수를 써서라도 일단 살려야 했다. 결국, 이 사실을 원 의녀에게 털어놓았다.

"사실 서신 한 장이 발견됐지 뭐냐. 사또가 죽기 전에 썼는지 귀신이 썼는지 당최 알 수가 있어야지. 뜬금없이 '홍련아, 보거라' 요 말만 써 놓고 정신 못 차리니, 답답해 죽겠다."

홍련의 눈빛이 흔들렸다. 그걸 권 이방이 눈치챌 리 없었다.

"의녀께서는 홍련이를 아시오? 사또가 연모하는 처자 이름인가, 홍련 귀신 이름인가 싶기도 하고. 일단 살려 봐야 않겠는가?"

홍련은 제 이름을 듣고 귀를 의심했다.

"서신에 뭐라 써 있었다구요?"

"홍련아 보거라."

무영은 홍련의 표정을 읽기 바빴다. 신분을 감추고, 제 언니의 죽음을 쫓는 홍련이 아니던가. 홍련의 미간이 좁아졌다. 골똘히 생각할 때 나오는 특유의 표정이다. 추리 마님이 무엇을 생각하는지 알 수 없었지만 대답을 기다리는 사또를 오랫동안 세워만 둘 수 없는 상황이라 무영이 입을 열었다.

"의녀님, 인명은 구하여야 합니다. 아녀자의 도리는 차후의 문제입니다. 아무래도 가 보셔야겠습니다."

홍련이 천천히 고개를 들었다. 사실 뜻밖의 소식에 다리가 후들후들 떨렸다. 아무도 눈치채지 못하게 두 손으로 치맛단을 꼭 쥔 채 답했다.

"아무렴요. 제가 가야겠습니다."

홍련은 떠오르는 태양을 보며, 심호흡을 했다.

관아는 이미 북적였다. 사또가 살았다는 소문이 퍼지면서 구경 온 백성들이 문전성시를 이뤘다. 백발의 노파들은 담벼락에 정화수를 떠 놓고 빌고 있었다. 그야말로 기적 같은 일이었다. 홍련은 안내를 받아 내아로 들어섰다.

사또는 반듯이 누워 있었다. 죽은 듯 보였지만 식은땀을 흘리며 얕은 숨을 쉬고 있었다. 분명히 살아 있다. 홍련은 우선 명주천을 꺼냈다. 아무리 의녀지만, 남자의 손을 마음대로 잡을 수 없었다. 명주천을 무영에게 내밀었다. 그는 사또의 팔에 천을 감싸고 맥을 짚었다. 다행히 큰 병이나 생명의 위협을 받고 있는 상황은 아니었다.

"여독입니다."

마음이 급한 권 이방의 귀에는 '독입니다'로 들렸다.

"독살이란 말이냐? 해독할 수 있는 독이더냐?"

"아니, 여독이요. 길 오시면서 피로가 쌓인 것 같습니다. 혈을 뚫어 드리고, 탕약을 드시면 금방 일어나실 것입니다."

도련님의 옷가지를 챙겨 들어오던 쇤동이는 의녀를 보자 납작 엎드리며 감사의 절을 올렸다. 우리 도련님을 살려만 주시면 모든 것을 해 주겠다며, 최고급 약재를 부탁했다.

"이놈아, 감사를 왜 그쪽에 해."

권 이방은 서랍에 넣어 둔 벽사 손수건을 꺼내 보며 쇤동이를 타박했다. 이 손수건이 귀신의 해코지를 막았다고 볼 수밖에 없었다.

"이 벽사 손수건이 큰일을 했구먼. 이 덕에 사또 목숨 부지한 줄 알아라. 뭘 알지도 못하면서."

"그 손수건은 제 것이 아닙니까?"

홍련은 똑 부러지게 바른말을 했다.

"그런데 과연 손수건 덕분일까요?"

그 한마디에 이방도 쇤동이도 모두 입을 닫았다.

"사또께서 목숨은 건지셔서 다행이었지만, 아직 산 것도 아니요, 죽은 것도 아니십니다. 더 지켜봐야 합니다. 오늘 밤도 귀신을 본다면 몸이 허한 상태라 악화될 수도 있습니다. 밤새 지켜봐야 할 겁니다."

사또를 위해서라면 뭐든지 다 하겠다고, 호기롭게 말을 뱉던 쇤동이가 주춤했다. 슬슬 문지방을 넘어 밖으로 몸을 빼고 있던 차였다. 권 이방은 주인을 지켜야 하지 않겠냐고 쇤동이를 구슬렸다.

"저는 종놈이라 해 지면 자고, 해 뜨면 깨고. 귀신보다 잠이 더 무서운 놈입니다."

제 주인을 살리기 싫어서가 아니었다. 평생을 그렇게 살던 종놈에게 밤을 새우는 것은 무리였다. 사실 두렵지 않다면 사람이 아니다.

"그럼. 내가 이런 부탁까진 안 하려고 했는데."

권 이방의 눈이 홍련을 향했다. 무영이 먼저 그 의도를 눈치채고 답을 했다.

"예, 안 하셔야 합니다. 의녀님은 진료를 마치고 구아방으로 돌아가실 겁니다. 차라리 이방께서 남으십시오."

무영의 한마디에 권 이방은 백 마디를 내뱉었다. 각종 핑계였다. 그러다 귀신의 서신을 꺼내 홍련에게 보여 주었다.

"홍련아, 보거라. 내일 다시 올 테니 기다려. 딱, 요렇게 써 놨으니… 반드시 오지 않겠는가?"

홍련은 숨이 멎었다. 정말 언니 글씨였다. 어린 시절부터 보아 왔던 낯익은 필체가 그녀의 마음을 흔들었다.

"제가 남겠습니다."

"그렇지. 내가 약값은 후하게 쳐 주겠네."

벌써 뒷걸음질로 나가면서 권 이방은 활짝 웃었다. 능글맞은 권 이방이 나가고, 쉰동이가 탕약을 끓이러 가고 나자, 홍련과 무영만 남았다.

"정말 언니일까요? 다시 올까요? 저도 볼 수 있을까요? 이제 언니의 시신을 찾을 수 있을까요?"

급한 마음에 무영에게 대답할 수 없는 질문들을 쏟아부었다. 그 소리에 정동호가 눈을 떴다 감았다.

"사또, 정신이 드십니까?"

정동호는 아득한 어둠 속에서 환청처럼 여인의 소리를

들었다. 사실 지금은 아무것도 기억나지 않았다. 깨질 듯한 두통이 밀려왔다. 눈을 뜨고 싶었지만, 어지러웠다. 사력을 다해 실눈을 떴다. 낯선 방. 낯선 얼굴. 낯선 향기. 아- 여기가 저승인가?

그때, 따끔한 감각 때문에 눈이 번쩍 떠졌다. 꿈이 아니었다. 여인이 급히 침을 놓고 있었다. 그마저도 꿈처럼 아득하게 보였다.

"이제 정신이 드십니까?"

"여기가 이승입니까, 저승입니까?"

"이승입니다."

"아, 쉰동이! 그놈은 지금 어딨습니까?"

정동호는 몸을 일으키면서 제일 먼저 제 수족의 거취를 물었다. 홍련은 대답 대신 무영을 쳐다봤다. 얼른 데려오라는 눈빛이었다. 무영이 나가자 두 사람만 남았다.

"안정을 취해야 하십니다. 갑자기 일어나시면 기가 산란해집니다."

그녀는 어린 환자를 대하듯 그를 눕혔다. 그녀의 손가락이 어깨에 닿자, 정동호는 신기한 느낌을 받았다. 어머니 이외에 여자의 손길을 타 보지 못한 총각이 아니던가. 죽다 살아났는데, 이제 얼굴이 빨개져 죽을 것 같았다. 홍련은 갑자기 얼굴이 붉어진 사또의 상태를 이상하게 생각했다.

"열이 오릅니까?"

홍련의 마음이 불안해졌다. 비록 귀신이 되어 버린 언니지만 그래도 만나야 했다. 그러기 위해서는 이 남자가 필요하다. 혹시라도 몸에 이상이 생기면 언니를 볼 수 없으니, 정성을 다할 수밖에 없었다. 혹시 열이 나나 싶어 그를 덮고 있던 이불을 휙 걷어 내고 섬섬옥수로 이마를 짚었다. 기 순환에 문제가 생긴 것은 아닌가 싶어서 팔도 주물러 본다. 하지만 나아지지 않고 열은 계속 오르는 것 같았다. 대체 무슨 병이란 말인가. 이렇게 차도가 없어서야. 마음이 급해졌다.

정말로 정동호의 몸은 점점 더 열이 올랐다. 때마침 쇤동이가 요란스럽게 뛰어 들어왔다. 저승까지 갔다가 겨우 돌아온 도련님이 정신이 들자마자 자기를 찾았다니 얼마나 감격스러운가.

"사또, 제가 왔습니다. 제가!"

난생처음 여인과 단둘이 있었던 정동호는 이제야 겨우 숨을 내쉬었다. 저놈의 얼굴을 보니 살 것 같았다. 사또의 혈색은 이제 정상으로 돌아와 있었다. 홍련은 일단 침구를 챙겨서 일어났다.

"사또, 오늘 밤은 저와 함께하실 겁니다."

정동호가 대답을 하기도 전에 단호한 그녀의 목소리가 이어졌다.

"원통함이 없게 하라. 무원록에도 그리 적혀 있지요. 관아의 사또의 사명도 이와 다르지 않을 것입니다. 어젯밤에 무엇을 보셨는지 모르겠지만 그들도 살아 있을 때는 백성이었을 것입니다. 그러니 사또만 찾아뵈려고 하는 것일 겁니다. 일단 필요한 약재를 챙겨 다시 올 테니, 좀 쉬고 계십쇼. 기력을 회복하셔야 오늘 밤 귀신들을 다시 만나실 수 있습니다."

의녀가 나가며 인사를 하자, 사또는 뒤에 대고 엉거주춤하게 맞절을 했다. 생명을 구해 준 은인이지 않던가. 그리고 그녀의 말이 계속 맴돌았다. 그래, 귀신도 백성이다. 그리고 귀신의 형체를 보고 나니 생각보다 무섭지는 않았다. 다시 겪고 싶지 않은 촉감이었지만 어제만큼 무섭지는 않았다. 뭐든 그 정체를 모를 때, 형태가 없을 때 무서운 것이다. 알고 나면 사실 시시한 것이 대부분이지 않던가.

그렇게 생각에 잠겨 있는데 다시 소름이 돋았다. 다시 보고 싶지는 않았다. 피할 수 있다면 어떻게든 피하고 싶은데…. 격하게 달려든 쉰동이 때문에 다시 정신이 산란해졌다.

"도련님, 도련님. 정말 귀신을 보았소?"

"보긴 봤는데…."

"그럼 저승도 다녀오셨소?"

"오늘은 같이 가 보겠느냐?"

쉰동이는 대답은 피하고 괜히 너스레를 떨었다. 애꿎은 벽사 손수건 무용담만 늘어놓으며, 손수건을 병풍 한가운데 고정시키면서 부산을 떨었다.

"오늘은 이걸 쫙 펴서 걸어 놓는 거지. 요기, 요기가 좋겠네. 안 그래요?"

쉰동이가 북 치고 장구 치는 동안 정동호는 '끙' 하며 다시 누워 버렸다.

3

약방에서 돌아온 홍련은 놀라운 속도로 기력을 회복한 정동호를 보고 내심 감탄을 했다. 혼절해 있었을 때는 백면서생이었는데 지금은 혈색이 돌아왔다. 짙은 눈썹은 가지런했고, 눈동자는 검으면서도 검푸른 기운이 맴돌았다. 저렇게 맑은 눈동자를 한 이가 또 있을까? 창백했던 입술도 붉게 돌아와 있었다. 그렇게 마주 앉은 채 남자를 빤히 쳐다보았다.

찰색을 살피는 중이라지만, 그녀의 눈빛을 모조리 받고 있던 정동호는 귓불이 뜨거워지는 것을 느꼈다. 어머니 말고 이렇게 내게 집중하던 여인이 있었던가. 정신이 혼미해질 지경이었다. 책에서도 배운 적 없는 감정이라 이를 뭐라고 표현해야 할지 몰랐다. 그저 저 여인의 진찰법이 참으로 별나다고 생각했다.

눈치 빠른 쉰동이는 도련님의 빨갛게 달아오른 귀를 보

고 슬며시 일어났다. 아궁이에 땔감이 떨어진 것 같다며
서둘러 나갔다. 단둘이 남게 되자 정동호는 괜히 옷깃을
정리하며, 정좌를 하고 앉았다. 의녀는 신경도 쓰지 않고
있지만.

홍련이 궁금한 건 단 하나였다.

"사또. 어젯밤 일을 상세히 듣고 싶습니다."

간절한 청이었다. 작정하고 묻는 것이 오히려 이상했다.
대체 왜 이 의녀가 장화 홍련 귀신을 궁금해하는 것일까.

"치료에 필요한 문답이요?"

"예. 어떤 귀신을 보고, 얼마나 놀랐는지 알아야 제가
약을 처방할 수 있습니다."

거짓말이지만 정동호가 알 리가 없었다. 의녀의 말을
듣고 보니 그럴싸하기도 했다. 결국 어제의 기억을 곱씹
으며 입을 열었다.

"차가운 물. 천장에서 물이 뚝뚝 떨어졌소. 아마, 물에
빠져 죽은….."

"귀신?"

"예."

정동호는 다시 악몽이 떠올라 몸을 부르르 떨었다.

"이건 기억나십니까?"

홍련이 서신을 내보였다. 그는 고개를 내저었다. 아무
리 살펴봐도 처음 보는 서신이었다.

"어젯밤 여기서 발견된 것입니다."

"홍련아?"

"예."

"제게 온 서신은 아닌데…. 대체 누가 쓴 것입니까?"

"사또께서 그걸 기억해 내셔야 합니다."

의녀의 눈빛은 간절했다.

"미안하오. 기억나는 건 서신이 아니라, 천장에 매달린 처녀 귀신 둘이었소. 긴 머리를 풀어 헤친…. 두 여자! 아, 장화 홍련 귀신이오!"

"둘…이란 말입니까? 혼자가 아니라?"

"그렇소, 분명히 자매 같았소. 필시 장화와 홍련의 혼령이 아니겠습니까?"

홍련은 둘이란 말에 고개를 갸웃했다. 그럴 리가 없다. 그럼 언니가 아니란 말인가?

"일단 오늘 밤 다시 나타난다 하였으니, 그때 이름을 물어봐 주십시오. 사또."

"이름을 묻는다고 달라질 것은 없소. 귀신의 존재는 내가 눈으로 확인했으니, 굿을 해서 달래든 퇴마를 해서 내쫓든 결론지을 것이니 그리 알고 그만 돌아가시오."

"사또, 오늘 밤에 또 귀신이 온다 하지 않았습니까? 제가 곁에 있을 것입니다. 겁먹지 마시고, 굿으로 내쫓지 마시고 이름만 여쭤봐 주십시오."

"이 방을 내드리지요. 귀신한테 직접 물어보시오."

"그럴 수만 있다면 그러고 싶지만 제 앞에는 나타나지 않습니다. 그러니 제발, 오늘 밤 귀신을 만나 주십시오. 사례는 넉넉히 하겠습니다."

사례라는 말이 정동호의 자존심을 건드렸다. 사또가 귀신을 보고, 백성에게 사례금을 받는다면 무당과 다를 것이 없다. 귀신도 백성이니 이름 물어보는 것이 대수겠는가.

"오늘 밤, 딱 한 번만 귀신을 보겠습니다. 그런데 왜 그렇게 귀신의 이름을 물어보라고 하십니까? 혹시 찾는 분이 계시오?"

"예. 그 서신을 남긴 귀신은⋯."

홍련이 망설이는 게 보였다. 정동호는 덜컥 겁이 났다. 의녀의 입에서 나올 말이 '사람을 잡아먹는다', '실성시킨다', '보면 죽는다' 같은 무서운 이야기일까 봐 내심 떨렸다.

"이름은 배장화. 제 언니입니다. 그리고 제 이름은 홍련입니다. 배홍련."

정동호는 그 말을 듣자마자 뒷목이 뻐근해졌다. 손각시가 된 장화와 홍련 귀신 중 한 명이 지금 눈앞에 있다는 것이 아닌가! 그렇다면 지금까지 귀신을 보고, 귀신과 대화했다는 말인가? 호흡이 가빠지면서 시야가 흐릿해졌다.

"사또! 정신 차리시오!"

홍련은 눈앞에서 혼절하는 정동호를 속절없이 볼 수밖

에 없었다. 어떻게든 정신을 들게 해야 한다. 사또의 신변에 이상이 생기면 오늘 밤 언니를 볼 수 없다. 그의 어깨를 사정없이 흔들었다. 따귀도 때려 봤지만 소용없었다. 마침 문 앞에 도착한 무영이가 달려 들어왔다.

"무슨 일이냐!"

"또 쓰러지셨습니다."

"또?"

놀라 달려온 쉰동이는 또 귀신이 나왔냐며 호들갑을 떨었다. 홍련은 두 남자의 다그침에 그저 고개를 숙일 수밖에 없었다. 자신을 귀신으로 오해하고 혼절하였으니 할 말이 없었다.

"가뜩이나 겁 많은 양반한테 두 사람, 뭘 하신 겝니까? 흉한 꼴로 쓰러졌단 걸 아시면, 깨자마자 한양으로 돌아가실 겁니다. 사람들이 사또는 겁쟁이라고 놀리기 시작하면 누가 책임집니까? 남들이야 귀신이 있네, 없네, 하지만 귀신을 본 당사자 처지에서 생각해 봅시다. 얼마나 가련합니까, 저 양반."

쉰동이는 급기야 소맷부리에 눈물을 찍어 냈다.

"겁이 많으시다고요? 아닙니다. 본디 강한 몸을 갖고 태어나셨습니다."

홍련은 확신했다. 맥을 짚고, 찰색을 살펴 내린 결론이다. 평소 어떤 사람인지 알 수는 없지만 강한 심장을 가진 것은 확실했다. 그래서 귀신을 보고도 담대히 살아남았다. 그렇지만 혼절한 상황은 매우 위험하다. 침, 뜸도 부족하고 약재도 없으니 비상 상황을 대처하기 힘들었다.

문제는 이 방이었다. 을씨년스럽고 탁한 기운이 흘렀다. 눈에 보이지 않기 때문에 발설할 수는 없지만, 기감이 발달한 그녀는 충분히 느끼고 있었다. 일단 몸을 해치는 사기(邪氣)는 피하는 것이 상책이다. 사또를 구아방으로 옮겨서 진료를 하는 수밖에 없다. 하지만 쉰동이는 여기서 한 발자국도 못 옮긴다고 버텼다. 이방도 이 사실을 알게 되면 막아설 것이 분명했다. 우선 홍련은 쉰동이를 진정시키고 구아방에 가면 그를 살릴 약재가 있다고 회유했다.

쉰동이는 글은 모르지만 사또를 살리는 길이 무엇인지는 잘 알고 있었다.

"이렇게 합시다요. 제가 망을 보는 동안 두 분이 사또를 약방으로 옮기십쇼. 그사이 짚단으로 대충 사또 나으리 형상을 만들고, 서안 앞에 대령하겠습니다. 이방 나리에게는 '사또께서 아무도 들이지 말라 하셨습니다' 합지요. 어때요?"

제법 그럴싸한 계획에 두 사람은 동의했다. 세 사람은 당장 거행했다.

정동호는 정신이 혼미한 상태에서도 코끝에 느껴지는 따뜻한 기운을 알아차렸다. 향긋한 약초 냄새가 머릿속을 헤집으며 두통을 걷어 갔다. 그리고 깨달았다. 이런, 또 쓰러졌구나. 도대체 여긴 어딜까? 누가 날 데리고 왔을까? 목숨은 붙어 있는 걸까? 호기심에 실눈을 떠 봤다.

천장에는 주렁주렁 약초 주머니가 매달려 있다. 누운 상태로 곁눈질을 해 보니, 윗목에서는 땡글땡글한 환약이 말라 가고 있었다. 아마도 약방 같았다. 고개를 살짝 들어, 문가를 바라봤다. 뒤돌아 앉은 여인이 환약을 빚고 있었다.

"정신이 드십니까?"

홍련이었다. 또다시 이런 모습을 보이다니. 차라리 깨어나고 싶지 않았다. 이 와중에 넘어지면서 어디에 부딪혔는지 무릎이 시큰거렸다. 손목도. 엉덩이도 아픈가? 대체 얼마나 망측한 모습으로 쓰러졌던 것일까.

눈치 빠른 그녀는 사또가 눈뜬 것을 보자마자 한달음에 곁으로 다가왔다.

"…당신은?"

"정신이 드십니까?"

정동호는 마지막이 기억났다. 장화 홍련 귀신 이야기를 하며 쓰러졌다. 그렇다면 지금도 귀신과 함께 있다는 것일까? 정신을 차려야 한다. 벌떡 일어나 앉으며 홍련을 뚫어져라 봤다. 볼도, 입술도, 눈빛도 전부 엷은 도홧빛의 생기가 돌고 있었다. 그가 손을 뻗었다. 따뜻한 그녀의 볼이 손끝에 닿았다.

놀란 홍련이 손길을 피하려다가 멈추고 말았다. 그래야 할 것 같았다. 그가 기억을 더듬어 가며 깨어나는 중이기 때문이다. 자신 때문에 사경을 헤매지 않았던가. 그의 손을 가만히 잡았다. 맥박이 느껴졌다. 다행이다. 그의 맥이 안정적으로 뛰고 있었다. 그가 꿈속에서 말하듯 나직하게 말했다.

"이렇게 그대가 살아 있는데, 조선 팔도에 어찌 장화 홍련 귀신 이야기가 떠도는 것이오?"

"저도 궁금합니다. 제가 이렇게 살아 있는데, 대체 왜 죽었다고 하는 걸까요? 제 시신이라도 찾았답니까?"

홍련의 눈에서는 뜨거운 화가 차올랐지만, 말은 더없이 차가웠다.

"그건 모르오만….."

정동호의 목소리는 기어들어 갔다. 모두가 진실이라고 생각해서 진실로 받아들였다. 하지만 그녀의 말이 맞았다. 시신 한 번 확인하지 않으니 진실이 아닌 소문이다. 그 소문에 많은 사또들이 맥없이 목숨을 잃었다. 그리고 더 이상 지금 상황이 꿈이 아닌 것을 알아차렸다. 정신을 가다듬는데 홍련의 말이 이어졌다.

"사또가 그러시면 안 되지요. 본 것만, 정확한 것만 말씀하셔야 저처럼 억울한 사람이 없어집니다. 물론 제가 홍련인 것은 아무도 모릅니다. 일단 사또께서도 비밀 지켜 주십시오. 때가 되면 스스로 밝힐 것입니다."

"그보다는 지금이라도 관아에 신고를 하고 정식으로 사건을 조사하는 것이 좋아 보입니다."

"아니요. 비밀을 지켜 주지 않으신다면 당장 황천길로 가는 환약을 입에 넣어 드릴 것입니다."

정동호는 등골이 오싹했다. 저 정도의 독기라면 귀신이 아니라 저 여인의 손에 죽을 것 같았다.

그때였다. 끼이익, 방문이 저절로 열렸다. 두 사람의 시선은 문으로 향했다. 홍련은 방 안 공기가 서늘해지는 것을 느꼈다.

"귀신이오? 언니가 나타났습니까?"

홍련은 다급하게 물었다.

그는 고개를 끄덕였다. 몸이 덜덜 떨려 입을 열 수조차 없었다. 하지만 문에서 눈을 뗄 수도 없었다. 홍련의 손을 잡아끌어 제 뒤로 숨겼다. 열린 문으로 처녀 귀신이 어제 봤던 자매 귀신을 데리고 들어왔다. 처녀 귀신은 가볍게 묵례하며 사또에게 다가왔다.

엉겁결에 귀신들의 인사를 받은 정동호는 당혹스러웠다. 방이 좁아 도망칠 수 없었고, 의녀에게 추잡스러운 모습으로 각인되고 싶지 않았다. 하지만 난생처음 보는 귀신을 어떻게 대해야 할지 참으로 난감했다.

"언니? 언니야?"

홍련의 눈에는 아무것도 보이지 않았다. 하지만 서신을 남긴 귀신이라면 언니가 확실했다. 혼이 된 언니라도 만나고 싶었다.

장화는 그 애처로운 모습을 가만히 봤다. 참으로 잘 컸구나, 참으로 예쁘구나. 동생의 머리라도 쓰다듬어 주고 싶지만 참았다. 귀신이 산 사람을 만지면 탈이 난다. 그저 무탈하도록 지켜보는 것이 언니의 마음이다. 욕심은 늘 화를 부르니 손을 거뒀다. 대신 사또가 정신을 잃기 전에 서둘러 청을 넣어야 했다. 장화는 자매 귀신을 세워 놓고, 홀로 사또를 향해 걸어갔다.

"그만! 더는 오지 마, 오지 마시오!"

정동호는 발버둥 치며 필사적으로 장화 귀신을 거부했다. 윗목으로 달려간 홍련은 아직 덜 마른 환약 한 줌을 집었다. 살려야 한다는 사명감으로 그에게 달려들어 환약을 억지로 먹였다.

"씹으십시오! 씹어야 삽니다."

사또는 숨이 넘어가기 직전이었고, 몸은 점점 경직되었다. 그러니 입속의 약을 제대로 씹을 수가 없었다. 홍련은 어떻게든 약을 먹여야 했다. 남은 환약을 제 입에 넣고 씹었다. 제 입속의 약을 사또의 입으로 밀어 넣었다.

"야야! 사람 그렇게 쉽게 안 죽어. 얘가 지금 언니 앞에서 못 하는 게 없어!"

장화는 난데없는 입맞춤 장면에 당황했다.

"니들 눈 감어!"

낄낄거리며 좋은 구경하던 자매 귀신은 얼른 두 눈을 가렸다. 하지만 언니가 보일 리 없는 홍련은 다급했다. 다행히 그는 약을 삼켰고 그와 동시에 눈을 번쩍 떴다.

정동호는 태어나서 이렇게 쓴 약을 먹어 본 적이 없었다. 저승사자도 깜짝 놀랄 정도였다. 혀를 마비시킬 정도로 얼얼했다. 귀신 보는 것보다 더 무서운 맛이라 다신 먹고 싶지 않았다.

"이제 혼절하지 않으실 겁니다. 빨리 귀신에게 이름을 물어봐 주세요. 예?"

정동호는 정신을 바짝 차리고 귀신에게 물었다.

"네가 장화더냐?"

정면에 서 있는 장화에게 물었다. 홍련도 그의 시선을 좇았다. 공손한 모습의 장화가 사또를 째려봤다. 그는 흠칫 놀라며 뒷걸음질 쳤다.

"어디서 반말이니?"

장화가 정동호에게 점점 다가왔다.

"예?"

그는 갑자기 두 손을 모으고 공손하게 다시 물었다.

"그쪽이 장화십니까?"

"그렇지, 그렇지. 이제부터 그렇게 잘합시다."

두 사람의 대화가 들리지 않는 홍련은 답답했다.

"언니? 언니야?"

"맞소."

정동호는 장화의 눈치를 보며 대답을 했다. 그사이 장화는 동생에게 다가갔다. 제 앞에 선 모습을 물끄러미 바라봤다.

"이리 빨리 보게 될 줄 몰랐구나."

그 모습을 지켜보던 정동호는 이제야 긴장이 풀렸다. 자신이 상상했던 귀신이 아니었다. 동생을 그리워하는 언니일 뿐이었다. 홍련의 어깨를 잡아 곁으로 데려왔다. 그리고 장화가 있는 곳을 가만히 알려 주었다. 그가 일러 준 곳을 보고 홍련은 언니와의 대화를 시도했다.

"편지, 언니가 썼지? 맞지?"

"맞다. 내가 썼다."

그는 언니의 말을 동생에게 전했다.

"어디야? 언니가 죽은 곳이 어디냐고!"

"아직 시체를 못 찾았습니까? 장화…?"

그는 나이가 많은 귀신을 뭐라고 불러야 할지 몰랐다. 장화도 잠시 고민했다. 호칭은 빨리 정리할수록 좋았다.

"누님? 요거 괜찮다."

"…예, 장화 누님."

"누가 누님이라는 겁니까?"

영문 모르는 홍련은 사또가 장난치는 것 같아 기분 나빴다.

"그분이 그렇게 불러 달라고 하십니다."

"우리 언니는 그런 분이 아니오. 경우 바르고, 예의 바른 분인데, 어찌 사또에게 그런 장난을 한단 말입니까!"

홍련의 호통에 정동호는 기가 막혔다. 하지만 귀신의 말이니 증거를 댈 수도 없었다.

"이거 봐요. 제가 뭐가 됩니까?"

"귀신이 되니 품성이 바뀌더이다. 답답하게 살아 봤더니, 답답하기만 해. 일단 내가 죽은 곳은 당장은 밝힐 수 없다고 전하고."

장화의 말이 이어지기도 전에 홍련의 애절한 물음이 계속됐다.

"동네 사람들이 말하는 것처럼 사통한 것은 아니지? 아니잖아? 언니가 낳았다는 아기. 계모가 넣어 놓은 쥐새끼잖아! 왜 말을 못 했어? 왜 알면서도 그냥 죽은 거야?"

이내 홍련의 눈에서 눈물이 흘렀다. 그걸 바라보는 장화의 마음도 무거웠다. 처녀 귀신의 정체를 몰랐던 자매 귀신들도 앞뒤 사정을 알게 됐다.

"제발, 아니라고 말하란 말이야!"

거의 울부짖다시피 하는 홍련 때문에 대화를 이어 갈 수 없었다. 게다가 너무 흥분한 나머지 이제 홍련이 실성할 직전이었다. 그때, 밖에서 그녀의 절규를 들은 무영이 급히 들어왔다.

"무슨 일이냐!"

"언니가. 언니가 나타났어요."

정동호도 고개를 끄덕였다.

원하는 답을 듣지 못한 홍련은 정동호의 멱살을 붙잡으며 달려들었다.

"어서, 대답을 들으시오. 어디서 죽었는지, 물어보란 말이오! 빨리!"

악을 쓰던 홍련이 쓰러졌다. 스르르 무영의 품에 안겼다. 보다 못한 무영이 훈혈(暈血)을 눌러 잠시 기절시킨 것이다.

"의녀님을 어서 안채로 모십시다."

정동호는 이 핑계로 이곳을 나가려고 했다. 하지만 장화가 무섭게 노려보며, 검지로 정동호를 가리켰다가 이내 바닥을 가리켰다.

'넌, 남아라.'

굳이 장화가 말하지 않아도, 세 살 아이도 알아챌 수 있는 수신호였다. 그렇지 않으면 죽여 버리겠다는 협박을 알아들은 자신이 야속했다.

"우선 의녀님을 안채로 모시세요. 전 몸이 성치 않아 운신이 힘듭니다."

제 입으로 비겁한 말을 하는 자신이 미웠다. 혹시 무영이 도와 달라고 하면 어쩔 수 없이 도우며 이 방을 탈출해 보려고 했지만 그는 홍련을 번쩍 안고 나갔다.

"이제 됐소?"

정동호가 투덜거렸다. 장화는 흡족하게 웃었다. 이번 사또는 꽤 쓸 만할 것 같았다.

"도대체 언니 동생 모두 저에게 왜 이러시는 겁니까?"

"나으리. 생각보다 구천을 떠도는 귀신이 많습니다."

"그래서요?"

"네가 좀 해결하라고."

"산 사람 문제도 바쁩니다."

"그래서 이렇게 부탁하는 거 아니니. 저승에 가려면 억울함을 풀어야 하는데, 귀신들이 무슨 수로 억울함을 풀겠니? 죽인 자들이 스스로 죄를 고하기 전까지 방법이 없어. 꿈에 나타나는 것도 하루 이틀이지."

옆에서 듣던 자매 귀신도 고개를 끄덕였다.

"일단 애들부터 해결해 줘."

그제야 자매 귀신이 일어나 사또에게 절을 올렸다. 생전 처음 부사가 되어 맡은 임무가 귀신의 일이라니! 하지만 홍련의 말이 떠올랐다.

'그들도 백성입니다.'

그 한마디가 머릿속을 맴돌았다. 우선 자초지종을 들어보기로 했다.

그러자 자매 귀신 중 언니가 사또 앞에 엎드려 자신들의 사연을 고하였다.

이들은 일 년 전, 계모에게 학대를 받고 쫓겨난 자매였다. 전소란, 소정이라고 이름도 밝혔다. 계모는 밥을 굶기고, 종처럼 부렸다고 했다. 소란은 자신들이 당한 일들이 떠올랐는지 흐느끼기 시작했다. 동생도 따라 울었다. 계모의 죄를 만방에 알리고 엄벌에 처해 달라는 청이었다.

"이래서 온 거야. 애들의 이 억울함 어쩔 거니? 누가 보상해 줄 거야? 죽어서도 한으로 맺힌 이 상처를 누가 보듬어 줄 거야? 내가 너무 잘 알아. 나도, 홍련이도 그렇게 컸으니까."

장화는 자매 귀신을 측은하게 바라봤다.

"일단 날이 밝는 대로 살펴보겠습니다."

"약조했다?"

"약조까진 아니고, 일단 살펴보겠다는 거죠. 한쪽의 사정만 듣고 사건을 파악할 수는 없습니다. 정확한 사실에 근거해서 수사해야 합니다."

"그건 알아서 하고. 앞으로 자주 올 거야. 마음의 준비

72

하고 있어."

정동호는 기가 막혔다. 왜 하필 철산 관아로 오시는지, 다른 고장으로 가시면 안 되는지 사정을 했다. 어차피 귀신은 자유자재로 어디든지 갈 수 있지 않은가. 하지만 장화도 고집이 있었다. 부임하는 사또마다 죽어 버렸으니 귀신들도 마음고생이 이만저만이 아니라고 했다. 이제는 딱 집어서 정동호, 너를 찾아가겠다며 윽박질렀다.

"혹시 벽사 손수건 뭐 그런 걸로 우리를 막으려고 했어? 어림도 없는 소리. 벽사 문양으로 방 안을 다 덮어도 우린 무섭지 않아. 얼마나 한이 무서우면 오뉴월에 서리를 내리겠니?"

"혹시 팥알은?"

"억울해 죽겠는데, 팥알이 눈에 들어오니? 피하지 마. 받아들여."

체념한 정동호는 고개를 끄덕였다. 그래도 꼭 묻고 싶은 것이 있었다. 장화 귀신의 눈치를 봐 가며 조심스럽게 물었다.

"그런데 아까 의녀께서 시신이 묻힌 곳이 어디냐고 묻던데. 일단 거기부터 알려 주시면…."

"곧 알게 될 거야. 나도 시간이 얼마 없어. 부탁할게. 여러 사건을 쫓다 보면 날 찾게 될 거야."

"제가 도움이 될까요?"

"물론 도움은 안 되겠지. 대신 동생을 부탁할게. 추리 부인이다, 관아에서도 해결 못하는 사건을 해결한다, 그 소문들은 나도 들었어. 저렇게 혼자 애쓰는 게 안쓰러워. 결국은 나를 찾으려고 저런 일을 한다는 거, 알면서도 모르는 척했어. 그러다 잊겠지, 잊으면 잘 살겠지 했거든. 그런데 끈질기게 언니를 찾네? 이제 나도 이승에서의 시간이 얼마 남지 않았어. 우선 홍련이에게 다른 사람들의 억울함을 풀어 주면, 그 끝에 실마리가 나타날 거라고 전해 줘. 바로 말해 줄 수 없는 내 사정도 이해해 달라고 전해. 아무튼 개 실력 하나는 알아주는 의녀니까 사건 검시에 도움이 될 거야."

"어찌 그리 잘 아십니까?"

"귀신이니까."

멀리 닭 울음소리가 들렸다. 장화는 자매 귀신들에게 빨리 돌아가자고 채근했다. 두 귀신은 벌떡 일어나 사또에게 공손하게 절을 올렸다. 정동호는 귀신의 절에 어떻게 응대해야 할지 몰라 우왕좌왕했다. 익숙하지 않았다. 그사이 장화와 자매 귀신은 벽으로 쓰윽 사라졌다. 사라지는 모습은 다시 봐도 기괴했다. 그때, 장화 얼굴만 벽을 통과해 나타났다.

"아, 언니가 귀신이라 미안하다고 전해 줘. 살았으면 좋았을걸. 그치? 그리고 다신 죽으려 하지 말라고 전해 줘."

놀란 그가 대답도 하지 못하고 있는데 이미 귀신들은 사라졌다. 대신 허공에 대고 소리쳤다.

"다음부턴 문으로 오십쇼! 문!"

환약 때문인가? 귀신을 봤지만 무서움이 들지는 않았다. 이제 텅 빈 방에 홀로 남았다. 귀신들이 사또를 찾았던 이유를 듣고 나자 씁쓸했다. 결국 자신들의 말에 귀 기울여 달라는 소박한 바람이었다. 그렇다면 왜 사또들은 죽어 나갔을까? 죽을 각오로 귀신들의 이야기를 들어주었다면 죽음을 면할 수 있었을까? 사또들의 죽음은 이해가 되지 않지만, 무턱대고 귀신을 무서워한 자신이 한심했다. 이제 병석에서 털고 일어나 철산 부사로 일해야 한다. 그것이 어명이고 효도며 입신양명이다.

날이 밝자 홍련은 정동호와 마주 앉았다. 그들 사이에는 무영이 홍련의 그림자처럼 곁에 있었다. 정동호는 우선 목숨을 빚졌으니 감사 인사를 건넸다.

"사또께서는 어린 시절부터 겁이 많으셨으나 건강한 심장을 지니고 계십니다. 이제는 수시로 귀신을 보실 텐데 걱정 마십시오. 제가 준비한 약이 있습니다."

"그 약이라면 사양하겠소. 약효가 좋아 계속 지속될 것 같습니다. 상황이 이러하니 귀신들이 계속 절 찾아올 것입니다."

"그래서 말인데, 언니는 어땠소? 좋아 보이던가요? 꿈에 종종 나타났는데 어린 시절 그 모습 그대로인지 궁금합니다."

"귀신도 나이를 먹나 봅니다. 비록 귀신이지만 행색이 단정하고, 손위 누이처럼 보였습니다. 그리고 죽지 말라고 하셨습니다. 왜 그런 말을 했는지 저는 모르지만, 당사자는 아시겠지요?"

"예."

홍련의 대답은 간결했다. 그 말이 무슨 뜻인지 알고 있으니까.

"그리고 귀신들의 억울함을 풀어 달라 청하셨소. 언니께서도 부인의 의술과 추리 솜씨가 뛰어나다는 걸 이미 알고 계셨습니다. 제가 귀신을 볼 때마다 의녀님께서는 추리 부인의 실력으로 사건을 해결해 주시면 됩니다. 대신, 언니가 죽은 곳을 성급히 알려고 하지 마십시오. 그분 말씀에 따르면, 사건을 해결하다 보면 알 수 있을 것이라고 하셨습니다."

"그렇게 말한 연유가 있습니까?"

"잘 모르겠습니다. 자세한 것을 묻기도 전에 새벽닭이 울었으니까요. 누님께서 의녀님 별명이 추리 마님이라고 알려 주었는데, 참으로 독특합니다."

"원추리라는 이름으로 살고 있어 붙은 별명입니다. 공

교롭게 추리(推理)라는 말과 비슷해서 붙여진 별명인데. 언니가 그것까지 알고 있었군요."

"아무래도 귀신이니까 이미 다 알고 계셨습니다. 자세한 설명은 차차 하기로 하고. 딱 한 가지만 결정해 주시면 됩니다. 앞으로 저와 함께하시겠습니까?"

"그럼요, 제가 원하던 바입니다."

홍련의 눈동자가 반짝였다. 추호의 흔들림도 없는 말투였다.

그때, 적막을 깨는 말발굽 소리가 요란하게 들려왔다. 권 이방과 포졸들이 들이닥쳤다.

"사또!"

권 이방은 사또를 발견하고 한달음에 달려왔다.

"여기 계시면 어떡합니까!"

그의 눈에는 반가움과 원망이 교차돼 있었다.

"어찌 주인을 여기로 모셨느냐!"

포졸들 뒤로 재갈을 문 채 오라에 묶인 쇤동이가 보였다. 그 모습을 본 정동호가 놀랐지만, 홍련이 먼저 달려 나갔다.

"쇤동이, 자네, 무슨 일인가?"

정동호는 불쾌했지만 화를 낼 수는 없었다. 분명 사정이 있을 것이다.

"이방. 당장 쇤동이를 풀어 주고, 자초지종을 말씀해 주십쇼."

권 이방은 씩씩거리던 숨을 고르며 포졸에게 눈짓을 보냈다. 재갈을 풀어 주기 무섭게 쉰동이의 말이 쏟아졌다.

"저자가 첩자요! 저자가!"

쉰동이의 손끝은 무영을 가리켰다. 연신 배신자라고 소리를 질러 대며 무영을 노려보았다. 영문을 모르는 세 사람에게 권 이방이 자초지종을 설명했다.

사건은 지난밤에 일어났다. 이번에는 자객이 사또를 습격한 것이다. 담 밖에서 쐈는데도 정확히 짚단 인형의 목을 맞췄다고 했다. 다행히도 그들은 사또가 구아방으로 옮겨진 것을 몰랐다.

정동호는 제 목을 감싸며 오싹한 한기를 느꼈다. 그 방에 머물렀다면 즉사다. 그런데 왜 쉰동이가 무영이를 범인으로 지목했는지 알 길이 없었다.

"도련님이 의녀님을 귀신으로 알고 쓰러졌는데 얼마나 흉하던지. 내가 봐도 진짜 흉했어. 요렇게 자빠졌는데. 일단 약이 없으니까 구아방으로 데려갔지요. 전 홀로 관아에 남아 대충 짚단으로 사람 모양을 만들어서, 도련님 옷을 딱 입혀 놓고 밤을 새웠지요. 그런데 저자가!"

무영에게 삿대질을 했다.

"일단 사또를 모셔 놓고 다시 돌아와 같이 밤새워 지키기로 해 놓고! 내뺀 거죠. 저놈 얼굴에 딱 쓰여 있잖습니까. 나. 범. 인!"

"그건 자네의 추정일 뿐일세. 확실한 증좌가 있나? 목격자는 있고? 사또, 저자는 그저 무영 오라버니와 함께 관아를 지키기로 했는데 제시간에 돌아오지 않아 화가 났을 뿐입니다."

홍련은 조목조목 상황을 설명했다.

"우선 오라버니는 사또를 죽일 연유가 없습니다. 일면식도 없는 사이고, 둘이 얽힌 일이 없습니다. 저를 지키는 것이 오라버니의 임무인데, 사또께서 저를 해치지 않는 이상 공격할 이유가 없습니다. 또한 이미 구아방으로 거처를 옮긴 것을 아는데, 굳이 짚단에 활을 쏩니까? 정 죽이고 싶었다면 구아방에서 제가 자리를 비웠을 때 목을 조르거나, 독약을 먹이는 것이 더 수월하지 않겠습니까?"

일동은 고개를 끄덕였다.

"그리고 이 증거. 붉은 깃 화살은 북방에서 사용하는 활입니다. 오라버니는 줄곧 한양에서 가져온 화살을 쓰고 계십니다. 그걸 다 소진한다면 이곳의 활을 구비하겠지만, 아직도 넉넉히 남아 있습니다. 자네는 똑똑히 말해 보게. 정말 이분이 활을 쏘았는가?"

"아니…, 보지는 못했지만."

사건의 전후를 알게 된 정동호는 이방에게 사건을 정리

하여 문서로 올리라는 업무 지시를 했다.

"허나 저자가 범인이 아니라는 증거는 없기 때문에 의녀께서는 저자를 잘 감시해 주시오. 도주의 우려는 없어 보이니 정확한 증거가 나올 때까지만입니다."

"좋습니다. 대신 사건을 정확하게 수사해 주십시오. 내사람이 억울해지지 않도록 말입니다."

정동호는 그렇겠노라고 대답했다.

내아로 돌아온 정동호는 쉰동이의 잔소리에 귀를 막아야 할 지경이었다. 왜 범인을 함부로 풀어 주느냐며 성화였다. 그는 대답 대신 자신의 짐에서 보자기에 싸인 물건을 꺼냈다.

"지금 짐 정리하실 땝니까!"

쉰동이가 태평하다고 성화를 했지만 그걸 펼쳐 보는 그의 손끝이 떨려 왔다. 붉은 깃이 똑같은 애기살이었다.

"보아라. 달포 전 노상에서 공격을 당해 겨우 목숨만 건졌는데. 그놈들이 쓰던 화살이다."

"맞습니다. 이걸 가지고 계셨소?"

"봇짐에 맞은 것을 잘 간수하였다. 그러니 무영이란 자가 날 죽이려고 한 것이 아님은 확실하다. 허나 누군가 나를 쫓고 있구나."

"누가 죽으러 가는 우리 도련님을 쫓습니까. 당장 이방을 불러 보초를 늘리고, 여기는 철문으로 딱 막아 버리고. 아니다. 이 김에 그냥 파직할까? 그런데 혹시….”

제 주인을 요래조래 살펴봤다.

“나 몰래 사채 쓰셨소?”

“이놈이!”

“그렇잖소. 도련님이 원한을 살 만큼 친한 사람도 없고. 혹시?”

“그놈의 혹시, 혹시 뭐?”

“사채 써서 소향 아씨께 패물이라도 한 궤짝 보낸 거 아 닌가 해서요. 먼 길 떠나니까 패물로 여인의 마음을 달래 놓으려고 그런 건 아닌가 싶은 거지. 그런데 그런 걸로 여 인의 마음을 잡아서는 아니 됩니다. 혼기가 다 찼는데도 여인에 대해 아무것도 모르니. 도련님을 언제 가르쳐 장 가보내나.”

“네 놈 말 재주가 아깝다. 차라리 글을 배워 시를 짓겠 느냐?”

“낮잠 잘 시간도 없는데 무슨 글이요.”

“소향 낭자는 그런 분이 아니시다. 패물을 반기는 분도 아니고 가까이하지도 않으신다. 그리고 이웃일 뿐, 내가 흠모하는 분이 아니다. 알겠느냐? 허튼소리는 그만하고 조각수를 대령하라. 범인을 잡아야 하지 않겠느냐?”

정동호는 붉은 화살을 노려봤다.

방울이는 툇마루에 앉아 면경을 들여다보고 있었다. 삐쭉삐쭉 입술을 내밀어 보며 제 얼굴을 살폈다. 눈도 치떠 보고, 눈썹도 움직여 봤다. 버드나무 숯으로 그린 눈썹이 제법 그림처럼 어울렸다. 주머니에서 연지함을 꺼냈다. 작년 여름에 새벽이슬 맞으면서 홍화 꽃잎을 한 광주리 채워 가며 만든 귀한 연지였다. 꽃잎을 절구에 찧고 말리기를 반복해서 겨우 얻었다.

한양에 살 때, 추리 마님은 일 년에 한 번 연지를 만들어 다른 마을에 팔았다. 사람을 부리고, 사건을 해결하는 데는 돈이 든다. 그런데 가난한 이는 돈이 없어 일을 의뢰하지 못하는 경우가 종종 있다. 추리 마님은 그런 이들을 돕기 위해 연지를 만들어 팔았다. 유난히 색이 곱고, 한 번 바르면 그 색이 오래간다고 소문이 났다. 다른 곳의 연지보다 값을 두 배 올려 받아도 없어서 못 팔 지경이다. 방울이는 그때 겨우 남은 찌꺼기 가루를 모으고 모아 제 것을 만든 것이다.

작은 접시에 기름 한 방울을 떨어뜨리고 연지를 조금 덜어 냈다. 새끼손가락으로 살살 개어 주니 진한 홍색이 우러났다. 이제 면경을 보고 입술을 따라 연지를 발라 주면 된다. 새끼손가락이 입술에 닿았다. 발색이 잘돼 입술에 생기가 생겼다. 이대로 입술만 따라 그리면 되는데….

"게 아무도 없느냐!"

대문이 벌컥 열리고, 누군가 들어왔다. 온 정신을 집중해서 치장에 몰두하던 방울이는 도둑질하다 걸린 모양으로 화들짝 놀랐다. 연지가 볼까지 쭉 올라간 것은 말할 것도 없었다. 면경을 쳐다보니 쥐 잡아먹은 귀신 꼴의 소녀가 씩씩거리고 있었다.

"아, 진짜. 이놈의 이방 양반을. 아무도 없으면 문을 열지 말아야지."

짜증난 얼굴로 불쑥 고개를 돌렸을 때, 낯선 남자가 들어서고 있었다. 도포를 입은 구척장신의 미남자였다. 이방이 아니었다.

"에구."

방울이는 저고리 섶을 끌어내려 입술을 닦으며 잠시만 기다려 달라고 했지만 남자는 벌써 방울이 앞까지 다가왔다. 그리고 수줍어하는 방울이와 눈이 마주쳤다.

지금 쉰동이는 양반 도포를 입어 영락없는 양반의 모습이었다. 사실 포졸들에게 잡혀 있느라고 빨래할 틈이 없었다. 결국 제 주인의 옷을 빌려 입고 나왔다. 옷이 날개라고 인물이 훤해졌다. 덩달아 양반 말투가 절로 나왔다.

방울이는 난데없는 미남자의 등장에 민망했다. 망친 화장을 재빨리 지우려고 했지만 오늘따라 유난히 지워지지 않아 얼굴이 엉망이었다. 지우려고 할수록 점점 번졌다. 순식간에 볼 전체에 번져 버렸다. 그 와중에 제 얼굴을 뚫어져라 보는 남자의 시선 때문에 고개를 들 수가 없었다.

보다 못한 쉰동이가 곁에 앉아 자상하게 말했다.

"기름이 들어갔는데 쉽게 지워질 리가 있습니까? 기름에는 기름입니다. 기름으로 먼저 지우시고 세안을 하시오."

방울이는 남자의 자상한 말투에 마음이 열렸다. 다른 사람이라면 차마 보여 줄 수 없는 얼굴이지만, 용기를 내어 바로 쳐다봤다.

"참으로 해박하십니다. 나리께서 일러 주신 방법으로 해 보겠습니다. 그런데 어떻게 오셨습니까?"

"쥐엄나무 말린 것이 있소?"

"약재는 판매하지 않습니다."

왈가닥 방울이도 오늘만큼은 얌전히 답하였다.

"사또께서 급히 찾으십니다."

"사또요?"

쉰동이는 슬쩍 방울이에게 다가가 귓속말을 했다.

"은밀히요."

그의 입김 때문에 방울이의 얼굴이 화끈 달아올랐다.

"의녀님께 말씀드려야 하는데…."

"급하오."

쉰동이의 뜨거운 눈빛이 그녀에게 꽂혔다.

"급하시다면 어쩔 수 없지요. 잠시만 기다리셔요."

약재방으로 들어간 방울이는 쥐엄나무 조각을 주머니에

담아 나왔다.

"값은….'

쉰동이가 방울이의 코앞까지 다가와 얼굴을 들이밀었다.

"비밀리에 가져가는 것이오."

그 한마디를 남기고 바람처럼 사라졌다.

"아니, 저! 값을 내놓아요!"

뒤늦게 그를 붙잡으려 했지만 소용없었다. 값을 받으려는 것은 핑계다. 잠시만 더 그를 붙잡고 있고 싶었다. 그런 마음은 몰라주고 속절없이 봄바람처럼 나타나 마음만 헤집고 돌아갔다.

방울이는 툇마루에 앉아서 숨을 골랐다. 철산 남자라면 다 봤는데, 처음 보는 남자였다. 일전에 구아방에 머물렀던 사또 일행인가? 그날은 심부름을 다니러 갔다가 자고 와서 그 일행을 마주치지 못했었다. 대체 누구인지 궁금증이 이는데, 누군가 어깨를 툭 쳤다.

"넋이 빠졌구나."

무영이었다. 홍련과 약초를 캐고 돌아온 차였다. 방울이는 혼비백산하며 놀랐다.

"괜찮으냐? 우리가 들어오는 것도 몰랐느냐?"

방울이가 고개를 쳐든 순간, 잘 놀라지 않는 무영이 깜짝 놀랐다. 입술부터 광대까지 시뻘겋게 물들었기 때문이다. 홍련이도 웃음을 간신히 참으며 물었다.

"누가 다녀갔느냐, 대문도 열어 놓고."

"참. 사또께서 사람을 보내셨습니다. 쥐엄나무 말린 것
을 찾으셨습니다. 은밀하게."

이번에는 무영이가 물었다.

"값은?"

"…값?"

방울이는 모르겠다는 표정으로 고개를 갸웃했다.

"약재를 팔았으니 제값을 받아야지. 나랏일에 쓰든, 사
또가 먹든. 물건값 말이다. 안 받았느냐?"

"은밀하다고…."

홍련은 그제야 방울이의 넋이 왜 빠져 있었는지 짐작이
갔다. 사또의 사람이면 쉰동일 것이다. 그의 인물됨은 익
히 잘 알고 있었다. 여인들이 좋아하게 생겼고, 말솜씨도
뛰어났다. 미남자를 유독 좋아하는 방울이가 그를 보았으
니 정신이 없었을 것이다. 누가 다녀갔는지 알아 버린 후
에는 쥐엄나무에 집중하게 됐다. 툇마루에 앉아 약재를
정리하면서도 계속 머리를 굴렸다. 짐작 가는 것이 있지
만 당사자에게 확실히 물어봐야 알 것 같았다. 당장 사또
를 만나기로 마음먹었다.

자리를 털고 일어나는데, 면경에 비친 자신의 얼굴이
보였다. 잠시 고민하다가 새끼손가락으로 연지를 찍어 입
술에 발랐다. 무영과 방울이는 처음 보는 모습에 얼떨떨

했다.

"마님, 생전 안 바르던 연지를 다 바르십니까? 제가 권할 때마다 마다하시더니."

"입술이 창백하여 사또가 또 귀신인 줄 알면 어쩌느냐? 다른 상상은 마라. 그저 생기를 주고 싶어서 그럴 뿐이니."

그걸 지켜보는 무영의 마음은 심란했다. 내색할 수 없어 고개를 돌렸지만 연지를 찍은 그녀를 자꾸 돌아다보았다. 연지 하나 발랐을 뿐인데, 앳된 그녀의 얼굴 전체가 붉게 물드는 것 같았다.

철산 관아에는 그동안 볼 수 없었던 활기가 돌았다. 사또가 제일 먼저 지시한 일은 별실을 수리해 달라는 것이었다. 부사의 임무 중 하나는 관내에서 일어나는 사건 사고를 공명정대하게 해결하는 것이다. 동헌에 앉아서 관원들이 읊어 주는 정보만 듣고서 사건을 해결할 수 없다. 직접 현장을 방문하고, 채집해 온 증거들을 놓고 궁리를 해야 한다. 그러기 위해서는 사건 해결에만 집중할 수 있는 공간이 반드시 필요했다.

그리고 제대로 수사하기 위해서는 많은 짐들이 필요했다. 살인 사건의 경우 검시보고문안인 '시장(屍帳)'과 검시 지침서인 「무원록」이 있어야 한다. 현장에서 돌아와서는 다른 검시서나 약재 설명서를 참고해야 한다. 그 책들만 추려 놓아도 한쪽 벽은 가득 채울 것이다. 또한 검시에 필요한 물건을 법물이라고 하는데, 은비녀부터 각종 약재까지 다양하다. 매번 다 들고 다닐 수는 없지만 하나라도 갖추지 않을 순 없다. 특히 은비녀는 나라에서 하사한, 은의 순도가 높은 것만 사용해야 할 정도로 중요한 법물이었다. 보안을 유지하면서 보관하는 곳이 별실인데 몇 년째 사또가 없었으니 수리할 곳이 한두 군데가 아니었다.

사또는 우선 급한 대로 한쪽을 치워 놓고 사용하기로 했다. 벽면을 가득 채운 선반에는 관아에서 준비한 법물들이 채워져 있었다. 각종 약재, 독약, 시체를 덮을 백포 등이 반듯하게 정리돼 있었다. 그리고 자신의 짐에서 흰 천에 싸인 물건을 빼 들었다. 책상에 올려놓고 조심히 그 천을 펼쳤다. 오래된 은비녀였다. 그는 손을 뻗어 차가운 은비녀를 조심히 쓸어 보았다. 조부께서 쓰시던 것이라며 직접 챙겨 주시던 어머니의 목소리가 생생하게 들렸다.

설마 자신이 이것을 쓰게 될 줄 몰랐다. 어린 시절부터 동경했던 부사가 되다니! 이제야 실감이 났다. 그리고 종이가 너덜너덜해진 책 한 권을 꺼냈다. 표지에는 「무원록」이라는 세 글자가 흐릿하게 쓰여 있었다. 할아버지처럼 한성부에서 일하며 범인들을 잡고 싶은 마음에 달달 외웠던 책이다. 이제는 머릿속에 든 내용을 종이에 옮기면 그대로 책이 될 정도였다. 표지에 손을 얹고 눈을 감았다.

첫 장부터 마지막 장까지 머릿속에서 흘러갔다. 완벽한 복기였다.

쉰동이가 사기대접을 들고 왔다.

"조각수입니다."

정동호는 얼른 일어나 대접을 받아 책상 위에 올려놨다. 그리고 은비녀를 대접에 넣었다. 그 와중에도 쉰동이는 툴툴거렸다.

"아침 댓바람부터 쥐엄나무 도둑질이나 시키고."

"도둑질?"

"급하다메요? 돈은 안 가져갔지. 조각수는 대령하라지."

"모자란 놈. 돈을 챙겨 갔어야지. 몸에 지닌 것도 없었더냐?"

"와, 이 사람 보게. 사또, 돈 있으면 그게 노비요? 몸종이요?"

"내 불찰이다. 그런데 순순히 주더냐?"

정동호는 홍련을 생각하며 물었다. 하지만 쉰동이는 터진 앵두처럼 입술이 붉었던 방울이가 떠올랐다. 입가에 쓰윽 미소가 돌았다.

"암요. 제가 누구요."

쉰동이의 말에 그는 고개를 끄덕였다.

"난봉꾼이지."

관원이 미리 부탁했던 흰밥 한 공기를 놓고 나갔다. 이제 갓 지은 밥은 고소한 향기를 풍겼다. 지금까지 불 앞에서 쥐엄나무 물을 끓이던 쉰동이는 밥을 보자마자 눈이 돌아갔다. 숟가락도 없이 맨손으로 밥덩이를 집어 입에 넣었다. 얼마나 뜨겁던지, 뱉지도 못하고 먹지도 못했다.

"미련한 놈."

"아, 우, 거, 아."

"시끄럽다. 채신머리하고는."

"후, 아. 오늘따라. 후. 하. 후. 잔소리래."

정동호는 품에서 흰 보자기를 꺼냈다. 그 보자기 속에는 붉은 깃 애기살이 싸여 있었다. 그걸 꺼내 화살촉을 아래로 향하게 해서 밥에 꽂았다.

"에헤. 먹는 거 가지고 장난치면 지옥 가요!"

쉰동이가 화살을 뽑으려 다가오자 정동호가 막아서더니 일에 몰두했다. 잠시 후 화살을 뽑아내고, 조각수에 넣어 놨던 은비녀를 화살이 있던 자리에 다시 꽂았다. 은비녀를 뽑아 올리자, 희고 깨끗했던 은비녀가 까맣게 변해 버렸다. 마치 아궁이 속에서 타다 남은 장작처럼 흉측했다.

"도…옥? 독입니까?"

독이 든 음식을 은수저로 먹으면 까맣게 변한다는 것은 상식이었다. 그 정도는 누구나 아는 것이다. 정동호의 짐작대로 독화살이었다.

"일단 이 사실을 누구에게도 발설하지 마라."

"그러다 또 공격을 당하면요? 같이 죽자구요? 안 됩니다. 관군의 도움을 받아야 합니다."

"우리는 아직 철산 사람이 아니다. 누가 적이고, 누가 우리 편인지 알 수 없지 않느냐."

"이제 좀 사또 같소. 이런 건 언제부터 이렇게 잘했대?"

정동호가 태어날 때부터 그 곁을 지켰다. 비록 동갑의 몸종이지만 제 주인을 동생처럼 생각했었다. 늘 약하고, 세상 물정 모르는 샌님처럼 보였으니까. 하지만 지금은 다른 사람 같았다. 매섭게 빛나는 눈빛이 제법 멋있었다. 그리고 까맣게 변한 비녀는 신기했다.

"이렇게 해 보려고 조각수를 찾으셨구만."

"그래. 은비녀로 독의 유무를 검시할 땐 조각수가 반드시 필요하다."

"이깟 물이 그리도 중요합니까?"

"약방에서는 중풍이나 마비에 사용한다고 하지? 편두통에도 효험이 있고."

"그 정도면 만병통치약 아니요?"

쉰동이가 사발을 들더니 마시는 시늉을 하며 장난을 쳤다.

"많이 마시거라. 이게 벌레 죽이는 살충약이니 배 속에 사는 비렁뱅이도 싹 다 죽을 것이다."

"와, 무슨 농을 못해. 나보고 먹고 죽으라는 거요?"

"이 물에는 독이 있다. 그 독이 살충제나 세척제로 사용

되니 은비녀뿐만 아니라 검시에 사용하는 도구들은 늘 이 물로 씻어 놓아야 한다."

"이 양반 희한하네. 귀신은 그리도 까무러치면서. 독은 안 무섭소?"

"오직 무서운 것은 불충, 불효니라. 날이 저물기 전에 어서 정리를 마치자. 밤에는 만나야 할 이가 있으니까."

정동호는 바삐 움직였다. 밤이 되면 장화 귀신을 만날 예정이다. 이방에게 소란, 소정 자매의 사건 수사를 지시해 놨으니 조사 보고서도 올라올 것이다. 그 보고서와 귀신들의 진술을 맞춰 봐야 하니 서둘러 별실 정리를 마쳐야 한다.

쉰동이가 눈치를 보며 서적들을 둘러봤다. 하지만 까막눈인 그가 할 수 있는 일은 없었다.

"앞으로 조각수를 맡아라. 떨어지지 않도록 구비해 놓아야 하느니라."

주인에게 큰 도움이 못 되는 것 같아 불편한 마음이 든 쉰동이는 대답을 시원하게 할 수 없었다.

"그게 가장 중요한 일이다. 아까 설명 못 들었느냐? 모든 법물은 조각수로 씻어야 한다는 것을. 내가 찾을 때마다 바로 쓸 수 있도록 하려면 쉴 틈이 없을 것이다."

"관아 놈들은 뭐 하고, 제가 합니까?"

기분이 좋으면서도 툴툴거렸다. 하필 쥐 잡아먹은 입술

로 수줍어하던 소녀의 모습이 떠올랐다. 괜히 헛기침을 하며, 딴청을 부리며 물었다.

"거, 쥐엄나무는 어디서 구하라고…. 자꾸 그러시는지."

"구아방이 있지 않더냐?"

"거길 또 가라구요?"

싫은 척했지만, 속마음은 '아이고 감사합니다'였다. 벌써부터 어떻게 하면 매일 구아방에 갈까 궁리를 했다. 입가에 배시시 웃음이 걸렸다.

그때였다.

"조각수는 염려 마세요. 저희가 도맡아 보내겠습니다."

정동호가 돌아보니 한 폭의 그림처럼 서 있는 홍련이 보였다. 멀찍이 보이는 무영도 함께였다. 하지만 지금 그의 눈에는 홍련만 보일 뿐이었다. 그것도 붉은 입술만.

'입술이 저리 붉었던가.'

너무 노골적으로 그녀의 입술을 훔쳐보고 있는 자신을 발견했다. 여자의 얼굴을 그리 오래 본 적도 없었다. 자신의 마음을 감추려고 되레 입에서는 퉁명스러운 말이 나왔다.

"기척도 없이 언제부터 거기 있었소?"

"조각수에 비녀를 넣으실 때부터 있었습니다. 대부분의 사또들은 무원록을 경시하는데, 사또께서는 충실히 따르시네요."

"충실히 따르기는 하나, 믿지는 않습니다. 조선의 풍토
와 다른 곳에서 쓰인 검시서는 참고만 할 뿐. 맹신하지는
않습니다."

"곧 우리 팔도강산 실정에 맞춘 신주무원록이 반포될 것
이라고 하여 저도 기다리고 있습니다."

홍련은 대답을 하면서도 사또의 단호한 태도에 옛일이
떠올랐다. 관리 중에는 부정부패를 저지르는 자들이 수없
이 많았다. 돈이 되지 않는 사건은 접수조차 받지 않았다.
되레 범인에게 돈을 받아 망자를 욕보이는 부사도 허다했
다. 언니의 사건을 맡았던 철산 부사만 해도 그랬다. 그
부사는 계모의 손을 들어 줬다. 풀려난 계모는 재산을 처
분해 홀연히 사라졌다. 언니의 사건도 저 사또께서 맡았
다면 어땠을까?

정동호는 자신을 빤히 보고 있는 시선이 민망해서 이곳
은 출입 금지 구역이라며 괜한 핀잔을 주었다. 그걸 홍련
이 되받아쳤다.

"관아에서 도둑질이나 일삼으니 어찌합니까. 도둑질하
는 사또는 누가 잡아가야 합니까? 주인 없는 약방에서 무
단으로 약재를 가져갔는데, 그것이 도둑질이 아니면 무엇
일까요?"

"공무 수행에 필요한 약재였소. 원하는 대로 값은 쳐 줄

테니 모함은 그만하시지요."

"공무 수행이었군요. 그리 중요한 일이었다니⋯. 제 생각이 모자랐습니다."

정동호는 이제야 마음을 놓았다. 드디어 자신의 진심이 통했구나 싶었다.

"그럼."

일순간 그녀의 얼굴에 장난기가 돌았다.

"당장 이방에게 이 사건을 알려야겠습니다."

"그건 아니 되오!"

입이 가벼운 쉰동이의 입단속을 겨우겨우 시켰는데 엉뚱한 곳에서 일이 터졌다. 마음이 급해진 정동호는 얼른 일어나 홍련의 어깨를 잡았다. 그 순간 그녀는 몸의 중심을 잃고 휘청거렸다. 무영이 달려왔지만 정동호가 빨랐다. 넘어지려는 홍련을 안았다. 넘어지려던 홍련도 정동호의 목을 잡아 버렸다. 찰나였다. 정동호는 같이 넘어지지 않기 위해 홍련을 안은 팔에 힘을 주었다. 그의 팔에 힘이 들어가자, 홍련은 그의 근육을 느낄 수 있었다. 툭 하면 기절하기에 약골인 줄 알았는데⋯. 그의 근육은 꽤 단단했다. 그리고 건강했다.

홍련은 자신을 잡아 올린 반동 때문에 아예 사또 품에 안기고 말았다. 게다가 사또의 도포에 붉은 연지 도장까지 찍었다. 품에서 올려다본 사또의 턱선은 생각보다 날렵했다. 그때 무영이 달려와 홍련을 사또에게서 낚아챘다.

"괜찮으냐!"

무영 때문에 정동호는 밀려났다. 잠시였지만, 홍련을 안았던 순간이 마치 꿈처럼 아득했다.

무안해진 홍련은 그를 살며시 밀어내고 흐트러진 옷매무새를 다시 챙겼다. 사또의 도포 자락에 찍힌 연지 자국을 보니, 얼굴이 더욱 화끈거렸다. 그래도 할 말은 해야 했다.

"송구하옵니다. 사또. 그리고 오늘은 제가 사또의 곁을 지키겠습니다. 함께 밤을 보내는 것을 허락해 주십시오."

홍련이 그를 찾아온 이유였다.

홍련은 모든 사람을 물리고 정동호와 마주 앉았다. 붉은 깃에 대해 할 이야기가 있었다. 누구의 소행인지 짐작가는 사람이 있기 때문이다. 확신할 순 없지만, 사또가 철산으로 오는 길에 습격을 당한 것을 보면 그자의 소행이 분명했다.

바로 계모다.

한양에서도 별당에 숨어 지낸 이유는 계모의 눈에 띄지 않기 위해서였다. 계모의 손에 들어간 아버지 재산의 절반은 홍련의 것이다. 장화는 죽었기 때문에 돌려 달라고 할 수 없지만 홍련은 달랐다. 살아 있기 때문에 되찾는 것이 가능했다. 신분을 바꿨지만 호적을 다시 복원하면 될 일이다. 그러니 계모는 재산을 지키기 위해 반드시 홍련을 죽여야 했다. 부유하게 살았던 친모가 남겨 준 재산은 철산을 사고도 남을 정도라는 소문만 들었다. 한때 부사를 지냈던 아버지가 절반은 처분했고, 남은 절반이 자매의 몫이었지만 모조리 계모가 독차지한 것이다.

추리 마님으로 다른 이의 사건을 해결해 주면서도 언니의 사건을 추적하고 있었다. 장화 홍련 귀신 소문도 가짜라는 것을 이미 알고 있었다. 황 대감을 속이기 위해, 그를 안심시키기 위해 계모의 이야기는 하지 않았던 것이다. 철산의 사또들이 의문의 죽음을 맞이하는 것도 계모의 계략일 것이라고 생각하지만 심증일 뿐, 물증이 없었다.

이 모든 것을 한양의 규방에 앉아서 지켜보려니 몸이 근질거렸다. 좀 더 확실한 증거들을 눈으로 직접 보고 싶어 철산행을 결심했다. 그리고 사또가 붉은 깃의 화살을 맞을 뻔한 사건을 보고 확신했다. 누군가 철산에 오는 사또들을 의도적으로 막고 있다는 것을. 그 누군가는 아마 계모일 것이다.

"사또. 그 화살은 사또뿐만 아니라 곧 저를 향할 것입니다. 이번 사건을 계기로 제가 철산에 왔다는 것을 알아차렸을 겁니다. 계모는 사또를 살린 이가 누구인지 궁금할 것입니다. 방해꾼이니까요. 그 방해꾼이 저라는 게 밝혀지는 건 시간문제입니다. 그들은 점점 가까이 오고 있습니다. 제가 바라는 바죠."

"그걸 알고도 철산에 오셨단 말입니까?"

"호랑이를 잡으려면 굴에 들어가야 하니까요. 일단 계모를 잡아야, 언니의 사건을 해결할 수 있을 겁니다."

정동호는 누구의 말이 맞을지 궁금했다. 계모를 잡아야 장화의 사건을 해결할 수 있는지, 귀신들의 사건을 해결해 줘야 장화의 시신을 찾을 수 있을지. 지금은 답을 내릴 수가 없었다. 빨리 장화 귀신이 나타나면 좋으련만 며칠째 나타나지 않았다. 호젓한 뻐꾸기 소리만 멀리서 들려왔다. 만물이 소생하는 봄기운이 살랑살랑 퍼지고 있었다.

기다리다 지친 정동호는 궁금했던 것을 물었다.

"도대체 그 약이 무엇이오? 그 약을 먹은 후, 귀신이 보이지 않는단 말입니다."

"정말 귀신이 안 보입니까?"

홍련의 얼굴에는 당혹감이 흘렀다. 사실 약을 주긴 했지만 세상에 귀신을 보지 않게 하는 약은 없다. 설명할 방법이 없었다. 그 약은 소화제였으니까. 그 약을 먹고 귀신을 보지 않게 되었다고 하면 방법은 하나다. 모든 것은 사람 마음에 달렸다. 그러니 귀신을 볼 수 있게 해 주는 소화제를 다시 가져와야 했다.

"진짜로 귀신 보는 약이라도 지어 오겠다는 말씀이오?"

"할 수 있다면 해야지요."

"하지 마시오, 그건 아니오."

"일단 잠자리에 드세요. 환약을 지어 오든 탕약을 끓여 오든 내일 다시 오겠습니다. 밖에 무영 오라버니가 계시니 걱정 마십시오."

인사를 마친 홍련은 방을 나갔다. 문이 닫히자마자 자지러지게 웃는 소리가 들렸다. 장화였다.

"둘이 잘 논다."

정동호는 소리 나는 곳으로 고개를 돌렸지만 사람도 귀신도 보이지 않았다.

"누님, 어디서 나올지 알려나 주시지요."

"싫소."

장화의 목소리에는 장난기가 가득했다. 정동호는 놀라지 않기 위해 사방을 둘러보며 마음을 단단히 먹었지만 벽에 걸어 놓은 장옷이 펄럭이다 못해 저절로 날아오를 때는 심장이 멎는 것 같았다. 그 옷에서 장화가 나왔다.

"옷 좀 빨아 입어라. 냄새가 너무 심하잖아."

정동호는 놀란 마음을 달래며 장화에게 퉁명스럽게 말했다.

"귀신이 냄새도 맡소?"

"당연하지. 냄새도 못 맡으면 향은 왜 피워 주니? 여자들은 깨끗한 남자 좋아한다."

"누가 누굴 좋아한다고. 나 참."

"귀신은 못 속여. 딱 보니까 우리 사또 얼굴에 홍련 낭자가 좋소, 이렇게 쓰여 있는데?"

"그분은 이미 혼인하신 분입니다. 아시지 않습니까? 말도 안 되는 농담하실 거면 그냥 가십쇼. 어차피 금방 해도 뜰 겁니다."

"이제 담이 많이 커졌소. 귀신과 씻나락 까먹는 소리도 하고."

장화가 방바닥에 털썩 주저앉았다.

"귀신이 안 나와서 안 보인다는 걸 모르나? 니들 바보구나."

"예, 바보입니다. 대단하신 귀신 속을 어찌 압니까."

"기껏 약을 먹여서 살려 놨더니. 홍련이가 자네 살리려고 얼마나 애썼는데. 입으로 씹어서, 약도 못 먹는 사또 입에 억지로 겨우 넣었구만."

정동호는 말을 다 알아들었다. 하지만 그 상황이 머릿속에 그려지지 않았다.

"잠시만요, 누님. 뭐라구요?"

장화는 다시 한번 설명했다.

"약을 씹어서 직접, 입에서 입으로 넣어 줬다고."

홍련의 입술이 자신의 입술로 다가오는 것이 상상됐다. 절대 있을 수 없는 상황이었다.

"에이! 누님. 그게 말이 됩니까? 어떻게 입에서 입으로."

장화가 직접 입술을 내밀어 흉내까지 냈다. 머릿속에 입에서 입이 이어지는 그림이 떠올랐다. 입술(口)을 베어 문다(勿) 하여 만들어진 글자가 문(吻)이다. 본뜻은 입술을 뜻하지만, 명국에서는 남녀의 입맞춤을 말한다고 하던데. 누구에게 들었지? 아, 쇳동이다. 글도 모르는 놈이 모르는 것이 없었다.

"설마… 초문(初吻)이더냐?"

장화가 조심스럽게 물었다. 사내에게 첫 입맞춤은 평생 잊을 수 없는 기억이라던데. 그것을 기억 못한다고 하니 한편으로 측은한 마음도 들었다.

"초문? 설마요. 그럴 리가 있겠습니까?"

그는 일부러 크게 웃었다.

"그렇지? 아니지?"

하지만 장화의 눈은 속일 수 없었다. 정동호의 볼은 이미 홍조를 띠고 있었다.

"그래도 그 약이 신통방통하구나. 이제 귀신을 보고도 안 놀래니."

"귀신이 아니라 누님이라 안 놀래는 겁니다. 그런데 소란 자매들은 같이 안 왔습니까?"

"응, 오늘 연회가 있어."

귀신들이 술 마시고 노는 연회를 한다고? 정동호의 상

식으로는 이해할 수 없었다.

"이게 한 달에 한 번 있는데 처녀 총각 귀신들만 모아 놓고 눈 맞추는 거지. 입도 맞추고. 뭐, 이승에서 못 해 본 거 이날 다 해 보는 거야. 화끈하게. 그 대신 내가 왔잖니? 사건 일지는 찾아봤어?"

정동호는 미리 권 이방에게 받아 뒀던 사건 일지를 펼쳤다.

"자매는 아랫마을에 살았던 자로 확인됐습니다. 여전히 실종 상태로 적혀 있습니다. 아마도 그 집에서는 자매들이 살아 있다고 생각하는 듯합니다."

"실종된 지 일 년인데, 정말 살아 있다고 생각하겠어? 그냥 하는 말이지. 죽었다 생각하면 죄책감이 너무 크니까."

"어디에서 죽었답니까?"

장화는 사건 일지를 내려놓고 사또를 쳐다봤다.

"정말 자신 있어? 찾을 자신."

"그것이 사또의 임무입니다."

"좋아, 알려 줄게."

장화는 그에게만 은밀히 소란 자매가 죽임을 당한 곳을 알려 줬다.

"그 계모가 얼마나 독한지, 애 둘을 한꺼번에 묶어서 던졌다지 뭐야. 놀라지 말라고 미리 말해 주는 거야."

정동호는 고개를 끄덕였다.

상상만으로도 괴로운 사건이었다. 한참 어미의 정을 느껴야 하는 아이들을 계모가 죽였다니. 게다가 자매를 서로 묶어서 연못에 던졌다고 하니 더욱 괘씸했다. 하지만 사또는 냉정함을 유지했다.

장화는 떠날 채비를 하면서 옷고름에 매단 주머니에서 작은 종을 꺼냈다. 딸랑딸랑, 종을 울리며 말했다.

"앞으로 내게 할 말이 있으면 이 종을 울려. 괜히 홍련이랑 싸우지 말고."

"귀신이 이런 물건을 만들 수 있단 말입니까?"

"그냥 종이 아니야. 스님이 엄청난 염력을 넣어 만들어 주셨거든."

"용하신 분입니다. 어딜 가야 뵐 수 있을까요?"

"퇴마라도 하게?"

정동호는 격렬하게 고개를 끄덕였다. 그럴 수만 있다면 공양미 삼백 석을 올리리라.

"지금쯤 저승에 도착하셨겠지? 돌아가시기 전에 좋은 일 하라고 내게 남겨 주신 거야."

"저 말고 다른 사람이 울리면 어떻게 됩니까?"

"내가 시도해 봤거든? 다 소용없어. 네가 적임자라니까."

정동호의 한숨이 깊었다. 정녕 필할 수 없는 운명이란 말인가? 멀리서 첫닭이 울었다. 장화에게 인사를 하려고 보니 이미 사라지고 없었다.

홍련은 밤새 잠을 이루지 못했다. 급한 대로 몸의 순환을 돕기 위해 소화제라도 먹인 것인데. 어째 귀신을 보지 못하는 것일까. 아무리 그날 일을 복기해 봐도 귀신을 보지 못할 이유가 없었다. 새벽녘에 밀린 약재 정리를 하고, 마당을 쓸었는데도 마음이 심란하여 밖에 나왔다.

따라 나온 방울이는 근심이 가득한 주인의 얼굴을 살폈다.

"자꾸 인상 쓰시면 늙습니다."

"인상은 누가. 도라지는 얼마나 심어야 할까?"

"많이요. 아주 많이. 동네가 좀 추워야지. 애들이 기침을 달고 사니 넉넉히 심읍시다. 사러 나가기도 힘드니까요."

"그러자꾸나."

작은 밭이라 요목조목 알뜰히 심어야 한 해를 무사히 날 수 있을 것이다. 언제 돌아갈지 모르니 약재는 자급자족하는 편이 나을 것이라고 생각해서 농사를 짓기로 했다. 북쪽의 봄은 더디게 오고 있었다. 저 멀리 앞산 고봉에는 여전히 눈이 녹지 않았다. 그래도 뻐꾸기가 울지 않았던가. 마른 나뭇가지들이 부지런히 물을 빨아올리는 중이다. 나른한 봄기운이 온몸으로 느껴졌다.

홍련은 먼 산을 봤다. 언니는 저 산 어디에 있을까? 아니면 이쪽 골짜기? 고개를 돌리는데 동네 어귀를 지나는 사또의 무리가 보였다. 관원들이 잿골로 향하고 있었다.

마른 나무뿌리를 헤집던 방울이도 고개를 빼고 쳐다봤다.

"사또 아니요?"

홍련도 한눈에 알아차렸다. 사또가 움직인다는 것은 언니를 만났다는 뜻이다.

"아무래도 가 봐야겠다."

손에 묻은 흙을 털고 사또를 향해 달리기 시작했다.

정동호는 제 앞에서 숨 고르기를 하는 홍련을 보고 기가 찼다. 어느 댁 마님께서 치맛자락을 저리도 흩날리며 달려온단 말인가. 하지만 자신을 보고 반가움에 웃고 있는 홍련이 싫지는 않았다. 처음 만났을 때부터 지금까지 자신을 불렀던 중 가장 좋았다. '사또'라는 딱딱한 말에도 울림이 있다는 것을 처음 알았다.

이 순간, 이런 순간. 단둘이 있었다면 얼마나 좋았을까? 둘이 있을 때는 시비(是非) 부인이더니. 하필 관아 사람들을 모두 대동하고 있을 때, 이리도 애타게 부른단 말인가!

"언니를 만나셨지요?"

"아니요."

정동호는 시치미를 뗐다. 홍련에게 통할 리가 없었다. 공무 수행 중이라며 홍련을 떼어 놓고 가려고 하자 그녀도 지지 않았다.

"사또는 지금 귀신의 말만 듣고 사건을 해결하러 가시는 중입니다."

영문을 모르고 따라왔던 권 이방은 아연실색했다.

"그 귀신의 말만 듣고 시장을 챙기고, 오작인을 대동하신 것이지요? 무원록은 챙기셨습니까? 검시 지침서니 기본으로 챙기셨겠죠."

정동호는 검지로 제 머리를 가리켰다.

"여기 들었소."

권 이방과 관군들은 사또의 자신감에 놀랐다.

"무원록에 능통하신 사또께서, 딱 하나 빠트리셨습니다."

"무엇이오?"

"바로, 접니다."

홍련은 법에 따라 의원이 없으면 의녀라도 대동되어야 한다고 우겼다. 옆에선 이방은 귀신의 지시에 따라 수사할 수 없다고 난리였다. 정동호는 진퇴양란의 상황에 빠졌다. 그때 얼굴이 하얗게 사색이 된 쉰동이가 멀리서 뛰어왔다.

"진짜 있소. 사또께서 말씀하신 못에 시체가 있단 말입니다! 두 여자애가 둥둥 떠 있는데. 아휴, 꿈자리가 사납더니."

정동호는 혹시 몰라 쉰동이를 먼저 그곳에 보냈었다. 시신이 발견됐다고 하자 이제는 권 이방이 앞장섰다. 급히 가려던 정동호가 멈춰 섰다. 자신의 답을 기다리며 우두커니 서 있는 홍련 때문이다. 검시를 하려면 의원이 필요하다. 하지만 홍련은 관아에 등록된 의원은 아니었다. 부녀자들과 어린것들을 보살피는 의녀였다. 궁궐에서 의녀로 일했었다고는 하나, 아직 확인해 보지도 못했다. 그는 갈등 중이었다.

하지만 홍련은 팔짱을 낀 채 당당하게 사또를 쳐다봤다. 지금 이들 중 시신을 보고 사인을 찾아낼 수 있는 자는 오직 자신뿐이니까.

"이번뿐이오."

사또의 허락이 떨어졌다.

홍련의 부탁으로 한양을 갈 채비를 하던 무영이 툴툴거리며 들어오는 방울이를 보고 의아했다. 홍련은 어쩌고 혼자 돌아왔을까? 게다가 방울이의 꼴이 말이 아니었다. 치마가 찢어지고, 손바닥은 상처투성이였다. 댕기머리도 헝클어져 있었다.

"이게 다 마님 때문이요. 어찌나 빠르던지. 치맛자락이 날갠 줄 알았습니다. 사또를 보고 냅다 뛰지 않소."

"그래서 지금 어디 계시느냐?"

"못골이요."

무영의 눈꼬리가 올라갔다. 만약 누군가의 공격을 받는

다면? 철산으로 오던 길에 의문의 화살을 맞은 것도 기억났다. 절대 아무 일도 일어나서는 안 된다.

"못골 지나서, 그 뒷산에 있는 큰 못이요. 거기 시체가 있을 것이라고 하셨습니다."

그 말을 듣자마자 무영은 아씨를 그리 가도록 그냥 놔뒀냐며 핀잔을 주고는 달려 나갔다. 가만있다 구박만 받은 방울이는 기가 찼다. 내가 뛰라고 한 것도 아니요, 가라고 한 것도 아니다. 늘 그랬다. 홍련에게 변고가 생기면 모든 화는 방울이에게 돌아왔다. 그것이 종년의 팔자라지만, 참 서러웠다. 알아서 챙겨 먹고, 알아서 쉬고, 알아서 슬픔도 달래야 했다. 아침나절 널어놓은 마님의 치마가 바람에 펄럭였다.

정동호 일행은 인적이 드문 숲에 길을 만들어 가며 연못에 도착했다. 시원한 폭포 소리가 먼저 귀에 꽂혔다. 폭포는 멀찍이 있었다. 커다란 바위들이 연이어 병풍처럼 둘러 있는 곳이었다. 그 큰 바위 아래로 물이 잔잔히 고여 있는 곳이었다.

쉰동이 말대로 연못 위에는 두 소녀의 시체가 떠올라 있었다. 치마끈으로 서로의 허리를 묶은 기이한 모습이었다. 이들은 마치 사또가 오길 기다리고 있는 것 같았다. 두 소녀는 나란히 누워, 사또 일행을 맞았다. 아직도 시체를 보고 놀란 마음이 진정되지 않은 쇤동이가 호들갑을 떨었다.

권 이방도 어린 소녀들의 시체를 보고 놀랐다. 이곳은 도적들이 지름길로 이용하는 길목이라 매일 경계 근무를 서는 곳이었다. 어제도, 그제도 없었던 시체가 왜 하필 오늘 떠올랐을까? 그는 고개를 갸웃했다. 정말 귀신이 곡할 노릇이었다.

정동호는 연못으로 향했다. 홍련은 사또 곁에 조심히 다가가 조용히 물었다.

"맞습니까?"

장화와 함께 보았던 귀신이 맞느냐는 뜻일 것이다. 그는 고개를 끄덕였다. 머리칼이 흠뻑 젖은 채 찾아왔던 소란 자매가 맞았다. 이방은 시신들을 건질 채비를 서둘렀다.

"산속의 해는 짧습니다. 금방 밤이 되니, 지금 시작해야 합니다."

"안 됩니다. 조금만 더 기다려 주십시오."

정동호도 누구를 기다리고 있는지 말하고 싶지만, 망설여졌다. 혹시 오지 않으면 낭패기 때문이었다. 그때, 산 아래가 소란스러워지더니 중년의 사내들이 도착했다. 권 이방이 직접 나섰다.

"사건 현장이오. 돌아가시오."

그중 가장 나이가 많아 보이는 사내가 정중히 인사를

했다.

"소란이 애비입니다."

조금 먼 곳에서 홍련과 시신을 살펴보던 정동호가 달려왔다.

"마을 분들도 오셨습니까?"

"예."

소란 아버지 뒤로 함께 온 마을 사람들이 보였다.

"이제 식구들이 도착했으니 시체를 건질 것이오. 서기는 하나도 빠짐없이 기록하라. 오작은 시체를 건지는 대로 보존 처리에 최선을 다하라. 의녀께서는 오작과 함께 시체가 훼손되지 않게 도와주십시오."

정동호는 빠르게 지시했다. 그리고 소란의 아버지에게 다가갔다. 아직 시체를 보지 않은 그가 놀랄까 봐 세심하게 설명했다.

"급히 연락을 드려 놀라셨을 줄 압니다. 마음의 준비가 되셨습니까?"

"…예."

대답은 했지만 아버지는 아직 죽은 딸들의 모습을 볼 준비가 되지 않은 것 같았다. 늙은 아비의 눈동자가 심하게 흔들렸다. 정동호는 그의 손을 꼭 잡았다.

"죽은 연유를 반드시 밝혀 드리겠습니다."

이미 소란 아버지의 눈가는 촉촉해졌다.

시신이 이미 수면 위로 드러나 있어 작업은 수월했다. 관원들은 머리칼 하나 상하지 않은 시체를 끌어 올렸다. 잠을 자듯 온전한 상태라 더 기괴했다. 한이 깊어 물고기 밥도 되지 않았다며 관원들은 숙덕거렸다.

시신들이 차례로 뭍으로 건져졌다. 오작이 미리 깔아 놓은 면보에 눕혔다. 시체를 면보에 올려놓고 보니, 더욱 생전 모습 그대로였다. 일 년 전 홀연히 사라진 자매를 이렇게 만난 아비는 참았던 울음을 터트렸다. 정동호도 마음이 편치 않았지만 할 일을 멈추지 않았다.

"얼음이 녹아 시체들이 떠올랐는지, 몸에 매었던 돌이 풀어져 올라온 것인지 알 수 없다. 물의 깊이와 못의 폭을 기록하라."

서기들은 일을 나눠 현장의 모든 것을 낱낱이 기록했다. 한 사람은 시신의 위치와 상태를, 다른 사람은 참석한 증인들의 이름과 신분을 적었고, 시체가 소란과 소정이라는 진술을 적었다. 참으로 발 빠른 조사였다.

홍련은 한 치의 실수도 없이 일을 해내는 정동호를 넋 놓고 보고 있었다.

"누굴 보고 있느냐?"

넋 놓고 있던 홍련은 깜짝 놀랐다. 마치 도둑질을 하다 들킨 아이 같았다.

"오라버니!"

무영이 무서운 얼굴로 서 있었다. 그동안 한 번도 본 적 없는 표정이었다.

사라진 자매가 죽은 시신이 되어 마을로 돌아왔다. 소식은 삽시간에 퍼졌다. 아이들이 사라진 후, 그 집안은 기울었다. 내색하진 않았지만 아무도 자매가 살아서 돌아올 것이라고 생각하진 않았다. 막상 이렇게 찾고 보니 이 또한 슬픔뿐이었다. 그동안 아버지는 병환을 얻었고, 계모는 실성했다고 했다. 하지만 마을 사람들은 하나같이 계모의 수상한 행동을 의심했었다.

"남의 자식 잡아먹은 년이 살아서 뭐 하게."

"이래서 내 새끼, 내 새끼 하는 거지."

"어린것들이 무슨 죄요. 죽은 에미가 저승서 살아 돌아올 일이지!"

소문이 일파만파 퍼지는 동안 계모는 단 한마디도 하지 않았다고 했다. 사람들은 계모의 죄가 너무 커서 입을 열지 않는 것이라고 추측했다. 이렇게 남 말 좋아하는 자들에게 이 사건은 재밌는 소문거리였다.

정동호 일행이 관아에 도착한 것은 저녁 무렵이었다. 시신은 면보 위에 놓여 있었다. 산을 내려오는 동안 눈물이 말랐던 소란 아버지는 다시 오열하기 시작했다.

"얼마나 추웠을까, 얼마나."

그는 면보 끄트머리를 잡아당겨, 아이들의 작은 발을 감싸 주었다.

정동호를 비롯해 모두 지쳐 있었다. 하지만 검시를 늦출 순 없었다. 물에서 나온 순간부터 시신의 부패가 빠르게 진행되기 때문이다. 권 이방이 장내를 정리했다. 곧 검시를 시작한다는 말에 웅성거리던 사람들이 일순간 조용해졌다. 이제 사또의 명만 떨어지면 된다.

"이제부터 검시를 시작하겠다. 서기, 준비됐는가?"

"예."

"오작사령, 준비됐는가?"

"예."

"자매들의 아버지뿐만 아니라, 두 명 더 증인이 필요하오. 누가 증인을 하시겠습니까?"

산에서부터 함께 따라온 마을 사람들 중 두 사람이 손을 들었다. 이제 모든 것이 준비됐다.

"철산 못골에서 발견된 전소란, 전소정 자매의 시장식(屍帳式)을 시작하겠소."

정동호는 의녀인 홍련에게 자리를 터 주었다. 홍련은 사또에게 가볍게 묵례를 하고, 시신 앞으로 나갔다. 오작사령이 그 뒤를 따랐다. 홍련은 차분한 말투로 현장을 지휘했다.

"앙면(仰面: 앞면)부터 시작하겠습니다."

홍련은 전소란의 시신부터 검시를 시작했다. 정심인 백회부터 십지각인 발톱까지 샅샅이 살폈다. 외관상 찾아낼 수 있는 상처나 시신의 상태를 살피는 것이다.

"합면(合面: 뒷면)을 보겠다."

오작사령은 조심히 시신을 뒤집었다. 깔려 있던 면보가 흥건하게 젖었다. 벌써 시신의 부패가 시작된 것이다. 홍련은 순서에 맞춰 전소란, 전소정의 사체를 꼼꼼히 검시했다. 하지만 옷을 입은 채라 속속들이 보기는 힘들었다. 가림막을 요청했다. 가림막 뒤에서 소녀들의 은밀한 곳까지 검시를 마쳤다.

여기까지는 정해진 절차였다. 틈틈이 사또도 시신의 상태를 살펴보았다. 자살, 타살을 추정할 수 있는 결정적인 단서를 찾아야 한다. 하지만 아직 미궁 속이었다.

"타살입니까?"

정동호는 그것이 제일 궁금하였다. 정말 이들을 죽인 자가 계모일까? 홍련은 고개를 갸웃했다. 아직까지 자살과 타살을 구별한 결정적인 증거가 나오지 않았다. 신중해야 했다. 다시 시신 곁으로 돌아갔다. 쪼그리고 앉아 손톱을 살피기 시작했다.

"오래된 시신입니다. 게다가 익사요. 이런 시체는 검험하는 데 어려움이 많습니다. 통상 물에 잠기면 시체가 팽

창하기 때문에 사망 원인을 찾아내기 어렵기 때문입니다. 찾아낸다 한들, 정확도는 떨어집니다. 하지만 이들의 경우, 부패되지 않은 기이한 형태요."

"한이 깊어서 그러지. 뼛속까지 맺혀서."

권 이방이 거들었다. 장내 사람들은 그의 주장에 동조했다. 하지만 홍련의 대답은 따로 있었다.

"아니오. 연못의 고운 진흙이 이들을 밀봉했습니다. 그래서 이렇게 온전히 발견된 것입니다."

이번에는 시신들의 얼굴을 다시 살폈다. 상처가 아니라, 안색 위주로 자세히 보았다. 그리고 다시 팔, 다리를 살폈다. 「무원록」에 적힌 살갗의 색만 해도 외우기 힘들 정도로 다양하다. 백색, 청색, 청자색, 적흑색, 담홍적, 미적, 미적황색, 청적색 등등 아주 세세하게 나눠 놨다. 모두 시체의 상태에 따라 미세하게 나눈 것이다.

"맞아 죽은 뒤 물속에 던져졌다면 살빛이 누렇고 입과 눈이 열려 있게 됩니다. 맞은 자리는 살갗이 검게 변하는데, 그런 흔적은 없습니다. 그리고 여기를 보시겠습니까?"

홍련은 전소란의 손끝을 가리켰다. 사또가 가까이 다가갔다. 횃불을 든 관원이 시신의 손 쪽에 불을 가까이 대자, 손톱이 자세히 보였다. 손톱이 해지고, 그 틈으로 모래와 진흙이 껴 있었다. 하지만 무엇을 의미하는지는 알 수 없었다.

"자살입니다."

홍련의 한마디에 장내는 술렁거렸다. 계모를 운운했던 자들의 눈이 커졌다. 가장 놀란 사람은 이들의 아버지였다. 부모가 준 몸을 스스로 훼손하는 것은 가장 큰 죄였다.

"아닙니다. 그럴 리가요. 의녀 나으리! 똑바로 보시오!"

딸들의 죽음에 목 놓아 울던 아버지의 목소리가 커졌다. 자진해서 죽었다면 이는 집안의 수치였다.

홍련은 그런 이유를 알았기 때문에 더욱 신중히 판단하고 결론을 내린 것이다.

"자살입니다."

결과는 바뀌지 않았다.

"이자들은 죽기로 결심하고 서로를 묶었습니다."

"가당치도 않은 가설입니다."

소란 아버지는 사또에게 강력하게 항의했다.

"몸에 묶을 돌들이 마땅치 않았기 때문입니다."

홍련의 말에는 거침이 없었다. 누구의 눈치도 보지 않았다. 그저 시신에 남겨진 흔적을 읊을 뿐이다. 정동호는 사건 현장을 떠올려 봤다. 대부분 사내 몸집의 서너 배가 되는 바위뿐이었다. 자신의 무게보다 무거우면서도, 스스로 운반하기 용이한 돌이어야 했을 것이다. 하지만 현장에는 마땅한 돌이 없었다.

그사이 홍련은 설명을 이어 갔다.

116

"물속에 뛰어든 소녀들은 당황합니다. 생각만큼 죽기가 쉽지 않았을 겁니다. 폐에 물이 차고, 숨이 막히는 고통이 이 손톱에 기록된 겁니다."

일리가 있었다. 좌중들도 고개를 끄덕였다. 하지만 소란 아버지만은 인정할 수 없었다.

"그런 아이들이 아니오. 누가 산 채로 던진 겁니다."

소란 아버지는 이제 대놓고 사또에게 항의했다.

"우리 애들이 뛰어드는 것을 봤소? 봤냐고!"

그는 눈을 희번덕거리며 홍련에게 다가왔다. 살기와 노기가 가득했다. 그때, 무영이 그 앞을 가로막았다. 협박으로 홍련의 입을 막을 수도 없었다.

"그것 역시 가능한 정황입니다. 범인이 있다면 자백할 것입니다."

삶은 변덕이 심해서 잔혹한 현실을 내던져 주기도 한다. 지금 자매의 아비도 언젠가는 이 사실을 받아들이게 될 것이다.

홍련은 어린 시신들을 보며 어린 시절을 떠올렸다. 내게 일어난 일을 누가 믿을 것일까. 부정한다고 달라질 것이 무엇인가. 언니도 분명 한때는 생기가 가득했지만, 지금은 시신이 된 소녀들처럼 죽어 있을 것이다. 그러니 슬픔에 잠겨 제 자신을 갉아먹는 것보다는 범인을 찾고, 이 잔혹한 현실을 받아들이는 것이 좋을 것이다.

홍련은 자매의 아버지에게 조언을 해 주고 싶었지만 입을 닫았다. 누구나 자신의 슬픔이 가장 크다. 타인이 섣불리 참견할 수 없다. 슬픔을 이겨 내는 것은 본인 몫이다. 대신해 줄 수 없는 일이니까.

달밤이었다. 관아에서 검시를 마치고 돌아가는 홍련은 앞서가는 무영의 그림자를 보며 걷고 있었다. 못골에서 무영을 만났을 때, 그렇게 화내는 모습은 처음 보았다. 검시하는 내내 그의 표정은 굳어 있었다.

"오라버니."

떨리는 홍련의 목소리가 그의 귓가에 닿았지만 걸음을 멈추지 않았다.

"…오라버니."

따라오던 홍련이 그 자리에 멈춰 섰다. 늘 보아 왔던 무영의 뒷모습인데, 오늘따라 절벽처럼 느껴졌다. 황 대감 댁에서부터 친오라버니처럼 기댔던 사람이었다. 내심 호위무사로 그를 생각하고 있을 정도였다.

무영은 뒤따라오던 발걸음 소리가 멈추자 돌아볼 수밖에 없었다.

"제가 뭘 잘못했소?"

"가자니까."

"…오라버니, 잘못했습니다."

자신의 눈치만 살피며 서 있는 홍련의 모습을 보고 가슴이 내려앉았다. 홍련은 고개를 숙인 채 눈만 살짝 들어 오라버니의 모습을 살폈다. 꿈쩍도 않던 무영이가 걸어오고 있었다.

"잘못한 것은 아느냐?"

"… ."

"훗."

짧은 웃음이었다.

"잘못도 모르고 사과하는 바보 천치가 여깄구나."

"…제가, 무엇을 잘못하였습니까?"

"그리도 좋더냐?"

"예?"

추리 부인의 실력을 총동원해 봐도 그 말뜻은 알 수 없었다.

그때였다. 무영이 무릎을 꿇더니, 홍련의 치맛자락을 젖혀 올렸다. 아무리 친남매나 다름없이 지냈다고는 하지만, 무영은 남자가 아니던가! 놀란 홍련이 치맛자락을 꼭 잡았다.

"오라버니!"

"가만있거라."

무영은 다시 치맛자락을 들어 올리더니, 왼발의 꽃신을 강제로 벗겼다. 그 바람에 홍련은 균형을 잃고 무영의 품

에 안겼다. 무영은 놀라지도 않았다. 이미 그럴 작정인 사
람처럼 한쪽 팔로 홍련을 안아 올린 것이다.

"얼마나 불편하였느냐!"

무영의 손에 들린 꽃신을 보고, 홍련은 얼굴이 화끈거
렸다.

"얼마나 신나게 뛰었으면 이 지경이 됐느냐!"

꽃신의 굽은 이미 망가지다 못해 대롱대롱 매달려 있
었다.

"주셔요. 얼른!"

그녀가 손을 뻗어 뺏으려 했지만 소용없었다.

"이걸 신고 산을 올랐으니. 험한 산을 어찌 올랐느냐!"

"알았으면서! 어찌 가만 계셨습니까!"

이제 마음이 풀린 홍련은 오히려 쏘아붙였다.

"내가 이걸 신고 얼마나 힘들었는데."

"네가 힘들지, 내가 힘드냐?"

"이게 본색이지. 개뿔. 남들 앞에서 멋있는 척 모양만
잡고."

"관아 사람들 다 보는데 그 자리에서 업어 주랴?"

홍련이 손뼉을 딱 치며, 맞장구를 쳤다.

"좋네. 그거 좋은 방법이네. 아까 내가 산꼭대기부터 업
어 달라고 했어야, 우리 오라버니 화가 풀렸겠네."

무영이 웃었다. 그녀도 모처럼 어리광을 부리는 아이같

이 따라 웃었다.

처음부터 신발 굽이 말썽을 부린 것은 아니었다. 사또를 보고 뛰어가다가 돌부리에 부딪혔을 때, 굽이 약간 흔들렸었다. 그뿐이라 생각했는데 산에 오를수록 굽이 너덜거리기 시작했다. 갈아 신을 신도 없었다. 잠깐 집에 다녀오겠다고 하면, 사또가 마음을 바꿀 것 같았다. 결국 한쪽 다리에만 힘을 주고 하루 종일 버틴 것이다.

하필 무영이 산에 도착하자마자 처음 본 것이 그녀의 찢어진 치마 밑단과 부서진 신발 굽이었다. 홍련이 바위 위에 서 있어서 훤히 보인 것이다.

그런 와중에 일을 하겠다고 사또를 쫓아다니는 모습까지 봤으니. 무영의 속에서는 천불이 났다. 더 화난 것은 자신을 찾지 않는 홍련의 태도였다. 홀로 버티는 모습이 처음에는 안쓰럽다가 나중에는 화로 변한 것이다.

"이깟 신발 때문에 화를 내신 겁니까?"

"그래. 아주 쌤통이구나!"

사실 신발은 핑계였다. 무영은 아직 자신의 마음을 숨겼다. 황 대감이 맡기신 일이 우선이니까.

"거봐. 심보하고는. 아까 관아 나오자마자 짚신이라도 사려고 했는데."

"했는데?"

"오라버니가 그리 냅다 걸어가니, 내가 무슨 수를 쓰니까?"

"부탁할 줄 모르느냐?"

"와. 부탁도 못 하게 얼굴을 싹 바꾼 사람이 누군데! 얼마나 무서웠는지 아십니까?"

"뭐가 그리 무섭더냐."

무영이 툭 하고 던졌다. 하지만 홍련은 그 대답을 쉽게 할 수 없었다.

"보름달이 저리 밝은데, 무엇이 무섭더냐."

"…떠날까 봐요."

진심이었다. 무영은 진심으로 두려워하는 홍련의 눈빛을 보았다. 마음이 시려 왔다. 그래서 부러 아무렇지 않은 척 등을 내주었다.

"업어 달라며?"

"예?"

"그러고 집에 갈 것이냐? 얼른 업혀라."

홍련이 아까 업어 달라고 한 것은 농으로 던진 말이었다. 난감했다.

"한쪽 다리만 너무 많이 쓰면 다음 날 반대편이 탈난다."

몸을 잘 아는 홍련은 그 말을 부정할 순 없었다. 그래도 넙죽 업힐 수는 없었다.

"남들이 봅니다."

"상관없다. 어서 집에 가자."

홍련은 주저했다. 그때 무영이 강제로 홍련의 팔을 잡아 자신의 목에 걸치며, 홍련을 제 등에 올렸다.

"어맛!"

"아우. 꽤 무겁구나, 보기보단."

무영은 홍련을 업고 나니, 마음이 편해졌다. 아직 홍련은 자신에게 여인이라기보다 여동생이었다. 발버둥 치던 홍련도 이내 포기했다. 대신 달밤을 두런두런 걸으며 이런저런 이야기를 나눴다.

"그리고 잊지 마라. 넌 혼인한 여자니라."

"예, 저도 알고 있습니다."

하지만 종종 자신이 혼인했다는 것을 잊었다. 특히 사또를 만나면 까맣게 잊게 된다.

홍련은 새삼 친정 오라비처럼 세세하게 챙겨 주는 무영이 좋았다.

멀리서 달려오던 한 사내가 오누이처럼 다정한 이들을 보고 걸음을 멈췄다. 정동호였다. 돌아서는 그의 손에는 소박한 나막신 한 켤레가 들려 있었다.

아침부터 관아는 소란스러웠다. 자매의 아비가 몸도 성치 않은 계모를 짐승처럼 끌고 왔다. 흙투성이가 된 계모 나씨는 널브러져 있었다. 비녀를 꽂았던 머리칼이 볼썽사납게 흐트러진 채였다. 소란 아버지는 위풍당당한 모습으로 손을 털고 있었다.

"사또, 자식 잡아먹는 에미가 여깄습니다."

주인과 함께 달려온 노비들도 고개를 끄덕였다. 상황을 파악한 권 이방이 사또 곁으로 갔다. 정동호는 소란 아버지의 증언이 거짓일 수도 있다는 점을 간과하지 않았다. 더 명확한 증거나 범인의 자백이 필요했다. 그때, 실성한 듯 앉아 있던 나씨가 입을 열었다.

"예, 제가 죽였습니다. 사또."

소란 아버지의 눈이 뒤집혔다. 아내의 입으로 그 말을 직접 듣자 다시 분노가 일었다.

"이년이! 그러고도 내 집에서 밥을 처먹어?"

부인은 대꾸도 하지 않았다. 남편이 머리채를 잡고 흔들어도 '악' 소리 한 번 내질 않고, 온몸으로 받아 냈다.

"그만하시오!"

정동호의 호령에 관군들이 달려들어 소란 아버지를 떼어 냈다.

"사또. 제가 죄인입니다. 자식 죽인 에미가 무슨 말이 있겠습니까? 죽여 주세요. 제발."

"네년이 무슨 에미야!"

관군에게 잡힌 소란 아버지는 쉬지 않고 소릴 질렀다. 정동호는 눈동자가 텅 비어 있는 나씨의 처지가 안쓰러웠다. 하지만 자백했다. 확인을 위해 한 번 더 물어봤다.

"정말 전소란, 전소정 자매를 연못에 빠트려 죽게 했느냐?"

"예."

"다시 한번 묻겠다. 이것이 사실이라면 죽음을 면치 못할 것이다. 자매를 죽였느냐?"

"예."

재차 물을 것이 없었다. 범인의 자백으로 첫 번째 사건이 해결됐다. 정동호는 사건이 너무 쉽게 해결되자 오히려 맥이 풀렸다. 그렇다면 진작 자백할 것이지, 이렇게 일 년이 흐르도록 가만히 있었을까? 개운하지 않은 기분이었다.

쉰동이는 쥐엄나무를 사러 구아방에 들렀다. 밝게 인사하던 방울이는 놀라서 멈춰 섰다. 상대방의 얼굴을 보고 놀랐고, 그다음에는 남루한 행색에 놀랐다.

"오늘은 입술을 안 발랐소?"

헤헤 웃으며 농을 치는 쉰동이를 보자, 방울이의 표정이 어두워졌다. 도련님이 아니라 몸종인 자신을 보고 실망하는 표정이 그의 눈에 보였다.

"실망했소? 양반이 아니라, 하다못해 장사치도 아닌 노비라 실망인가?"

"하. 실망은요. 깜빡 속은 내가 미친년이지. 뭘 사러 왔나?"

그녀는 순식간에 말투도 바꾸고, 태도도 달리했다.

"쥐엄나무."

"아. 사또께서 조각수 만드시는 데 필요한 아주 귀중한 그 쥐엄나무?"

"돈도 챙겨 왔소."

쉰동이는 미리 챙겨 온 돈을 쥐여 줬다. 그 김에 은근슬쩍 방울이의 손을 잡아 보려 했지만, 턱도 없었다. 방울이는 돈을 챙겨 넣고, 다시 요구했다.

"방금 줬잖아."

"나랑 장난하니? 외상값이 먼저지. 돈 없니? 이게 다야?"

"야!"

쉰동이는 제 앞에서 반말을 하며, 깐죽이는 방울이가 얄미웠다.

"이 오라버니, 참을성이 좋진 않거든?"

"아저씨. 그딴 수작은 주점 가서 하시고! 돈부터 챙겨 오세요. 좋은 말로 할 때!"

방울이가 큰소리를 치고 안뜰로 들어갔다. 길쭉한 막대기가 댓돌에 있는 것이 보였다. 하지만 별스럽지 않게 봤다. 쉰동이에게 감쪽같이 속은 것이 억울하여 돌멩이를 발로 차며 화풀이를 했다. 그 돌멩이 하나가 하필 길쭉한 막대기를 건드렸다.

꿈틀.

막대기는 스르륵 움직이며 몸을 틀었다. 구렁이였다. 아무리 종년이라도 여자는 여자였다. 기다란 구렁이가 스산하게 안뜰을 가로질러 방울이에게 돌진했다. 혼비백산한 방울이는 신발짝이 벗겨지는 것도 모르고 도망쳤다.

어떻게든 쥐엄나무를 얻어야 하는 쉰동이는 포기할 수 없었다. 방울이가 사라진 쪽으로 몸을 트는데, 기겁하며 달려오는 그녀가 보였다. 방울이는 부끄러운 것도 모른채 쉰동이에게 덥석 안겼다.

"아악! 뱀!"

막무가내로 달려든 방울이를 안은 채 바닥을 보니 정말 구렁이였다.

"저 잡것을."

쉰동이는 제 뒤편에 방울이를 내려놓고 성큼성큼 걸어갔다. 구렁이는 거침없이 돌진하고 있었다. 그녀는 발을 동동 굴렀다. 쉰동이는 아랑곳하지 않고 구렁이가 오는 길 앞에 앉아 버렸다. 방울이가 비명을 질러 댔지만, 소용없었다.

두 자, 한 자, 그리고 한 치.

뱀이 코앞에 다가왔을 때, 쉰동이는 팔을 뻗어 두 손가락으로 뱀의 머리를 제압했다. 직진 본능을 강탈당한 뱀은 잔망스럽게 온몸을 비틀었다. 그는 아무렇지 않게 뱀을 집어 들어 지붕 위로 던져 버렸다. 방울이는 제 눈으로 보고서도 이 상황을 믿을 수 없었다.

개다리소반을 받은 쉰동이는 허겁지겁 밥을 먹었다.

"없는 찬이지만, 그냥 드쇼."

퉁명스러운 말과 달리 방울이가 차려 온 밥상에는 먹음 직스러운 굴비 한 마리도 올라와 있었다. 쉰동이가 밥을 먹는 동안 약재방으로 들어간 방울이는 쥐엄나무를 한 줌 담아 왔다.

"며칠 굶었소?"

약재 주머니를 내놓으면서 방울이가 참견을 했다.

"아, 거참 말 많네."

그는 방울이의 손목을 잡아채서 제 옆에 앉혔다. 방울이 가 일어서려 했지만, 쉰동이의 힘을 당할 재간이 없었다.

"자, 이 오라버니를 따라 해 봐. 고."

"…."

"따라 해. 고."

쉰동이의 성화에 건성으로 입을 뻥긋했다.

"고."

"맙."

"맙."

뒷말을 알아챈 방울이가 입을 쌜룩거렸다.

"뭐야! 고맙다, 이거 시키는 거잖아!"

앙칼지게 토라지는 방울이가 그저 귀여웠다. 냅다 뛰어 자신의 품에 안기던 모습이 눈에 선했다. 방울이가 한눈을 파는 사이, 참다못한 쉰동이가 볼에 입술을 맞춰 버렸다. 놀란 방울이가 입술을 닦아 내며 그를 닦달하는 사이 무영이 들어왔다.

"뭐 하는 것이냐?"

"보면 모르오. 밥 먹습니다요."

쉰동이는 느긋하게 대답했고, 방울이는 얼굴이 빨개져 댓돌로 내려왔다.

"네놈이 여기서 밥을 왜 먹느냐니까?"

"줬으니까 먹죠."

역시 능글맞게 웃는 쉰동이다. 방울이는 고개를 푹 숙이고 가다 괜히 무영에게 화풀이했다.

"사람이 밥때 왔는데, 그냥 보내요? 밥을 주면 줬나 하지, 뭘 또 그렇게 꼬박꼬박 물어."

눈치 없는 무영이 이 와중에 무심코 밥 한 공기 달라고 청했다.

"떠다 먹어요! 내가 마님 몸종이지, 그쪽 몸종이요!"

방울이는 빽- 소리를 질러 대고 부엌으로 들어갔다. 무영은 본전도 못 찾았다.

"여자는 달과 같다."

쉰동이가 생선 대가리를 쪽쪽 빨아 가며 말했다.

"무슨 말이냐?"

"우리 어머니가 늘 하셨던 말이오. 한순간도 같은 모습이 없다는 말이지. 의녀님은 어디 가셨습니까?"

"떡집 손녀가 자꾸 설사를 해 살펴 주러 가셨다."

"걔는 너무 먹어. 안 그러오?"

통통하게 살이 오른 그 집 손녀의 모습이 떠올랐다.

"의녀님 오시면 어제 그 일은 다 해결됐다고 알려나 드리십쇼. 계모가 범인이었소. 제 발로 와서 자백까지 했으니, 사건 끝! 그리고 조각수는 준다, 안 준다. 대체 어쩌자는 거요. 내가 두 분 기 싸움에 저승길이 가까워 옵니다."

"알겠다. 의녀님과 상의해서 알리겠다."

"모처럼 배도 부르고, 기분도 좋고. 자알 놀다 갑니다."

쉰동이는 짚신을 신으며 일부러 부엌에 대고 소리쳤다. 부엌에 있던 방울이는 들은 척도 안 하더니 대문으로 나가는 그의 뒷모습을 몰래 보았다. 그림자라도 길게 보고 싶다는 생각이 들자 제 머리통에 꿀밤을 주며 정신을 차렸다. 절대로 노비는 안 만나겠다고 원을 세우지 않았던가.

정동호는 범인 나씨와 독대하고 앉았다. 감옥에 들어온 그녀의 아침보다 평온해 보였다.

"억울하진 않느냐? 할 말이 있으면 다 하거라."

사또와 마주 앉은 나씨는 물끄러미 그를 올려봤다.

"아닙니다. 오히려 마음이 편합니다."

"자백으로 형이 결정될 것일세. 이대로 보고하면 사형을 면치 못할 것이야."

"자식을 죽인 어미가 살고자 하는 것이 더 죄악입니다."

나씨는 고개를 숙였다. 모든 것을 받아들이는 눈빛이었다.

"…아이가 또 있느냐?"

정동호가 불쑥 물었다. 그 말에 맑았던 나씨의 눈이 흐려졌다. 눈물이 고였다.

"…예….."

한번 터진 눈물은 멈출 기미가 보이지 않았다.

"그 아이를 생각해서라도 살아야 하지 않겠느냐?"

"하−. 이제라도 따라가야지요. 녀석은 저승에서 잘 놀고 있을 겝니다."

제 배로 낳은 아이도 잃고, 남편의 아이까지 잃어버린 어미는 이승에 미련이 없었다.

"너무 늦은 건 아닌지. 젖 한 번 물려 보지도 못했는데. 갓난애들은 젖 냄새로 엄마를 안다지요? 저를 알아보기나 할까요. 사또."

나씨의 눈빛이 모처럼 빛났다. 죽은 아이를 떠올리는 눈빛에 생기가 돌았다. 그녀는 마치 아이를 품에 안듯 허공을 감쌌다. 제 손으로 죽은 아이의 기억을 더듬는 것 같았다.

정동호는 일이 잘못됐음을 직감했다. 이자는 범인이 아니다. 삶을 포기한 여인네일 뿐이다. 사건을 방해하는 것도 중죄라고 윽박지르며 사실대로 고하라고 했지만 그럴수록 나씨는 간절하게 빌었다.

"저 하나만 죽으면 다 끝날 일입니다. 사또."

"무고한 백성을 죽일 순 없다."

"제가 죽였다니까요!"

"거짓 자백을 할 순 있어도 거짓 눈빛을 만들 순 없소. 자식을 죽인 어미의 눈빛이 아니오."

"누가 그걸 믿습니까! 절대, 절대로 나으리 탓을 하지 않겠습니다."

나씨는 사정을 했다. 하지만 정동호의 결심을 흔들 순 없었다.

아이 엄마는 진료를 마치고 돌아가는 홍련의 손에 떡 보따리 하나를 쥐여 줬다. 이미 약값을 두둑이 받은 터라 홍련이 사양했다.

"철산에서 제일 맛 좋은 인절미니 거절 말고 가져가세요, 의녀님."

억지로 안겨 주는 바람에 홍련은 떡 보따리를 들고 그

집을 나왔다.

처음에는 구아방에 앉아서 찾아오는 아이들만 살폈다. 하지만 사는 것, 먹는 것을 살피는 것도 병의 원인을 찾아내는 방법 중 하나라는 것을 깨달았다.

떡집 아이가 잦은 설사로 구아방을 찾았을 때는 이질이라고 생각했었다. 하지만 그 빈도가 너무 잦았다. '애가 아무것도 안 먹었는데…'라는 아이 엄마의 말을 철석같이 믿었었다. 하지만 집을 방문해 보니 먹을 것이 지천이었다. 아침마다 떡시루에서 쪄 내는 각양각색의 떡이 아이를 유혹한 것이다. 결국 병명은 식적이었다.

과식과 폭식으로 아이의 몸에 이상이 온 것이다. 체기가 다 가시기도 전에 또 체기가 생기는 것이 바로 식적이다. 이로 인해 비위(脾胃)의 기능에 이상이 생겨 가슴이 답답하고, 몸이 축 처지고, 설사를 하는 것이다. 홍련은 다시 한 번 떡집을 돌아봤다. 먹을 것이 지천이었다.

결국 어미의 사랑이 과해서 생긴 병이었다. 주고도 또 주고 싶은 것이 어미의 마음이라지? 씁쓸하게 웃었다.

누구는 어미 때문에 배부른 병에 걸리고, 누구는 어미 때문에 물에 빠져 죽지 않았던가. 그 차이는 어미가 친모인가, 계모인가였다. 홍련은 그렇게 답을 내렸다. 자신의 계모도 언니를 죽였으니까. 철산에 온 후로 한 번도 가 보지 않았던 그곳으로 발길을 돌렸다.

아직 해가 중천이라 주점의 대문은 굳게 닫혀 있었다. 대문으로 오르는 단단한 꽃계단에 올랐다. 그 옛날, 완산에 들렀던 아버지가 돌이 유명한 금마에서 골라 오셨다고 들었다.

"아버지, 돌 속에 꽃이 피었어요!"
어린 홍련은 돌 속의 꽃무늬가 무척 마음에 들었었다.
"꽃계단이로구나."
아버지와 홍련은 그 계단을 두고 꽃계단이라고 불렀었다. 이제는 추억이 된 옛일이었다. 그리고 더 이상 이곳은 홍련의 집이 아니었다.

왜 모든 것이 사라졌을까? 어머니, 아버지, 그리고 언니까지 모두 사라졌을 때 홍련은 두려웠다. 어느 날, 혼자 우두커니 앉아 있었는데, 언니가 너무 그리웠다. 봉선화꽃이 흐드러지게 폈을 때였다. 언니와 툇마루에 앉아 새어머니에게 열 손가락을 펴 보였던 때가 불현듯 떠올랐다. 서로 먼저 해 달라고 떼를 쓰다가 결국 봉선화 꽃물을 홀랑 엎었다. 그해에 언니가 죽었다.

언니를 따라 연못에 몸을 던졌고 황 대감이 목숨을 살렸다. 정신이 들었을 때 집으로 돌아왔지만 집이 팔린 후였다. 죽으려고 하지 않았다면 집을 지킬 수 있었을까? 답은 모르겠다. 살았다면 계모 손에 죽었을 수도 있지. 어떻게든 지킬 수 없었던 것일까? 그런저런 생각을 하며 대문을 가만히 만져 봤다. 그때 대문이 벌컥 열렸다.

"뉘시오?"

안에서 홍련 또래의 기녀가 불쑥 고개를 내밀었다. 속옷인지 겉옷인지 알 수 없는 요상한 옷을 입고 있었다. 홍련은 집을 잘못 찾았다는 핑계를 대고 황급히 계단을 내려갔다. 하지만 기녀가 쫓아와 팔을 잡았다.

"일하러 오셨소? 우리 주점에 일하러 왔냐고. 기녀 되려고."

"아닙니다!"

홍련이 화들짝 놀랐다.

"다들 처음에는 주저하지만, 이쪽 생활도 괜찮소. 얼굴은…."

그 여자가 홍련의 얼굴을 빤히 봤다.

"몸매도…."

홍련의 자신의 몸을 샅샅이 훑어보는 눈길이 부담스러웠다.

"…기녀는 힘들 것 같소. 그래도 악기나 노래 실력이 있으면 최고요. 부끄러워하지 말고 들어오시오."

기녀는 홍련의 팔을 잡아끌었다.

"아닙니다. 전 혼례를 올린 여자요."

"어린데 고생입니다. 혼인하면 좋소?"

"예?"

"내가 마음에 딱! 들어오는 남자가 있는데."

기녀는 아예 자리 잡고 동무에게 하듯 이야기를 시작했다.

"혼인하였으니, 남자 마음을 알 것 아니오. 나처럼 하룻밤 지내는 기녀랑, 평생을 같이 사는 여자랑 뭐가 다르오?"

기녀는 세상 진지했다.

"조선에서 남자를 가장 잘 아는 이가 그쪽들 아니오. 문서상 혼인만 하였다뿐이지, 그분과 그런 관계가 아닙니다."

"복잡하네."

대단한 답을 기대했던 기녀는 김이 빠졌다. 툴툴거리다 누군가를 발견하고 화색이 돌았다.

"저 사람이오. 제 마음속의 그분."

기녀가 손가락을 가리키는 곳으로 고개를 돌렸다.

"바로 사또십니다."

홍련은 멀리 걸어오는 정동호의 모습을 보고 화들짝 놀랐다. 숨을 곳도, 도망칠 곳도 없었다. 재빨리 다시 뒤돌았다.

"그쪽도 반했소? 혼인하셨다더니. 비밀로 해 드리리다. 근데 그쪽 차례까진 안 갈 거 같아. 우리들 완전 줄 섰다니까. 언제 수청 들라 하실까?"

기녀는 넋을 놓고 사또를 눈에 담았다.

"오시네. 이리로 오셔."

기녀는 옷매무새를 다듬었다. 정동호는 기녀 앞에 등 돌리고 서 있는 홍련에게 가는 중이었다. 멀리서 뒷모습만 보고 홍련인 줄 알았다.

"의녀님!"

기녀는 자신이 아니라, 제 앞의 여자를 보고 아는 척하는 사또를 보고 실망했다.

"사또와 아는 사이요?"

"아니, 몰라요."

"지금 이쪽으로 오는데?"

홍련도 모를 리 없었다. '의녀님'을 외쳐 대는데 어찌 모르겠는가? 우왕좌왕하던 홍련은 떡 보따리를 기녀에게 떠밀었다.

"인절미요. 찹쌀은 맛이 달고 성질이 따뜻한 편이어서 몸이 차가운 체질과 잘 맞습니다."

"어찌 알았소? 몸이 찬지?"

"소화기관이 약한 자에게는 약이오. 그러니 받으시오. 오장을 따뜻하게 하고 허약한 몸을 튼튼하게 만들어 줄 겁니다."

"떡 장사요? 나 돈 없는데?"

정동호가 또 '의녀님'을 외쳤다.

"의녀가 떡도 팔우?"

기녀의 눈이 동그래졌다.

"아! 목이 타는 소갈에도 효험이 있습니다. 대신 자주 체하면 자제해야 하오. 명심, 또 명심!"

그 말을 막 전하고 나자, 정동호가 홍련 곁에 당도했다.

"명심하오!"

꽃계단을 내려오는 홍련이 기녀에게 단호하게 말했다.

"예."

기녀는 떡 보따리를 들고 엉거주춤 인사를 했다.

"오셨습니까?"

홍련은 정동호를 보고, 깍듯하게 예를 갖춰 인사를 했다.

"가시지요."

정동호가 맞절을 하고 고개를 들자, 홍련은 말할 틈도 주지 않고 길을 안내했다.

홍련은 옛집에서 어느 정도 멀어지자 걸음을 멈췄다. 참으로 숨차게 걸어왔다. 뒤쫓던 정동호도 혀를 내둘렀다.

"축지법이오?"

말은 퉁명스럽게 했지만, 정동호는 걷는 내내 홍련의 다리를 살폈다. 심술이 올라왔다. 도대체 무영과는 어떤 사이길래 업어 주고, 업히오? 정말 혼인은 한 거요? 대감께서도 이런 걸 아시오? 그러면서 왜 그런 눈을 하고 내게 뛰어온 것이오? 쏟아져 나오려는 말들을 억지로 삼켰다.

"부인께서 아침부터 주점을 드나드는 것은 미풍양속을 해치는 일이요."

"환자이옵니다. 사또께서는 아침부터 주점에 무슨 일이십니까? 아, 수청 때문에 오셨습니까? 기녀들이 그럽디다. 사또가 언제 수청 들라 하나."

수청이라니. 정동호는 당혹스러웠다. 조선의 이치는 그랬다. 지방으로 전출된 사또를 위해 기녀를 임시 아내로 맞도록 했다. 적적한 객지 생활의 활력소가 기녀였다.

"그래서 처음 본 기녀의 말을 곧이곧대로 듣고 화를 냅니까? 마님께서!"

"근데 왜 자꾸 마님, 마님. 오늘따라 왜 그래요?"

"마님을 마님으로 부르는 데, 잘못됐습니까?"

이래저래 정동호의 마음이 심란했다. 사또의 몸으로 이미 혼인한 여자에게 마음을 주는 것은 도리가 아니었다. 설령 혼인 중에 도망쳐 무영과 살고 있는 사이라 해도 제 가슴에 담을 수는 없었다.

홍련도 할 말은 없었다. 자신은 분명 혼인했고, 그는 총각이었다. 어찌하겠다는 마음은 아니지만, 자꾸 마음에 걸렸다. 그런데 오늘따라 '마님'을 운운하며 자꾸 거리를 두려는 그의 말투가 몹시 거슬렸다.

서로 더 다가가면 안 된다는 것을 서로가 암묵적으로 알

고 있었다. 알기 때문에 두 사람은 더 이상 말을 할 수 없
었다.

"…그런데 한 가지만 부탁합시다."

침묵을 먼저 깬 것은 정동호였다.

"…이제 내 말만 믿으시오. 다른 사람이 뭐라 하든 내
입에서 나온 말만… 믿어 주면 안 됩니까?"

정동호의 유일한 바람이었다.

"싫소."

홍련의 답은 명료했다. 그래서 정동호는 맥이 풀렸다.
큰 것을 기대한 것은 아니었다. 신뢰를 쌓고 싶었다. 그녀
의 마음도 편치 않았다. 흔들리는 그의 눈동자가 보였다.
실망하는 눈빛도 보았다. 그것을 보아야 자신의 마음을
다잡을 수 있을 것 같았다.

"내가 왜 사또 말을 믿어야 합니까? 사또가 어떤 사람인
줄 알고 믿습니까?"

"싫으면 됐소."

그가 먼저 등을 돌렸다. 홍련은 어색한 분위기가 싫어
일 이야기를 시작했다.

"범인은 찾았습니까?"

"계모가 자백했소."

홍련이 생각지도 못한 결과였다. 범인이 스스로 찾아와
자백을 했다? 명확한 증거도 나오지 않았는데? 하지만 정

황은 충분했다.

"사형인가요?"

정동호가 홍련의 표정을 살폈다. 치밀하고, 논리적인 그녀였다. 그런데 이 사건에서는 그런 모습을 보이지 않았다.

"사형이 그리 쉽습니까?"

"죽였으면, 사형이죠."

"왜 죽였다고 생각하십니까? 목격자나 물증이 없고, 마님도 자살 같다고 하지 않으셨소?"

"계모는 계모니까요."

"계모는 살인자입니까?"

"말장난하십니까?"

홍련은 불쾌했다.

"뻔하지 않아요? 계모가 꼴 보기 싫은 전처의 딸들을 살해했다. 뭐가 잘못됐나요? 범인이 자백한 상태에서, 뭐가 더 필요할까요?"

"뻔한 사건은 없습니다. 계모도 사람이고, 제 백성입니다. 계모라도 기른 정이….."

홍련의 눈에 분노가 일었다.

"당신! 남의 손에 자라는 게 어떤 마음인지 알아?"

"그쪽 집안 사정은 모르지만."

"모르면 아는 척하는 거 아닙니다. 계모? 계모는 계모

야. 내 새끼도 아닌데 왜 기르겠어? 봐. 송아지도 지 새끼
아니면 젖도 안 줍니다."

정동호가 홍련의 깊은 상처를 건드린 것이다.

"당신, 함부로 말하지 마."

홍련은 평소와 달리 흥분했다. 자제하려고 했지만 한
번 엇나간 마음은 쉽사리 제자리를 찾지 못했다.

집무실로 돌아온 정동호의 마음은 무거웠다. 진범을 찾
아내겠다고 다짐했지만 아무런 증거를 찾아내지 못했다.
죽은 자는 말이 없고, 죄인은 입을 다물었다. 거기에 추리
부인의 심기를 건드린 바람에 이 사건을 논의할 사람도 없
었다. 쉰동이가 점심상을 들고 들어왔다. 제 주인의 입에
밥이 들어가자, 쉰동이도 수저를 들었다.

"네게 어머니는 어떤 사람이었느냐?"

"울 엄니?"

정동호가 고개를 끄덕였다.

"새삼스럽게 다 큰 사내들끼리 무슨 엄니 얘기요. 자식
살리려고 새끼 먹을 젖까지 마님댁 도련님에게 몽땅 준 어
미가 뭐 보고 싶다고."

말은 그렇게 했지만 쉰동이의 효심은 깊었다.

"정말 나씨가 범인일까?"

"아니면? 지들끼리 죽었을까 봐서요?"

"아님 치정이냐."

쉰동이의 눈이 커졌다.

"샌님이 그런 것도 아십니까?"

"내, 저것을!"

정동호는 수저를 탁 내려놓았다. 쉰동이는 부러 제 주인에게 약을 올리며 말을 꺼냈다.

"그래도 낳은 정만은 못하죠. 젖 못 먹인 미안함에 평생 내 새끼, 내 새끼. 먹을 걸 얼마나 챙겨 줬는데. 도련님 모르게 많이 챙겨 주셨어. 도련님 잡수신 한약은 나도 죄다 먹었다고 생각하면 쉬울 겁니다."

"설마 내 것을?"

"당연하지, 우리 엄만데."

질투가 났다. 홍련의 마음이 이런 것이었을까? 자신의 처지를 돌아봤다. 제 어미뿐만 아니라 다른 어미의 사랑까지 독차지하고 자랐다. 그런데 그녀는 어느 쪽의 사랑도 충분히 받지 못하고 자랐을 것이다. 미안함이 잔잔히 밀려왔다. 무거운 마음으로 첫술을 뜨려는데 권 이방이 들어왔다.

"의녀께서 드셨습니다. 공적으로 요청드릴 일이 있다고 합니다. 그리고 어찌 부인네가 내아를 들락날락하느냐며 기다리고 계십니다."

정동호는 실소를 했다. 언제부터 부인이네, 여인이네

격을 따졌단 말인가. 필요할 때 제멋대로 들어오더니. 참
알다가도 모를 여인들의 속이었다.

관복을 갖춰 입은 정동호는 장옷으로 치장하고 찾아온
홍련을 보고 기가 찼다. 아주 단단히 마음먹고 찾아온 행
색이었다. 그것도 모자라 얼굴을 얇은 천으로 가릴 수 있
는 너울까지 썼다. 거기다 쓸데없이 방울이도 대동했다.
기가 찼다.

"어쩐 일이시오, 의녀님."

"지난번 검시와 관련하여 나씨를 면회하게 해 주십시오."

"안 됩니다."

"공과 사는 구별하셔야지요, 사또."

"제가 드릴 말씀입니다. 정식 의녀도 아니신데 이런 부
탁은 과합니다."

너울 속의 얼굴이 붉어졌다. 부끄러움이 아니라 부화
가 차올라서였다. 아침에 서로 한바탕하고 헤어져 툇마루
에 가만히 앉아 있는데 나씨에게 꼭 묻고 싶은 것이 떠올
랐다. 장성한 두 아이를 어찌 제압하고, 끈으로 묶었을지
궁금했다. 두 아이가 힘을 쓰자면, 나씨를 이길 수 있었으
리라. 그런데 반항도 하지 않고 순순히 묶였다고? 그것은
이치에 맞지 않았다.

"반드시 물어야 할 것이 있습니다. 억울한 백성을 만드

시면 아니 되옵니다."

홍련이 다시 정중하게 청했다.

"말씀은 감사하지만, 돌아가시지요. 그리고 한양에 의원을 청해 놓은 상태입니다. 나랏일을 백성에게 전가할 순 없습니다."

두 남녀의 자존심 싸움은 팽팽하게 계속됐다.

방울이는 조신하게 고개를 숙이고 있었지만 어쩌자고 마님이 저러시는지 이 자리가 불편했다. 제멋대로 돌아다니던 마님이 장옷을 꺼내라고 명했을 때부터 느낌이 좋지 않았다. 이 와중에 누군가 계속 자신을 보고 있다는 느낌을 받았다. 슬쩍 고개를 들었다. 쇤동이였다. 그는 사또 옆에 서서 노골적으로 방울이만 쳐다보고 있었다. 그 눈빛이 얼마나 강렬하던지, 방울이의 얼굴 빨개졌다. 방울이는 재빨리 고개를 숙였다. 궁금증이 일어 다시 고개를 들었던 방울이는 쇤동이의 시뻘건 헛바닥을 보고 기겁을 하며 얕은 비명을 질렀다. 쇤동이는 얼른 딴청을 하며, 댓돌 아래의 신발을 정리했다.

방울이의 비명에 놀란 홍련이 돌아봤다.

"왜 그러느냐?"

"제가, 쥐새끼를 봤나 봅니다."

방울이는 말꼬리를 내렸다. 다시 주인들끼리 말을 이어 갈 때, 쇤동이가 방울이에게 눈짓을 보냈다. 하지만 이제

145

방울이에게 씨알도 안 먹혔다. 한 번만 더 그러면 가만 안 둔다고 눈짓 손짓을 하는데 밖에서 간곡한 청이 들렸다.

"사또, 우리 마님 죽습니다. 아이고, 마님."

곧 문지기가 달려와 보고를 했다.

"나씨 부인을 찾는 노파가 왔습니다. 꼭 봬야 한다고 소란을 피우고 있습니다."

그 순간, 관아로 머리를 풀어헤친 노파가 뛰어 들어왔다. 이방은 당장 저자를 추포하라고 했지만 그럴 필요도 없었다. 노파는 그 자리에 주저앉아 간곡하게 청을 했다.

"우리 마님, 그럴 분이 아니십니다."

노파는 숨을 급하게 몰아쉬고 있었다. 홍련이가 노파의 맥을 살폈다.

"하고 싶은 말이 많으셔도 참으셔야 합니다. 진정하시고, 기를 안정시켜야 합니다."

하지만 홍련이의 팔을 뿌리치고 바닥에 엎으려 간곡하게 말했다.

"이대로 돌아가시면 안 됩니다. 억울해서 안 됩니다. 절대 아닙니다. 아기씨들을 어떻게 키우셨는데. 아기씨들이 못된 마음을 먹었습니다. 죽는 시늉만 한다는 것이 죽었나 봅니다. 제가 들었습니다. 아씨들 말을 제가요. 그 나쁜 마음을 마님이 무슨 수로 막습니까. 마님은 아닙니다. 절대 아닙니다."

자매의 패악질이 만천하에 드러났다. 나씨가 지은 옷은 찢어 버리고, 밥에는 구정물을 넣었다고 했다. 대감이 집을 비우면 어김없이 계모를 골탕 먹였다.

"마님에겐 집이 지옥이었습니다. 그래도 절대 어르신에게는 한마디도 하지 않으셨습니다. 제 새끼가 아니라 미워한다는 소리를 들을까 봐 혼자 속으로 삼키셨습니다."

"이렇게 말하라고 나씨가 시켰습니까?"

가만히 듣고 있던 홍련이 매섭게 물었다.

"그런 말씀하시면 천벌받습니다. 시키다뇨? 이대로 우리 마님이 돌아가시면 사또께서 천벌받으십니다. 암요."

노파의 눈은 흔들림이 없었다. 이 와중에 관원 하나가 달려왔다.

"죄인이 목을 맸습니다. 사또!"

점입가경이었다. 정동호는 옥사로 뛰어갔다. 뒤이어 홍련과 이방, 그리고 관군들이 달려갔다. 노파는 짚신이 벗겨지는 것도 모른 채 뛰어갔다.

나씨는 옥사 안에서 치맛자락을 찢어 줄로 잇고 대들보에 목을 맸다. 먼저 도착한 정동호가 뛰어 들어가 나씨를 들어 올렸다. 관군들이 들어오자, 나씨를 들게 했다. 정동호는 밖으로 뛰어나가 궤짝을 찾아왔다. 궤짝을 밟고 올라 끈을 풀어 보려 했다. 단단하게 조여진 매듭에는 풀릴 틈이 없었다.

뒤이어 도착한 홍련이 가슴에서 은장도를 꺼내 사또에게 건넸다. 이미 거추장스러운 장옷은 벗어 던졌다. 죽어가는 사람부터 살려야 했다. 은장도를 받아 든 정동호는 사력을 다해 매듭을 끊어 버렸다. 줄이 끊어졌다. 관원들은 나씨를 바닥에 뉘었다.

이번엔 홍련의 차례였다. 나씨의 목에 손가락을 대어 숨을 살폈다. 손목의 맥도 짚었다. 하지만 두근거리는 자신의 심장 소리 때문에 나씨의 희미한 숨소리를 분간해 낼 수 없었다. 정동호는 그녀가 진료를 할 수 있도록 관원들을 조용히 시켰다. 홍련의 미간이 좁아졌다. 다시 집중했다.

"…살았습니다!"

방울이가 달려왔다. 홍련은 방울이 손에 든 탕약을 낚아챘다. 노파에게 먹이려던 약을 나씨의 입에 축였다. 뒤늦게 도착한 노파는 바닥에 주저앉아 목을 놓았다.

"마님, 이게 무슨 꼴입니까. 이게 무슨."

약이 입에 들어가자 나씨가 꿈틀했다. 홍련은 한숨 돌렸다.

"상태가 어떠합니까?"

정동호는 다급했다. 사건의 정황이 뒤집힐 판국에 억울한 죄인을 죽게 할 순 없었다.

"…굶겼습니까?"

홍련이 옥사의 관원에게 물었다.

"스스로 곡기를 끊었습니다."

"다행입니다. 너무 굶어서 죽을힘도 없으십니다. 옥사에서 회복하긴 힘들 것입니다. 별방으로 옮기고, 그곳에서 감시하시지요. 제가 할 수 있는 것은 여기까지입니다."

그녀의 말에 정동호는 정신을 차렸다. 순식간에 너무 많은 일이 일어나서 무엇부터 처리해야 하나 걱정이 됐다. 우선 환자를 별방으로 옮기라 지시했다. 서기에게는 노파의 진술을 자세히 적으라고 명했다. 권 이방에게는 나씨의 노비들을 모조리 불러오라고 했다. 또한 무고한 아내에게 죄를 뒤집어씌운 소란 아버지도 당장 소환하라고 전했다.

정동호는 집무실에 홀로 앉아 있었다. 똑똑. 누군가 문을 두드렸다. 지금은 혼자 있고 싶었다.

"잠시 후에 들라."

"이방이옵니다. 긴히 드릴 말씀이 있습니다."

거절할 수 없었다. 사또와 이방은 마주 앉았다. 이방은 피곤한 그를 위해 차를 두 잔 들고 왔다.

"예. 구아방이 약이 아주 명약이옵니다. 빠르게 회복하고 있으니 한숨 돌리시지요. 생강차이옵니다. 철산은 본디 추운 고장이라 다들 즐겨 마십니다. 드시면서 보고 들으시지요."

알싸한 생강 향이 집무실을 채웠다. 적당한 온기도 정동호의 긴장을 풀어 주었다. 그는 들을 준비가 되었다.

"소란스러운 틈을 타 소란 아버지가 도망쳤습니다. 알아보니 나씨와는 관아에 신고도 하지 않고 살던 중이었습니다. 이거 저희가 완전히 당했습니다. 나씨의 여동생이 함께 기거하고 있었는데 둘이 같이 도망쳤답니다. 아마도 나씨를 죽이고 그 재산으로 재가를 하려던 것 같습니다."

"뭐가 그리 복잡합니까."

"세상에서 가장 무서운 것이 치정입니다. 죽은 아이들만 안됐습니다."

계모도 부족해서, 욕정에 불타는 아버지라니. 정동호는 이 사건이 미궁에 빠질까 봐 걱정됐다.

"그래서 말입니다, 사또."

권 이방이 두 손을 간절하게 모았다. 아직 부탁한 말이 남은 모양이었다.

"이번 사건은 아무래도 귀신에게 자세히 물어봐야겠습니다."

그의 눈빛은 진지했다. 제 딴에는 궁리 끝에 어렵게 꺼낸 말이었다.

"사또, 귀신을 보시지 않습니까? 다른 방법이 없습니다."

정동호는 뜻밖의 제안을 받고 고민했다. 노파의 증언과

나씨의 증언을 맞춰 보면 될 것이다. 하지만, 나씨가 계속 거짓말을 한다면? 당장 내일 한양으로 압송해야 한다. 계모가 자식을 죽인 죄는 죄질이 나빠 사형을 피하지 못할 것이다. 하지만 이방의 뜻대로 소란 자매 귀신들을 만난다고 해도 문제는 있다. 보고서에 귀신의 진술을 적으란 말인가? 권 이방도 그 점은 우려하고 있었다.

"귀신의 말을 그대로 따르자는 것은 아닙니다. 이치를 따져 볼 수 있는 정황들을 찾아내야 합니다."

"그렇게만 되면 좋지만. 이방. 귀신을 보는 것이 쉬운 일은 아닙니다."

"그렇죠, 그렇죠. 그게 얼마나 대단한 일인데."

권 이방의 아부가 눈에 보였다.

"그런 뜻이 아닙니다. 이방도 귀신을 볼까 봐 걱정입니다. 괜찮으시겠습니까?"

"…사또만 보시는 게 아닙니까?"

"지금까진 그랬지만, 모르는 일이라."

권 이방은 뒷골이 서늘해졌지만 상관없었다. 어차피 귀신은 사또에게만 보인다. 장담한다. 부사의 장례를 수없이 치렀지만, 귀신을 본 적은 없었다.

"걱정 마십시오, 사또. 제게도 방도가 있을 것입니다."

"좋소. 해시에 내아로 드시오. 팥, 소금, 복숭아 나뭇가지, 벽사 그림. 다 필요 없습니다. 그냥 오십쇼. 그런 건 소용없답니다. 귀신 입으로 직접 들었습니다."

정동호는 자신만 아는 비밀을 은밀히 말해 줬다. 진지한 사또의 모습에 권 이방은 난감했다.

집에 돌아온 권 이방은 저녁을 먹자마자 다시 나갈 채비를 하였다.

"어찌 밤 근무까지 하십니까? 전 혼자 못 잡니다. 무섭소."

"놀러 가는 것이 아니지 않느냐. 밖에 남원댁도 있고, 큰아범도 있고, 어린것들도 있는데. 무엇이 무섭다고."

"어르신 없는 밤이 너무 무섭습니다."

"고것. 참."

권 이방의 품에 안겨 아양을 떠는 여인은 아내와 사별하고 새로 얻은 후처 분홍이였다. 함께 산 지 이제 일 년이 채 되지 않았다. 마흔을 훌쩍 넘긴 나이에 열여덟 살이나 어린 부인을 데리고 사는 것이 만만치 않았다. 분홍이는 홍련의 옛 집터에 새로 들어온 주점 달궁의 기녀였다. 아직 남자의 손을 타기 전에 권 이방이 머리를 올려 주고 데려왔다. 그만큼 아끼는 여자였다.

"몸은?"

사실 얼마 전부터 분홍이에게 태기가 있었다. 사별한 부인과 서로를 부모처럼, 남매처럼 아꼈던 사이였지만 후사가 없었다. 서로 존중하는 삶이었지만 사별 후 슬픔이 길게 가지는 않았다. 분홍이가 아이를 갖게 되자 그 기쁨이 더 커졌다.

"아버지를 닮아 씩씩합니다. 하루 종일 움직이는 통에 쉬지도 못했습니다."

"이런 고얀 놈. 벌써부터 어미를 힘들게 하느냐?"

권 이방은 부러 배 속의 아이를 야단쳤다. 분홍이는 까르르 웃었다. 그 와중에도 남편의 얼굴을 살폈다. 농을 하는 얼굴에서 불안감을 읽어 냈다.

"위험한 일은 아니시지요?"

"관아 일이 뭣이 위험하겠느냐."

"…도움은 안 되겠지만, 말씀해 보셔요."

분홍이가 웃음을 멈추고 남편에게 바짝 다가갔다. 어린 아내에게 걱정을 끼치기 싫어 얼른 자리에서 일어났다. 얼른 다녀오겠다며 집을 나섰다.

권 이방은 관아가 아니라 구아방으로 향했다. 사또에게 준 약을 청하기 위해서였다. 홍련은 약을 주는 조건으로 동행을 요구했다. 어쩔 수 없이 함께 관아에 왔다.

정동호는 서안 위에 장화가 준 작은 종을 올려놓았다. 이걸 울리면 나타날 것이다. 이제 모든 준비가 됐다. 이방만 도착하면 되는데, 이방은 홍련을 데리고 왔다. 홍련은 정동호에게 눈인사를 하고는 곧장 들어와 앉았다. 너무 태연하게 들어와서 그가 뭐라고 타박할 새도 없었다. 종을 울리려고 하는데, 권 이방이 소변을 보겠다며 잠시 나갔다.

"이방에게 얼마를 받으셨습니까, 의녀님? 부녀와 아이들만 치료하신다더니 이제는 귀신 전문 의녀가 되셨소?"

"사람 목숨에 나이가 있나요. 다 나라를 위한 일입니다."

홍련은 다소곳이 머리를 조아려 가며, 사또에게 예를 갖춰 답했다. 그 모습이 얄미웠다. 한마디도 지지 않은 여인이라. 질 생각은 처음부터 없는 여인이라. 이길 방도가 떠오르지 않았다. 방 안에는 적막이 흘렀다. 밖에서 족제비를 보고 들어온 권 이방은 얼굴이 사색이 됐다. 약을 미리 달라고 성화를 했지만 홍련은 내놓지 않았다.

"미리 먹는 건 소용없습니다. 귀신 나오는 순간! 입에 넣으셔야 합니다."

"알았다. 사또, 전 준비됐습니다."

권 이방은 정좌하고 앉아 사건 일지를 펼쳐 놓았다. 정동호는 떨리는 손으로 종을 잡았다. 장화에게 종을 받았지만, 직접 사용해 보기는 처음이었다. 무엇으로 만들었는지, 작은 종이 몹시도 무거웠다. 작은 종이지만 두 손으로 겨우 종을 들어 올려 흔들기 시작했다. 종소리가 밤공기를 타고 퍼져 나갔다. 종소리가 계속되자 쉬이이이- 바람이 일었다. 해시부터는 귀신이 움직이는 시간이다. 모두가 긴장했다.

권 이방은 벌써부터 오들오들 떨기 시작했다. 손에 쥔 환약이 땀 때문에 으스러졌다. 강한 바람이 일더니 촛불이 휙 꺼졌다. 권 이방이 비명을 질렀다. 사또는 차분하게 다시 촛불을 켰다. 호들갑을 떤 것이 민망했던지, 권 이방은 호흡을 가다듬으며 정신을 무장했다. 사실 이 상태로 얼마나 더 버틸 수 있을지 몰랐다.

"아직입니까?"

그런데 자신의 말이 입 밖으로 나오지 않았다. 사또와 의녀가 아득히 멀리 있는 것처럼 느껴졌다. 목덜미가 서늘했다. 무거웠다. 거대한 구렁이가 몸을 감싸는 것 같았다.

혓바닥을 날름거리는 소리가 들렸다. 이가 딱딱 부딪혔다. 옆을 돌아볼 용기가 나지 않았다. 돌아보지 않아도 온몸을 감싼 구렁이의 혓바닥이 보이기 시작했다. 갓난아기 몸집보다 더 길고 두꺼운 혓바닥이었다. 축축한 독침이 흘러나와 권 이방을 적셨다. 손에 든 환약을 먹으려고 용을 썼다. 헌데 꽁꽁 묶인 손은 쓸 수 없었다. 그때 거대한 구렁이가 얼굴을 들이밀었다. 거대한 구렁이의 얼굴은 거꾸로 된 사람의 형상이었다. 권 이방은 정신을 잃었다.

홍련과 사또가 돌아보니 벌써 권 이방은 사색이 된 채 쓰러져 있었다. 홍련은 달려가 그의 손에 있던 환약을 뺏

어 입에 넣었다. 하지만 턱을 벌리고 쓰러진 권 이방의 입
은 움직이지 않았다. 귀신이 곡할 노릇이었다. 정동호가
굳어 버린 권 이방을 자리에 눕혔다.

"살았습니까?"

진맥을 본 홍련의 표정이 심상치 않았다.

"이런 맥은 처음입니다. 호흡, 맥박 모두 정상입니다.
하지만 언제 깨어날지 알 수는 없습니다. 귀신을 보았을
까요?"

"아닐 겁니다. 전 아무것도 못 봤습니다."

홍련은 그렇다 쳐도, 자신도 못 본 귀신을 이방이 봤을
리 없다. 정동호는 다급했다. 홍련에게 다른 약을 청했지
만 당장 갖고 있는 것이 없었다. 이 상황에서 권 이방이
죽으면 문책을 면치 못할 것이다. 귀신으로 이방을 죽인
최초의 사또가 될 것이다. 어떻게든 살려야 한다.

홍련은 약을 챙겨 오겠다며 자리에서 일어났다. 너무
늦은 밤이라 쉰동이를 데려가라고 일렀다. 그리고 텅 빈
방에 이방과 둘이 남았을 때 종이 저절로 울렸다. 장화가
왔다는 뜻이리라.

"누님!"

"내가 장난을 좀 쳤지. 방해꾼이 있는 게 싫어서. 하여
튼 인간들의 호들갑이란."

"일부러 그러셨다는 것입니까?"

"그래, 일부러 그랬다. 두 시진 지나면 깨어나. 내가 낯을 가리는데 무턱대고 사람들을 불러 모으면 내가 부끄럽잖아. 그냥 구렁이로 조금 놀래 줬지."

저 한심한 귀신이랑 이런 놀음을 해야 하다니. 정동호는 기가 막혔다.

"너 한심하다고 욕했지! 너 귀신은 못 속인다."

귀신에게 속마음을 들킨 정동호는 뜨끔했다. 장화는 이 짓도 못해 먹겠다며 털썩 주저앉았다.

"고것들, 완전 고단수야. 잠깐만, 이게 어딨지?"

장화는 저고리 품에서 뭔가를 찾았다. 찾지 못하자 저고리를 훌렁 벗어 버렸다. 정동호는 못 볼 것을 봤다는 듯, 얼굴을 돌렸다.

장화는 아랑곳하지 않고 부지런히 뭔가를 찾더니 종이 쪽지 하나를 그에게 건넸다.

"고년들 찾기 전에 이것부터 봐."

정동호가 펴 봤다. 붉은 주사로 적은 글씨였다. 일단 '경고'라고 크게 적혀 있고, 그 아래 줄줄이 사유가 적혀 있었다.

"그년들 저승사자에게 잡혀갔어. 이것들이 빙의를 시도했지 뭐냐. 그 노파 있지? 관아로 달려왔던. 하필 그날 죽을 노파한테 빙의했다가 풍기문란으로 잡혀갔어. 그 덕에 노파는 살았고 주인을 살렸지. 그 할매, 객사할 팔자였는데 사람을 살리니까 바뀌었어. 아무튼 나도 저승사자에게 경고를 받았어."

정동호는 막막했다. 소란 자매를 만나 중요한 물증을 찾아내려고 했던 계획이 어그러졌다. 이방은 저 꼴 됐고, 사건은 미제가 될 판이다.

"너무 그러지 마, 동생. 그래서! 이 누이가 증거를 가져 왔지."

장화가 품에서 작은 수첩을 꺼냈다. 일기였다. 자매의 우애는 남달랐다. 서로 교환 일기를 썼다. 어떻게 하면 계모를 골탕 먹일지 빼곡하게 적혀 있었다. 완전 범죄를 하려면 남기지 말았어야 했던 기록이었다. 죽은 척 물에 빠진다는 계획도 있는데 날짜를 보니 일 년 전이었다. 정동호가 수첩을 건네받아 살펴봤다. 이제는 일기가 아니라 사건 일지가 되어 버렸지만. 그런데 귀신이 이런 건 어떻게 얻었을까? 궁금했다.

"너 자꾸 속말 할래? 귀신은 못 속인다고 몇 번을 말해."

"죄송합니다. 이걸 어떻게 찾으셨습니까?"

장화의 얼굴에 부끄러운 기색이 보였다.

"저승사자, 걔가 날 찍었거든."

허, 잘들 논다. 또 속말을 하다가 놀라서 입을 막았다.

"귀신은 연애도 못 하니?"

"예, 예. 하셔야죠, 누님."

"저승사자는 아무나 만나는 줄 알아? 나 정도는 돼야, 이 외모가. 그리고 요, 지적 능력. 수준이 맞아야 눈도 맞지."

"아무튼 고맙소. 이 사건을 마무리하고."

그때였다. 다급한 발소리가 들렸다. 불길했다. 온몸이 땀으로 젖은 쉰둥이가 급히 뛰어 들어왔다. 그의 품에는 의식을 잃은 홍련이 축 처진 채 안겨 있었다.

"의녀께서 활에 맞으셨소."

홍련의 어깨에는 붉은 깃의 화살이 꽂혀 있었다.

4

붉은 깃 화살에는 독이 묻어 있다. 그걸 알고 있는 정동호는 눈앞이 캄캄해졌다. 어떤 독인지 알 수 없는 상황이다. 우선 구아방의 무영을 불러오라고 명했다. 그리고 이제 무엇을 하지? 아무리 생각해도 답이 떠오르지 않았다. 어깨에 꽂힌 활조차도 뽑아낼 수 없었다. 함부로 뽑았다가 과다출혈이 일어나면 약을 써 볼 틈도 없이 죽게 된다. 홍련을 내보냈던 자신이 후회스러웠다.

우선 이방 옆에 나란히 눕혔다. 이미 그의 손은 홍련의 피로 흥건하게 젖었다. 새하얀 요도 붉게 물들었다.

"…죽은 건 아니지요?"

정동호가 장화를 올려다봤다. 이미 장화가 홍련의 머리맡에 앉아 있었지만, 말이 없었다.

"아니지요?"

정동호의 속이 탔다.

"아니야. 죽지 않을 거고. 죽을 만큼 아프겠지만. 하지만 처치가 늦으면 죽을 수 있어. 나 대신 우리 홍련이 머리 좀 쓰다듬어 줄래?"

장화의 눈가는 젖어 있었다. 손을 뻗어 직접 동생의 어깨를 만져 주고 싶었다.

"직접 해 주십쇼. 언니라면 좋아할 겁니다."

장화는 고개를 가로저었다. 자신은 이미 이승 사람이 아니었다.

"귀신이잖아. 내가 어루만지면 탈나. 정말 저승사자가 데려갈지 모른다고. 어서."

홍련에게 다가가는 그의 손끝이 가볍게 떨렸다. 식은땀에 젖은 그녀의 머리칼을 쓰다듬었다. 이리도 가까이서 보는 것은 처음이었다. 가까이서 보니 더 고운 얼굴이었다. 지금 그가 할 수 있는 것은 곁에 있는 것뿐이었다.

"누구 짓일까요?"

장화의 얼굴이 어두웠다.

"이제부터 찾아봐야지. 잘 부탁해."

장화는 범인을 알아보겠다며 자리를 떴다.

쉰동이는 구아방까지 어떻게 달려왔는지 기억이 안 난다. 닫힌 대문을 두드리며 소리를 질렀다. 부스스한 모습의 방울이가 문틈으로 방문자를 확인했다.

"미쳤소? 야심한 밤에!"

"이것아, 마님이 다 죽게 생기셨다고!"

방울이는 그 말에 놀라 문을 벌컥 열었다.

"무영 어르신을 모셔 가야 한다."

"지금 안 계시오."

"하. 어쩌지."

방울이는 발을 동동 굴렀다.

"무슨 일인데?"

"마님이 활을 맞으셨다."

"활? 아이고, 우리 마님. 어디요, 어디!"

방울이는 맨발로 뛰어갈 참이었다.

"이 여자가. 이러고 어딜 간단 말이냐? 옷부터 챙겨 입고 나와라."

눈물범벅이 된 방울이는 그 자리에 주저앉아 버렸다.

"마님, 마님!"

쉰동이는 발버둥을 치며 울고 있는 방울이를 안았다.

"어서 가자. 많이 위급하셔."

위급하다는 말에 방울이는 울면서도 벌떡 일어났다. 약재방에서 어깨너머로 배운 약재들을 챙기기 시작했다. 쏟아지는 눈물을 삼켜 가며 마님을 살릴 수 있는 약재들을 품에 안았다.

먼저 정신을 차린 사람은 권 이방이다. 누운 채로 숨을 고르며 몸의 상태를 살폈다. 자다 깬 것처럼 몸이 무거울 뿐이다. 정신은 명료했다. 쓰러지기 직전의 상황도 떠올랐다. 거대한 뱀을 생각하니 다시 소름이 돋았다. 그런데 사방이 너무 고요하여 이상했다. 고개를 살짝 돌려 보니 원 의녀가 누워 있었다. 정신이 번쩍 들었다. 분홍이를 두고 홍련이와 동침을 했다고? 귀신이 곡할 노릇이었다. 권 이방이 벌떡 일어났다.

"깨셨는가?"

다행히 사또의 목소리였다.

"예. 그런데 제가 왜 의녀님 곁에⋯."

그 말을 하던 권 이방이 뒤늦게 홍련 어깨에 꽂힌 활을 봤다. 검붉은 피로 흠뻑 젖은 요도 눈에 들어왔다.

"이방의 약을 구하러 나갔다가 공격을 받았습니다."

권 이방은 머쓱해졌다. 자기가 홍련을 위기에 몰아넣은 것 같아 목소리가 작아졌다.

"누구 때문도 아닙니다."

정동호는 그렇게 말했지만, 자기 때문인 것 같아 다시 마음이 아려 왔다.

"사또, 이러다 사람 죽이겠습니다."

"저도 압니다. 하지만 이 상태로 움직일 수가 없습니다."

"⋯마침."

권 이방이 망설이다 말을 꺼냈다.

"지난번에 요청하신 의원이 오늘 밤 달궁에 당도한다는 전갈을 받았습니다."

"그럼 왜 말씀 안 하셨습니까?"

"원래는 보름 후에 오는 건데 워낙 술을 좋아하는 양반이라. 구아방에 미리 온 것을 사또께 알리지 말라 하였습니다."

"당장 모셔 올 수 있으십니까?"

"당연한 소릴 하십니다. 얼른 다녀오겠습니다."

권 이방은 훌훌 자리를 털고 나갔다.

여전히 홍련은 사경을 헤매고 있었다.

"조금만 기다리시오. 조금만."

정동호는 홍련의 손을 잡았다.

"힘내시오."

그 말을 알아들었는지, 홍련의 손에도 힘이 들어갔다.

"마님."

방울이가 홍련의 곁에 앉았다. 그사이 홍련의 얼굴은 더욱 창백해졌다.

"의원은요?"

"곧 오실 것이다."

방울이는 제 주인을 보더니, 밖으로 나갔다. 정동호는

쉰동이가 왜 무영을 데리고 오지 않았는지 물었다. 무영이 자리를 비웠다는 것이 의아했다. 어딜 갔는지 방울이도 모르는 눈치라고 했다.

"범인을 보았느냐?"

"죄송합니다."

"밤에 내보낸 내 불찰이다. 의녀님께 전후 사정을 들었음에도 주의하지 못한 내 탓이다."

정동호는 붉은 깃 화살이 자신을 향할 것이라고 예측한 홍련의 말이 떠올랐다. 맞았다. 그걸 알고도 경호를 강화하지 못한 자신의 탓이 제일 컸다. 축 처진 쉰동이의 어깨를 두드려 주며 몇 가지를 물었다.

"말발굽 소리를 들었느냐?"

"아닙니다."

"자객은 혼자였느냐?"

"예. 일행이 없어서 우릴 뒤따라오지는 못한 것 같습니다."

"왜 죽이지 않았을까?"

"활이 두 번 더 날았습니다."

"그런데?"

"빗나갔습니다. 의녀님만 노린 것 같습니다."

정동호는 홍련의 바싹 바른 입술을 바라봤다.

'범인은 계모입니다.'

165

그렇게 말하는 것 같았다. 정말 홍련의 계모가 그녀를 죽이려고 하는 것일까?

밖에 나갔던 방울이가 바가지에 물을 담아 왔다. 구아방에서 챙겨 온 고운 수건을 물에 적셔 마님의 입술을 축여 줬다. 그 모습까지 보고 정동호는 밖으로 나왔다.

쉰동이는 제 탓으로 누워 있는 마님을 안타깝게 바라봤다.

"괜찮소?"

방울이가 물었다.

"아니."

쉰동이는 시무룩하게 대답했다. 진심으로 안 괜찮았다. 수상한 소리를 들었을 때, 본능적으로 몸을 움츠렸었다. 그게 화근이었다. 자신을 비껴 간 활이 마님의 어깨에 맞은 것이다.

"나 때문이다. 내가 맞았어야 했는데."

"그게 말이요, 소요."

"지금 농이 나오느냐?"

"그럼 웁니까? 대신 맞았다고 하면 우리 마님이 퍽으로 좋아하실 겁니다. 사람은 날 때부터 세 번 목숨을 구할 수 있다고 하지 않소. 한 번은 쓰셨고, 두 번 남았으니까 곧 깨어나실 겁니다."

방울이는 물수건을 홍련의 머리에 올려놓고 돌아앉았

다. 그리고 품에서 환약을 꺼내 쉰동이에게 건넸다.

"놀랐을 때 먹는 약이요."

"이따 사또 들어오시면 직접 드려라."

"으이구. 이 바보 천치."

방울이는 약을 뺏었다.

"줬다 뺏는 것이냐?"

"으이구. 니 꺼다. 니 꺼라고!"

방울이는 쉰동이의 입속에 약을 밀어 넣었다.

"뭐 해! 씹어!"

눈을 부릅뜬 방울이는 약을 씹는 것까지 지켜봤다. 쉰동이는 태어나서 처음으로 제 몫의 약을 먹어 보았다. 종놈에게 누가 약을 주겠는가. 아프면 버려지는 것이 종의 운명이었다. 도련님 탕약을 훔쳐 먹기나 했지, 제 몸을 생각하며 약을 주는 사람은 여태껏 없었다. 목이 메어 왔다. 방울이는 가만히 물바가지를 건넸다.

"네가 튼튼해야 우리 마님도 챙기고. 사또도 챙기지."

쉰동이는 그 말에 약을 더 꼭꼭 씹었다. 다시 마님의 물수건을 갈아 주는 방울이는 들릴 듯 말 듯 작은 소리로 말을 덧붙였다.

"틈나면 나도 챙기고."

그 말이 쉰동이는 심장이 내려앉았다. 이 와중에 저 계집이 예뻐 보이는 것은 무엇일까? 도련님 말고 또 지켜야 할 사람이 생겼다. 달콤한 상상에 빠져들며 약을 씹고 씹었다. 그럴수록 약효를 알리는 쓰디쓴 맛이 퍼지기 시작했다.

"아우, 써."

그래도 웃음이 났다.

새벽이 되어서야 편 의원이 관아에 도착했다. 권 이방이 달궁에 도착했을 땐 이미 만취한 상태로 기녀와 합방 중이이었다며 고개를 내저었다. 숙취 해소 음료와 환으로 술에서 깨게 하고 겨우 모셔 왔다고 했다.

밖에서 새벽이슬을 맞으며 의원을 기다렸던 정동호가 그를 홍련에게 안내했다. 진한 술 냄새 때문에 그의 솜씨를 의심했지만, 정신만은 말짱해 보였다.

"얼마나 됐소?"

홍련을 진찰하는 편 의원이 물었다.

"이제 서너 시진은 된 듯싶습니다."

편 의원은 고개를 끄덕이며, 활을 덥석 잡았다. 그리고 무자비하게 흔들었다. 그 고통이 느껴지는지 홍련이 얕은 신음을 내뱉었다. 정동호가 거칠게 편 의원의 손을 잡았다.

"지혈은 충분히 됐소. 직접 빼실 것이오?"

괜히 나섰던 정동호는 뒤로 물러섰다. 편 의원은 광목

천을 촛불에 그슬렸다. 그 천을 홍련의 어깨 아래에 깔았다. 같은 방법으로 다른 천을 준비했다.

"은비녀와 조각수를 준비해 주시오."

쉰동이가 하겠다고 일어섰지만 정동호는 직접 나가서 조각수와 은비녀를 챙겨 들어왔다. 편 의원은 홍련의 상처를 천천히 살폈다. 독이 든 활이라면 수술이 필요할 수도 있다.

"혹시 마비산(麻沸散)이 있습니까?"

그런 것이 관아에 있을 리 없었다. 정동호와 권 이방은 서로를 난처하게 쳐다봤다.

"예, 있습니다."

구석에 앉아 있던 방울이가 벌떡 일어났다.

"혹시나 하여 챙겨 왔습니다."

방울이는 약재 주머니에서 가루로 된 마비산을 꺼냈다.

"영특하구나."

편 의원은 마비산을 받아 들었다.

"이제 모두 나가시오."

정동호는 그럴 수 없어 곁에 머물겠다고 했다. 편 의원은 자기가 의녀를 죽이겠냐며 불쾌함을 드러냈다. 그래도 그의 마음이 좀처럼 놓이지 않았다. 보다 못한 쉰동이가 팔을 잡아끌었다.

"반드시 살릴 테니 나가시오."

편 의원은 사또를 달랬다.

"활을 뽑아 이 천으로 지혈을 할 것이오. 감염을 막기 위해 소독을 했으니, 걱정 마시오. 상처를 은비녀로 살필 것이오. 독화살이라면 그곳을 도려내야 합니다. 뼈에 맞았으면 뼈를 긁어내면 되니 목숨에는 지장이 없습니다. 마비산이 있으니, 고통이 심하진 않을 것입니다."

정동호는 쉰동이가 이끄는 대로 밖으로 나왔다. 방울이도 일행을 따라 나가려는데 편 의원이 불러 세웠다.

"너는 남거라. 도울 수 있겠느냐?"

"예."

방울이는 야무지게 대답했다.

밖에서 기다리는 사또와 쉰동이 그리고 이방은 초조했다. 사또를 살린 의녀가 죽게 생겼으니 이게 무슨 변고냐며 이방이 타령을 읊어 댔다. 정동호의 마음이 편치 않았다. 의녀는 몇 번이나 목숨을 구해 줬는데, 이런 상황에서 자신은 해 줄 수 있는 것이 없었다. 은혜를 갚기는커녕 위험에 그녀를 몰아넣었다.

동이 트도록 문밖의 사람들은 하염없이 기다리기만 했다. 한양에 갔다던 무영이 구아방에 갔다가 아무도 없자 관아로 찾아왔다. 중년 남자도 함께였다. 황 대감이었다.

"사또, 제가 저 부인의 남편이오."

그 순간 정동호의 가슴에는 무거운 바위가 덜컹 올라앉는 것 같았다.

며칠이 흘렀지만 정동호는 구아방의 근처에도 가지 않았다. 다행히 홍련은 목숨을 건졌다. 급한 처치를 마치고는 남편과 무영이 구아방으로 데려갔다. 그 후로 사또는 하루 세끼를 꼬박꼬박 챙겨 먹고 일에만 집중했다. 그 덕분에 관아 사람들은 죽을 맛이다. 이방도 다를 바가 없었다. 제발 주어진 업무 시간에만 일을 해 달라고 간청해야 할 판이었다. 하지만 사또는 그럴 생각이 없었다.

"철산은 유독 미제 사건이 높은 편입니다. 제가 부임한 동안 힘닿는 데까지 해결하고 갈 것입니다. 소란 자매 사건처럼 억울한 백성이 생기면 안 되지 않습니까? 이방도 사건이 해결되는 것이 기쁘지 않소?"

"기쁩니다. 하지만 사흘 동안 찾아낸 시체가 서른 구요. 검시를 맡은 편 의원께서 더 이상은 못해 먹겠다고 도망쳤습니다."

"이런."

정동호의 말에는 아무런 감정이 들어 있지 않았다.

"사또! 이제는 시체를 찾아도 조사할 의원이 없습니다."

"저런."

그의 눈빛은 사무적이었다.

"사또!"

참다못한 권 이방이 꽥 소리를 질렀다. 쓰러졌다 깨어
난 이후로 집에 들어가지 못했다. 큰 아범이 챙겨 온 속옷
을 겨우 갈아입을 정도로 바쁜 하루를 보내고 있었다. 이
방 생활 중 최대의 위기다. 홍련이 쓰러진 후 사또는 무
슨 바람이 들었는지 하루에 네댓 구의 시체를 발굴했다.
아주 오래된 시체까지 찾아내니 발굴이라는 말이 딱 맞았
다. 그제는 열 구를 찾아냈다.

돈이 있어도 달궁의 기녀를 품을 시간이 없었던 편 의원
은 결국 혀를 내둘렀다. 권 이방이 사정사정해서 붙들어
놨는데 아침에 사직서를 냈다. 귀신 나오는 철산에, 귀신
보는 사또에, 귀신이 찾아 준 시체를 검시해야 한다는 소
문은 이미 한양까지 퍼졌다. 새로운 의원을 구하는 것도
여의치 않았다. 그런데 사또가 또 수사를 시작했다.

"오늘은 또 어딥니까?"

권 이방의 얼굴은 울상이 됐다.

5

홍련은 긴 꿈을 꾸고 있었다. 어느 날이었을까? 옛집에 있는 걸 보니 어린 시절인 것 같다.

"아버지, 그런데 왜 꽃계단을 만드셨어요?"

말똥말똥한 눈빛으로 아버지를 올려봤다. 한 손으로는 대문 앞에 놓인 꽃계단을 쓰다듬고 있었다. 아버지는 맞춰 보라고 했다. 모처럼 보는 아버지의 미소였다. 때마침 장화 언니가 대문 밖으로 나왔다.

"빨래 안 걷고 예서 뭐하니!"

"아버지가 놀아 달라 하셔서."

그러고는 아버지 뒤에 숨었었다. 그리고 고개만 빠끔히 내밀고 물었다.

"언니는 왜 꽃계단을 만들었는지 알아?"

"꽃 같은 분이 오시나 보지."

"선녀님?"

그때 어렴풋이 알았다. 언니와 아버지는 알고 있구나. 왜 꽃계단을 만들었는지. 속았다는 생각에 기분이 좋지 않았다. 두 사람은 그 비밀은 말해 주지 않았다. 입술을 삐죽이는데 또 다른 날로 넘어왔다.

이번에는 마을 어귀 느티나무에 걸어 놓은 그네를 타고 있었다. 그네를 뛰는데, 저 멀리 꽃가마가 보였다. 그 꽃가마는 내게 다가왔다. 가마꾼은 배 좌수 댁이 어디냐고 물었다.

"우리 집인데요?"

그 말에 가마의 작은 창이 살며시 열렸다. 그리고 배꽃같이 하얗게 웃는 여자가 보였다. 계모였다.

그리고 또 어느 날이었다. 새어머니가 들어오시고 첫해 설인 것 같다. 손수 지으신 설빔을 언니와 내게 입혀 주셨지. 손끝이 야무져서 수를 잘 놓으셨다. 언니의 저고리에는 장미를, 내 저고리에는 연꽃을 수놓아 주셨지. 언니랑 그걸 입고 아버지가 오실 때까지 기다렸다. 집에 돌아오신 아버지는 모처럼 크게 웃으셨다.

"옥황상제님이 선녀 두 명이 도망쳤다고 노하셨는데. 그 선녀님들이 우리 집에 오셨구나."

한때, 그런 적이 있었다. 모든 식구들이 웃었던 적이 있었다.

그리고 병석에 누운 채 아직 정신이 돌아오지 않은 홍련의 입꼬리도 배시시 올랐다. 닷새 전, 편 의원의 수술은 무사히 끝났다. 독화살을 제거했고, 출혈은 더 이상 없었다. 구아방으로 돌아온 후로 방울이가 곁을 지키고 있었다.

"마님이 좋은 꿈을 꾸고 계신가 봅니다."

날 때부터 황씨 집안의 종이었던 방울이가 주인의 얼굴을 살폈다.

"언제부터 알았느냐? 작은마님이 홍련이란 것을."

담담한 황 대감의 질문에 방울이는 실토를 했다.

"떠날 때부터 알았습니다."

"누가 말해 줬느냐?"

방울이는 망설였다.

"마님이시더냐?"

그녀는 말없이 고개를 끄덕였다.

황 대감은 한숨을 내쉬었다.

"여인네들의 마음이란 한 치도 알 수 없구나. 그리도 비밀로 하자고 했는데."

"저, 절대 다른 사람한테 말하지 않았습니다."

방울이의 얼굴에는 걱정이 가득했다.

"반드시 지켜야 할 아이다."

"예."

"누가 또 아느냐?"

방울이는 입을 꾹 다물었다.

"한양에서부터 알고 왔다. 누구를 통해 마님에게 철산 소식을 전달했느냐?"

황 대감의 말투는 자상했지만, 단호했다. 방울이는 고개를 들지 못했다.

"전 그냥. 분홍이와 동무처럼 지냈습니다. 오가다 한양에서 본 적이 있는 기녀이었습니다. 철산 이방과 혼인한 줄 여기 와서 알았습니다. 가끔 구아방에 놀러 왔습니다. 몸에 좋은 약재를 챙겨 준 것이 전부입니다. 한양에 다니러 간다기에 몇 번 부탁하였습니다. 절대 아닙니다. 분홍이는 그런 애가 아닙니다."

"알았다."

황 대감이 밖으로 나왔다. 그때 담 너머로 서성이는 한 남자의 그림자를 보았다. 황 대감이 달려갔을 때는 이미 사라지고 없었다.

구아방 쪽으로는 발걸음도 하지 않았던 정동호는 해가 지자마자 종을 흔들었다. 다시 흔들었지만, 아무도 나타나지 않았다. 혹시나 안 들리나 싶어서 연신 종을 흔들었다.

"야, 그만해!"

장화가 귀를 막고 문갑의 작은 공간에서 나왔다. 아직

다 펴지지 않은 다리를 쭉쭉 뻗으며 투덜거렸다.

"미치겠다. 너 미친 귀신 봤니?"

"아니오."

정동호는 심드렁했다.

"오늘 볼래?"

"그러시죠."

"너 지금 어디서 실연당하고 귀신한테 화풀이야?"

"화풀이 아닙니다. 어떠한 원한도 없습니다."

그는 딱 잘라 말했다.

"귀신을 속여라."

장화가 정동호의 얼굴을 살폈다. 며칠 새 야위었다.

"밥은 먹고 다니냐?"

"밥만 잘 먹고 있습니다."

"이게! 말대답은 꼬박꼬박."

"싫소?"

"아니다. 오늘은 왜 또! 시신이 관아 한가득이야. 관아
가 아니라 묘지다. 하루만 쉬자."

"누님께서 말씀하신 억울한 귀신들의 하소연을 듣는 데
쉬는 날은 없습니다. 억울한 백성이 없도록 이 몸이 백골
이 될 때까지 봉사하겠습니다. 어서 알려 주시지요."

"저게 진짜!"

장화가 화를 내건 말건 정동호는 사건 일지를 펼쳤다.

"오늘은 누굴 데려오셨소?"

어디서 어떤 방법으로 귀신이 나올지 몰라 사방을 살피며 물었다. 장화는 자기가 앉은 방구들을 가리켰다. 정동호는 눈을 크게 떴다. 귀신을 보고 놀라는 증상은 거의 사라졌다. 간혹 기습적으로 등장하는 귀신들 때문에 긴장할 뿐이었다. 귀신들은 내기라도 했는지, 서로 경쟁하듯 각양각색으로 나타났다.

"누구요? 아직 안 보입니다."

"여기, 나. 내가 안 보여?"

정동호는 들었던 붓을 내려놓았다.

"누님이요?"

"내 사건, 안 궁금해? 어디까지 들었어?"

그러고 보니 정동호는 장화 홍련 사건에 대해 정확히 알고 있는 것이 없었다. 관련 문서를 찾아봤지만 관아에 신고된 사건은 없었다. 홍련의 말대로라면 계모가 잡혀 왔던 기록이 남아 있어야 했지만 아무것도 없어졌다. 마치 아무 일도 일어나지 않았던 것처럼 흔적이 없었다. 그는 이야기를 청했다. 이제 고인이 된 당사자에게 들을 수 있는 기회도 흔치 않으니까.

장화는 문갑에 걸터앉은 채 이야기를 시작했다. 계모는 아버지와 혼인하고 아들 셋을 낳았다고 했다. 그래도 여전히 자매들을 귀히 여겨서 화목했단다. 그런데 혼례를 준비하면서 계모는 아버지와 다툼을 시작했고, 장화의 거취 문제로 본인과도 언쟁이 있었다고 회상했다.

계모는 나라에서 권장하는 명나라 법도대로 혼례와 동시에 시가로 들어가 살라고 했고, 장화는 조선 법도대로 친정에서 아이를 낳아 살다가 분가하겠다고 했다. 살림도 익숙하지 않고, 아이를 낳아 기르는 일도 쉽지 않은데 서슬 퍼런 시어머니 아래서 그 집 귀신이 되는 일은 이치에 맞지 않는다는 것이었다. 하지만 어찌 된 연유인지 나라에서는 남자가 장가오는 게 아니라, 여자가 시집가는 것을 권장하고 있었다. 부모의 권유대로 시집갔다가 굶어 죽고, 맞아 죽는 일들이 비일비재하게 일어나고 있었다.

더 큰 문제는 재산이었다. 그 많은 재산은 친어머니의 소유였다. 장화가 혼례를 올리면 제 몫을 당연히 가져가는 것이다. 그런데 아버지가 그걸 여태껏 계모에게 속여 왔던 것이다. 하루아침에 아들에게 줄 재산이 줄어든 계모는 화가 치밀었던 것이다. 장화는 전적으로 아버지의 잘못이라고 했다. 그렇다고 자신을 죽음으로 몰고 간 계모를 용서하는 것은 아니라고 했다. 그렇게 장화의 혼례는 집안싸움에서 재산 싸움으로 번졌다가 혼례 전날 목숨을 잃었다고 했다.

너무 담담하게 이야기하니 남의 이야기를 하는 것 같았다. 하지만 어떻게 죽었는지 기억이 나지 않는다고 했다.

179

그 이야기를 듣다 보니 벌써 동이 터 오기 시작했다.

"그게 답니까? 결정적인 단서나, 진술, 뭐 그런 거 없습니까?"

"기껏 이야기해 줬더니. 중요한 정보는 다 말해 줬잖아. 돈! 철산의 돈을 쫓아가 봐. 그럼 단서를 더 찾을 수 있을 거야."

장화가 연기처럼 사라졌다. 더 묻고 싶었지만 당사자도 잘 모르니 별수 없었다. 며칠 밤을 새웠더니 목이 뻐근했다. 이방이 놓고 간 생강차는 이미 식은 지 오래다. 그래도 목을 축이고 나니 한결 피로가 가시는 것 같다. 단서가 돈이라고 했다. 철산의 돈을 쫓다 보면 사건이 풀린다고 했다. 골똘히 생각하다가 까무룩 하고 잠에 빠졌다.

잠결에 쉰동이가 자신을 부르는 소리를 들었다. 귀는 열려 있지만 몸이 움직이지 않았다. 약방 마님께서 이제 깨어났다는 말이 들렸지만 아득히 멀리서 들려왔다. 당장 몸을 일으키려고 했지만 그대로 잠에 빠져 버렸다.

6

며칠 간 사경을 헤매다 겨우 깨어난 홍련의 첫마디는.
"여자다."

의식을 잃은 후에도 계속 범인을 쫓고 있었던 것이다.
달리 추리 마님이 아니었다. 꿈에서 깨고 보면 또 꿈이고,
꿈에서 깨고 봐도 또 꿈인 시간이었다. 그래도 정신을 잃
지 않으려고 노력했다. 나를 공격한 자가 누구인지 기억
해 내려고 애썼다. 비록 범인의 얼굴을 보지 못했지만 현
장의 분위기를 복기해야 했다. 그렇게 꿈속에서 사건의
파편들을 맞춰 냈다.

그날은 그믐이었다. 워낙 으슥한 곳에 위치한 지름길이
라 잘 보이지 않는데, 그날은 유독 보이지 않았다. 쉰동
이가 앞서 뛰면서 홍련에게 미리 위험을 알려 주었다. '돌
부리를 조심하십쇼, 마른 칡넝쿨이니 걸리지 않게 하십

쇼, 모래라 미끄럽습니다'라고 소리쳤다.

인간은 오묘한 존재라 한 감각이 둔해지면, 다른 감각이 살아난다. 보이지는 않지만 그가 알려 준 장애물들을 잘 건너뛰며 구아방으로 향하고 있었다.

그때 바람을 가르는 소리가 들렸다. 이건 쉰동이가 말한 위험이 아니다. 그걸 알아차린 순간 차가운 쇳덩이가 어깨에 꽂혔다. 쓰러지면서 멀리서 펄럭이는 소리를 들었다. 어두운 밤이 낮보다 좋은 이유는 딱 하나다. 소리가 멀리 퍼진다. 산 중턱의 풍경 소리도 미세하게 들릴 정도다.

믿기지 않는다고? 오늘 밤, 눈을 감고 귀를 열어 봐라. 난생처음 들어 보는 소리들이 귀에 꽂힐 테니. 활을 맞고 쓰러지던 홍련의 귀에도 분명히 펄럭이는 소리가 꽂혔다. 혼수상태 내내 그 소리와 싸우고 있었다. 대체 무슨 소리일까? 그러다 방울이가 물수건을 들고 들어오는 소리에 정신이 들었다. 방울이의 치맛자락에서 나는 소리가 바로 자객이 남기고 간 증거였다. 그날 밤, 암흑 속에서 얻어낸 유일한 단서이기도 했다.

"…여자다. 범인은 여자야."

홍련이 벌떡 일어나 앉았다. 밖에서 무영과 이야기를 나누던 황 대감과 무영이 차례로 들어왔다.

"아저씨."

홍련은 황 대감을 보고 적잖이 놀라서 일어나려고 했다. 하지만 상처가 낫지 않아 고통이 밀려왔다.

"그대로 있어라."

"언제 오셨습니까? 네가 한양에 알렸느냐?"

홍련은 슬쩍 방울이에게 눈치를 줬다.

"아닙니다. 마님이 쓰러지신 날, 오셨습니다."

황 대감은 자신을 보고 안절부절못하는 홍련을 자리에 앉혔다.

"아직 성치 않은 몸이다."

"죄송합니다."

"활 맞은 것이 네 탓은 아니지 않느냐. 마음 쓰지 마라. 몸만 생각해야 한다. 네 안전이 우선이다."

홍련은 쉽게 대답할 수 없었다. 이 모든 것이 계모와의 숨바꼭질에서 시작된 것이니까. 그리고 본격적인 대결은 이제부터 시작인 것 같았으니까.

"그런데 어찌 오셨습니까?"

"널 데려가려고 왔다. 당장 짐을 챙겨라. 자객의 습격을 받고 있는데 내가 어찌 그냥 두겠느냐. 어서 집으로 가자."

홍련이 생각지도 못했던 말이었다. 철산에서 무엇을 하려는지 알고 계셨던 분이다. 왜 이제 와서 다시 돌아가자고 하시는 걸까? 무영 오라버니는 어떤 말을 전한 것일까?

그녀의 머릿속에는 질문이 한가득이었다.

"친구 하나 잃은 것으로 족하다. 너까지 잃을 순 없어. 이렇게 죽는다면 아무것도 밝힐 수 없으니 우선 몸을 숨기자."

"하지만 어르신. 이제 코앞까지 다가왔습니다. 제가 잡을 수 있습니다. 범인은 여자입니다."

"범인은 관아에서 잡는 것이다. 네가 사또는 아니지 않느냐?"

"범인을 잡는 데 어찌 사람을 가립니까? 누구든 잡아야지요."

황 대감의 귀에는 들리지 않는 듯했다.

"어서, 챙겨라. 어미에게 너를 보호하겠다고 약조하였다. 그런데 보호는커녕 사지로 몰아넣는 꼴이니…. 안 된다, 가자."

"안 됩니다. 철산을 떠날 수 없습니다."

홍련은 사정했다. 하지만 이미 마음을 굳게 먹고 온 황 대감도 만만치 않았다.

"챙길 것도 없다. 방울이는 어서 마님을 모시어라."

"예."

상황이 이렇게 급변하자 가장 놀란 사람은 무영이었다.

"어르신. 홍련이는 이제 깨어났습니다. 한양까지 가는 것은 무리입니다."

"그럼 어쩌겠다는 것이냐. 당장 자객이 쫓고 있는 마당에!"

"자객은 잡으면 됩니다."

다시 한번 홍련이 틈을 노렸다.

"어림도 없는 소리!"

황 대감의 불호령이 떨어졌다.

"의원도 없는 철산은 한시라도 빨리 떠나는 것이 옳다."

홍련은 동의할 수 없었다.

"아직 챙겨야 할 아이들도 있습니다."

"네 일은 아니다."

"어찌 아픈 이들을 그냥 두고 갑니까? 전 그리 못 합니다."

"네가 죽으면 모두 그만이래두!"

"못 갑니다."

둘의 고집이 만만치 않았다.

"그럼 무영이랑 혼인이라도 할 테냐? 그럼 철산에 남아도 좋다."

"어르신!"

홍련과 무영은 동시에 황 대감을 불렀다.

하지만 그 뒷말은 달랐다. 절대 그럴 수 없다는 홍련과 달리, 무영은 수락하겠다고 했다.

"어르신. 뜻이 그러하시다면, 제가 홍련이를 돌보겠습

니다.”

“오라버니!”

홍련은 이 말도 안 되는 상황에 기가 막혔다.

“조선 법이 그러하다. 여인 혼자 살아가기에는 녹록지 않은 세월이야. 내가 너와 혼인하는 순간부터 이미 결심했던 일이다. 잠시 너를 맡았을 뿐, 네 지아비가 될 수 없는 사람 아니더냐? 좋은 사람이 나타나면 네 사연을 알리고, 연을 맺어 주려 했다. 무영이 자네만 괜찮다면 이만한 신랑감이 있겠느냐. 이미 너에 대해 모든 것을 알고 있으니 아쉬운 소리를 하지 않아도 된다.”

“지아비는 필요 없습니다. 이게 말이 된다고 생각하십니까? 돌보겠다니요? 제가 아직도 어린애로 보이십니까? 오라버니는 먼저 거절하셔야죠.”

무영은 내심 홍련이 자신을 받아들일 것이라고 생각했었다. 막연한 기대였다. 하지만 강하게 밀어내는 그녀를 보자 오기가 차올랐다.

“내가 왜 거절해야 하느냐? 말해 보거라.”

홍련은 기가 찼다. 하지만 대답할 수 없었다. 무영에게 정혼자가 있는 것도 아니요, 자신을 싫어하는 것도 아니다. 혼기가 찬 사내가 여인을 흠모하는 것은 당연한 일이다. 어쩌면 오누이처럼 잘 살지도 모를 일이다. 하지만 내키지 않았다. 그사이 황 대감은 자리에서 일어났다.

"이 문제는 둘이 결정해서 알려 주거라. 내일이면 떠날 것이다. 나를 따라 한양으로 가든지, 무영과 혼례를 올리고 철산에 남든지."

홍련의 답은 변함없었다.

"철산에 남을 것입니다. 하지만 아무와도 혼인하지 않을 것입니다. 전 이미 아저씨와 혼인한 몸이니 더 이상 형식적인 혼인은 필요하지 않습니다."

황 대감은 대답을 듣지 않고 밖으로 나갔다. 방 안 분위기가 심상치 않자 방울이도 슬쩍 자리를 비웠다. 이제 홍련과 무영만 남았다.

"오라버니의 그 마음은 진심입니까?"

"진심이라면 받아들일 것이냐?"

무영은 나지막하게 물었다.

"아니오."

생각할 여지도 없다는 듯 날아온 대답에 무영은 실망했다.

"허나 오라버니는 참 좋은 지아비감이십니다."

"그런데 왜 거절하느냐?"

"…제 마음이 움직이지 않습니다."

"별수 없구나. 움직일 때까지 기다릴 것이다."

"좋습니다. 우선 자객을 잡고 이야기하시지요. 그 여자를 찾아야 합니다. 분명 붉은 깃 화살과 관련 있는 자입니다. 애기살을 사용한 것을 보면 꽤 훈련받은 자입니다. 허나 지근거리에서 공격한 것을 보면 여인으로 변장한 사내가 아닙니다. 제 키와 비슷한 여인입니다. 별도의 퇴로가 아니라 민가로 사라졌습니다. 사람들의 눈을 피하는 것이 아니라, 오히려 인파로 들어갔습니다. 여인이기에 가능했겠지요. 치마폭이 펄럭이는 소리로 미뤄 봤을 때."

홍련은 다시 그 소리에 집중했다. 키가 작았다면 소리가 더 짧았을 것이고, 컸다면 길었을 것이다. 딱 방울이의 치마폭 소리와 같았다.

"키가 방울이만 하거나, 보폭이 방울이만 한 여인입니다. 젊은 여자구요."

"그 정도면 됐다. 찾아보겠다."

"같이하시지요."

무영은 혼담이 오갈 때는 저승사자에게 끌려가는 듯한 표정을 짓더니 정작 저승사자를 만나게 할 뻔한 자객 이야기를 할 때는 눈빛이 빛나는 홍련을 물끄러미 봤다. 그저 지켜보는 것이 나을 뻔했다는 후회가 밀려왔다.

급히 구아방에서 나온 방울이는 관아 앞에서 서성였다. 빨래터를 갈 때도, 마실을 갈 때도 마주쳐서는 농을 던지며 사람을 곤란하게 하더니 막상 봐야 할 땐 코빼기도 안 보였다. 문지기가 누굴 찾느냐고 물을 때마다 '아닙니다'

를 외치고 멀찍이 도망쳤다. 수상하게 쳐다보는 눈빛도 부담스러웠다. 이제나 저제나 쇤동이를 볼까 싶어서 기웃 거리고 있는데 등 뒤에서 누군가 물었다.

"누굴 찾느냐?"

"아닙니다."

"누굴 찾는데?"

대답 대신 황급히 도망치려는데 그 남자가 발을 걸었 다. 앞으로 고꾸라지던 방울이가 허공에서 멈췄다. 목소 리의 주인공을 알아냈다. 쇤동이였다.

"내 이 잡것!"

그러나 이미 몸은 마른 장작처럼 단단한 그의 팔뚝에 기대고 있었다. 발을 걸어 놓고 낚아채는 솜씨가 난봉꾼 다웠다. 정신 차린 방울이는 당장 손을 치우라면서 소리 쳤다.

"좋았냐? 이제 꿈에서도 내 생각나겠지?"

"미친놈!"

"오늘 자빠져 볼까?"

쇤동이는 실실 웃으며 방울이에게 농을 걸었다. 화가 난 방울이는 저고리 고름을 풀어 젖히며 덤비기 시작했다.

"자, 자. 이리 와. 지금 자빠질까? 여기면 되겠어?"

놀란 쇤동이가 방울이의 저고리 고름을 움켜쥐고 사방 을 살폈다. 참으로 겁 없는 여자였다.

"길바닥에서 뭐 하는 짓이야?"

"나 한양 가."

방울이가 소리를 빽 질렀다.

"그려, 댕겨 와."

"아예 간다고!"

"벌써? 그럼 나는?"

"내 앞길도 모르겠는데, 내가 댁까지 어떻게 신경을 씁니까?"

방울이가 시비조로 받아쳤지만 아쉬워하는 눈빛이 가득했다.

"가기 전에 하룻밤이라도 자야 하는 거 아닌가? 약조의 뜻으로. 밤에 물레방앗간으로 올텨?"

"봄날이라 정신이 풀렸나. 황 대감, 우리 어르신 봤지? 우리 마님한테 대감님을 따라 한양에 가든지, 무영 어르신과 혼인을 하든지 고르라잖아. 우리 마님 성격에 무영 어르신과 결혼을 하겠냐?"

"언제부터 어르신이었냐?"

"그렇게 됐네. 그분이, 보통 집안 자제가 아니더라구. 갈 길 없고, 연고 없는 무사인 줄 알았는데. 이 정도 되면 나도 울 엄마가 양반은 아닐까 고민해 봐야 해. 어쩜 하나같이 다 양반들이래."

"그러니까 그 말을 해 주려고 날 찾았다? 대감 어르신하고 한양에 가거나, 무영 어르신과 혼인을. 잠깐, 혼인?"

"그래, 혼인."

"참나. 혼인한 여자가 어찌 또 혼인을 하느냐?"

"그러니까 달려왔지. 우리 마님은 두 가지 모두 딱 거절했는데, 그 이유가 뭐겠어?"

"사또?"

"그거 아닐까?"

"와. 얌전한 고양이인 줄 알았는데, 마님. 난 그렇게 안 봤다. 그렇다고 해도 우리 도련님은 안 되지. 어디 총각을."

"우리 마님, 그런 여자 아니거든? 사연 있다고 했지? 법적으로 혼인했을 뿐이지, 아직 아씨거든? 마님 아니고!"

삼시 세끼 밥만 먹고 힘만 쓰는 쉰동이로서는 당최 이해할 수 없는 상황이었다. 대신 한 가지가 궁금했다.

"근데 왜 나한테 알려 주는 건데?"

방울이는 당황했다. 황 대감이 그 말을 꺼냈을 때, 왜 사또에게 알려야 한다고 생각했을까?

"너 철산 떠나기 싫지? 철산은 떠날 수 없고, 무영 어르신하고 마님하고 다시 혼인하는 건 못 보겠고."

방울이는 고개를 갸웃거렸다. 딱히 그건 아닌데.

하지만 쉰동이는 결론을 냈다.

"답이 딱 나오는데."

쉰동이의 눈빛이 음흉하게 빛났다.

"무영 어르신 사모하지?"

"에라이! 소설 쓰냐? 아예 전기수로 나서지?"

"아니면 왜 우리 사또를 찾나? 우리 사또랑 마님이 이어져야 네가 무영 어르신을 차지한다, 딱 이거네."

답을 찾아낸 쉰동이는 거드름까지 피웠다.

"이 잡것을! 그런 거 아니거든!"

방울이는 쉰동이의 아랫도리를 냅다 걷어찼다.

"으아악!"

쉰동이가 땅바닥을 굴렀다.

"이년이 미쳤나!"

"미친놈아. 그럼 넌 내가 무영 어르신 좋다는데도 같이 자자고 하냐?"

방울이는 씩씩거리다 이제 될 대로 되라는 마음으로 소리쳤다.

"너거든!"

"뭐라고?"

"너라구! 네가 좋다구! 이 멍충아!"

바닥을 뒹굴던 쉰동이가 멈췄다.

"진심이야?"

"으이구, 됐다."

창피한 방울이가 돌아섰다.

"진심이냐고 묻잖아!"

바닥에 누운 채 쉰동이가 소리쳤다. 방울이는 대답하지 않고 돌아섰다. 걸음을 옮기는데 쉰동이가 방울이의 발목을 잡아챘다.

"어머머머!"

중심을 잃은 방울이가 쉰동이 위로 엎어졌다. 쉰동이는 방울이가 도망치기 전에 두 손을 꽉 잡는 것도 잊지 않았다. 방울이가 놓으라며 몸부림쳤다. 하지만 쉰동이는 놓아주지 않고 그 말 진심이냐며 집요하게 물었다. 발목이 잡힌 방울이는 망설였다. 그리고 쉰동이를 곱게 흘겨봤다.

"이 잡놈!"

그리고 그녀의 입술이 쉰동이의 입술 위로 포개졌다. 참으로 해가 쨍한 대낮이었다.

권 이방은 관아로 들어가는 길에 젊은 남녀가 땅바닥에 누워 입 맞추는 광경을 목격했다. 요즘 것들이라며 혀를 찼다. 게다가 여인이 위에 올라가 있는 꼴이라니. 오래 사니 별 추잡한 것을 본다며 눈을 가렸다. 그런데 다시 보니 낯익은 얼굴이 보였다. 쉰동이와 방울이를 알아보고는 소리를 질렀다.

"뭐 하는 짓이냐! 관아 앞에서!"

권 이방의 호령에 정신을 차린 쉰동이와 방울이가 벌떡

일어났다.

"이것들이 정신이 나갔구만. 넌 주인이 다 죽어 가는 판에 길거리에서 망측한 짓이나 하고."

핀잔이 방울이에게 돌아갔다.

"주인이 다 죽어 가면 종년도 죽어야 하오?"

당돌한 대답이었다.

"저! 저! 말하는 것 봐라."

"그리고 누가 우리 마님이 죽어 간다고 합니까? 혹시 이 방이 죽였소?"

"저년!"

"우리 마님. 아주 잘 살아 계십니다. 깨어나셨다구요. 급히 전하러 관아에 왔건만. 저놈이 또 발을 걸어서 내가 자빠지지 않았소. 관원 관리나 잘하쇼."

되레 방울이가 큰소리를 쳤다.

"뭘 처먹고, 담이 커졌느냐!"

"욕 처먹었소!"

한마디도 지지 않는 방울이 때문에 쉰동이는 피식 웃었다. 방울이는 두 남자를 밀치고 나갔다. 권 이방이 되바라지게 욕을 하고 가는 방울이를 그냥 보낼 리 없었다.

"거기 서."

방울이는 들은 척도 하지 않았다.

"서랬다!"

화가 난 권 이방이 뒤쫓아 가다 쉰동이의 발에 걸려 넘어졌다.

"어이쿠. 괜찮으십니까?"

쉰동이는 과장되게 연신 고개를 숙이며 사죄했다.

"거봐요. 아까 저것도 이렇게 넘어졌다니까. 조심하시지. 전 괜찮습니다요."

그 바람에 권 이방 손에 들려 있던 작은 항아리가 깨져 버렸다.

"네 이놈!"

"이게 뭡니까?"

"우리 마누라가 사또 드리라고 했는데. 이걸 어째. 네 이놈!"

"그러게, 저걸 어째. 아무튼 이만 가 보겠습니다요."

쉰동이도 슬슬 자리를 피했다. 권 이방은 깨진 항아리를 보며 발만 동동 굴렀다. 분홍이가 며칠 전부터 손이 퉁퉁 붓도록 생강을 까고, 귀한 꿀을 넣어 만든 생강차였다. 생강은 입덧에 효과가 좋다고 했다. 생강청을 만드는 김에 사또 나리 것도 만든다며 애를 썼다. 생강은 몸에 열을 내 주기 때문에 감기를 달고 사는 사또에게 꼭 필요한 차라고 하였다. 그런 걸 이렇게 깨 먹었으니 속이 터졌다. 과일이라면 다시 줍기라도 할 것을. 항아리 파편과 뒤엉킨 생강청은 도로 주워 담을 수도 없었다. 이러지도 저러지도 못하다 관아로 발걸음을 옮겼다.

"일어나셨소?"

쉰동이가 밖에서 사또를 불렀다. 몇 번을 불렀지만, 답
이 없었다. 지난 새벽, 마님이 깨어났다는 소식을 무영에
게 전해 받았다. 그 말을 들은 사또는 뭐라고 말하는 것
같더니 그대로 잠들었다. 낮이면 관아 일로 바쁘고, 밤이
면 귀신 일로 바쁘니 몸이 버텨 낼 재간이 없을 것이다.
하지만 업무 시간이 지나도록 일어나지 않은 적은 처음이
다. 게다가 잠귀가 밝은 사람이라 몸은 일으키지 못해도
꼬박꼬박 대답은 했었다.

쉰동이는 고민하다가 방문을 열었다. 역시 사또는 여전
히 자고 있었다. 가볍게 몸을 흔들었다. 깊은 잠 때문에
미동도 하지 않고 죽은 듯이 자고 있었다. 무심코 그 생각
을 하다가 번뜩 무서운 생각이 스쳐 갔다. 오늘이 그날,
바로 제삿날인가 싶어 서둘러 코에 손가락을 갖다 대고 숨
이 나오나 확인했다. 다행히 숨은 쉬고 있었다. 하지만 새
벽보다 얼굴은 창백해졌다. 입술도 파리했다. 분명 뭔가
잘못됐다.

관아에서 뛰어나온 쉰동이는 달궁 툇마루에 무릎을 꿇
고 사정하는 중이었다.

"지금 우리 사또를 살리실 분은 어르신뿐입니다."

아직 편 의원은 철산을 뜨지 않았다. 함께 정을 나눈 초련이가 눈물 바람으로 편 의원을 잡았기 때문이다. 쉰동이에게는 다행이었다. 아무리 사정했지만 방에서는 어떠한 반응도 없었다. 달궁의 기둥아범이 쉰동이를 말렸다.

"거봐. 가래두. 한 번 아니면 아닌 어르신이다."

"가만히 좀 있어 봐요. 사람이 죽어 가는데 이러는 법이 어딨습니까?"

기둥아범은 혀를 찼다.

"이제 의원이 아니라 손님으로 머물고 계시니 귀찮게 하지 말라고 몇 번을 말씀하셨다고. 어서 가게."

"아니긴 뭐가 아니요. 지 좋으면 의원이고, 아니면 개똥입니까?"

쉰동이는 이제 될 대로 되라는 심정으로 떠들었다. 기둥아범은 혹시라도 편 의원이 그 소릴 들을까 봐 전전긍긍했다.

"내가 틀린 말했소?"

"주둥이로 나오면 다 말인 줄 아나. 가라, 가."

기둥아범은 쉰동이를 억지로 끌어냈다.

"아, 놔요. 그냥 가면 사또가 죽고, 안 가면 맞아 죽기밖에 더 합니까? 난 못 가요. 사람 불러."

쉰동이는 드러누웠다.

"뭐 하는 짓이냐?"

"안 간다고!"

드러누운 쉰동이는 아예 기다란 누하주에 매달렸다. 절대 움직이지 않겠다는 굳은 의지였다.

"왜 이리 소란이냐?"

중문으로 들어오던 중년의 기방 행수가 버럭 소리를 질렀다. 손님을 방으로 인솔하던 중이었다.

"어르신 쉬시는데, 아범은 뭐 하는 게야?"

기둥아범은 절절매며 쉰동이의 허리춤을 잡았다. 하지만 쉰동이의 사또 타령은 더 심해졌다.

"불러요, 불러. 우리 사또 다 죽어 가네. 총각 귀신으로 다 죽어 가네, 다 죽어 가."

행수는 얼굴을 찌푸렸다. 어서 장정들을 불러 모으라고 명했다. 하지만 쉰동이의 말에 발걸음을 멈추는 사람이 있었다.

"사또가 다 죽어 가신다니?"

행수 뒤에 서 있던 홍련이었다. 홍련은 황 대감 몰래 구아방을 빠져나왔다. 자객이 자신에게 쓴 독이 무엇인지 자신을 치료한 의원에게 물어볼 계획이었다. 또, 어떤 해독제를 썼는지 궁금했다. 그런데 달궁에서 뜻밖의 소식을 전해 듣게 된 것이다.

"마님!"

생떼를 부리던 쉰동이가 일어섰다.

"사또가 다 죽어 간다니, 무슨 말이냐!"

편 의원도 그제야 바라지창을 열고 고개를 내밀었다. 홍련은 그제야 의원의 얼굴을 확인했다. 그리고 반가운 기색으로 물었다.

"의원님? 여긴 어쩐 일이시고, 어찌 지내셨습니까?"

"보면 모르냐. 이러고 지낸다. 깨어나서 다행이구나."

"절 살리신 분이 의원님이셨군요. 어쩌다 철산까지 오셨습니까?"

편 의원은 반가운 마음을 숨기고 애써 딴청을 부렸다.

"철산이라 한번 와 봤지. 귀신 구경이나 하려고."

심드렁하게 말하는 그에게서 친절함이 묻어났다.

홍련은 제생원에서 생활할 때 편 의원을 만났다. 그곳 생활은 나쁘지 않았다. 일과 공부를 병행하는 것이 만만치 않았지만, 실력 있는 의녀가 되고 싶었다. 의녀가 되면 지방으로 발령받아 부녀자들의 사건을 조사할 수 있다고 들었다. 돌고 돌아 철산에 오게 된다면 반드시 언니의 사건을 추적하리라. 그 생각 하나로 오 년을 버텼다. 그때 혹독하게 가르치면서도 애틋하게 챙겨 준 이가 편 의원이었다. 이렇게 만나게 될 줄은 꿈에도 몰랐다.

"안 들어오느냐?"

편 의원이 재촉했다. 주인을 살려 달라고 발버둥을 치

던 쉰동이가 홍련에게 눈짓을 했다. 홍련이는 눈빛으로 화답했다. 기다리시오, 방법이 있을 터이니.

홍련이 기방에 들어가 보니 나체의 기녀가 누워 있었다. 필부(匹婦)였다면 놀랐을 일이지만, 홍련은 눈 깜짝하지 않았다. 기녀의 등에는 빼곡히 침이 꽂혀 있었다.

"송구하옵니다."

홍련을 본 기녀는 누워 있기 멋쩍었는지 이불을 주섬주섬 챙겼다.

"그냥 두어라. 기를 움직이면 몸이 상하는 법이다."

홍련은 움직이려는 기녀의 어깨를 지그시 눌러 줬다. 그리고 보료 뒤에 있는 병풍을 접어 왔다. 큰 병풍을 직접 들어 올리는 홍련을 보고도 편 의원은 움직이지 않았다. 뭐 하러 성가시게 그걸 옮기냐며 타박을 할 뿐이었다. 홍련은 기녀 앞에 병풍을 쳐 주고서야 자리에 앉았다.

"아무리 좋은 치료라도 환자의 마음이 편치 않으면 무익합니다."

"제법이구나."

"스승님의 실력에 비하면 제 실력은 아직 멀었습니다."

"되먹지도 않는 예를 갖추는구나. 천방지축으로 뛰어다니던 생각시 시절에는 꼴통이었지."

"아직도 기억하십니까?"

"그럼. 궐 안의 홍시를 따 먹은 녀석은 네가 처음이었다."

홍련은 처음 궁에 들어갔던 그 시절이 떠올랐다. 혈혈단신이었지만 견딜 만했다. 제 또래의 생각시들과 홍시 따 먹던 일은 지금도 생생히도 떠올랐다.

"보다 보다 생각시가 치맛바람으로 감나무에 오르는 것을 볼 줄이야."

"그리고 나무를 부러트린 것도 처음이지요."

그땐 감나무가 잘 부러지는 나무라는 것을 몰랐다. 먹고 돌아서면 배고팠던 시절이라 부끄럼을 무릅쓰고 감나무에 올랐었다. 사실, 부끄러움도 몰랐다. 신분만 생각시지 천성은 아직까지 천방지축 계집아이들이었다.

"그 덕분에 뼈에 대해 잘 알게 됐습니다. 이번에 깨어 보니 제 어깨뼈도 탈이 났었나 봅니다."

너무 차분한 홍련의 말투에 편 의원은 입이 쩍 벌어졌다.

"말투만 들으면 대감집 마님 같구나."

"그럼요. 혼인도 하였습니다."

"그 혼인이야, 글자뿐인 것을 내가 모르겠느냐."

편 의원도 홍련의 사정을 어렴풋이 알고 있었다.

"독이야. 조금이라도 늦었으면 죽었어. 그리고 뼈를 맞았으니 다행이지. 모처럼 철산에 와서 네 얼굴을 보나 했는데. 장송으로 만나니, 나 참. 네가 해 주는 밥 얻어먹기는 글렀구나 싶었다."

말은 그렇게 했지만, 서운함보다는 걱정이 더 앞서는 것이 보였다.

"아직 무리하지 마라."

"예. 철산엔 무슨 일로 오셨습니까?"

"급하게 공고가 올라왔더라구. 철산에서 의원을 구한다고. 누가 여길 오겠는가."

"근데 어찌 스승님이 직접 오셨습니까."

"철산이라 왔다니까. 여기 사또들이 죽어 나가더니, 이번엔 살았다며?"

"예."

"너도 그놈을 잘 아느냐?"

홍련은 사또가 지원 요청한 의원이 바로 편 의원이라는 것을 알았다.

"잘은 아니고. 그냥 얼굴만 아는 사입니다."

"그럼 그냥 죽게 둬."

"예?"

"혼이 나갔어. 미친놈이야. 그냥 두면 알아서 죽을 거다. 사인은 과로. 그놈 죽거든 사인에 과로라고 적어."

편 의원은 진절머리를 쳤다. 미제 사건에 미쳐서 시신을 찾아내는 솜씨는 정말 광인다웠다. 제정신으로는 할 수 없는 업무량이었다. 사또가 아니었다면 만신으로 오해할 정도였다. 귀신같은 솜씨였다.

"와, 귀신을 보는데, 진짜더라. 가까이하지 마라. 걔 정신이상 같아. 혼이 나가면 약도 없느니라."

홍련은 미친놈이라고 말했던 연유를 듣고 터져 나오는 웃음을 겨우 참았다. 그 귀신이 바로 장화 귀신이니 그럴 수밖에. 정신을 잃은 동안 사또는 언니와 부지런히 일을 하고 있었다고 생각하니 한편으로는 든든했다.

"관아 의원직은 어찌시고 여기 와 계십니까?"

"나? 관뒀어."

"의원님다우십니다."

편 의원은 병풍을 걷고 기녀의 몸에 놓인 침을 빼기 시작했다. 기녀는 따끔거리는지 몸을 움찔움찔했다.

"아무리 그만두셨다고 해도 가서 왕진을 봐주세요. 사또가 또 죽어 간다고 합니다."

"내가 왜? 그놈은 죽어도 싸."

"의원님!"

"진짜라니까. 내가 관뒀으니 망정이지. 여기서 장례 치를 뻔했다니까. 나도 과로사."

홍련은 더 이상 재촉하지 못했다.

"살려 주셔서 감사합니다. 철산에 더 머무시면 구아방에도 들르셔요. 따뜻한 진지를 올리겠습니다. 귀한 녹차도 있습니다."

"됐다. 피곤하다."

편 의원은 자리에 누웠다.

"이 은혜."

"평생 고마워해라. 가 봐."

홍련은 아쉬운 마음이 들었지만, 자리에서 일어날 수밖에 없었다.

"한양에 가면 찾아뵙겠습니다."

홍련이 인사를 하고 나가려는데 편 의원이 팔을 들어 서안을 가리켰다. 서안 위에 놓인 종이가 보였다.

"가져가."

홍련이 보니 처방전이었다.

"네가 먹은 약재들이다. 마비산은 구아방에 있던 것을 썼고. 몇 가지는 가져온 것인데, 아직까지 곡소리가 안 들리는 것을 보면 맹독은 아니다. 죽었으면 어쩔 수 없고."

"감사합니다. 감사합니다."

홍련은 처방전을 품에 안고 나왔다.

홍련과 관아로 향하던 쉰동이는 가는 내내 투덜거렸다.

"고약한 양반. 못돼 먹은 노인네."

"그래도 처방전을 주셨다. 최선을 다해 보겠네. 사또는 입술이 파랗다고?"

"예. 정말 독일까요, 의녀님?"

"그럴 가능성이 높긴 하다. 하지만 누가 독을 먹였을

까? 관아 밖에서는 떡 하나도 안 잡숫는 양반이신데."

홍련의 얼굴에는 수심이 가득 찼다. 발걸음을 옮길 때마다 어깨가 욱신거렸지만 사또가 걱정되는 마음보다 아프지는 않았다.

"혹시 특이한 약재를 드셨을까? 누가 환이나 탕을 올렸을까?"

"내가 그 양반 흉을 봐도 되나 모르겠네."

쉰동이는 망설이다 정동호의 과거를 털어놓았다. 일곱 살 때였다. 약 먹기 싫어 도망치다 집 안 우물에 빠졌었다. 두레박을 잡고 버틴다는 것이 그대로 떨어진 것이다. 다행히 장마 끝이라 우물의 물이 꽤 차 있어서 다치지는 않았었다.

"어찌 꺼냈는가?"

"뭘 어째요. 우물에 빠졌으니까 두레박으로 건졌지. 난 용궁에서 올라온 줄 알았잖아요. 암튼 동네에 소문이 다 났습니다. 그만큼 탕약하고는 담을 쌓은 양반입니다. 누가 몸에 좋은 약이라고 대령했어도 안 먹었을 겁니다. 의녀님이 주신 환약이야 귀신이 무서우니까 어찌어찌 먹었나 본데."

그 말을 듣는 홍련의 귀가 붉어졌다. 입에서 입으로 먹인 사실을 누가 알겠는가. 그렇게 약을 싫어하시는 분이셨는데 억지로 먹였으니 얼마나 맛이 고약했을까 싶었다.

그래도 살았으니, 이번에는 더 독한 약이라도 드셔야 할 것이다.

그보다는 우물에 빠졌었다는 이야기가 마음에 걸렸다. 사또가 겁이 많은 이유는 그 때문일 수도 있겠다는 생각이 들었다. 죽었다 살아난 기억. 그 한순간의 기억이 평생을 지배할 수 있다. 괴롭힐 수도 있고, 무기력하게 만들 수도 있다. 이겨 내지 못한다면 우울의 그늘 아래에서 빠져나올 수 없다.

홍련은 연못에 빠졌을 때, 가장 먼저 든 생각이 '살고 싶다'였다. 죽고 싶어 뛰어든 것인데 왜 살고 싶었을까? 인간의 마음은 참으로 간사했다. 자신과 닮은 어둠을 간직하고 있는 정동호에게 연민이 생겼다. 지금 어딜 헤매고 계실까? 하루 전만 해도 자신이 어둠 속에 갇혔었다. 이 순간, 그에게 작은 빛이나마 되고 싶었다.

"삼시 세끼 같이 먹었는데 별난 것도 없었습니다. 전 이렇게 말짱한데. 몰래 뭘 드셨나."

쉰동이는 계속 투덜거렸다.

"이방이 차를 대접했는데. 설마."

"설마?"

"그치요? 설마 그 양반이 꼴 보기 싫어도 맘대로 의심하면 안 되죠."

"설마가 사람 잡는 것이다. 만약 사또가 중독되었다면

자네도 범인으로 몰릴 수 있네. 의방이나 자네 둘 다 혐의를 벗으려면 애를 써야 할 수도 있지."

쉰동이는 억울했다. 한시도 사또 곁에서 떨어지지 않으려고 노력했는데 독살 혐의를 받을 수 있다니. 그런데 의녀의 말대로라면 한시도 떨어져 있지 않았기 때문에 혐의자가 된다. 그것 또한 사실이다. 이러지도 저러지도 못할 상황에 골치가 아픈 채로 관아 근처에 도착했다.

홍련은 관아 앞 갈림길에 죽어 있는 까치 두 마리를 보았다. 쉰동이는 홍련의 시선이 향한 곳을 확인하다 얼굴이 붉게 달아올랐다. 한낮에 방울이와 입술을 나눴던 자리였다. 딱 그 자리에서 새들이 죽은 것이다.

"하필 저기에 죽어 있다니, 흉측하구나."

홍련은 고개를 돌리다가 그곳에 깨져 있는 도자기 파편을 보았다.

"아이들이 만지면 큰일이니 치우고 가야겠네."

쉰동이는 일부러 홍련을 잡아끌었다. 관아에 들어가시면 사람을 불러 치우겠다며 시선을 돌리려고 애썼다.

"이방이 떨어뜨린 건데. 집에서 생강차를 담아 줬다는데 별거 아닙니다. 사또가 잘 잡수시니까 챙겨 왔다가 간수를 못하고 저리 된 겁니다. 일단 가시면 제가 후딱 치우겠습니다."

그 말을 듣는 순간, 홍련의 뇌리에 단서들이 꽂혔다.

207

"독. 생강차. 여자."

쉰동이는 낮게 읊조리는 홍련의 말을 이해할 수 없었다. 이미 추리에 빠진 홍련을 아무도 막을 수 없었다. 당장 까치가 죽어 있는 곳으로 달려갔다. 알싸한 생강의 향기가 아직까지 남아 있었다. 죽은 생명은 멀리서 보았던 까치 두 마리뿐이 아니었다. 꿀을 따라 모여든 수백 마리의 개미도 죽어 있었다.

죽음의 현장을 확인한 쉰동이의 낯빛이 어두워졌다. 영구 보존해도 모자란 첫 입맞춤의 장소가 죽음의 현장이 됐으니 그 누가 좋을까. 기분이 좀 씁쓸했다.

"누가 그랬을까."

쉰동이의 입에서 불쑥 말이 나왔다.

"이방이 그랬다면서? 또 알고 있는 사람이 있는가?"

아이고야. 올 것이 왔구나. 쉰동이는 목격자의 이름 석 자를 댈 수 없었다.

"또 있긴요."

"그럼 왜 관아에 가던 이방이 방향을 바꿔 이쪽으로 왔을까요?"

추리 마님에게 쉰동이는 허를 찔렸다.

"집에서 오던 길이 아닙니까."

대충 그럴싸하게 대답했다. 하지만 홍련의 질문은 집요했다.

"아니다. 집은 저 반대쪽이다."

쉰동이는 홍련이 가리키는 곳을 봤다. 그렇다. 이방의 집은 반대편 길로 가야 한다.

"사건 직전, 자네는 왜 여기에 있었지?"

"네?"

"이곳은 길이 없다. 대신 숨어 있기 좋은 곳이지. 허나 딱 한 곳. 구아방으로 가는 지름길이다. 방울이와 나만 알고 있는."

홍련은 뭔가를 알고 있다는 듯이 고개를 끄덕였다. 쉰동이는 후회하는 중이다. 처음 물었을 때 그냥 말해 버렸다면 별다른 의심을 사지 않았을 텐데. 이제 말하면 더 수상한 꼴이 될 것 같았다. 쉰동이가 어렵게 입을 뗐다.

"그게. 방울이가 여기 숨어 있다가. 그러게요. 사또를 뵈러 왔던 것 같습니다."

아무리 생각해 봐도 사또와 방울이는 연결 고리가 없었다. 하지만 방울이가 사또를 연모한다면 가능한 일이다. 방울이는 평소 관직이 높은 자를 훔쳐보는 버릇이 있다. 철산에 온 후로 부쩍 얼굴 단장에 많은 시간을 보내는 것도 수상했다. 대신 깨진 항아리 조각 하나를 집어 들었다.

"다치십니다. 주십쇼."

쉰동이는 생강청으로 범벅이 된 파편을 받아 들었다.

"대신 부탁이 있네. 나 역시 비밀로 할 터이니."

쉰동이는 그 비밀이 무엇인지, 혹여나 방울이와 입맞춤한 것을 알아차리셨는지 궁금했지만 물을 수도 없었다. 묻는 말에 대답만 예, 예 할 뿐이었다.

"이 파편은 절대 이방이 보지 않도록 은밀한 곳에 보관하게. 그리고 이 사실에 대해 아무에게도 발설하면 안 되네. 모든 것은 사또께서 깨어나셔야 진행할 수 있으니까. 절대로 이방이 알아서는 안 되네."

"명심하겠습니다."

홍련이 발길을 옮겼다. 쫄래쫄래 따라가던 쉰동이는 아직 궁금증이 풀리지 않았다.

"그래서 범인은요? 누굽니까?"

"궁금한가?"

"당연히 궁금하지요. 우리 사또를 저리 만든 놈은, 아니, 년은 이 손으로 아작 낼 겁니다."

"범인은."

쉰동이가 침을 꼴깍 삼켰다.

"방울이랑 뭘 했는지 말해 주면 알려 주겠네. 내가 생각하는 것과 부디 같길 바라네."

궁금증으로 부풀어 올랐던 쉰동이의 마음이 폭삭 꺼졌다.

"에이! 방금, 의녀님!"

쉰동이는 홍련이 자신의 속마음을 꿰뚫어 보는 것 같아 괜히 시선을 피했다. 사실 방울이 이야기만 나오면 홍련을 제대로 볼 수 없었다.

"눈동자는 거짓말을 못 하네. 지금도 눈동자를 피하는 거. 숨기는 것이 있을 때 사람들은 눈을 피하는 법일세."

"제가 뭘 숨긴다고."

"방울이가 사또를 연모한다고 했을 땐 토끼 눈을 떴네. 재밌는 거, 신기한 거 보면 눈이 커지니까. 하지만 내가 알고 싶은 그 일은 아닐세. 정작 우리 방울이가 자네와 무엇을 하였는지 물을 때마다 시선을 피하지 않았는가? 그런데 방울이 욕을 안 하는 거 보니까, 나쁜 일은 아니구나. 자, 좋은 일 중 어떤 것인지 말해 주겠나?"

쉰동이의 입이 쩍 벌어졌다.

"귀신은 속여도 의녀님은 못 속이겠습니다."

홍련은 부러 눈을 흘기며 쉰동이를 바라봤다.

"아이고. 제가 감히."

쉰동이는 이렇게 된 바에 사실대로 실토하겠다고 마음먹었다. 비록 사내답게 먼저 입술을 가져오진 못했지만. 더 이상이 떳떳하지 못하게 살 순 없다! 그 마음을 먹은 순간, 홍련이 먼저 입을 열었다.

"둘이 입이나 맞췄겠지."

쉰동이의 말은 처음부터 들을 생각이 없었던 사람처럼 앞서 나갔다.

"다 알면서 뭘 그렇게 물어본데?"

쇤동이가 툴툴거렸다. 아무래도 구아방 터가 센 것 같다. 그 집 여인들을 하나같이 속을 알다가도 모르겠으니까. 도리질을 치며 뒤쫓아 갔다.

관아의 내아로 들어서던 홍련은 우뚝 멈춰 섰다. 내 집처럼 드나들던 이곳의 분위기가 바뀌었기 때문이다. 권이방과 관리 몇 명이 문 앞에 서 있었다. 곡소리가 없는걸 보니 아직 사또는 살아 있다. 홍련의 눈은 댓돌로 향했다.

어린 여자가 신을 법한 꽃신과 중후한 구름 문양이 돋보이는 운혜가 나란히 놓여 있었다.

"왜 안 들어가시오?"

뒤따라온 쇤동이가 별스럽게 서 있는 홍련을 의아하게 봤다.

"손님이 오셨나 보네."

마침 안방에 들었던 두 여자가 대청마루로 나왔다. 쇤동이는 진짜 마님을 알아보고 바람처럼 달려갔다.

"마님!"

정동호의 어머니 강분자였다.

"기별도 없이 오셨습니까?"

"아들 일에 기별이 어디 있느냐. 꿈자리가 사나워서 왔는데. 일이 이 꼴이 될 때까지 넌 뭐 한 게냐?"

강씨의 호령이 떨어졌다.

"의원, 아니 의녀님을 모셔 오느냐고 잠시 자리를 비웠습니다."

거짓말은 아니었다. 홍련은 아직까지 들어가지 못하고, 내아 문간에 서 있었다.

"저자가 의녀라고?"

강씨의 눈꼬리가 올라갔다. 감히 내 귀한 아들을 저 여자의 손에 맡긴다고? 탐탁지 않은 표정으로 홍련을 쏘아보았다.

"의원은 없더냐? 이방, 읍에 의원이 없다니요? 이런 경우 살다 살다 처음이오."

"철산이니까요."

권 이방은 죄인이 됐다. 철산에 의원이 없는 것이 제 탓은 아니지만, 죄를 짓는 기분은 뭘까? 머리를 조아린 채구차한 변명을 늘어놓았다.

"그러니까 아까 말씀드린 것처럼! 그제까지는 있었는데, 그만뒀다 이겁니다. 사또께서 워낙 일을 밤낮없이 하셔서."

그때 강씨 뒤에 서 있던 어린 여인이 나직하게 속삭였다.

"한양에서 하루라도 빨리 의원을 모셔야 할 것 같습니다."

"소향 아씨?"

쉰동이는 소향을 알아보았다.

"소향이 외가가 이쪽이라 같이 왔는데, 일이 이렇게 될 줄 알았겠는가. 당장 어디서든 의원을 골라 보낼 터이니 아씨를 잘 모시거라."

쉰동이는 일이 어떻게 돌아가는지 종잡을 수 없었다.

"아씨, 외가가 어디신지요. 제가 모셔다 드리겠습니다."

다시 강씨의 벼락같은 잔소리가 떨어졌다.

"물색없는 것! 사또가 저 지경으로 누워 계신데 돌보는 사람 하나 없이 어찌 두겠느냐. 남녀가 유별하지만, 인명이 우선이니 내가 어려운 부탁을 하였다. 건넛방에 지내면서 낮에는 사또를 살필 것이다. 알겠느냐?"

"여기 지내신다구요? 여기 의녀님도 계시고, 돌볼 사람도 많은데?"

눈치 빠른 권 이방이 나섰다.

"이미 사주가 오고 갔다고 하시지 않더냐."

쉰동이는 조신하게 서 있는 소향이 곱게 보이지 않았다. 한양에서는 도련님 연서도 받아 주지 않았던 아씨가 이제 와서 병 수발을 한다고? 하지만 강씨의 서슬 퍼런 눈빛에 어쩔 도리가 없었다.

오히려 홍련이 나섰다.

"마님 말씀이 옳습니다. 세심한 여인네가 간호하는 것이 더욱 좋겠지요. 또 음양의 조화가 한 방에 이뤄지니 좋은 기운이 생길 것입니다. 그 생기야말로 사또에게 반드시 필요한 것입니다."

오히려 애가 타는 것은 쉰동이였다. 오히려 홍련 측에
서 꼬리를 내리니 속상했다. 게다가 눈빛은 거짓말을 못
한다고 하지 않았던가. 쉰동이 눈에도 보였다. 몹시 흔들
리고 있는 홍련의 눈동자가. 떨리는 마음을 어찌할 줄 몰
라 두 손을 꼭 마주 잡은 한 여인이.

7

약재방에서 사또에게 필요한 약재를 담는 홍련의 손이
떨렸다. 이 방을 나가면 결정해야 한다. 철산에 남을지,
한양으로 가야 할지. 아, 어쩌다 이런 운명이 됐을까.

하루 종일 홍련의 숨소리까지 쫓아다니던 무영은 약재
방 안으로 들어갈 수 없었다. 얇은 문풍지 사이로 흘러나
오는 울음소리가 심장에 스며들었다. 차라리 크게나 울
것이지. 절대 자신 때문에 울게 하는 일이 없도록 하겠다
던 약조를 스스로 저버린 것이다. 남자로 인정받고 싶은
마음은 사치라는 것을 알고 있다. 그저 친오라비처럼, 오
랜 동무처럼, 때론 든든한 아버지처럼 곁에 있고 싶었다.
차라리 좀 빨랐더라면…. 홍련이 사또를 만나기 전에 이
마음을 내비쳤다면 어땠을까? 지금보단 낫지 않았을까?

자신을 책망하던 무영은 약재방 문 열리는 소리를 놓쳤
다. 이미 인기척을 느꼈을 때는 홍련이 그 앞에 서 있었다.

"여태 여기 계셨습니까?"

무영은 대답하지 못했다. 홍련이라고 왜 모르겠는가. 하루 종일 자신의 그림자가 되어 주는 이 남자의 헌신을. 자신의 답만 기다리고 있는 이 남자 앞에서 눈물이 흘렀다. 딸처럼 살뜰히 챙겨 주신 대감님의 은혜는 어떻게 갚을 수 있을까? 정말 혼인만이 답일까?

"미안하구나."

무영은 자신 때문에 눈물 흘리는 이 여자를 어떻게 해야 할지 몰랐다. 안아야 할까? 아니다. 의지가 강한 사람이다. 눈물을 닦아 줘야 할까? 아니. 자존심이 센 사람이다.

"전 이대로 철산에 남고 싶어요."

이제야 언니를 만났다. 이대로 기회를 놓치고 돌아갈 수 없었다. 철산 어딘가 묻혀 있을 언니를 두고 갈 수 없었다. 묻혀 있다면 다행일 것이다. 어딘가 버려졌다면? 아니, 그 모습이 온전치 않다면? 그럴수록 언니를 찾아 양지바른 곳에 묻어 주고 싶었다. 옛집이 보이는 곳이라면 금상첨화이리라.

"그러자. 우선 사또부터 살려야 하지 않겠느냐?"

무영이 결심했다. 모든 것을 쉽게 얻으려 한 것은 자신의 과욕이었다. 미물인 쥐새끼도 퇴로를 마련해 주어야 사람에게 해코지하지 않는 법인데. 홍련을 너무 몰아붙인 것 같아 마음이 편치 않던 터였다.

"전, 오라버니가 싫은 것이 아닙니다. 그저 혼인이 무섭습니다."

그 말은 돌덩이가 되어 무영의 가슴에 떨어졌다. 미처 세심하게 생각하지 못한 대목이었다. 홍련에게 혼인은 불행을 가져오는 사건일지도 모르겠다는 생각이 들었다. 혼인 후 어머니는 병을 앓다 돌아가셨는데, 생전 소원이 친정 나들이 가는 것이라고 들었다. 계모는 남편에게 속아서 혼인했다. 그 많은 재산은 그림의 떡이었고, 속았다는 생각에 결국 의붓딸을 죽음으로 내몰았다. 언니는 어떠한가? 혼례 전날 죽임을 당했다. 그런 홍련이 혼인을 하고 싶겠는가?

"미안하다."

"전 이대로가 좋습니다. 다른 사람을 신경 쓸 겨를이 없습니다. 오라버니의 속을 헤아리지 못해서 죄송하오."

무영은 말없이 고개를 끄덕였다. 하지만 홍련이 모르는 것이 있었다. 다른 사람을 신경 쓸 겨를이 없다면서 사또를 챙기고 있었다. 무영의 눈에는 보였다. 저 아이는 지금, 제 몸보다 사또를 챙기고 있다. 그래서 자신이 들어갈 틈이 없다는 것도.

"사또보다 네 몸이 우선이다."

돌아서는 무영의 발걸음이 무거웠다.

쉰동이는 눈을 흘겨 뜨고 며칠 동안 소향 아씨를 관찰했다. 하지만 흠잡을 곳이 없었다. 한양에서는 매몰차게 주인의 편지를 거절했던 여자가 맞나 싶을 정도였다.

소향이 물이 담긴 대야를 들고 방에서 나왔다. 힘들었는지 이마에서 땀이 흘렀다. 툇마루에 앉아 있던 쉰동이가 퉁명스럽게 물었다.

"정말 여기 왜 오셨소?"

"큰마님 말씀 못 들었느냐. 사또가 저리 누워 계신데 발이 떨어져야지."

"아니, 왜 이제 와서 이러실까?"

소향은 더 이상 말을 섞지 않고 댓돌을 내려왔다.

"돈?"

쉰동이는 집요하게 물었다.

"하긴, 우리 도련님보다 그 집 갓난쟁이 전답이 더 많을 것이오. 그럼 명예?"

제 입으로 말해 놓고도 민망했다. 비교 불가한 집안이었다. 정동호 집안은 대대로 가난한 선비 집안이었다.

"내가 요 안 되는 머리를 굴려 봤는데, 각이 안 나와. 이건 말이 안 되지 않습니까? 도대체 이제 와서 우리 사또와 혼인하겠다는 것이 말이 됩니까?"

"너는 네 사주를 아느냐?"

"종놈이 사주가 어딨대."

"양반가에서는 그것이 아주 중요하다. 나를 살리고, 사또를 살리고. 우리 궁합이 그렇다고 어르신들이 이미 약조하셨다."

"아이고. 그 사주 참으로 부럽네."

쉰동이는 말도 잘 갖다 붙이는 소향이 괜히 미웠다. 어쩌면 자신이 보살펴야 할 사또를 빼앗겨서 질투심이 일어난 것일까?

"그래서 아씨가, 우리 사또 살리실 수 있으시답니까?"

"천지신명은 알고 계시겠지."

소향은 이곳에 온 날부터 지금까지 하루도 빼놓지 않고 새벽마다 정화수를 올렸다. 점심이 지나면 산기슭에 자리 잡은 암자에 가서 지장보살에게도 빌었다. 그 모습을 본 쉰동이는 그 지극정성에 감동할 수밖에 없었다. 그래서 더 헷갈렸다. 사또를 매몰차게 거절했던 한양에서의 모습과 정화수를 떠 놓고 간절하게 기도하는 지금의 모습 중 어느 것이 진실일까? 추리 마님이라면 한 번에 간파하실 텐데. 쉰동이는 몹시도 아쉬웠다.

"할 일 없으면 구아방에 가서 약재를 받아 오너라."

"이따 의녀님이 직접 오실 텐데?"

"어찌 사또의 몸을 여인에게 맡기겠느냐."

"여인이 아니고, 의녀십니다."

"의녀는 여인이 아니라더냐?"

소향의 말투에서 강한 경계심이 엿보였다.

"한양에서 오기로 한 의원은 함흥차사인데 어쩐단 말입니까? 당장 진찰을 받아야 목숨이라도 보존하실 텐데. 괜히 고집부리다 총각 귀신이랑 혼례를 올리십니다."

"말을 섞은 내 잘못이다. 됐다."

소향이 말을 잘랐다.

"일단 약재를 정성껏 올리는 수밖에 없다. 해독에는 의녀의 진찰이 아니라, 시간이 필요하다는 것도 모르느냐?"

"예, 예. 그럼요."

쉰동이는 툇마루에서 폴짝 뛰어내렸다.

며칠 만에 들른 구아방의 분위기는 착 가라앉아 있었다.

"여보게."

이제 쉰동이는 대놓고 방울이를 만났다. 뒤뜰에서 빨래를 널고 있던 방울이가 그 소리를 듣고 안뜰로 나왔다.

"무슨 일이요?"

"보고 싶어 왔지."

쉰동이가 능글맞게 웃었다. 하지만 그녀의 표정은 냉담했다.

"표정이 왜 이래? 나 안 보고 싶었어?"

"난 목매는 남자, 별로요."

아오, 저 잡것. 쉰동이는 잡힐 듯 잡히지 않은 방울이의 매력에 다시 빠져 버렸다.

"얼굴은 왜 그 모양이냐?"

직역하면, 왜 그리 날마다 예뻐지냐는 뜻일 것이다.

"맞춰 보시오. 어디가 달라졌나. 맞추면 오늘 밤, 물레방아에서 만납시다."

"어린 게 못하는 말이 없어!"

버럭 화를 냈지만, 어디가 달라졌나 찾기 바빴다. 눈썹? 모르겠다. 입술연지? 모르겠다. 분을 발랐나? 모르겠다. 이것만 맞추면 물레방아로, 제 발로 나와 주겠다는데 당최 알 수가 없다. 그걸 맞추느니 과거급제가 나을 판이었다. 절망의 한숨 소리가 울려 퍼졌다.

"포기요?"

"실마리라도 주면 안 될까?"

천하의 쉰동이가 구걸을 하다니! 하지만 이미 욕정의 등이 켜진 그를 막을 것은 없었다.

"실마리 같은 소리 하네. 요 조막만 한 얼굴 갖고. 됐소. 왜 왔소!"

속에서 부하가 치민 쉰동이가 버럭 소릴 질렀다.

"조막? 네 상판이 얼마나 넓은데! 한양 저잣거리보다 넓을 것이다. 계집이 부끄러운 것도 모르고. 어디? 물레방아? 요것이 애송인 줄 알았는데, 발랑 까진 밤송이구만."

"허!"

방울이 제 얼굴을 한양 저잣거리에 비유한 대목에서 비
위가 상했다.

   "이 얼굴 좋다는 사람이 줄을 섰어."

   "누구? 누구?"

   "나 참."

   "그런 정신 나간 사람이 누구냐!"

   "정신 나가? 너 같은 놈이 상상도 못 할 사람이시다. 그
분이."

   "바람났냐?"

   "그걸 네가 왜 상관해."

   방울이는 괜히 저고리 섶을 단단히 여몄다.

   "꼴에 여자라고. 야, 너, 그거, 거기."

   쉰동이의 눈이 저고리 섶에 닿았다.

   "망측해!"

   방울이는 몸을 돌렸다.

   "만지라고 들이밀어도 안 만질 거거든? 누군지만 말해."

   쉰동이가 가까이 다가갔다. 숨소리까지 들리는 지근거
리다. 하지만 방울이의 입이 쉽게 열릴 것 같지 않았다.

   "말 못 하오."

   "진짜?"

   요, 잡것을, 오늘 잡아 주지! 쉰동이는 한양 여종들을
홀린 그 수법을 발휘하기로 마음먹었다. 우선 입을 다물

고, 상대방의 눈동자를 지그시 바라본다.

"뭐 하시오?"

놀란 방울이가 토끼 눈을 떴다. 그래도 가만히 본다. 찬찬히 머리끝부터 훑어 내려온다. 절대 기분 나쁘게 봐서는 안 된다. 마치, 금은보화를 보듯 해야 한다. 그리고 검지손가락으로 눈동자가 훑고 지나간 곳을 닿을 듯 말 듯! 하지만 절대 닿지 않도록 따라 내려가는 것이 요령이다.

그것뿐이다. 그런데 방울이는 얼굴이 화끈거렸다.

"거… 뭐… 하시오."

말까지 더듬거렸다.

'요것, 걸려들었구나!'

쉰동이는 확신했다. 하지만 지금은 대답할 순간이 아니다. 더욱 집중하여 그녀의 얼굴을 살폈다.

"속눈썹이 말려 올라갔구나."

놀란 방울이는 제 입부터 막았다.

"어찌 아셨소?"

"내가 이겼지? 물레방아로 갈 것이냐, 정신 나간 놈의 이름을 댈 것이냐."

방울이는 당혹스러웠다. 정말 속눈썹 단장한 것을 맞출 줄 몰랐다. 숯을 곱게 갈아 그 가루를 개어 돼지기름과 섞어 속눈썹에 발라 주면 진하고 매혹적인 눈을 갖게 된다. 분홍이에게 배운 것을 오늘 따라 해 본 것인데, 이 귀신같

은 사내가 알아 버렸다. 게다가 처음부터 이 남자와 물레
방아에 갈 생각은 추호도 없었는데. 이를 어쩐단 말인가?

"갈래? 불래?"

쉰동이의 추궁에 방울이는 눈을 질끈 감아 버렸다. 그
녀의 입이 열렸다.

"사또시다."

"허, 참. 넌 지금 우리 사또를 모욕했어!"

"사또, 깨어나셨어. 밤마다 달궁에 가신다고. 신분을
숨기고, 여장까지 하고."

"돌았구나."

"그치? 사또, 좀 돈 거 같지?"

"아니, 너."

쉰동이는 삿대질을 했다.

"말이 되는 소리를 해야지 알아먹기라도 하지. 중독돼
서 사경을 헤매는 양반을! 예끼! 이거 지 필요하면 애비
에미도 팔아먹을 년이네."

욕을 잔뜩 먹은 방울이는 화가 머리끝까지 났다. 후-
후- 숨을 고르며 말이 끝나길 기다렸다가 쏘아붙였다.

"만약에 사실이면? 너, 내 종년 할래?"

방울이의 눈에는 오기가 잔뜩 담겼다.

"좋다. 사실이면, 내가 네 종년이다. 치마저고리 입지,
뭐. 단장도 할까? 연지도 하고?"

225

쉰동이의 대답에 방울이의 눈이 빛났다.

"제 발로 무덤을 파는구나. 좋아. 가서 네 주인, 손가락 깨물어 봐. 벌떡 일어날 테니."

쉰동이는 너무도 당당한 방울이의 태도에 덜컥 겁이 났다. 이러다 정말 종년 되는 거 아냐? 왜 이런 불길한 예감은 빗나가지 않는 것일까?

관아는 조용했다. 소향은 불공드리러 암자에 갔다. 이방과 관원들은 바쁘게 업무를 보는 중이었다. 그 누구도 사또를 신경 쓰지 않고 있었다. 쉰동이는 사방을 살피며 사또의 방으로 들어갔다. 아무에게도 들키지 않았다. 방은 조용했다. 죽은 듯이 누워 있는 주인을 보고 미안한 마음이 들었다.

'내가 어쩌다. 죄송합니다, 나으리.'

하지만 너무 당당하게 말하던 방울이의 표정을 지울 수 없었다. 손가락을 깨물어 보라던 방울이의 말대로 정동호의 손가락으로 눈이 향했다. 고생 한 번 안 하고 자란 주인의 손가락은 여인의 손보다도 더 고왔다. 차마, 깨물 수 없었다.

'그래, 차라리 발가락을 깨물자. 이렇게라도 깨어나면 되는 거지. 암.'

쉰동이는 범행의 정당성을 확보하고, 실행에 나섰다. 눈을 질끈 감고, 제 주인의 엄지발가락을 단숨에 깨물었다.

"으아아악!"

정동호가 벌떡 일어났다. 발가락뼈가 으스러질 것 같은 고통이었다. 설마, 설마 했는데 쉰동이가 정말로 물어 버렸다. 깨어난 것을 보고 놀란 쉰동이가 입을 쩍 벌리고 있었다.

"사또! 밖에! 아무도…!"

정동호는 사람을 부르려던 쉰동이의 입부터 막았다.

사실 사정은 있었다. 장화가 일러 준 대로 돈줄을 쫓기 위해 밤마다 암행을 시작한 것이다. 독살의 위험 때문에 그 누구도 믿을 수 없었다. 하루 종일 죽은 듯 누워 있는 것도 사람이 할 짓은 아니었다. 허리가 아파 왔고, 어지러웠다. 그런데 어떻게 알았는지 쉰동이가 눈치챘다.

몇 날 며칠 주인이 죽은 줄 알고 폭삭 늙은 것 같은 쉰동이는 아랫목에 한쪽 다리는 괴고 앉아 건방을 떨었다.

"어이, 사또."

목소리도 낮게 깔았다.

"지금 너."

"주인이고 종이고를 떠나 사람이 그러면 안 되지. 싸가지 없이. 너 때문에 내가 죽다 살아났어! 속여도 나까지 속이냐?"

"미안하다."

227

"고작? 미안?"

쇤동이의 미간이 찌푸려졌다.

"아, 종노릇도 드러워서 못해 먹겠다. 나 돌아갈란다."

말을 마치고, 벌떡 일어섰다.

"어딜 가느냐, 절대 안 된다."

정동호는 형같이 믿고 따르던 쇤동이의 다리를 붙들고 늘어졌다.

"내 걱정했느냐?"

"왜 아예 뒤졌다고 하고 돌아댕기지?"

정동호는 쇤동이가 좀 풀어지자, 다리를 슬며시 놓았다.

"다시 이런 일은 없을 것이다."

"그래야지. 지금 너 죽어 간다고 해서 한양에서 마님 다녀가셨지, 소향 아씨 왔지. 의녀님은."

"의녀님은?"

"…의녀님은…."

홍련의 소식을 기대하는 정동호의 눈빛을 보고 차마 말할 수 없었다.

"왜? 또 변고가 있었더냐? 다치셨느냐?"

"그동안 암행했다며? 뭐 들은 건 없고? 그 집 사정을?"

정동호는 도리질을 쳤다.

"혼인하신다."

쇤동이가 허탈하게 내뱉었다. 여전히 정동호에게 '홍련'

과 '혼인'이라는 말은 서로 어울리지 않는 말이었다. 홍련의 남편 황 대감을 본 후에도 그 생각에는 변함이 없었다.

"혼인하신다가 아니라, 하였다겠지. 황 대감은 다시 떠나지 않았느냐."

"그건 또 어떻게 아셨소? 암행을 하긴 했구만."

"철산의 돈줄을 찾으라고 하는데, 알 길이 있어야지. 일단 권력 좀 쥐었다는 사내들의 모여드는 달궁에 갔었다."

"오호."

쉰동이는 이제야 이해됐다. 그리고 음흉한 눈빛으로 그를 훑어봤다.

"좋은 데 가셨구만."

"공무니라."

"그래, 좋은 데."

"공무래도."

"좋았지?"

계속 추궁하는 쉰동이에게 이길 수 없었다. 하지만 진짜 일만 했다.

"좋긴 뭐가 좋으냐. 여장하고 달궁에 갔거늘."

쉰동이는 그제야 방울이가 한 말이 떠올랐다. 농담으로 듣고 넘겼는데, 정말 이 장정이 여장을 하고 달궁에 갔다고? 그러고 보니 주인의 얼굴은 곱디고왔다. 손가락을 보니 웬만한 여인들의 손보다 예뻤다. 게다가 큰 소리 한 번

내지 않고, 잘 참는 성격이었다. 쉰동이의 가슴이 덜컥 내려앉았다.

"…좋았소?"

차마 모든 말을 입 밖으로 낼 수 없었다. 쉰동이가 하고 싶었던 말은 '여자로 변장하는 것이 취향에 맞아서 좋았소?'였다.

"자꾸 좋아 타령이냐. 그래서 의녀님은?"

아참, 의녀님의 이야기를 하던 중이었다. 쉰동이는 어차피 좁은 철산에서 숨길 수도 없는 이야기라 전하기로 마음먹었다.

"무영 어르신과 혼인하신다고 합니다."

흐트러진 옷고름을 다시 매던 정동호의 손이 멈췄다.

"혼인을 다시 한다고?"

"문서상으로는 다시 하지만 이번이 진짜 혼인."

며칠 사이에 무슨 일이 일어난 걸까. 정동호는 정신이 얼떨떨했다. 문밖에서 소향이 도착한 기척이 들렸다.

"쉰동이 게 있느냐?"

쉰동이는 넋 나간 정동호를 얼른 바닥에 눕혔다.

"예, 아씨. 방금 사또가 깨어나셨습니다."

그리고 이불을 끌어 올려 덮어 주었다. 소향은 신발을 벗어 던지고 뛰어 들어왔다.

"사또!"

달려 들어온 그녀는 사또 곁으로 가려다 멈췄다. 자신을 바라보는 눈빛은 이미 장성한 사내의 그윽한 눈빛이었다. 사내 중의 사내로 변한 정동호에게 감히 다가가지 못했다. 한양에서 듣던 소문과 달랐다. 나약하고, 유약한 사내라고 들었다. 겁이 많아 밤 짐승을 보고 놀라기 부지기수라고 했는데…. 그런 남자가 연서를 보냈다고 하니 어느 여자가 좋아할 수 있을까. 그렇다고 세간의 소문만 듣고 사람을 판단할 수 없었다.

하지만 아니 땐 굴뚝에 바람날까. 한양을 떠나기 전에도 이 남자는 솔개를 보고 기절했다는 소문이 들렸다. 그 후로 정동호에 대한 마음을 접었었다. 그리고 철산으로 간다는 소식만 들었다. 발령받았다고 했을 때 '안됐구나' 정도였다. 나랑 상관없는 사람이니까. 하지만 그가 기적처럼 살아났다는 소문은 역병이 도는 속도보다도 빨랐다. 동시에 한양의 내로라하는 집안들이 정동호의 집으로 매파를 보내기 시작했다. 이유는 딱 하나!

"귀신도 이겨 먹는 기 쎈 사람이야. 이런 남자가 집안에 들어와야 재복이 붙는 거야."

게다가 기세등등한 집안의 여식들이니 오죽 기가 셀까. 도성의 웬만한 남자들이 눈에 차지 않던 터에 사지에서 살아남은 정동호가 딱 띈 것이다. 아들을 어떻게 장가보내나 걱정했던 정동호의 집에서는 쾌재를 불렀을 것이다. 어쨌거나, 그 많은 한양 처자들을 제치고 소향이 정동호를 잡을 수 있었던 이유는 강씨의 마음을 간파했기 때문이다.

"다른 집은 택도 없어. 이 집, 요 처자. 아니면 서른도 못 돼 죽어."

아들 죽는다는 무당 말에 버텨 낼 어미가 얼마나 있을까? 결국 철산에 있는 당사자는 모르게 혼인 날짜가 잡힌 것이다. 그리고 소향은 그 무당에게 뒷돈을 넉넉하게 쥐여 줬다.

하지만 이제 막 깨어난 정동호의 눈빛을 보는 순간 소향은 알았다. 이 혼인, 쉽지 않겠구나. 어미의 말을 졸졸 따르는 샌님이 아니었다. 하지만 포기할 생각은 없었다. 오히려 승부욕이 타올랐다.

"몸은 어떠십니까? 정신이 드십니까?"

소향이 가까이 다가갔다. 정동호는 그 와중에도 무의식적으로 몸을 뒤로 뺐다. 상대방이 모를 리 없는 행동이었지만, 본능이었다. 곧 무안한 표정을 지었다.

"낭자가 어쩐 일이십니까?"

소향은 제 입으로 그 말을 꺼내고 싶지는 않았다. 대신 고개를 돌려 쉰동이를 봤다. 대신 말하라는 뜻이었다. 하지만 쉰동이는 못 본 척했다. 하지만 이내 적막함을 참지 못하고 입을 열었다.

"마님께서 도련님 깨어나실 동안만 보살펴 달라고 당부하셨다고 합니다."

소향은 혼사 이야기는 쏙 빼놓고 말하는 것이 괘씸했지만 억지로 웃었다. 울 순 없지 않은가?

"예."

"이제 철산 어디라는 외가로 돌아가셔야 합니다, 아씨."

쉰동이가 예를 갖춰 옳은 말을 올렸다.

"외가가 철산이시오? 이런 우연이! 나가서 가마를 불러오거라. 병사 둘을 붙여 가시는 길까지 안전하게 모시고."

정동호도 동조했다. 일이 이렇게 돌아가자 소향은 다급했다. 정혼자를 앞에 두고 그냥 떠날 순 없었다. 어떻게 얻어 낸 혼사인가?

"혼인을 약조한 사이인데, 남 일처럼 지켜만 볼 순 없습니다. 타지에서 고생하는 사또의 곁에서 아내의 도리를 미리 하고 싶습니다. 허락하여 주십시오."

놀란 눈을 한 정동호가 쉰동이를 바라봤다. 쉰동이는 고개를 끄덕였다.

"그렇다고 합니다. 우리 없는 동안 한양에 무슨 바람이 불었는지. 혼인 축하드립니다."

정동호는 손가락을 자신을 가리키고 입 모양만 뻥끗했다. 나?

쉰동이는 고개를 끄덕였다. 그래, 너.

둘의 소리 없는 아우성은 장날 광대들 같았다. 어쨌든 혼인이라는 말에 정동호의 얼굴이 붉게 달아올랐다. 연모하던 처자를 이리 지척지간에서 만난 것도 사실 부끄러운 일이었다. 부끄러운 일인데, 가슴이 뛰지 않았다. 요상한 변화였다.

쉰동이가 일어났다.

"그때, 사또가 뭐 드릴 것이 있다고. 아씨께."

정동호는 정신이 번쩍 들었다. 철산에 처음 온 날, 죽게 되면 전해 달라고 했던 연서가 이 방 어딘가에 고이 모셔져 있을 것이다. 쉰동이가 부러 자신의 애를 태우려고 저러는 짓임을 뻔히 알지만, 급한 마음이 들었다.

"그게, 어디 있던 거 같던데."

"제게 주실 것이 있다구요?"

소향의 얼굴에 화색이 돌았다. 제 판단이 틀리지 않았음을 반증하는 순간이었다.

"아, 아닙니다."

정동호는 발뺌을 했다.

"왜 아니야. 그게."

물건을 찾는 쉰동이에게 달려간 정동호는 귓가에 속삭였다.

"달궁?"

달궁에 너도 데려가겠다는 조용한 협박이었다. 이로써

둘의 거래는 성립됐다.

"아이고, 나으리. 몸이 아직 성치 않으시옵니다. 일단 자리에 드시고."

"어지럽구나."

"의녀님을 모셔 오겠습니다요."

"그래야겠네. 어서 자네는 의녀님을 데려오시게나."

두 남자의 어색한 처사가 기가 막혔지만, 소향은 눈치껏 고개를 숙이고 있었다. 어떻게든 이 남자의 마음을 돌려놓겠다는 다짐을 했다.

구아방에도 사또의 소식은 전해졌다. 깨어나셨으니 진찰을 하라는 이방의 청이 당도했다. 홍련은 며칠 내내 의녀는 부르지도 않더니 살았다는 전갈을 보내는 사또의 뻔뻔한 얼굴이라도 보려고 청에 응했다.

그런 마음도 모른 채 정동호는 그저 홍련의 얼굴을 보는 것이 좋았다. 뒤에 버티고 서 있는 무영이 눈엣가시지만. 둘이 혼인을 한다고? 아무리 봐도 어울리지 않았다. 소향도 불쾌하긴 마찬가지였다. 정동호의 눈길이 홍련에게만 향하고 있었기 때문이다.

"몇 시쯤 깨어나셨습니까?"

홍련이 문진을 시작했다. 정동호가 대답하려 했지만, 소향이 나섰다.

"불공드리고 왔더니, 정신이 돌아오셨습니다."

"진맥을 하겠습니다."

홍련이 정동호에게 다가갔다. 정동호도 팔을 뻗으며 다가왔다.

"잠깐."

소향이 정동호의 팔을 잡았다.

"남녀가 유별하니 명주실로 하시지요."

"명주실로 오진하면 그쪽이 책임지시겠습니까?"

소향은 그러겠노라고 당돌하게 대답했다. 그리고 재빨리 문갑으로 가 명주 실타래를 꺼내 들었다. 그사이 홍련은 정동호의 맥을 확 잡아 버렸다.

"깨어난 게 오늘이 아닌데?"

정동호는 뜨끔했다. 홍련은 자신의 눈을 회피하는 그를 집요하게 바라봤다.

"확실히 아닌데."

"맞…소. 아까. 깨어났는데?"

"그렇다고 칩시다."

홍련은 그의 손목을 놓으면서 심드렁하게 말했다. 실타래를 손에 든 소향은 그녀를 노려봤다.

"맹독을 이겨 내셨습니다. 사또."

"의녀님 덕."

아차, 정동호는 소향을 바라봤다. 오히려 고개를 숙이

고 다소곳하게 있는 그 모습이 사람을 더욱 불편하게 만들었다.

"소향 낭자 덕분입니다."

"그러게요. 무슨 조화인지 참으로 건강해지셨소. 마치 독을 안 드신 분 같습니다."

홍련은 '귀신은 속여도 나는 못 속인다'는 얼굴로 그를 바라봤다. 무안한 정동호는 헛기침을 하고, 회복이 안 된 척 보료에 기댔다.

"무슨 말씀이십니까. 아직도 어지럽습니다. 아무튼 의녀님도 수고하셨습니다."

유독 그 말이 소향의 귀에 거슬렸다.

"세상 어느 양반이 의녀에게 존대를 한단 말입니까. 사또."

맞는 말이다. 의녀는 노비 중에 뽑는다. 하지만 정동호가 처음 홍련을 만났을 땐 의녀가 아니라 이미 추리 마님이기도 했다.

"자네."

홍련이 소향을 불렀다. 정동호와 무영은 홍련의 배짱에 입이 떡 벌어졌다.

"자네?"

소향이 불쾌한 듯 되물었다.

"나는 의녀가 아니라 한양 참판댁 황 대감의 소실이다.

느냐?"

소향은 부들부들 떨었다. 이 또한 맞는 말이다. 홍련은
소향의 치기를 한 방에 눌러 버리고, 정동호에게 눈을 돌
렸다.

"사또께서 굳이 몸을 살펴 달라고 하셔서 이런 험한 꼴
을 당하는군요. 전 처음부터 의녀를 안 하겠다고 말씀드
렸는데요, 이방에게."

"참으로 미안합니다. 이왕 그러시기로 하신 거."

홍련이 말을 뚝 잘라 버렸다.

"아무튼 중독되신 연유를 찾아야 합니다."

"중독이었습니까? 대체 어떤 독이었습니까?"

"알 수 없습니다. 음식에 섞여 들어갔는지, 흡입을 통해
중독됐는지. 지금은 알 길이 없습니다. 제가 활로 맞았던
독과는 양상이 다릅니다. 장복으로 나타나는 중독의 요건
은 들키지 않는 것입니다. 때문에 약한 독을 쓴 것입니다.
현장에서 바로 죽일 수 있는 맹독을 쓰면, 범인은 댓돌에
내려가기 전에 잡혔을 것입니다."

"의녀님은 괜찮으십니까? 그 뒤로 공격받으신 일은 없
으시구요?"

홍련이 고개를 끄덕였다.

아까부터 정동호의 머릿속에서는 단 한 가지 생각만이

238

어지럽게 피어올랐다. 암행을 끝내고 맑은 정신으로 누워 있던 내내 그 생각뿐이었다. 이번에는 의녀를 지켜야 한다. 반드시 돈줄을 찾아내고, 장화의 사건을 해결한 다음, 계모를 잡아야겠다는 계획을 세웠다. 그래서 엉뚱한 말이 입 밖으로 나왔다.

"일단 동거합시다."

사또의 벼락같은 말에 모두 할 말을 잃었다. 무영은 움찔했고, 소향의 눈이 커졌다.

하지만 홍련은 오히려 차분했다. 마치 기다리고 있었다는 듯이 받아쳤다.

"그렇죠. 가장 안전한 곳이 관아이니, 저도 어쩔 도리가 없습니다. 사또. 이렇게 된 이상 같이 동거합시다."

네 남녀의 눈빛이 복잡하게 뒤엉켰다.

늦은 밤이 되어서야 네 사람이 다시 모였다. 안방 주인 정동호는 난감했다.

"귀신 보는 일이 쉬운 것이 아니오. 소향 낭자는 건넛방으로 돌아가시는 게 좋을 듯하오."

"어렵지요. 어려우니, 같이 나누려고 합니다. 그것이 부부 아니겠습니까?"

소향은 온화하게 웃으면서 대답했다. 정동호는 부부라는 말에 정신이 아찔했다. 홍련은 '풋' 하고 삐져나오는 웃

음을 참으려고 허벅지를 꼬집었다. '넌 귀신이 만만하니?'
라고 묻고 싶었지만, '이 언니가 참는다'는 심정으로 다소
곳이 있었다. 대신 무영에게 고개를 돌렸다.

"전 괜찮습니다. 오라버니까지 밤을 새우시면, 그게 더
위험합니다."

하지만 바위처럼 듬직한 사내도 움직일 기미가 보이지
않았다. 정동호는 어쩔 수 없이 네 사람과 함께 장화를 만
나기로 했다.

"그분이 좀 낯을 많이 가리십니다. 초면인 낭자는 위험
할 수 있습니다."

"다들 귀신을 알고 계신 겁니까?"

"그렇고, 그런 사이들입니다."

정동호는 대충 둘러댔다. 홍련의 눈빛을 보니, 사실대
로 말해 버리면 가만두지 않을 것처럼 쏘아보고 있었기 때
문이다.

"그럼 시작합니다."

서랍을 열어 작은 종을 꺼내려고 했다. 하지만 무슨 생
각이 들었는지, 정동호는 그냥 서랍을 닫았다. 대신 서안
위에 올려놓은 부채를 활짝 폈다. 거짓말에 소질이 없
는 자신의 얼굴을 숨기기 위한 얄팍한 수법이었다.

"수리수리 마하수리."

정동호는 난데없이 낮은 소리로 진언을 읊조렸다. 홍련

은 사또의 수상한 행동에 얼굴을 찡그렸다. 그는 제법 진지하게 진언을 외웠다. 점점 진언에 흠뻑 취하는지, 목소리가 낮아지다가 알아들을 수 없을 지경에 이르렀다. 사실 알고 있는 주문은 몇 개 없었다. 대충 지어내고, 엉터리로 연결했다. 그러다 보니 목소리는 점점 작아졌다. 그때, 착—하고 부채가 접혔다.

"오셨습니까?"

정동호는 허공을 향해 말했다.

"낯을 많이 가리신다고 하셨는데, 죄송합니다."

허공에 한 번 더 말을 하고는 소향을 바라봤다.

"아닙니다. 저와 혼인할 사이니, 믿으셔도 됩니다."

하지만 곧 정동호는 실망한 얼굴이 됐다. 소향은 자신 때문에 어떤 일이 일어났다는 것을 직감했다.

"왜 그러십니까?"

정동호는 쉽게 입을 열지 않았다.

"왜요?"

"장화 누님께서. 이 상태로는 도저히 하실 수 없다 하십니다."

그 말과 동시에 그는 벌떡 일어난다.

"이렇게 가시면 안 됩니다! 범인을 말씀해 주셔야죠!"

정동호가 본 귀신은 언니가 분명했다. 다급해진 홍련이 정동호의 팔을 잡고 매달렸다.

"이미 가셨습니다. 너무 낯을 가리십니다."

정동호는 부채를 들어 소향을 가리켰다.

"당장 나가!"

그가 소향을 향해 벼락같이 소리를 질렀다. 소향은 귀
신에 대한 두려움과 사또에 대한 서운함이 동시에 몰려왔
다. 울먹울먹한 얼굴로 사또를 바라봤다.

"귀신이 이렇게 전하라고 하셨습니다."

정동호가 따뜻한 미소로 대답했다. 소향은 그가 일하는
곳인데 자신이 폐만 끼쳤다는 생각이 들었다. 되레 미안
해졌다.

"제 생각이 짧았습니다, 사또. 필요하시면 언제든지 부
르십시오."

그녀는 사또에게 인사를 꾸벅하고, 방을 나갔다. 이번
에는 그 부채가 무영을 향했다.

"너도 나가."

호형호제를 하는 사이도 아닌데, 사또가 반말을 하자
기분이 상했다.

"너?"

"아, 귀신께서, 너라고."

"못 나간다고 전해라."

정동호는 만만치 않은 상대를 대하자, 이마에서 진땀이
흘렀다. '에라, 모르겠다'는 표정으로 한 방 날렸다.

"그렇지 않으면 의녀님께 화가 미칠 것이라고."

무영은 말이 끝나기도 전에 방을 나갔다. 이제 방에는 홍련과 단둘이 남았다. 이 순간을 위해 정동호는 오지도 않은 귀신이 있는 척, 거짓으로 꾸며 냈다.

"저잣거리 광대라 해도 믿겠습니다."

홍련의 말에 숨을 돌리던 정동호는 멋쩍어졌다.

"아셨소?"

"종도 흔들지 않았는데, 언니가 왔다?"

홍련도 귀신을 만나려면 작은 종을 흔들어야 한다는 규칙을 알고 있었다. 처음부터 거짓이라는 것을 모를 리 없었다.

"그런데 왜 가만있었소?"

정동호가 심드렁하게 물었다.

"사또의 마음을 알아서지요. 저와 단둘이 있고 싶은 그 마음. 저도 압니다."

홍련은 혹시나 말소리가 밖으로 새어 나갈까 조곤조곤 말했다. 정동호는 맥락 없이 얼굴이 붉어졌다.

"사또."

게다가 이 여자, 오늘따라 가까이 다가와 낮은 소리로 속삭였다.

"사실 저도 한마음입니다. 단둘이 있고 싶었습니다. 사또."

정동호는 얕은 숨을 내뿜었다. 뜨거웠다. 얼굴도 뜨겁고, 방 안도 뜨거웠다. 눈치 빠른 홍련이지만 사내의 마음은 전혀 엿볼 생각이 없으니 그걸 알아채지도 못했다.

"이제 고백하시죠. 왜 이방이 주는 생강차를 계속 마시지 않았는지. 고백하시죠?"

이 여자는 사건에 미친 여자다. 한순간도 추리하지 않으면 무료해서 견딜 수 없는 것 같았다. 며칠 전까지 기절했다 깨어난 여자가 맞을까 싶었다. 일단 산통은 다 깨졌다.

"우연이었습니다."

정동호는 그날을 회상했다. 아무리 생각해 봐도 우연이었다.

"이방이 가져온 생강차는 맛이 좋았습니다. 먹고 나면 몸도 후끈해지고. 그날도 차를 마시고, 이렇게 잔을 놓았습니다."

그는 벼루를 찻잔 삼아 당시를 재현했다.

"서책을 가지러 일어서는데, 갑자기 잔이 툭 쏟아졌습니다."

"일어나다가 서안을 쳤습니까?"

"아니오. 정말 툭 쓰러졌습니다."

"저절로요?"

"예, 저절로."

"귀신이 곡할 노릇이군요."

정동호는 미처 몰랐던 것을 깨달았다.

"귀신! 제가 왜 그 생각을 못했을까요? 귀신입니다. 장화 누님이 나를 위해 잔을 쓰러트린 것이죠. 이렇게."

그는 벼루를 뒤집었다. 홍련은 갑자기 언니 타령을 하는 그를 이해할 수 없었지만, 이야기를 더 듣고 싶었다.

"생강차가 쏟아졌습니다."

정동호는 다음 상황을 기대하고 있는 홍련을 보고 답답했다.

"부인, 생강차가 쏟아졌다구요."

"그래서 쉰동이를 부르셨습니까?"

대답을 들은 그는 이내 깨달았다. 홍련의 살림은 방울이가 도맡아 했다. 뒤치다꺼리도 다른 사람들이 해 주니, 살림에 대해 알 리가 없었다.

"제 손으로 치웠습니다."

그녀의 눈동자는 커졌다.

"사또께서 직접 치우셨다구요?"

홍련은 쉰동이를 부르지 않고 직접 생강차를 치운 그를 대견하게 바라봤다.

"참, 보기 드문 도령이십니다. 아랫것들을 시키지 않다니. 살림은 아랫것들이 하는 일인데."

"여기 상황이 워낙 어렵다 보니. 제 손으로 치웠습니다."

그 말을 하며 정동호는 손을 내밀었다. 쌍은가락지가

보였다. 홍련은 이제야 연유를 알게 되었다.

"그 반지 색깔이 변했군요. 참으로 현명하십니다."

"그 후로는 먹은 척하며 몰래 버렸습니다."

"잘하셨습니다. 그런데 왜 바로 저에게는 알리지 않으셨습니까? 쓰러지신 연유는 또 무엇입니까?"

정동호가 멋쩍게 웃었다.

"과로였을 겁니다. 그땐 밤낮없이 일했으니까. 어차피 중독돼 쓰러질 날을 고르던 차였습니다. 그래야 범인이 안심하고 다음 범행을 실행할 테니까요."

"그렇죠. 쓰러지지 않았다면 또 다른 방법으로 독을 사용했을 겁니다."

"그땐 피하지 못하겠죠. 정말 귀신이 도왔나 봅니다."

정동호는 사방을 두리번거리며 그 말을 전했다. 좋은 수단일 뿐, 귀신은 언제든지 나타날 수 있는 존재였다. 모습을 보일 수도 있고, 숨길 수도 있다는 것을 잊고 있었다. 어쩌면 지금도 장화 귀신이 살펴보고 있을지 모른다.

"그러니 이 반지를 끼고 계십쇼."

정동호는 덥석 홍련의 손을 잡더니 가락지를 끼워 줬다. 가락지는 마치 제 주인을 찾은 듯, 딱 맞게 들어갔다.

"독을 조사하기 위함이라면 저도 비녀가 있습니다."

"상대방이 차를 내놓았는데, 비녀를 뽑아 독을 검사한다? 매번 그렇게 한다면 정성껏 차를 준비한 분께 상심을 드릴 수 있습니다. 차라리 한 모금 마시고, 입술을 닦는 척하며 은반지에 흘려 보십시오."

은반지 사용법을 설명하던 정동호는 아직도 홍련의 손을 잡고 있다는 것을 뒤늦게 알았다. 부인의 손을 마음대로 잡은 것이 마음에 걸려 얼른 놓을 때였다. 이번에는 홍련이 정동호의 손을 잡았다.

"사또."

그리고 다른 한 손도 그의 손을 마저 잡았다. 홍련은 간절하게 말했다.

"지금."

정동호는 침을 꼴깍 삼켰다. 대체 무엇을 말하려고 저리도 간절하게 나를 쳐다보는 것일까? 애절한 눈빛에 심장이 저려 왔다. 그 어떤 말을 듣더라도 의녀를 따르겠다는 다짐이 절로 섰다. 그 고운 입에서는.

"범인 잡으러 갑시다."

그럼 그렇지. 산통이 깨졌지만 매력적인 제안이긴 했다. 범인을 잡고 싶어 죽는 시늉까지 했던 사또였으니까.

"의녀께서는 범인을 알고 계십니까?"

"예. 생강차를 만든 여인, 그자가 범인입니다."

"확실합니까? 그럼 지체하지 말고 지금 추포하러 갑시다."

정동호가 홍련의 손을 잡아끌고 방을 나섰다. 급히 나

가는 바람에 호롱불도 제대로 끄지 않았다. 그때 빈방의 호롱불이 저절로 꺼졌다. 장화였다.

"저것들은 불 귀한 줄 몰라. 요즘 것들은 아까운 것도 없고."

처음부터 서가에 앉아 모든 것을 지켜본 장화였다.

"물색없는 것. 내가 보고 있는 줄 알면서도 연기하기는. 애정 행각은 작작하라구. 에휴. 나는 저승사자나 만나러 나가 볼까나."

장화는 옷고름을 고쳐 매더니 방벽을 뚫고 나갔다. 닐리리라, 닐리리아, 니나노오오오~ 노랫소리가 허공에서 흘러나왔다. 순찰 업무를 하던 포졸 두 명이 귀신의 곡소리에 기절했다.

"어머, 미안!"

그래도 장화의 노랫소리는 그치지 않았다.

8

포졸을 이끌고 권 이방 집에 들이닥친 정동호가 대문에
서 죄인은 오라를 받들라는 명을 내렸다. 지휘에 따라 포
졸들에게 수색 업무를 지시했다.

"지금부터 담 밖을 나가는 자는 범인으로 간주한다. 지위
고하, 남녀노소 할 것 없이 권 이방의 사람들을 모두 잡아
들여라. 또한 빗자루 하나 가벼이 여기지 말고 수색하라."

철산에 올 때만 해도 제 목숨 걱정에 벌벌 떨었지만, 지
금은 노련한 사또의 모습이었다. 옆에서 그를 지켜보던
홍련은 '천생 사또'라는 생각이 들었다. 게다가 그 모습이
제법 잘 어울렸다.

권 이방은 밖에서 들리는 소란스러운 소리에 잠에서
깼다.

"누구 없느냐?"

대답은 들리지 않았다.

"이방! 게 있느냐!"

사또였다. 한밤중에 무슨 일이람? 속옷 차림의 권 이방
은 벌떡 일어났다. 그 와중에도 가장 먼저 챙겨야 할 사람
은 아내였다. 임신한 아내가 놀랐을까 봐 걱정된 얼굴로
이불을 거뒀다. 그러나 자리는 비어 있었다.

"이 사람이 어딜 간 게야?"

그는 서둘러 옷을 걸치고 대청마루로 나갔다. 막 대청
에 오르려던 정동호와 마주쳤다.

"사또? 이 밤중에 어쩐 일이십니까?"

포졸들이 여기저기 자신의 집을 수색하는 것이 보였다.
아무리 사또지만 지금의 행동은 불쾌했다. 화가 났다.

"이게 무슨 짓입니까?"

정동호는 범인을 잡아야 했다. 권 이방에게 일일이 설
명할 시간이 없었다.

"자네 아내는 어디 있는가?"

"말 못하오! 저 포졸들은 뭡니까!"

"홍련 의녀 살해 혐의와 사또 독살 혐의로 자네와 아내
를 추포하겠네. 어서 오라를 받아라."

독살? 권 이방의 다리가 휘청했다. 주저앉았다. 독살이
라니! 말만 들어도 입이 덜덜 떨렸다. 게다가 임신한 아내
가 그런 몹쓸 짓을 했다고? 순박한 분홍이가? 절대 그럴

리가 없었다.

"사또, 잘못 짚으셨습니다. 절대 아닙니다. 제가 왜 사또를 죽입니까?"

"자네 죄는 나를 죽인 죄가 아니다. 공모죄다. 범죄 사실을 알고도 은폐하고, 그 독을 내게 전달한 죄."

"그게 무슨 말도 안 되는 말씀입니까?"

"아내를 어디로 빼돌렸느냐!"

"사또, 사또. 아닙니다. 집 안 어딘가."

권 이방이 덜덜 떨면서 해명을 하고 있을 때, 포졸이 분홍이를 잡아 왔다. 아내를 알아보고 벌떡 일어났다. 포졸들이 거칠게 그녀를 끌고 오는 것을 보자 속에서 천불이 일었다.

"당장 손을 떼라!"

그는 당장 뛰어 내려가 아내를 구하려고 했다. 하지만 사또의 지시로 포졸 둘이 권 이방의 팔을 잡았다. 포박된 그는 고래고래 소리를 질렀다.

"이놈들! 홑몸이 아니다. 뉘 집 대를 끊으려고! 당장 손 떼라!"

분홍이를 끌고 오던 포졸들이 쭈뼛거렸다. 정말 임신한 여인이라면 더욱 조심히 다뤄야 했다. 그러고 보니 정말 여자의 아랫배가 볼록했다. 어미가 범인이지 태중의 아이가 범인은 아니지 않은가.

"아닙니다."

지금까지 입을 다물고 있던 홍련이 단호하게 말했다.

"위장입니다."

"그게 무슨 막말이냐? 첩 주제에, 의녀라고 오냐오냐 대접을 해 줬더니!"

권 이방은 지금 제정신이 아니었다. 제 새끼를 잃을까 봐 눈에는 핏발이 섰다. 조금이라도 해를 가하면 당장 목덜미를 물어 버릴 짐승 같았다. 하지만 그런 협박에 넘어갈 홍련이 아니었다. 홍련은 대청에서 내려와 분홍이에게 다가갔다. 분홍이는 앙칼진 여우처럼 홍련을 노려봤다. 그런다고 진실이 사라지지 않는다.

"태중에 아이가 있다고?"

분홍이는 떨면서 고개를 끄덕였다.

"그럼 나를 찾아왔어야지. 그동안 한 번도 오질 않았구나. 내가 명색이 의녀인데 서운하네. 태아가 놀라지 않았는지 맥을 봐야겠구나."

홍련이 다가올수록 분홍이는 몸을 뒤로 뺐다.

"세상에 의녀가 당신 하나뿐이오? 한, 한양에 갔을 때 이미 맥을 짚었소."

"누가 뭐라더냐? 얼마나 놀랬을까. 내가 맥을 한 번 봐야겠구나."

분홍이는 제 손으로 반대쪽 손목을 잡아 숨겼다.

"자네, 지금 뭐하는가? 의녀님 말씀 못 들었어? 애가 놀랐을라. 맥을 짚어 달라 하여라."

영문을 모르는 권 이방이 참견을 했다. 그 말에 분홍이가 숨겨 왔던 발톱을 내밀었다.

"태어나지도 않은 애가 걱정이요! 내 걱정은? 나는?"

독기 가득한 분홍이의 눈빛을 본 권 이방은 덜컥 겁이 났다.

"왜 그러느냐? 애가 중하지. 뭣이 중하냐?"

그때 홍련이 분홍이의 손목을 낚아채 맥을 짚었다. 그리고 홍련은 포졸들에게 오라를 묶어도 좋다고 했다. 안 된다며 사력을 다해 포졸들을 뿌리치고 달려 나온 권 이방이 오라를 지우는 포졸들에게 매달렸다. 뒤늦게 쫓아온 포졸들까지 합세해서 아수라장이 따로 없었다. 정동호는 정말 태중의 아이가 잘못될까 봐 걱정스러웠다.

"멈춰라."

하지만 당사자들에게는 들리지 않는 모양이었다. 보다 못한 정동호가 직접 내려가 권 이방을 말렸다.

"아이, 제 아입니다. 사또."

울며불며 분홍이를 붙잡는 그가 애처로워 보였다. 보다 못한 홍련이 단호하게 말했다.

"태중에 아기는 없습니다. 처음부터 아기는 없었습니다."

"이것이 정말!"

권 이방이 홍련의 멱살을 잡았다.

"이방!"

놀란 정동호가 홍련에게서 이방을 떼어 내려고 달려들었다. 하지만 사력을 다하는 이방을 쉽게 떼어 놓을 수 없었다. 홍련은 그 와중에도 권 이방과 눈을 똑바로 맞추며 하던 말을 이어 나갔다.

"하늘이 두 쪽 나도 변하지 않을 사실입니다. 아기는 없습니다. 저것이 끌려올 때, 기억나십니까? 얼굴을 가렸습니다. 배가 아니라. 태중에 새끼가 있는데, 어느 어미가 새끼를 놔두고 얼굴을 가립니까? 배우지 않아도, 가르쳐 주지 않아도, 어미라면 그래야 합니다. 금수도 제 새끼는 귀한 법입니다."

멱살을 쥐었던 권 이방의 손에서 힘이 풀어졌다.

"아닙니다. 서방님…. 아니오. 제 말을 들으세요."

분홍이는 마지막 동정을 얻기 위해 권 이방에게 애원했다. 여우의 표독스러움을 버리고, 순식간에 얼굴을 바꿨다. 가련하고, 순진한 여인의 모습으로. 권 이방은 견딜수 없었다. 저리도 볼록 나온 배는 뭐란 말인가?

"이 배를 보십쇼. 어르신, 배가 점점 불러 오고 있는데. 애가 없다니요?"

정동호도 난감했다. 정말 배가 불러 있었다.

홍련은 이렇게까지 하고 싶지는 않았다. 하지만 아기가

없음을 증명해야 권 이방이 포기할 것 같았다. 그녀는 저벅저벅 분홍이에게 다가갔다. 그리고 포졸에게 묶인 분홍의 치맛단에 팔을 쑥 넣더니 뭔가를 찾았다. 분홍이가 심하게 반항했지만, 이미 포박된 후라 홍련을 막을 순 없었다. 이내 홍련이 뭔가를 찾더니, 그것을 끌어내렸다. 기다란 광목천에 둘둘 말린 것이었다. 바로 볼록한 바가지였다.

그동안 볼록하면서 매끄러운 박의 모양 때문에 영락없는 임산부의 모습으로 살 수 있었던 것이다. 개월 수가 변할 때마다 좀 더 볼록한 것을 찾기만 하면 되니 권 이방과 사람들을 감쪽같이 속일 수 있었다. 권 이방은 무너졌다.

"네가, 나를! 아니지? 아니라고 말해. 내 눈을 봐라! 어찌 나를 버리느냐?"

권 이방이 분홍이를 붙들고 눈을 마주치려 했지만, 그녀는 끝까지 피했다. 이제 모든 것이 거짓이라는 것이 명백하게 드러났다. 권 이방은 제 죄를 알았다. 가까이 적을 두고도 몰랐던 것이 큰 죄이다. 그는 스스로 오라를 들고 묶었다.

"면목이 없습니다."

정동호는 고개를 숙인 권 이방을 차마 제 손으로 끌고 갈 수 없었다.

"사또, 찾았습니다!"

그때 다른 포졸이 광에서 활과 각종 약재를 찾아냈다. 잘 벼려진 단도도 있었다. 다른 포졸은 타다 남은 암호지를 가져왔다. 바람에 날려 댓돌 아래 끼어 있던 것을 찾았다고 했다. 이로써 분홍이의 죄는 만천하에 드러났다.

마님을 따라 관아로 들어와 새벽밥을 지으러 나왔던 방울이는 분홍이가 오라에 묶여 들어오는 것을 제 눈으로 봤다. 하마터면 이남박을 떨어트려 아까운 쌀을 죄다 버릴 뻔했다. 우물에서 쌀을 씻을 때도 가슴이 벌렁거렸다.

'설마 분홍이가 아씨를? 아니야. 설마.'

만약에 분홍이가 범인이라면? 분홍이가 만난 한양 사람들은 누구일까? 그들은 왜 마님을 죽이려고 했을까? 쌀을 씻는 그녀의 머릿속은 복잡했다. 가마솥에 쌀을 올리고, 밥물을 맞추는데 쉰동이가 들어왔다. 골똘히 생각하던 방울이는 정말 간 떨어지는 줄 알았다.

"놀랬잖아. 기척이나 하든가."

장작을 한 아름 들고 들어오던 쉰동이는 별꼴이라며 툴툴거렸다.

"이 시간에 장작 들고 오는 거 모르냐?"

쉰동이는 장작을 부려 놓고 나갔다.

"잠깐만. 이리 와 봐."

방울이는 젖은 손을 앞치마에 쓱쓱 닦아 내고 쉰동이를

잡았다.

"분홍이 왜 잡혀 왔는지 알지?"

"어."

"왜 잡혀 왔어?"

"죄를 지었으니까."

"무슨 죄? 정확히 죄목이 뭐야?"

"알아서 뭐 하게. 밥이나 해."

쉰동이는 아침부터 핀잔을 준 방울이에게 툴툴거렸다.

"알았어. 이리 와 봐."

방울이가 다소곳한 말로 꼬드겼다.

"됐어."

말은 거절이었지만, 쉰동이의 몸은 지남석이 철을 만난 것처럼 방울이에게 찰싹 다가갔다. 쪽! 방울이는 쉰동이의 볼에 뽀뽀를 했다. 하지만 여기서 그칠 쉰동이가 아니었다. 다른 쪽 볼을 내밀었다.

'저 잡것.'

속에서 울화가 치밀었지만, 방울이는 꾹 참고 다른 볼에도 입을 맞췄다.

"왜 왔는데?"

방울이는 다급하게 물었다.

"그게."

쉰동이는 사방을 살폈다. 정말 진중한 모습이었다. 이

렇게 큰 사건을 말해도 되나 싶을 정도로 눈치를 보고 있
었다.

"이거 안 되는데."

그리고 드디어 입이 열렸다.

"몰라!"

그 말을 툭 던지고 쉰동이는 내뺐다.

"야! 이 잡놈아!"

제대로 당한 방울이가 쉰동이에게 이남박을 냅다 던졌
다. 이남박은 둔탁한 소리를 내고는 바닥에 떨어졌다. 이
놈 잘 맞았다 하고 시원한 마음으로 올려다보는데 죽상을
한 무영이 서 있었다. 방울이는 얼굴을 들지 못하고 허리
를 굽힌 채 무영에게 사죄를 올려야 했다. 무영은 멀리 도
망가는 쉰동이를 봤다.

"저자가 좋으냐?"

"아이고, 돌았습니까? 아닙니다. 절대 아닙니다."

방울이의 고개가 더 땅으로 떨어졌다.

"정말이냐?"

"예. 예."

"아쉽구나. 어찌 네 마음을 훔쳤는지 궁금했는데. 아직
못 훔쳤나 보구나."

"아이고, 난 또 뭐라고. 사내가 여인의 마음을 후리는
것은."

"후려?"

방울이는 제 입을 톡 때렸다.

"저잣거리의 유행어라. 이, 마음을 후려잡, 아니 사로 잡는 것은 천하를 얻는 것과 같다고 하였습니다."

"천하?"

"예. 천하뿐이겠습니까? 여인의 마음은 우주라고 했습니다. 밑도 끝도 없는, 그런 것이 우주라면서요?"

방울이도 우주라는 말을 주워들은 것이라 자세히는 몰랐다.

"그런 말은 누가 하더냐?"

무영은 저잣거리에서 이런 말들이 유행하는 것이 흥미로웠다.

"전기수요. 얼마 전에 철산에 왔는데. 끝내줍니다."

"잘생겼느냐?"

그 말에 방울이는 얼굴이 붉어졌다.

"예, 철산에서는 본 적 없는 미남자입니다. 이왕이면 다홍치마라고 잘생긴 전기수 이야기는 더 믿음이 간다고 할까? 밥때 놓치는 것도 모르고 들었습니다. 시간 되시면 언제 연가 들으러 가실랍니까?"

"됐구나. 그보다는 긴히 할 말이 있으니 잠깐 나 좀 보자."

"여기서 말씀하시지요."

"은밀하다 하지 않았느냐."

방울이는 무영을 따라 사라졌다. 그들의 대화를 엿듣는 사람이 있었으니 바로 쉰동이였다. 이글이글 질투심에 불타는 그의 눈빛은 방울이를 향했다. 넌 누가 뭐래도 내 것이여! 쉰동이는 주먹을 불끈 쥐었다.

사또는 밤새 번갯불에 콩 구워 먹듯 범인을 추포해 감옥에 가뒀다. 거짓 임신은 받아들이겠지만, 독약은 결백하다며 분홍이는 밤새 악을 쓰다 잠들었다.

권 이방은 독방에 앉아 진술서를 작성하고 있었다. 분홍이를 만난 날부터 혼인 생활까지 낱낱이 적으라는 명이 있었다. 붓을 들어 제 이야기를 적어 나가던 권 이방은 기가 찼다. 여자 하나 잘못 만난 것이 이리도 큰 죄가 되는지 미처 몰랐다. 하필 분홍이를 자신에게 소개한 달궁의 설향이 얄미웠다. 그때 설향이가 이 여자를 소개하지만 않았어도 이런 일은 없었을 것이다. 사람을 제대로 알아보지 못한 자신의 아둔함에 고개를 떨어뜨렸다.

밤을 꼬박 새우고 돌아온 정동호는 대청마루에 걸터앉았다. 홍련이 범인을 알고 있는 이상 시간을 지체할 수 없었다. 하지만 갑자기 너무 많은 일이 닥치자 체력적으로 한계가 왔다. 며칠 동안 낮밤을 바꿔 생활한 것도 화근이었다. 목이 뻐근했다. 눈을 감고 고개를 젖혔다, 좌우로 흔들며 피로를 풀었다.

"피곤에 좋은 꿀차입니다."

소향의 목소리였다. 그가 눈을 뜨자, 소반에 찻잔을 받쳐 들고 서 있는 소향이 보였다.

"고맙소."

정동호가 꿀차를 마시려는데 세수를 마친 홍련이 들어왔다. 사내의 몸도 이리 힘든데, 여인의 몸은 어떠할까. 그는 벌떡 일어나 꿀차를 홍련에게 건넸다.

"피로에 좋다 합니다."

소향의 얼굴이 굳어졌지만, 정동호는 알아채지 못했다. 홍련은 사양했다. 그것이 단순한 꿀차가 아니라 소향의 마음이라는 것쯤은 알 수 있었다. 눈치 없는 이 남자는 계속 권했다.

"타 온 사람 정성이 있는데, 제가 어찌 마시겠습니까?"

홍련은 거듭 거절했다. 그 말이 곱게 들릴 리 없는 소향은 벌써 눈을 흘기고 있었다. 정동호는 그제야 두 여자의 묘한 기운을 알아차렸다. 그가 머쓱해하자 소향이 되레 호들갑을 떨었다.

"누가 드시면 어떤가요. 한 잔 더 타 오겠습니다."

"그럼 진작 그러시지. 사또, 제가 먼저 마시겠습니다."

홍련은 일부러 쭉 들이켰다. 소향은 웃고 있었지만, 입꼬리가 미세하게 떨렸다. 아예 고개를 돌려 버리려는데 홍련의 손가락에 시선이 닿았다. 홍련의 손가락에 사또의 은가락지가 끼워져 있었다. 그러고 사또의 손을 보니 쌍가락지가 하나밖에 남지 않았다. 부모가 이어 준 정혼자를 놔두고 둘이 혼인 서약이라도 했단 말인가? 기가 막혔다. 이미 혼인한 여자가 버젓이 사또의 청을 받아들였단 말인가? 아니, 사또의 반지를 뺏어 갔단 말인가?

역시 방을 비우는 것이 아니었다. 귀신에게 잡혀가더라고 지켰어야 했다. 어젯밤 건넛방으로 돌아가는 내내 마음이 불편했다. 둘만 남겨 둔 것이 마음에 걸렸었다. 아무리 나랏일을 한다지만 야밤중에 남녀가 한방에 있는 것이 못내 찜찜했었다. 그러더니 결국 반지를 나눠 낀 것이다. 분하고, 참을 수가 없었다.

"잘 마셨어요."

홍련이 찻잔을 건넸다. 소향의 눈에는 그 찻잔이 희미하게 보이더니, 이내 아득히 멀어졌다. 찻잔이 깨지면서 먼저 소향이 쓰러졌다. 댓돌에 머리를 부딪치기 직전에 정동호가 그녀를 안아 올렸다.

"괜찮소? 정신 차려 봐요!"

소향을 품에 안은 정동호는 어쩔 줄 몰라 했다. 홍련은 자신의 장난 때문에 소향이 쓰러진 것 같았다. 우선 환자를 방으로 옮겼다.

홍련이 맥을 짚어 보니 꾀병은 아니었다.

"무리했나 봅니다."

정동호는 입술을 깨물었다.

"잘못되는 것은 아니겠지요?"

아무래도 집안끼리 혼사를 정한 사이니 걱정을 안 할 수
가 없었다.

"바로 한양으로 보냈어야 했는데."

정동호는 정말 후회했다. 소향을 좋아했던 것은 사실이
지만, 그건 홍련을 만나기 전이었다. 홍련을 만난 후로 단
한 번도 소향을 떠올려 본 적이 없었다. 그런 여자가 있다
는 것조차 까맣게 잊고 있었다.

"약은 없습니까?"

아직도 맥을 잡고 있던 홍련도 예민해질 대로 예민해
졌다.

"제가 약방입니까?"

톡 쏘아붙이고 말았다. 둘 사이에 어색한 침묵이 흘렀
다. 홍련이 예민해진 이유가 있었다. 다시 맥을 짚었다.
의문이 들었지만 당사자가 깨어나지 않았으니 타인에게
함부로 발설할 수 없었다. 정동호는 낯빛이 어두워진 홍
련을 보고 덜컥 겁이 났다.

"안 좋습니까?"

진맥을 마친 홍련은 환자에게서 떨어져 앉았다.

"좋을 것도, 안 좋을 것도 없습니다. 제가 살피고 있을 테니, 나가 보세요. 깨어나면 알려 드리겠습니다."

"약은요?"

"지금은 안 먹는 것이 더 좋습니다."

정동호는 아픈데 약을 주지 않는 홍련이 이상했다. 하지만 의녀가 그렇다고 하니, 뭐라고 더 말할 수 없었다.

정동호는 오후 내내 권 이방의 진술서를 읽고, 심문을 하고 내아로 돌아왔다. 이미 밤이었다. 댓돌에는 아직 홍련의 신발이 놓여 있었다. 안에 별다른 기척이 없는 것을 보니, 소향은 아직 깨어나지 못한 것 같았다.

방문을 조심히 열고 들여다봤다. 역시 소향은 아직까지 누워 있었다. 그 옆에 간호를 하던 홍련이 몸을 모로 뉘이고 잠들어 있었다. 조심히 들어가 홑이불을 덮어 주고 다시 나왔다. 갈 곳이 있었다.

정동호가 도착한 곳은 물레방앗간이었다. 물레방아는 쿵-쿵- 돌아가고 있었다. 밤이라 그 울림은 산을 날려 버릴 것처럼 쩌렁쩌렁하게 울렸다. 허름한 문을 세 번 두드리자, 잠겼던 문이 열렸다. 작은 호롱불을 든 방울이가 정동호를 맞았다. 둘은 은밀하게 눈인사를 나누고 안으로 들어갔다.

물레방앗간의 벽에는 여자 옷이 걸려 있었다. 바닥에는 작은 경대와 연지, 곤지 등이 널려 있었다.

"어찌 늦으셨습니까?"

오래 기다렸는지, 방울이가 볼멘소리를 했다.

"우리 마님은 잘 계시오? 소향 뭐시기는 이럴 때 쓰러져서."

"둘이 자매처럼 한 이불에서 자고 있더구나."

정동호는 익숙하게 경대 앞에 자리 잡고 앉았다.

"자매는 개뿔."

하지만 앞에 앉아서 분단장을 시작해야 하는 방울이가 서성거렸다.

"저."

게다가 다른 날과 달리 뜸을 들였다.

"사또. 제가 소개할 사람이 있습니다."

"소개? 네 부탁이니 들어주겠다만. 내일 오후까지 일정이 복잡하여 시간을 내기 어렵다."

그는 경대 거울에 비친 자신의 얼굴을 살펴보며 말했다. 그때, 거울에 웬 여자의 얼굴이 비쳤다. 익숙한데, 낯선 여인의 모습. 게다 기골이 장대한 것이 딱! 딱?

"무영?"

정동호는 화들짝 놀라며 뒤를 돌아봤다. 정말 무영이었다. 고운 얼굴로 화장을 하였지만, 뻣뻣한 몸을 가릴 수는 없었다. 그것을 알고 있는 방울이가 장옷을 꺼내 와 무영에게 걸치며 설명을 늘어놓았다.

"이걸 쓰면 딱 여인 같죠? 뭐, 몽골이나 서역의 아낙 같지만. 보세요. 어르신 선이 고와서 얼굴은 딱."

"딱 남잔데?"

정동호는 아무리 봐도 무영이 어색해 보였다.

"하루 종일 얼굴에 그림을 그려 놓았는데도 남자라고?"

무영도 당황스러웠다.

"사또, 자네는 얼마나 여인 같은지 내가 지켜보겠네."

잔뜩 벼르면서 팔짱을 꼈다.

사실 정동호는 밤마다 방울이를 따로 불러 여인처럼 화장을 하고 달궁에 출입하였다. 기녀들과 술을 마시려면 남자가 돈만 들고 가면 된다. 하지만 기녀들 틈에 끼어 숨겨진 이야기를 들으려면 여자로 변장해야 한다. 그래야 여자들은 의심하지 않고 속 깊은 이야기를 풀어놓는다. 게다가 보름 전에 이곳에 들어온 수상한 전기수를 만나려면 여장을 해야 했다. 전기수는 달궁에 방을 얻어 놓고 일 없는 기녀들, 무료한 대감마님, 호기심 많은 처자들에게 즐거운 시간을 선사하고 있었다. 누군가는 지어낸 거짓 이야기라고 손가락질했고, 누군가는 어느 고을에서 일어난 실화하고 쑥덕였다.

며칠째 정동호도 방울이와 변장을 하고 숨어들어 전기

수의 이야기를 듣고 있었다. 그런데 무영이 같이 가겠다고 나선 것이다. 어떻게 알았는지는 죽어도 말을 안 해 주는 통에 방울이만 곤란하게 되었지만. 아무튼 정동호는 코가 막히고, 기가 막혔다.

"갑자기 왜에? 방울이가 걱정돼서 이러십니까?"

무영은 묵묵부답이었다. 보다 못한 방울이가 대신 말을 옮겼다.

"딱 하루만 같이 가 보시겠다고."

"안 된다. 우리 둘만 해도 위험하다."

정동호는 무리해서 일을 벌이고 싶지 않았다. 들키기라도 하면 낭패였다. 몇 날 며칠을 공들였다. 이제 와서 무영이 끼어들고, 일이 어긋나면 안 된다. 무영은 대놓고 반대하는 정동호의 마음을 알 수 없었다. 슬쩍 거울에 자신의 모습을 비춰 보니, 꽤 예쁜 계집만 보일 뿐이었다.

"사또. 어떤 큰 그림을 그리는지 나는 모르오. 하지만 홍련이의 목숨이 위험한 이상, 지켜만 볼 수 없소. 게다가 사또가 홍련을 관아로 불러들이는 바람에 더 위험하게 됐소."

"불러들이다니요?"

정동호는 노골적으로 불만을 드러내는 무영의 말이 거슬렸다.

"아닙니까? 가장 안전한 곳이 관아다? 이건 누구 생각입니까? 죄인들이 드나드는 곳. 아무나 찾아올 수 있는 관아. 언제 어떤 일이 벌어질지 모르는 곳. 귀신까지 나타나는 곳. 그런 관아가 안전하다고 누가 그럽니까?"

정동호는 무영의 주장에 반박할 수 없었다. 모두 옳기 때문이다. 그렇다고 항복하고 싶지도 않았다. 무영은 그의 속을 훤히 내다보고 있었다.

"옆에 두고 싶으셨겠지. 제 눈에서 멀어지면, 마음이 불안하니까. 사또는 지금 자기 마음 편하자고, 홍련이를 위험한 곳으로 불러들였습니다."

정동호는 한 번도 생각해 보지 못했던 일이었다.

"운이 좋아 분홍이는 잡았지만 연락책이 끊어진 두목은 어떤 계획을 세울까? 그자는 이미 누군가를 이곳으로 보냈을 거요. 그리고 그 아이는 내 사람이요. 사또라고 함부로 할 수 없다는 말입니다."

그 말이 비수처럼 정동호의 가슴에 꽂혔다. 그 말을 뽑아내 무영에게 다시 돌려줄 수 있으면 좋으련만. '내 사람입니다'라고 당당히 말할 수 있다면 좋으련만. 홍련을 위한다고 생각했던 정동호는 제 행동을 돌아봤다. 결국, 지금 그녀는 자신의 정혼자를 지키고 있지 않던가.

"딱 하루입니다."

정동호가 무영에게 해 줄 수 있는 최대의 배려였다.

소향이 얕은 숨을 쉬며 깨어났다. 악몽을 꾼 것처럼 기분이 스산했다. 옷이 축축하게 젖을 정도로 식은땀을 흘렸다. 옆에서 물수건을 짜던 홍련이 수건을 내려놓고 소향을 살폈다.

"정신이 듭니까?"

소향은 홍련의 말은 무시하고 몸을 일으키려고 했다. 아직 무리였다. 핑하고 머리가 어지럽더니 휘청거렸다. 홍련은 넘어질 뻔한 소향의 팔을 잡으며 다시 자리에 눕혔다.

"마음과 몸은 하나가 아닙니다. 조심하세요."

"사또는 어디 계십니까?"

"관아에 안 계십니다. 일단 몸을 추슬러야 합니다."

소향이 눕지는 않고 몸을 추슬러 가며 힘겹게 앉았다. 아직도 홍련의 손가락에 끼워진 반지가 눈에 거슬렸다.

"어쩌자고 받았습니까?"

소향의 말에는 가시가 돋쳤다. 그 말을 빨리 알아듣지 못한 홍련이 소향을 돌아봤다.

"그 반지. 이거 말입니다!"

소향은 반지 낀 홍련의 손을 잡아 흔들며 따졌다.

"이제 그만하세요. 그만 가세요. 자꾸 사또 곁에서 사또를 힘들게 하지 마시라구요! 부끄럽지 않으세요? 혼인한 몸으로 사또의 정표를 받았다는 게?"

'정표가 아닙니다. 독을 위한 검시 도구입니다.'

그렇게만 말하면 되는데, 홍련은 입을 열 수 없었다. 이 반지를 받았을 때 설렜으니까. 그렇다고 부끄럽지는 않았다. 사람이 사람을 좋아하는 감정은 부끄러운 것이 아니다. 남녀가 입을 맞추고, 연정을 품는 것은 자연의 섭리다. 본능이다. 가르치지 않아도 터득한다. 지금 이 여자도 본능에 충실했었나 보다. 딱 좋은 순간에 홍련에게 들켰으니까.

"부끄럽다고 말했느냐?"

"그래."

소향이 당돌하게 맞받아쳤다.

"부끄러움이 뭔 줄 아느냐?"

"도리에 어긋난 연정을 품는 당신 같은 사람. 수치심도 모르는 사람에게 어울리는 말이지."

소향은 대답을 하면서 홍련의 입가에 번지는 묘한 미소를 보았다. 부끄러워 고개를 들 수 없다거나, 제 주제를 알고 포기할 줄 알았다. 스스로 떠나겠다고 먼저 말할 줄 알았다. 그런데 이건 계획에 없던 반응이다. 덜컥 겁이 났다. 혹시 쓰러졌던 사이, 사또와 둘 사이에 다른 일이 있었나? 저 반지가 사또 것이 아닌가? 반지는 확실히 사또 것이다. 무엇을 믿고 저리도 당당하게 말하는 것일까?

"활맥이다. 콩알같이 뛰는 것이, 아주 활기차구나."

"지금 뭐가 뛰고, 뭐가 활기차다는 겁니까?"

"태중에 아이가 자리 잡았다는 것이지. 몰랐느냐?"

소향은 대답 대신 입술을 질끈 씹었다.

"축하를 해야 할지, 위로를 해야 할지."

진심이었다. 홍련은 사또 앞에서 맥을 짚었다가 깜짝 놀랐었다. 사또가 이상한 기운을 눈치챌까 봐 얼마나 떨었던지. 이제 둘뿐이니 속을 터놓고 물었다.

"철산에 오기 전에 누구와 동침하였느냐?"

소향은 얼굴이 화끈거렸다. 홍련은 짚고 넘어가야 했다. 만약 동침하지 않았다면 다른 질병을 의심해야 하기 때문이다.

"며칠 새 누워 계시던 분과 동침했을 리도 없고. 동침했다 해도 시간을 따져 보면 사또를 만나기 전인데…."

"사또께 말할 것이요?"

홍련은 혹시라도 소향이 잘못될까 봐 걱정스러웠다. 아이를 빌미로 남자를 속이고, 죄를 지은 분홍이가 떠올라서였다.

"어미가 되려면 독한 마음은 버려야 한다."

"사또가 오시거든, 한양에 일이 생겨 갔다고 해 주세요. 처음이자, 마지막 부탁입니다. 이 혼사는 제가 정리하겠습니다. 그간 폐가 많았습니다."

"혼자 움직이는 것은 위험해. 이제 홑몸이 아니라니까.

쉰동이를 불러 줄 테니, 외가로 가자 하여라."

"아셨겠지만, 외가는 없습니다."

홍련은 고개를 끄덕였다. 이미 알고 있었다.

"사또에게는 발설치 말아 주세요."

"내 입으로는 하지 않겠다."

"약조하신 겁니다."

마지막 말을 하는 소향의 눈가는 촉촉했다. 분하고, 억울해서 흐르는 눈물이었다. 하지만 누굴 탓할 수도 없었다.

"마지막으로 전할 말이 있느냐?"

"미안하단 말은 안 할게요. 그쪽도 다 알면서 그랬으니까. 사또의 마음을 알면서도 모른 척하신 것. 그 때문에 사또가 힘들어하신 것. 몰랐다고는 못 하죠? 사람을 착각하게 만드는 것도 죄입니다."

소향은 그 말을 남기고 바로 떠났다.

쉰동이와 함께 소향은 떠났다. 홍련은 이제 밀린 추리를 해야 한다. 분홍이와 독대할 기회를 노렸다. 하지만 기회가 생기지 않았다. 그렇다면 기회를 스스로 만들어야 한다. 감옥을 지키고 있는 포졸들을 따돌리는 것은 쉬웠다.

"진맥해야 하오."

이 한마디면 무사통과였다. 분홍이는 사또를 음독 살해하려고 했기 때문에 중죄인이었다. 사건 조사가 끝나고 한양으로 옮겨지면 보나마다 사형이다. 죽기 전에 분홍이가 왜 자신과 사또를 공격했는지 확인해야 했다. 방울이의 이야기를 들어 보니, 분홍이는 한양과 수시로 연락을 주고받았다고 했다. 혹시 그 연락책이 계모 쪽 사람들은 아닌지 물어볼 것이다. 그동안 모습을 감췄던 계모가 다시 활동을 시작한 것이라면 지금이라도 한양으로 가야 한다. 그자를 잡아야 언니의 죽음에 대해 명백하게 알 수 있게 될 것이다.

진실을 알아내기 위해 어둡고, 냄새나는 감옥 속으로 들어갔다. 독방은 가장 깊숙하고, 창문도 없는 곳에 자리 잡고 있었다. 한 치 앞도 살펴볼 수 없었다. 그냥 어둠이었다. 인기척도 없었다. 횃불을 들이대며 감옥 안을 살폈다.

"이보게."

하지만 대답이 없었다.

"어디가 안 좋은가?"

홍련은 횃불로 살펴보다가, 걸쇠가 열려 있는 것을 발견했다. 문은 쉽게 열렸다. 혹시나 분홍이를 밟을까 봐 발끝까지 신경 쓰며 감옥 안으로 들어갔다. 수북이 쌓인 짚더미 속에서 자고 있나 싶었다. 사람이 있을 거라 생각하고 짚더미를 눌렀다. 말캉하고 따뜻한 온기를 기대했지만, 돌덩이처럼 딱딱했다. 홍련은 횃불을 벽에 걸어 놓고 짚더미를 파헤쳤다. 어렴풋하게 분홍이의 얼굴이 보였다. 얼굴을 덮고 있던 지푸라기를 걷자 허연 눈알이 보였다. 많은 시체를 보아 온 홍련도 놀라 까무러칠 정도로 기괴했다.

놀란 마음을 추스르고 햇불을 들어 망자의 얼굴을 살폈다. 고통으로 일그러져 있었다. 입가에 게워 낸 흔적과 흰 거품이 보였다. 중독사다. 독약을 직접 먹었는지, 누가 먹였는지는 아직 알 수 없었다. 분홍이가 독방에 갇히기 직전에 홍련이 온몸을 직접 살폈었다. 독은 없었다. 그렇다면 침입자가 있단 말인가? 아무리 허술해도 사람이 독방까지 침입자가 들어오기란 쉽지 않았다. 그렇다면 내부자? 머릿속이 빠르게 움직였지만, 혼자 판단할 수는 없었다. 번을 서고 있는 포졸에게 오늘 출입자가 있었는지 물어야 했다. 또 뭘 확인해야 할까?

홍련이 종종걸음으로 나가는 순간 굉음이 울렸다. 몸이 휘청할 정도였다. 그리고 새빨간 불길이 순식간에 홍련을 덮쳤다.

달궁에 전기수는 없었다. 사내 둘이 애써 여장을 하고 달궁을 찾았지만, 그는 급한 일로 자리를 비웠다는 말만 들었다. 정동호는 무영이 낄 때부터 찜찜했다. 그런데 허탕까지 쳤으니 관아로 돌아오는 발걸음은 무거웠다. 오늘 하루 공쳤구나 싶었다. 괜히 무영만 노려보며 관아로 향했다.

　소향이 배웅을 다녀온 쉰동이가 구아방 앞에 서 있었
다. 담 너머로 살펴보니 기척도 없고, 불빛도 없었다. 요
즘 들어 방울이는 뭣에 재미가 들렸는지 얼굴을 보여 주지
않았다. 관아로 이사 온 후, 한 지붕에 아래 사는데도 얼
굴 보기 힘들었다. 저녁부터 보이지 않아 혹시 구아방에
있나 싶어서 찾아왔다. 옷가지를 챙기거나, 약재를 정리
하러 왔을 수도 있다. 홍련은 꼼짝없이 소향 곁에 있어야
했으니 심부름을 시켰을 것이다. 하지만 허탕이었다.
　막 돌아서는데 방울이가 무영과 함께 걸어오는 것이 보
였다. 조잘조잘 떠들어 대며 아양 떠는 꼴이 보기 싫었다.
담벼락으로 몸을 숨겼다. 무영은 어둠 속에 숨어 있는 그
림자를 봤다. 제 옆에 있던 방울이를 등 뒤로 숨기며, 칼
을 빼 들었다.
　"누구냐!"
　놀란 방울이는 무영의 옷자락을 잡아당겼다. 무영은 어
둠 속의 상대를 향해 칼을 겨눴다. 그 순간, 쉰동이가 얼
굴을 내민 것이다. 쉰동이의 눈앞에서 장검이 음산한 소
리를 내며 허공을 갈랐다. 한 발만 더 나갔다면 얼굴에 칼
을 맞았을 거리였다. 숨이 목구멍에 꽉 막혔다. 무영이 상
대를 알아보고 칼을 거뒀다.

"여기서 뭐 하는 것이냐?"

하마터면 큰 사고가 날 뻔했다. 놀란 방울이가 쉰동이의 뺨을 후려쳤다. 다시 한번 뺨을 때리려고 할 때 무영이가 막았다.

"뭐 하는 짓이냐?"

"놔요. 이런 놈은 맞아 죽어 봐야 해."

쉰동이는 어안이 벙벙했다.

"죽을라고 환장했어? 숨긴 왜 숨어!"

놀란 방울이가 화를 냈다. 지금 화를 내야 할 사람은 뺨 맞은 사람인데, 한마디도 할 수 없었다.

"네 목숨은 백 개, 천 개라도 된다냐!"

"…걱정…했…냐?"

쉰동이는 뺨을 맞고도 웃음이 났다. 무영은 그 자리에 더 있을 수가 없었다. 그 정도의 눈치는 있었다.

"물레방아에 옷을 두고 왔구나."

아, 무영은 그 정도 눈치도 없었다. 쉰동의 눈이 돌아갔다.

"뭐? 물레방아? 옷? 이 잡것들이!"

쉰동이는 무영의 멱살을 잡아 올렸다. 방울이는 쉰동이가 단단히 오해하자 애가 탔다.

"아니야. 잘못 짚었어. 헛다리야. 아니라고!"

쉰동이와 방울이가 말씨름을 하는 동안, 멱살이 잡힌

무영은 반항도 하지 않았다. 이상했다. 무영이는 뭔가를 보고 놀랐다. 방울이도 무영의 시선을 쫓았다. 멀리 관아가 불타고 있었다. 세 사람은 관아를 향해 뛰었다.

정동호도 관아로 가는 산 고개를 넘는데 유난히 바람이 스산했다. 저절로 몸이 움츠러들었다. 갑자기 장화 귀신이 나타났다.

"이제 밖에서도 나와요?"

장화는 대꾸할 여유도 없었다. 일단 정동호의 손을 잡아끌고 싶었다. 하지만 귀신의 손은 그의 몸을 통과해 버렸다. 귀신의 손이 그의 몸을 통과할 땐 온 뼈가 얼어붙는 것 같았다. 입김이 나올 것처럼 오장육부에 오한이 들었다.

마음이 급해진 장화는 홍련이가 위험하다며 빨리 달리라고 했다. 이유도 모르고 뛰던 정동호는 고개를 넘자마자 관아를 뒤덮은 불길을 보았다. 감옥 쪽이었다. 분홍이 짓임을 직감했다. 또다시 굉음이 울리고 불길이 치솟았다. 단순 화재가 아니라 폭탄을 사용한 계획적인 범죄였다.

"빨리. 홍련이가 갇혔다구!"

막 내달리려던 정동호의 다리에 힘이 풀렸다.

"홍련이가, 홍련이가."

장화는 제대로 말하지 못할 정도였다.

"의녀님이 왜요?"

"감옥에 갇혔어! 불구덩이에 갇혔다고!"

그때부터 달리기 시작한 정동호는 관아까지 어떻게 도
착했는지 기억나지 않았다. 오직 홍련을 구해야 한다는
생각뿐이었다. 관원들은 물동이를 나르고 있었다. 마당의
흙을 파서 불에 끼얹기도 했다. 감옥에서는 연기를 마신
죄인들이 콜록거리며 나왔다. 연기를 너무 많이 마셔 도
망갈 기력도 없이 쓰러졌다. 이미 사망한 죄인도 있었다.
그야말로 생지옥이었다.

"의녀님을 보았느냐?"

정동호는 보이는 관원마다 붙들고 물었지만, 본 사람이
없었다.

"아이고, 사또!"

권 이방이었다. 조서를 작성하던 그는 화재가 나자 뛰
어나왔다. 죄인의 신분이지만, 이방이기도 했다. 사또가
보이지 않자, 진두지휘를 한 것이다.

"이게 무슨 일이냐?"

"공격입니다."

"누구냐, 누구 짓이란 말이냐!"

정동호는 더 이상 참지 못하고 폭발했다.

"의녀님은? 보았느냐?"

"아뇨. 내아는 비었던데…."

"비었다고?"

정동호는 감옥에서 나온 자들을 살펴봤다. 거기에도 없었다. 도대체 어딜 갔단 말인가? 어쩌면 처음부터 이곳에 없었을 수도 있다. 장화 누님이 잘못 알았을 수도 있다. 제발 잘못 알았으면…. 하지만 불길 속을 들어갔다 나온 장화가 감옥 앞에 서 있었다. 손가락은 안쪽을 가리켰다.

"저깄어. 쓰러졌어. 대들보가 무너질 거 같아."

그 말은 정동호에게만 들렸다. 이미 그의 몸은 불길로 향하고 있었다. 사또와 관원들이 말렸지만, 아무것도 보이지 않았다. 다른 사람들의 눈에 정동호는 귀신에 홀린 사람 같았다. 불길에 홀린 사람 같았다.

"가시면 죽습니다!"

권 이방이 허리를 붙잡고 늘어졌지만, 어디서 그런 힘이 났는지 그를 밀쳐 냈다. 관원 두 명이 막아서자 칼을 꺼내 들었다. 모두 사또에게서 물러났다. 그때 감옥 안에서 불덩이가 걸어 나왔다. 홍련을 들여보냈던 포졸이었다.

"의녀님이, 안에, 안에."

놀란 동료 포졸이 달려와 거적으로 온몸을 감쌌다. 살 타는 냄새가 역겨웠다. 이미 숨통은 끊어지기 직전이었다. 뜨거운 열기를 내뿜으며 포졸이 말했다.

"살아 계십니다."

그 말을 듣고 멈출 남자가 어디 있을까? 정동호가 불길로 뛰어들려고 하자 권 이방은 그에게 물을 끼얹었다. 그대로 들어갔다간 잿더미가 될 것이 불 보듯 뻔했다. 사또를 말릴 수 없다면 살리기라도 해야겠다는 심정이었다.

불구덩이로 들어간 정동호는 눈조차 제대로 뜨기 힘들었다. 숨을 쉴 때마다 기도가 타들어 가는 것 같았다. 매캐한 연기 때문에 시야 확보도 여의치 않았다. 점점 숨이 찼다. 하지만 정신만은 또렷했다. 분홍이가 갇혀 있던 독방은 가장 끝이다. 좌, 좌, 우 그리고 직진. 가장 빠른 길을 머릿속으로 그렸다. 좌측으로 꺾어지는 길에 불에 타고 있는 시신이 보였다. 다행히 홍련은 아니었다. 그냥 지나쳤다. 한시라도 빨리 가야 한다. 그런데 벌써 불타고 있다면 어쩌지?

불길한 생각이 꼬리에 꼬리를 이었다. 의지와는 상관없었다. 세차게 고개를 흔들어 봐도 소용없었다. 여전히 불길한 생각은 머릿속을 헤집었다. 뜨거운 열기에 젖은 도포 자락은 벌써 말라 갔다. 결국 아랫단에 불이 붙었다. 손으로 불길을 잡아 가며 달렸다.

"의녀님!"

홍련은 환청을 들었다고 생각했다.

"의녀님!"

그 소리가 점점 더 가까워 왔다. 뿌연 연기 사이로, 자신을 향해 달려오는 사또가 보였다. 반가움도 잠시. 지옥

불구덩이로 그를 끌어들일 수 없었다.

홍련은 분홍이의 죽음을 알리기 위해 밖으로 나가려다 변을 당했다. 입구 쪽은 이미 불길에 장악된 상황. 누군가 구하러 오기 전까지 최대한 버티는 수밖에 없었다. 우선 비어 있던 감옥으로 들어갔다. 볏짚, 나무 베개 등을 화마에게 던져 줬다. 불길은 먹이를 덥석 물었다. 새빨간 혀를 날름거리며 주변의 것을 모조리 태웠다. 그것도 잠시뿐.

홍련은 점점 후퇴할 수밖에 없었다. 결국 분홍이의 시신까지 던져 줬지만, 독방에 갇혀 버렸다. 나갈 방법은 하나였다. 하늘로 솟거나, 땅으로 꺼지거나. 극한 상황이 되자 말도 안 되는 생각만 들었다. 그때 사또의 목소리가 들린 것이다. 홍련은 혼미해지는 정신을 붙잡으려고 노력했다.

정말로 불길을 헤치고 달려오는 그가 보였다. 도포 자락에 불이 붙은 줄도 모르고 달려오는 그가. 홍련은 불길에 뛰어들려는 사또를 말려야겠다는 생각뿐이었다.

"가세요! 다시 가!"

홍련은 악을 썼다.

"혼자서는 안 나갑니다. 어서."

그가 손을 뻗었다. 하지만 열기 때문에 한 걸음도 나가지 못했다.

"사또, 나가세요. 한 명이라도 살아야 합니다! 분홍이가…."

"말은 나중에 하고. 체력을 아껴야 합니다."

"사또, 제발. 가세요, 제발!"

홍련의 바람과 달리 정동호는 이미 마음을 정했다. 그는 힘껏 달려 홍련에게 향했다. 그 순간, 홍련은 불붙은 나무 기둥이 그에게로 떨어지는 것을 보았다. 생각할 틈도 없었다. 몸을 날려 그를 안았다. 전후 사정을 알 리 없는 정동호는 홍련이 반가워 달려오는 줄 알았다. 그런데 둔탁한 소리가 들렸다. 불쏘시개가 된 나무 기둥이 홍련의 머리를 때리고 바닥으로 떨어졌다. 홍련은 정신을 잃었다.

정동호는 자신의 품에서 축 늘어지는 홍련을 안아 올렸다. 그녀의 뺨을 때리고, 흔들어 봤지만 소용없었다. 나갈 방법도 이젠 없다. 탈 것을 모두 삼켜 버린 화마가 코앞까지 왔다. 이렇게 된 이상 함께 죽자. 어차피 철산으로 떠날 때, 목숨을 포기하지 않았던가? 결심을 하니 담담해졌다. 대신 이 여인이 조금이라도 뜨겁지 않게 해 주고 싶었다. 홍련을 와락 안았다. 이것이 이승의 마지막이라고 생각하니 비장한 마음이 들었다. 뜨거운 기운이 정동호의 귓가에 스쳤다. 화마는 이제 코앞까지 왔다. 더 이상 물러날 곳도, 피할 곳도 없다. 홍련을 안은 정동호의 손에 힘이 들어갔다.

그때 갑자기 굉음이 울리고, 벽이 무너졌다. 폭발의 힘 때문에 정동호는 뒤로 휘청했다. 그 순간에도 홍련을 놓지 않았다. 맞불이었다. 강력한 폭발 때문에 불길은 잠시 뒤로 주춤했다. 그사이 누군가 달려들었고, 두 사람을 꺼냈다.

잠시 주춤했던 불길이 신선한 공기가 들어오자, 더욱 기세등등하게 타올랐다. 감옥은 불길로 휩싸였고, 아무도 불을 끌 엄두는 못 냈다. 화마는 모든 것을 태우고 나서야 제풀에 꺾여 사그라졌다.

"사또!"

권 이방이 달려갔다. 쉰동이와 방울이는 미리 적셔 놓은 거적을 제 주인들에게 씌웠다. 정동호와 홍련의 몸에서 수증기가 피어올랐다. 방울이는 눈물이 앞을 가려 제대로 홍련을 안지도 못했다. 얼마나 뜨거웠을까, 우리 마님. 곡소리밖에 나오지 않았다.

"사또, 큰일 날 뻔했습니다. 벽에 화약을 박으시더니 쾅! 하고 한 번에 벽을 날렸는데. 안 그랬으면 죽었습니다요. 두 분 다."

쉰동이가 가리킨 사람은 무영이었다. 그가 관아에 도착했을 때, 정동호가 불길로 뛰어드는 것을 보았다.

"미련한 놈."

열정만으로 사람을 구할 수 없다. 무영은 권 이방에게 관아에 있는 화약을 모조리 가져오라고 했다. 단단한 흙벽을 인력으로 부숴도 되지만 그럴 시간이 없었다. 벽에 난 작은 틈에 화약을 박았다. 그리고 그 화약들을 도화선에 연결해 한 번에 날려 버린 것이다.

"괜찮으냐?"

무영이 홍련을 안은 채 숨 쉬는 것을 살폈다. 정동호는 정신 나간 놈처럼 의원을 찾았다.

"머리를 다쳤소. 그대로 두면 위험합니다. 제가 살릴 것이오. 제가. 반드시 내가 살릴 것이오."

정동호는 홍련을 앉은 채 주저앉았다. 정말로 홍련의 상태가 심상치 않았다. 홍련을 안아 든 무영의 심장이 요동쳤다.

홍련의 소식이 한양까지 닿았다.

"살았답니다."

대궐 같은 기와집의 별채는 사랑방보다 은밀하고 폐쇄적이었다. 열린 쪽문 앞에서 복면한 사내가 은밀히 말을 전했다. 방 안에 앉아 있는 중년의 여인은 기다란 곰방대를 물고 심드렁한 표정을 지었다. 이내 곰방대를 깊이 빨아들였다.

후우- 그녀의 숨소리와 함께 알싸하게 매운 연기가 뿜

어져 나왔다.

"그년, 목숨 참 질기구나."

복면 사내는 고개를 숙였다.

"동몽청(부보상단負褓商團이 이끈 미성년자 단체) 아이들은 준비됐느냐?"

"예."

"움직이자."

여인은 다시 한 번 깊게 연기를 내뿜었다.

9

홍련은 내리 깊은 잠을 잤다. 그리고 하루가 지나 깨어
났다. 아직 의원은 도착하지 않았고, 정동호와 무영이 그
옆을 지키고 있었다.

"하. 꿈이 참 길구나."

홍련은 아직도 긴 잠을 자며 잠꼬대를 하였다. 눈을 떴
는데도 몽중이니 그럴 수밖에. 꿈속에서 몸을 일으켰다.
여전히 어둠이었다. 곁에 있던 정동호와 무영은 홍련이
몸을 일으키자 깜짝 놀랐다.

"정신이 드느냐?"

무영이 홍련의 손을 잡으며 물었다.

"꿈속에서도 한결같으시네. 몽중에 이리도 따라다니시
면 오라버니는 언제 마음 편히 주무십니까?"

홍련은 꿈속에서 웃었다. 그걸 보는 정동호는 가슴이
철렁했다. 분명 눈을 뜨고 있는데도 표정은 아직도 꿈속

을 헤매는 것 같았다. 맑고 투명했던 눈동자가 텅 비어 있었다.

"의녀님! 기억나시오? 감옥에서!"

"사또도 오셨네요."

홍련은 대답을 하면서도 다른 곳을 보았다.

"제가 안 보입니까?"

정동호가 어깨를 흔들었다. 꿈을 꾸던 홍련은 자신의 어깨에 닿은 사또의 촉감을 느꼈다. 덜컥 겁이 났다. 꿈이 아니다. 꿈이 아니라면, 왜? 왜? 앞이 안 보이지? 홍련은 잠에서 깨려고 노력했다. 몽롱한 정신 때문에 꿈일 줄 알았던 자신이 바보 같았다. 일단 눈을 뜨기로 했다. 눈꺼풀에 힘을 주었다.

"아!"

"왜 그러느냐?"

무영이 홍련과 눈을 맞추며 물었다. 하지만 그녀의 눈동자는 여전히 허공을 보고 있었다.

"여기, 앞에 있다. 여기."

"무, 무서워요. 보이지 않아요. 눈을 떴는데, 안 보여."

"애쓰지 마라. 이제 막 깨어났다. 살아난 것만으로도 다행이다."

"사또는? 사또는 괜찮으시죠?"

그 말을 듣는 정동호는 가슴이 아려 왔다. 불 속에서 자신을 구하려고 몸을 던진 여자. 차마, 다른 사람들에게 말하지 못했었다. 그런데 자신의 안위를 걱정하는 여자 앞에서 고개를 들 수 없었다.

"사또도 괜찮으시다."

"그럼 됐어요."

정동호는 그 자리에 더 있기 힘들어 조용히 밖으로 나갔다.

홍련과 단둘이 있게 된 무영은 눈가가 붉어졌다. 불 속에서 살아난 것만으로 대견했다. 강한 정신력으로 깨어난 것도 신통했다. 그리고 한결같이 사또를 바라보는 그 마음이 가련했다.

"도대체 넌 변함이 없구나."

홍련은 무영의 말이 무슨 뜻인지 몰랐다. 상대방의 표정을 볼 수 없으니 의중을 알 수 없었다. 무영은 두려운 표정으로 허공을 더듬는 홍련의 양손을 잡았다.

"그리 좋으냐? 사또가."

"한 번도 그리 생각한 적 없습니다."

"그럼 왜, 대체 왜 그러느냐."

"생각하지 않았는데, 그리 됩니다. 머리로는 안 된다, 안 된다 하는데. 몸은 벌써 사또 곁에 맴돌고 있습니다. 어쩌면 좋습니까. 저도 무섭습니다."

"하아. 어쩌면 좋으냐, 너를."

무영은 홍련을 안았다. 시기도 질투도 아니었다. 홍련
은 오라버니의 품에 안겼다. 아늑하고, 포근하고, 따뜻
했다.

"제 곁에 계셔서 다행입니다."

"걱정 마라, 늘 곁에 있을 테니."

　무영은 사랑앓이를 하는 홍련이 더욱 사랑스러웠다. 누
군가를 사랑하고, 걱정하는 그 마음을 어찌 배웠을까? 며
칠 전까지만 해도 오로지 혼자 소유하고 싶었다. 어느 사
내든 마찬가지였을 것이다. 하지만 큰 사고를 겪었다. 몇
번이나 홍련을 잃을 뻔했지만 이번은 달랐다. 사또의 품
에 안겨 나오는 그녀를 보고 다행이라고 느꼈다. 사또가
있어서 다행이라고 생각했다. 그리고 홍련을 제 것으로
만드는 것은 포기했다. 대신 사또가 그녀 곁에 있을 만한
남자인지 지켜보기로 했다. 하나라도 부족하다면 가르쳐
주리라. 매일매일 변하는 사또의 모습을 보고 홍련이 기
뻐한다면, 그것으로 됐다. 무영은 홍련을 안은 채 많은 것
을 결심했다.

　감옥은 잿더미가 됐다. 정동호는 답답하고 미안한 마음
을 범인 검거로 보답하고 싶었다. 대체 누굴까? 관원들은
현장을 수습하고 있었다. 사람 뼈는 뼈대로 추렸다. 우선
화재 원인을 찾아낼 수 있는 것이라면 모두 수거하라고 명

했다. 그리고 죄인들을 상대로 화재 당시 있었던 일을 빠짐없이 진술하라고 시켜 놓았다. 죄인이었다가 풀려난 권이방은 그동안의 실수를 만회하려는 듯 잠을 설쳐 가며 일을 했다. 당장 현장에서 정동호가 할 수 있는 것은 없었다. 관원들에게 야참을 내주라고 명을 하고 자리를 떴다. 그리고 부상자들이 있는 임시 보호소로 향했다.

목숨이 오늘내일하는 중상자도 있었지만, 대부분 경미한 화상을 입은 자들이었다. 그곳에선 방울이가 의녀의 어깨너머로 배웠던 실력을 발휘하고 있었다.

"수고가 많구나."

"마님은 깨어나셨습니까?"

환자들을 돌보고 있지만, 방울이의 마음도 온통 홍련에게 가 있었다. 정동호는 고개를 끄덕였다. 방울이는 다행이라면서 눈물을 훔쳤다.

"돌아가시는 줄 알고 얼마나 놀랐는데요."

"괜찮으시다. 넌 걱정 말고. 여기 잘 부탁한다. 의녀님이 누굴 돌볼 상태는 아니시니까."

"그럼요, 걱정 딱 붙들어 매시고. 맡겨 주세요. 잘은 못해도, 최선은 다하겠습니다."

주인이 깨어났다는 말에 방울이의 기분이 좋아졌다.

정동호는 애써 웃었지만, 차마 홍련이 앞을 볼 수 없게 됐다는 말을 전할 수 없었다.

"수고해라."

방울이의 어깨를 두드려 주고 정동호는 그곳을 나왔다.

'지금도 따라오는군.'

내아를 떠나는 순간부터 자신을 미행하는 자가 있었다. 돌아보면 몸을 숨겼다. 발자국 소리는 보폭이 작고, 가벼웠다. 미행자는 꼬마 같았다. 일부러 으슥한 곳으로 발걸음을 옮겼다. 관아에는 크고 작은 별채들이 있었고, 물건들을 보관하는 광도 많았다. 어린것은 정동호가 유인하는 것도 모른 채 졸졸 따라왔다. 정동호는 막다른 장소에서 몸을 숨겼다. 당황한 미행자는 걸음을 멈췄다. 그때 대문이 덜컹 닫혔다.

아이는 놀라서 주저앉았다. 무엇을 작정했는지, 비명 소리가 나올까 봐 제 입을 틀어막았다.

"왜 나를 쫓았느냐?"

정동호가 모습을 다시 드러냈다. 무서워서 눈물이 그렁그렁 맺혔던 아이가 반가운 기색을 드러냈다.

"사또!"

아이는 땅바닥에 넙죽 엎드려 절을 올렸다.

"너는 누구냐!"

"아비를 면회 왔던 아이옵니다."

"그런데?"

"고할 것이 있습니다."

"그래서 여태 집에 안 가고 숨어 있었다?"

"예."

어린아이는 연신 눈치를 봤다. 틈틈이 사방을 돌아봤다.

"아무도 없다. 말해 보거라."

아이의 입술이 떨렸다. 말할 듯 말 듯, 망설였다.

"제가 그랬습니다."

정동호는 제 귀를 의심했다.

"뭐?"

아이는 고개를 들지도 못하고 다시 고했다.

"제가 불을 냈습니다."

정동호는 아이의 고개를 들어 올렸다. 아이의 눈은 공포와 두려움으로 가득했다.

"거짓을 고하면 목숨이 위험하다. 알고 있느냐?"

"예."

정동호는 어린아이의 깊은 눈을 바라봤다. 공포가 분명했다. 하지만 그 뒤에 고요함이 있었다. 우직하게 자신을 바라보는 아이의 까만 눈동자였다.

"어찌 그랬느냐?"

아이는 쭈뼛거렸다. 정동호는 아이의 표정에서 수상한 점을 느꼈다. 어디까지 말해야 할지 아이는 머릿속에서 말을 고르는 듯했다.

"누가 시켰느냐?"

아이는 대답 대신 주머니에서 목우(나무로 만든 인형)를 꺼냈다. 동네 아이들이 하나쯤 직접 만들어 갖고 노는 목우였다. 정동호는 그것을 집어 올렸다. 어린 시절, 쉰동이가 만들어 준 것과 비슷한 모습이었다. 아직도 이런 것을 갖고 논다고 하니, 잠시 동심에 젖었다.

"잘 만들었구나."

아이는 얼른 목우를 낚아채 주머니에 넣었다.

"아뇨. 그 아재가 준 건 움직였단 말입니다. 사또, 저절로 움직였습니다."

"목우가 움직였다고?"

"예."

아이는 제 목우를 바닥에 놓고 움직이는 시늉을 선보였다.

"이렇게 걷는데. 그 아재가 이걸 가져가서 감옥에 넣으라 했습니다."

"왜? 왜 감옥에 넣어야 한다고 했느냐?"

"넣으라는 건 아니고. 제가 넣겠다고 했습니다. 아부지가."

잠시 말이 끊겼다. 울음을 참는 것이 보였다.

"아부지가 좋아하는 곶감이라도 넣어 줄라고."

"곶감?"

"아부지 생신날 저리 감옥에 계시니. 사또, 죽을죄를 졌습니다. 사또."

"그것이 화재와 무슨 상관이 있단 말이냐?"

"목우가 곶감을 들고 감옥에 들어갔는데, 뻥!"

"뻥! 터졌다."

"예."

정동호는 기가 막혔다. 스스로 움직이는 목우가 폭탄이었다니.

"그자가 누구인지 아느냐?"

아이는 고개를 저었다.

"얼굴은 기억하느냐?"

"아니요."

"어디서 만났느냐?"

"관아에서 만났습니다."

"관아?"

정동호는 아찔했다. 무영의 말이 맞았다. 관아가 더 위험하다는 것이 증명됐다. 그는 아이에게 자신의 도포 자락 안으로 들어오라고 했다.

"네가 유일한 증인이다. 절대 죽어서는 안 된다."

"죽어요?"

"걱정 마라. 죽지 않도록 할 테니. 당분간 관아에 머물 것이다."

아이는 도포 자락에서 얼굴을 쓰윽 내밀었다.

"혼나요. 엄마한테 엄청요!"

"걱정 마라. 집에 사람을 보낼 것이다. 아주 중요한 사건 해결을 위해 네가 필요하다고 말할 것이다."

"꼭 그렇게 말해 주셔야 합니다."

도포 자락을 쥔 아이의 손에 힘이 들어갔다.

"혼내지 말라 해 주세요."

"걱정 마라."

정동호는 다시 아이를 숨기고 내아로 향했다.

정동호는 갑자기 쉰동이의 방을 찾았다. 쉰동이는 밖에서 말하자며 말렸지만 소용없었다. 사또는 거침없이 방문을 열고 들어갔다가 썩은 내에 인상을 찌푸렸다.

"며칠 방을 비웠더니 그러네. 밖에서 보자니까, 사또, 진짜 성격 이상하네."

"중요한 일이다."

정동호는 바닥에 너부러져 있는 옷가지며, 이부자리를 발로 툭툭 치며 앉을 자리를 찾았다. 어디서 구했는지 조악한 춘화집이 바닥에 나뒹굴고 있었다.

"까막눈도 이런 것은 보는구나."

"뚫린 눈이라 아주 훤히 보입니다요. 이런 것도 보고 살아야 정신도 맑아지고. 잡생각도 안 들고. 그런 것이요. 같이 볼텨?"

"당장 치우거라."

정동호는 혹여 도포 속에 숨은 어린아이가 볼까 걱정됐다.

"까칠하시긴. 밤에 생각나면 불러요."

"농은 그만하고. 아이 하나만 부탁한다."

"사고 쳤소?"

"네놈 머리에는 그런 것만 들었느냐?"

"그럼 총각인 사또가 무슨 애요."

정동호는 자리에 앉으면서, 도포 속에 숨긴 어린아이를 내보였다. 쇤동이는 도포 속에서 땀에 젖은 아이가 나오자 깜짝 놀랐다. 바람이 통하지 않는 도포 속이라 아이도 꽤 고생한 듯싶었다.

"누구요?"

"목격자. 방화범을 알고 있는 유일한 목격자다. 아이가 살았다는 것을 알면, 분명 그자가 죽이려 들 것이다. 아이를 살펴라."

"당장 의원님 모시러 가라며?"

"함께 가라. 당장은 위험하다. 며칠 안 보이면 죽었을 거라 생각하겠지. 그때, 범인을 잡을 것이다."

"진짜. 이게 무슨 난리야!"

"곧 알게 되겠지. 넌 이제 이 아저씨 아이다."

눈치 빠른 아이는 고개를 끄덕였다.

"아부지."

천연덕스럽게 쉰동이를 아버지라 불렀다.

"으메, 징그러. 야, 삼촌이라 해라."

"아부지. 아부지."

긴장이 풀려 장난기가 동한 꼬마는 놀이를 하듯 즐거워했다. 가난하지만 천성이 쾌활한 아이 같았다.

"너만 믿는다."

사또는 쉰동이의 어깨를 두드려 주고 일어났다.

"믿지 마. 믿지 말어. 이 쥐방울을 달고 어딜 가. 여기, 볼 사람 많아. 그래, 방울이한테 맡깁시다."

"지금 믿을 사람은 너뿐이다."

"사또오."

"믿는다."

정동호는 쉰동이에게 여비를 쥐여 주고 일어섰다.

정동호는 안방 앞에서 서성거렸다. 제 방이지만 들어갈 엄두가 안 났다. 들어가려다 그냥 댓돌에 앉았다. 절로 한숨이 나왔다. 도대체 어디서부터 얽히고설킨 것인지 감을 잡을 수가 없었다. 거기에 홍련의 눈은 아직도 안 보였고, 자신이 할 수 있는 것은 아무것도 없었다. 그때 어둠 속에서 인기척이 들렸다.

"잠깐 나 좀 볼까?"

무영의 목소리였다.

"예."

무심코 올려다본 정동호는 기골 장대한 여인의 모습에 소스라치게 놀랐다. 혹시라도 홍련이 깰까 봐 주먹으로 입을 막았다. 아, 차라리 귀신 보는 것이 낫겠구나 싶었다. 무영은 무슨 바람이 불었는지, 지난번보다 더 과감하게 얼굴 단장을 했다. 게다가 요상한 색깔의 치마저고리라니. 정말 해괴망측했다.

"방울이 솜씨가 날로 향상되는 것 같구나. 감쪽같이 속았느냐?"

매사 진지한 무영은 농담도 진지하게 했다.

"방울이 저것을!"

정동호가 중얼거려 봤자 소용없었다. 분명 혼자 달궁에는 가지 말라고 그렇게 일렀거늘. 저자를 서역 낭자 모양으로 흉측하게 꾸며 달궁에 다녀온 모양이었다.

"방울이를 탓하지 마라. 내가 가자 하였다."

"어째서."

"사고가 나던 날, 전기수가 없었다 한 것이 내내 마음에 걸렸다."

우직한 무영에게 이런 예리한 구석이 있는 줄 몰랐었다.

"저 역시도 수상했습니다."

정동호는 손님으로 위장시킨 체탐인 두 명을 달궁으로

보내 주기적으로 정보를 받아 내고 있었다. 하지만 그 사실을 그 누구와도 공유하진 않았다.

"그럼 왜 잡아들이지 않았느냐?"

"심증은 있지만, 물증이 없습니다. 무고한 백성을 잡아들일 수 없습니다."

정동호는 '무고한'이라는 말 앞에서 잠시 주춤했다. 지금으로선 전기수가 범인일 가능성이 가장 높아 보였다. 외지에서 들어온 방랑객이고, 철산에는 연고지도 없다. 하필 화재가 일어난 날, 행방이 묘연했다. 모든 것이 의심스러웠다. 하지만 결정적인 단서가 없었다. 분홍이를 죽이고, 옥사에 폭탄을 터트렸다는 단서를 찾아야 했다. 어쩌면 분홍이를 죽인 자와 폭탄을 터트린 자가 다를 수 있다. 같은 자일까? 미궁으로 빠진 사건 때문에 정동호는 신경이 곤두섰다.

안방 문이 열렸다. 두 남자의 말을 엿듣던 홍련이 답답했는지 직접 나온 것이다. 앞이 보이지 않아 더듬거리며 걸었다.

"원 의녀."

정동호는 얼른 댓돌로 올라가 그녀의 손을 잡았다.

"사또."

"알아보시겠습니까?"

"아뇨. 알아듣겠습니다. 사내분들이 어찌나 시끄러운지."

정동호는 그녀를 부축해 대청마루에 앉혔다. 밤공기가 서늘했다. 그는 얼른 방에 들어가 장옷을 가지고 나와 그녀의 어깨에 걸쳐 줬다. 여장을 했지만, 늠름한 눈빛의 무영이 걱정스러운 눈빛으로 홍련을 바라봤다. 홍련이 눈이 안 보이니 망정이지, 정동호가 다시 봐도 무영의 여장은 끔찍했다. 하지만 홍련이 누구인가. 추리 부인답게 오라버니의 상태를 한눈에 알아차렸다.

"오라버니는 어찌 여장을 하셨습니까?"

무영의 볼이 빨개졌다. 제 모습이 보이지 않을 것이라고 생각했던 차에 한 방 제대로 먹었다. 설마, 눈이 보는 것일까?

"내가, 보이느냐?"

"아니요. 분향이 납니다. 옅은 연지향도. 방울이가 쓰던 것들이라 생생하게 기억납니다."

"얼마나 곱게 여장을 하셨는지, 원 의녀가 보셔야 하는데."

정동호는 분위기를 살려 보려고 너스레를 떨었다. 홍련이 옅은 웃음을 내보이자, 흐뭇하게 바라봤다. 얼마 만에 보는 웃음일까? 무영의 입장에서 '치사하기 짝이 없는 사또 자식'이라고 욕하고 싶었지만 그만뒀다.

"하지만 사또만 할까요?"

홍련이 느닷없이 사또를 들먹거렸다.

"예?"

"방울이한테 들었습니다. 여장이 퍽 어울리신다구요."

정동호의 귀가 붉어졌다.

"얼마나 잘 어울리는지 내가 볼 때마다 감탄한다. 천상 여자 같으시다. 영락없는 여자."

이번엔 무영이 놀리기 시작했다. 망부석처럼 재미없는 인간이 저런 농담을 할 줄 안다고? 사또는 기가 찼다.

"그래요? 눈이 나으면 사또께 여장한 모습을 보여 달라고 청해야겠습니다."

"지금 그걸 농담이라고 합니까? 이런 판국에?"

정동호의 목소리에 어린아이 같은 투정이 묻어났다. 그만 놀려야겠다 싶었던 홍련이 본론을 꺼냈다.

"전기수는 일단 두고 보시죠. 분홍이도 죽은 지금, 우리도 쫓아갈 끈은 남겨 놓아야 합니다. 싹을 모조리 제거한다면, 그 뿌리를 찾을 수 없습니다."

"맞는 말이구나."

"그래서 말씀드리는데요, 오라버니. 한양에 가서 은밀히 알아봐 주세요. 계모는 분명 한양에 있을 것입니다. 분홍이의 한양집과 그 주변을 살피면 뭔가 찾을 수 있을 겁니다."

"그래. 일단 의원님이 오시면 그때 결정하자."

"너무 늦습니다."

둘의 대화를 듣고 있던 정동호는 난감했다. 분홍이의 수사는 관아의 일이었다. 하지만 관의 입장에서 보면, 범인 분홍이가 죽었기 때문에 수사는 종료됐다. 추후 수사가 진행된다면, 그녀를 죽인 범인을 찾아내는 것이 우선이었다. 즉, 현재 관아에서 수사를 지원할 인력은 없다는 뜻이다.

"그게, 관아에서도."

정동호가 입을 열었지만, 홍련이 먼저 선수를 쳤다.

"괜찮습니다. 개인적인 원한에 얽힌 일입니다."

너무 단호한 홍련의 말이 서운하게 들렸다. 사또라고 마음대로 수사를 진행시킬 수도 없고, 업무 지역을 마음대로 벗어날 수도 없다. 자신만 바라보는 수백 명의 백성을 버릴 수도 없었다.

홍련과 무영이 말을 주고받는 사이 정동호는 일어섰다. 자리를 피해 주는 것이 자신의 일 같았다. 홍련이 정동호의 손을 잡았다.

"가지 마세요."

앞이 보이지 않는다더니, 그의 손을 정확하게 잡았다.

"사또, 부탁이 있습니다."

"예?"

손은 둘이 있을 때나 잡을 것이지. 정동호는 내심 좋았지만, 민망했다. 무영의 눈치가 보였다. 무영은 짐짓 아무렇지 않은 척하고 있었다. 그렇다고 싫은 표정을 숨길 순 없었다. 정동호는 홍련의 손을 떼어 내리려고 힘을 주었다. 그럴수록 그녀의 손에는 더욱 힘이 들어갔다. 무영은 그것을 가만히 쳐다봤다.

"알았다. 오늘쯤이면 한양에서도 분홍이가 죽었다는 사실을 알았을 테니 움직임이 있겠지. 일단 쉬어라."

이 말을 하는 내내 그의 눈길은 홍련의 손에 머물렀다. 자신의 말을 듣는 동안에도 홍련은 사또를 잡은 그 손을 놓지 않았다.

"밤공기가 차다. 얼른 들어가라."

무영은 밤 인사를 마치고 먼저 자리를 떴다. 혹시나 홍련이 자신을 잡지는 않을까, 뒤를 돌아보고 싶었지만 참았다. 참길 잘했다는 마음이 들었다. 안방 문이 열리는 소리가 들렸고, 두 사람은 방으로 사라졌다. 유난히 밤공기가 찼다.

방으로 들어온 홍련은 사또에게 청을 했다.

"언니가 보고 싶어요."

홍련은 어린아이처럼 사또의 손을 꼭 잡고 말했다.

"가까이 있는 것 같은데."

그 말에 방으로 들어가던 정동호는 사방을 돌아봤다. 귀신은커녕 개미 한 마리 없었다.

"사고 나던 날, 나 언니를 봤어요."

설마. 정동호는 믿지 않았다.

"귀신 못 본다고 하시지 않았소?"

"네. 귀신이 아니라, 언니를 봤는데. 나보고 막 손짓했어요. 빨리 나오라고."

그럼 장화 누님이 맞을 텐데.

"환영이오."

"그렇겠죠?"

"빨리 저승으로 따라오라는 게 아니라, 밖으로 나가라고 그랬을 겁니다. 그리고 앞이 안 보이는데 어찌 귀신을 본다고 그러십니까? 오늘 따라 참으로 어리광이십니다."

정동호는 짐짓 혼내는 말투였지만, 기분은 좋았다. 귀신 보는 능력이 이리도 좋을 때가 있구나. 감탄했다.

"딱 한 번만. 정말 언니였는지 물어보고 싶습니다."

"거참. 귀신 아니래도."

"사또오오."

어허. 이 여자에게도 이리 귀여운 모습이 있었단 말인가? 그렇다면 한번 귀신을 불러 보지. 그는 어깨에 힘을 주고, 있는 대로 사내다운 척을 했다.

"딱 한 번 만이요. 이리 사적인 일로 귀신을 부르는 것은…."

인심도 썼다. 그리고 서랍에서 종을 꺼내 흔들었다. 두

손으로 들기도 어려운 그 종을 번쩍 들어 흔들었다. 오늘
따라 맥없이 힘이 들었다. 장화는 보이지 않았다.

"언니가 왔습니까?"

"멀리 마실 가셨나 봅니다. 기다리시오. 종을 흔들면 반
드시 나타난다고 하셨으니."

정동호는 다시 한번 젖 먹던 힘까지 끌어 올렸다. 저승
에 마실을 가셨나? 저승사자가 자신을 점찍었다고 좋아했
던 귀신이다. 지금쯤 둘이서 저승 갈 때 건넌다는 삼도천
에서 뱃놀이를 하고 있는지도 모르지. 오기가 발동한 정
동호는 더욱 힘차게 종을 흔들었다.

"됐습니다. 사또. 제가 괜히 무리한 부탁을 드렸습니다."

"아니요. 이건 장화 누이와 약조한 것이니."

종을 흔들던 정동호가 고개를 들었다.

"오셨소?"

귀신같이 나타난 장화가 팔짱을 끼고 노려보고 있었다.

"이렇게, 납셨다. 됐냐?"

장화의 말끝에는 가시가 돋쳤다. 저승사자와 도란도란
이야기를 나누고 있었는데 저놈 종소리가 지옥까지 쫓아
올 태세여서 달려왔다.

홍련은 정동호의 말을 듣고 언니가 왔음을 알아차렸다.
눈이 보이나, 안 보이나 귀신을 못 보기는 매한가지였다.

"언니?"

보이지 않지만, 반가운 마음은 가득했다.

"혹시 언니가 나, 아픈 거 알았어요?"

"예. 원 의녀를 구하라고 알려 준 사람이 아니, 귀신이 바로 누님이시니까."

"언니, 미안해. 걱정 많이 했지?"

"죽을 팔자는 아니라 걱정은 안 했다고 하십니다."

그 말을 전하고 나니 장화의 잔소리가 사또에게 쏟아졌다.

"다음부터 한 번 울렸는데, 내가 안 온다? 그럼 일이 있나 보다. 사람이 그 정도 눈치는 있어야지. 나도 중요한 순간이 있다고."

"알겠소. 세 번 울려 안 오면 저승사자와 뱃놀이 가셨다 생각하겠소."

"언니가 저승사자를 만나요?"

아차. 정동호는 입을 틀어막았다.

"잘한다. 무당한테 가서 굿은 안 하냐? 저런 정신머리로 여인의 마음이나 얻을 수 있으려나. 에휴. 업무상 만난다고 해라."

정동호는 장화를 보고 고개를 끄덕거렸다.

"업무상 귀신과 저승사자는 공조를 한답니다."

"몰랐습니다. 언니가 귀신이 되어서도 바쁘네요."

"그럼요. 얼마나 바쁘신데요. 우리 관내 미제 사건도 이제 다 풀어 갑니다. 장화 홍련 사건만 아직."

아차. 또 말실수를 했다.

"제 사건만 해결하시면 한양으로 가셔야죠. 언니가 말해 주면 좋겠는데. 언니한테, 어디서 어떻게 죽었는지만 물어봐 주세요. 언니, 내 말은 들리지? 아직도 말 못 해?"

장화는 딴청을 부리고 있었다. 괜히 옷고름을 뱅뱅 돌리며 못 들은 척을 했다.

"도대체 무슨 일이 있으셨습니까?"

"뭐. 난. 기억이…. 몰라."

홍련은 혹시 언니의 목소리가 들릴까 최대한 가까이 정동호 옆으로 다가갔다.

"또 말 안 해요?"

홍련이 다가온 것도 모른 채 고개를 돌리던 그는 갑자기 그녀를 와락 껴안았다.

"사또!"

놀란 홍련이 품에서 벗어나려고 했다.

"가만. 움직이지 마요."

홍련을 안은 정동호의 손에는 힘이 들어갔다. 심상치 않은 분위기였다.

"이것들이 정말! 귀신 앞에서!"

무심코 화를 내던 장화도 우뚝 서 버렸다. 장화 말고 귀신이 더 있었다. 속옷 바람으로 서 있는 귀신은 긴 머리카락으로 얼굴을 가리고 있었다. 기괴하고, 음습했다.

"누…구…?"

귀신인 장화도 겨우 입을 뗐다. 그 귀신은 미동도 없었다.

"악귀냐!"

동생을 지키려는 장화가 홍련 앞에 섰다. 귀신은 대답 대신, 서서히 제 머리카락을 젖혔다. 턱이 보이고, 입이…. 입이 없다? 정동호는 눈을 질끈 감아 버렸다. 홍련은 사또의 심장 소리가 심상치 않음을 느꼈다. 다른 귀신이 왔다는 것을 알아차렸다.

장화는 귀신을 노려봤다. 악귀라면 당장 저승사자를 부를 작정이었다. 그런데 귀신은 차분했다. 상대가 놀라지 않게 천천히 제 얼굴을 보였다. 코가 짓눌리고, 살점은 짓이겨졌다. 눈알은 이미 터진 상태였다. 귀신인 장화도 눈을 질끈 감아 버렸다. 참혹하고 끔찍한, 얼굴 없는 귀신이었다.

"이제 갔어요?"

홍련이 고개를 들었다.

"입술도 짓이겨져, 말하기 힘들어하는 귀신이었습니다. 장화 누님이 쫓아가 사건을 파악한다고 하였으니, 걱정마시죠."

정동호가 품에 안겨 있던 원 의녀의 두 손을 잡았다. 얼마나 긴장했는지, 손에는 땀이 배어 있었다.

"놀라셨습니까?"

그는 홍련의 얼굴을 살피기 위해 눈높이를 낮췄다. 아직도 그녀는 눈을 뜰 생각이 없어 보였다.

"놀라긴요. 어차피 귀신도 안 보이는데. 그리 꽉 안으시니 숨을 쉴 수 없었습니다."

정동호는 얼굴이 빨개졌다. 눈이 보였다면 몇 날 며칠을 놀려 먹을 정도로 얼굴이 붉어진 상태였다.

"사또는 괜찮으십니까? 어떤 귀신이었습니까? 얼마나 놀라셨으면, 심장이 그리 빨리 뛰었습니까?"

"놀라긴 했지만."

심장이 빨리 뛴 것은 홍련을 안고 있었기 때문이었다. 쉰동이가 알면 귀신 핑계로 사심을 드러냈다고 놀렸을 것이다. 괜히 무안해졌다. 자리에서 일어나려던 찰나, 홍련이 사또의 손을 잡았다. 그리고 이번에는 그녀가 안겼다. 정동호는 심장이 터질 것 같았다. 머릿속으로는 '이러시면'이라는 말과, 마음속의 '됩니다'라는 말이 충돌했다. 실로 짧은 시간이었지만, 정동호는 아찔하고 어지러웠다.

"한번은 확인해 보고 싶었습니다."

그의 품에서 떨어진 홍련이 담담히 말했다.

"됐습니다."

뭘 확인하고, 뭐가 됐다는 말이지? 정동호는 이 당찬 여자 덕분에 어안이 벙벙했다.

"죄송합니다. 무례했다면 용서하세요. 저는 그냥."

홍련이 고개 숙여 사과를 했다. 정동호는 이번 기회까지 그녀에게 넘길 순 없었다. 그녀의 말을 딱 잘랐다.

"이미 혼인하신 몸이지만 거짓이었다지요? 계모에게서 살아남기 위해 의녀로 궁에 들어갔다 나왔다고 들었습니다. 의녀는 첩이 되면, 신분을 바꿀 수 있으니까. 그것까지 이해했습니다. 하지만 한양으로 돌아가면 무영 형님과 혼례를 올린다고 들었습니다."

맞는 소리다. 하지만 홍련은 그 말에 화가 났다.

"예. 맞습니다. 그런데 누구에게 들으셨습니까?"

"방울이가 건네주는 말을 들었습니다. 쉰동이도 알아봐 줬습니다."

"그래서 서운하셨습니까?"

"서운하다마다요. 이런 일은 있어서는 안 될 일입니다. 사또가 마님을 마음에 품다니요. 그건 안 될 말씀입니다."

단호한 정동호의 말에 홍련은 가슴이 미어졌다. 그동안 사또를 마주했던 순간들 중 가장 잔인한 시간이었다.

"그런데 머리로는 안 된다 하였지만, 가슴으로는 도저히…."

그리고 그녀의 손을 잡았다.

"아무리 생각해도 이번 생은 틀렸나 봅니다."

정동호는 이 마음을 드러내야 할지 말지 고민했다. 하지만 불 속에서 홍련을 안았던 순간이 떠올랐다. 죽음을 앞두고도 그녀에 대한 마음은 흔들리지 않았다.

"함께하고 싶습니다. 남은 생을."

진심이었다. 정동호는 어렵게 그 말을 꺼냈다. 사또의 말은 정말 달콤했다. 하지만 홍련은 그 말을 듣고 현실로 돌아왔다.

"평생 눈을 못 뜰 수 있습니다."

앞길이 창창한 사또의 길을 막을 순 없었다.

"제 탓입니다. 그때 제가 미리 알았다면."

"사또의 눈이 멀었겠지요. 그럼 전 사또를 떠났을 겁니다. 동정으로 절 대하시는 것이면 당장 그만두세요. 못 들은 걸로 하겠습니다."

"동정? 아닙니다!"

"아니요. 사또는 한 번도 제 이야기를 제대로 들으신 적이 없으십니다."

사람이 진지하게 말하고 있는데, 동정이다, 제 말을 안 들었다, 투정하는 홍련을 이해할 수 없었다.

"제게 궁금한 것이 있으면, 제게 물으셨어야죠."

"물었다면 제대로 말씀이나 해 주셨겠습니까? 대체 거긴 왜 갔습니까?"

"의녀는 감옥에 가지 마라. 이런 법이라도 있습니까?"

"그래서! 다쳤지 않습니까?"

"아까 자기 탓이 어쩌고저쩌고하시더니. 결국 제 탓이란 말씀이잖아요!"

"아닙니까?"

"아니, 이 사람이! 사또라고 말을 막 하시네."

"의녀님이 고집만 안 피웠어도!"

그때 문이 열리고 사령이 들어왔다.

"사또!"

다급하게 문을 열었지만, 사또와 원 의녀가 얼굴을 붉히고 씩씩거리고 있는 모습이 심상치 않아 보였다.

"무슨 일이냐?"

정동호는 가쁜 숨을 후– 후– 내쉬며 물었다.

"아닙니다. 다시 오겠습니다."

눈치 빠른 홍련이 먼저 말을 꺼냈다.

"시신을 발견했습니까?"

문을 닫으려던 사령은 소스라치게 놀랐다.

"어찌 아셨습니까?"

"여인입니다."

"맞습니다. 여인네인데, 얼굴이….."

"얼굴이 일그러졌겠지요."

정동호는 속으로 비웃었다. 결국 추리 마님도 별거 없구나 싶었다. 그럴 것이 방금 장화와 얼굴 없는 귀신을 봤으니, 그 귀신이겠다 싶었을 것이다. 뻔한 정보를 뺏기자, 자존심이 상했다. 하지만 그녀의 직관력은 칭찬할 만했다.

"사또, 가시지요."

홍련이 일어나면서 문으로 향했다.

정동호는 별생각 없이 '그러지요'라고 말할 뻔했다.

"잠깐."

시신을 감별할 때, 의녀가 필요하다고 하지만 장님 의녀는 필요 없다. 홍련의 태도가 너무도 태연해서 그도 감쪽같이 속아 넘어갈 뻔했다.

"앞이 안 보이는데, 어딜 가십니까? 여기서 기다리십시오."

"반드시 의원이 동행해야 합니다."

"저도 압니다. 하지만 눈이 보이는 의원입니다. 의녀는 지금 환자십니다."

"현장이 훼손되기 전에 봐야 합니다."

"그리 봐야겠다면 관아로 시신을 옮겨 온 후에 생각해 봅시다."

"보이는 것이 다가 아닙니다."

"일단 보는 것도 중요합니다."

두 사람의 설왕설래는 쉽게 끝나지 않았다. 가운데서 지켜보는 사령만 난감했다.

"그럼 혼자라도 가겠습니다."

홍련의 말이었다. 더듬더듬 문고리를 잡더니, 손을 내밀었다. 사령보고 잡아 달라는 시늉이었다.

"네가 오늘 내 눈이 되어야겠구나. 이 신세는 꼭 갚을 것이다."

지금껏 두 사람의 말싸움을 지켜본 사령은 손 내밀기를 주저했다.

"어서!"

사령은 의녀의 채근에 안절부절못했다.

"걱정 마라. 의녀의 일을 하겠다는 것이다."

걱정 말라 하였지만, 옆에서 노골적으로 노려보고 있는 사또의 뜻을 거역할 수 없었다. 홍련은 손을 달라고 채근하고, 정동호는 절대 안 된다며 눈을 부라리고 있었으니. 사령은 몸 둘 바를 몰랐다.

"저한테 왜 이러십니까. 어르신들."

"나라를 위한 일이다."

두 사람 입에서 동시에 그 말이 떨어졌다. 결국 사또가 졌다.

"좋소. 제가 모시고 가지요. 거, 나랏일 하는데 걸리적거리진 않을지 걱정이지만요."

정동호가 홍련의 손을 덥석 잡았다.

새벽바람은 서늘했다. 홍련은 새벽 공기를 듬뿍 들이마셨다. 며칠 동안 꼼짝없이 방에 유배를 당했으니 그럴 만도 했다. 눈이 보이지 않았을 때는 가슴이 철렁했었다. 언젠가 눈을 뜰 수 있을 것이라는 희망으로 견디는 것도 사실이었다. 눈을 잃은 대신 감각을 얻었다. 눈으로 사건 현장이나, 범죄 증거를 보게 되면 뇌는 멈췄다. 더 이상 비판도, 추리도 필요 없었다. 완벽하게 딱 들어맞는 이유를 만들어 줬다. 하지만 어둠 속에 갇혀 보니 다른 감각이 떠올랐다. 분홍이의 치마 소리를 떠올렸던 것도 어둠 속이었다. 지금 이 순간도 마찬가지다.

늘 익숙한 길을 걷는데 그동안 몰랐던 꽃향기, 풀벌레 소리가 들렸다. 멀리 물레방아 소리와 개 짖는 소리까지 생생했다. 벌써 여름은 가까워졌고, 큰비도 몇 번이나 내렸었다. 척박했던 철산에도 꽃이 피고, 풀벌레가 울었다. 그동안 사건이 끊임없이 일어나서 동네 마실 나갈 새도 없었다. 텃밭이며, 산턱에 심어 놓은 약재들은 얼마나 빨리 자라는지. 그것들을 돌보는 사이 여름이 성큼 와 있었다.

"좋으십니까?"

정동호는 현장으로 향하는 내내 미소를 짓는 홍련을 바라봤다.

"좋습니다. 얼마 만의 외출인지."

하긴, 다친 후 안뜰도 나가지 못하게 막은 사람은 정동호 자신이었다. 이렇게 좋아하는 줄 알았다면 종종 거닐 것을.

"차차 몸을 회복하시면 나가려 했습니다."

"전 지금도 좋습니다. 산도 좋고, 냇가도 좋습니다. 사 또는 철산에 처음이시죠? 여기서 나고 자란 제가 좋은 곳으로 모시겠습니다. 여긴, 제 손바닥 안입니다."

그러고 보니 여긴 홍련의 고향이다. 어린 시절 생각이 났는지 얼굴이 더욱 상기됐다. 정동호는 사건 현장에 가까워지자 그녀의 손을 꼭 잡았다.

"이제 현장입니다. 그만 웃으시지요."

"아참."

홍련은 얼른 근엄한 표정을 지었다. 잘 안되는지 몇 번이나 입술을 실룩거렸다.

"됐습니까?"

그 모습이 얼마나 진지하던지 정동호가 웃음을 터트릴 뻔했다. 어금니를 꽉 물고 대답했다.

"못생겨 보일수록 좋습니다."

그의 장난에 홍련이 응수하려고 했지만, 관원들이 가까이 다가오는 바람에 그만뒀다.

그 마음을 알았는지, 정동호가 손을 꽉 쥐었다가 놓았다.

'이제부터 일합시다. 제 손 꼭 잡으십시오.'

손에서 그의 목소리가 읽혔다. 홍련도 꼭 잡으며 마음

으로 제 말을 전했다.

'저도 준비됐습니다. 사또만 믿고 가겠습니다.'

사또는 관원들의 시선이 홍련에게 향한 것을 느꼈다.

"의녀께서 현장 검증이 중요하다고 하셨으니, 새로 발견한 것이 있다면 빠짐없이 보고하도록 하여라. 자, 시신이 있는 곳이 어디냐?"

"예, 이쪽입니다."

현장을 지휘하고 있던 장똘이가 사또를 안내했다. 발견된 시신은 수풀에 가려져 있었다. 얼마 전에 내린 비 때문인지 풀밭은 질퍽거렸다. 사또는 수풀을 헤치고 시신으로 다가갔다. 홍련은 치맛단이 자꾸 진흙에 젖어 애를 먹고 있었다. 장똘이 가리킨 곳에 시신이 누워 있었다.

시신을 두 눈으로 본 정동호는 한숨을 쉬었다. 정말 간밤에 자신을 찾아왔던 얼굴 없는 귀신이었다.

"얼굴이 없습니까?"

홍련의 질문에 장똘이는 소스라치게 놀랐다.

"어찌 아셨습니까?"

"사또의 한숨 때문에 알게 됐습니다."

영문을 모르는 장똘은 '역시 추리 마님이시네'라는 감탄의 눈빛을 내비쳤다.

"처음 발견한 자는 누구인가?"

정동호는 사건을 풀어 나가야 했다.

"여기 무당 할매입니다."

장똘은 관원들 틈에 끼어서 보이지 않았던 무당을 데리고 왔다. 늙은 무당은 놀랐는지 얼굴에 핏기가 없었다.

"어찌 여길 발견하셨소?"

"…재 너머 신당에 가려 했는데…. 요망한 귀신 년이 나타나 숨바꼭질을 하자고 해서. 고년이."

"얼굴이?"

정동호는 마음에 짚이는 이가 있었다. 얼굴 없는 귀신이거나, 장화일 것이다.

"얼굴은 반반한 년이. 고년이 죽자, 살자. 아이고, 징그러운 년."

장화가 분명했다.

"고년 잡다가 넘어졌는데, 아이고. 흉측해라. 내가 겁이 을매나 많은데."

장화는 얼굴 없는 귀신의 사연을 듣고, 관아로 오던 길에 무당 할매를 만났을 것이다. 아무나 시신을 찾으면 어쩌냐는 심정으로 달밤에 숨바꼭질을 시작했겠지. 하필 귀신 잘 보는 무당이었으니, 얼마나 신났을까.

"알겠소. 자세한 것은 관아에 가서 진술하시오. 근데, 이름이."

장똘이 나섰다.

"이름은 모르고 다들 무당이라고 부릅니다. 용하다고."

정동호는 고개를 끄덕이고 다시 시신을 살폈다. 살피는 내내 홍련에게 시신의 모습을 설명해 줬다. 시신은 익사한 사람과 비슷했다. 많이 훼손됐지만, 짐승이 뜯어 먹은 흔적이 없었다. 녹아서 서로 엉켜 버린 살집은 딱딱하게 굳어 있었다. 물에 빠진 시신을 강제로 옮겨 놓은 것 같았다. 아니면, 저절로 떠밀려 왔을까?

"누가 시신을 여기로 옮겼느냐?"

"아닙니다. 무당 할매가 발견했을 때도 여기 있었습니다."

"분명 익사한 시체인데."

그사이 홍련은 사또가 건넨 정보를 머릿속에 그려 봤다. 익사한 것 같지만, 아니다. 피부가 밀랍처럼 딱딱해졌다. 밀랍처럼 되기 위해서는 습한 곳에서 공기와 닿지 말아야 한다. 뱃사람들처럼 심해에 빠진 것이 아니라면 불가능하다. 정보가 더 필요했다. 홍련은 장똘이에게 물었다.

"혹시 주변에 뭐가 있습니까?"

"열 보 떨어진 곳에 옷고름이 떨어져 있었습니다."

"그럼 사건 현장은 맞군요."

홍련과 정동호는 고민에 빠졌다.

"그런데 달팽이 껍질이 징그럽게 많습니다."

장똘이 말에 홍련의 가슴이 뛰었다. 드디어 결정적인 증거나 나타났다.

정동호는 동이 틀 때쯤, 관아로 돌아왔다. 아침 업무를
막 시작했을 때, 장똘이가 그림을 가져왔다. 사건 현장이
자세히 그려져 있었다. 묵선으로 속도감 있게 시신과 그
주변을 묘사하고 있었다. 선만으로 사물을 표현하는 백묘
법을 제법 구사하고 있었다.

"솜씨가 좋구나."

"목마른 자가 우물 판다고. 어찌하다 보니 늘었습니다."

"이방은 들었는가?"

"아직이십니다."

"하긴."

정동호는 권 이방을 생각하면 측은지심이 들었다. 얼
마나 박복하면 두 번째 아내까지 잃었을까. 그것도 모자
라 자객의 신분을 숨기고 혼인 생활을 했을까. 장례를 치
러 줄 시신마저 수습하지 못했으니. 이방의 마음이 얼마
나 슬픔에 찼을까. 정동호가 이방을 위로할 길은 공모죄
를 사하여 주는 것뿐이다. 죄는 밉지만 장사를 잘 치르고
돌아오라고 위로하였다. 그리하여 권 이방은 다시 이방이
되었다. 오늘이 칠 일간의 휴가를 마치고 출근하는 날인
데, 아직 관아에 들지 않았나 보다.

"실종된 부녀의 명단은 작성되었느냐?"

"관아에 신고됐던 부녀들은 이미 파악했습니다."

"합당한 자가 있더냐?"

"없습니다."

"수소문밖에 없군. 동네를 오래 비웠거나 사라진 자가 있다면 샅샅이 적어 오라."

"예."

장똘이는 명을 받고 나갔다.

정동호는 화선지를 서안에 올려놓고 뚫어지게 보았다. 자세히 그리지 않았지만, 시신 위에 점점이 표시된 것은 달팽이였다. 치맛자락 사이에도 새까맣게 모여 있었다. 달팽이 이야기를 할 때 홍련의 입가에 번지던 미소를 놓치지 않았었다. 분명 의녀는 뭔가를 알고 있다. 정동호가 백 번을 다시 생각해 봐도 이번 시신은 익사했다.

'그런데 아니라고? 그럼 답이 뭘까.'

그림을 뚫어져라 쳐다봤다. 하지만 다른 답은 떠오르지 않았다. 괜히 자존심만 내세우다 이 꼴이 됐다. 사건 현장에서 단번에 답을 알아차린 홍련은 정동호의 자존심을 건드렸었다.

"설마 모르십니까? 오매불망 백성만을 위하는 사또 나으리."

홍련이 농담으로 던진 말이다. 하지만 답을 모르는 정동호는 뜨끔했다.

"현장에서는 섣불리 추측하지 말아야 합니다."

그는 큰소리를 쳤지만, 자신은 없었다. 그 후회는 날이 밝고, 관아로 돌아올 때까지 계속됐다. 도무지 달팽이 껍데기가 무엇을 의미하는지 알 수 없었다. 요즘 들어 순조롭게 진행되는 일이 없었다. 관아의 옥사는 불탔고, 살인 미수 용의자는 살해됐다. 관내 유일한 의녀는 장님이 됐다. 의원을 모시러 간 쉰동이는 감감무소식이고, 딸려 보낸 어린것은 잘 살아 있는지 걱정됐다. 이 모든 것이 너무 버겁게 다가왔다.

'어쩌다 철산에 와서. 어쩌다 귀신을 봐서. 어쩌다 사건에 휘말려서.' 정동호는 한없이 머리를 쥐어뜯었다. '어쩌다 내기를 해서.' 사실 요 내기가 문제였다.

"답이 궁금하시면 언제든지 물어보세요. 단, 직접 저에게 밥을 해 주셔야 합니다. 백성의 주린 배를 걱정하시는 분이, 사또 아니신가요? 저도 백성이랍니다."

사내에게 밥을 해 달라는 여인이 조선 천지에 어디 있단 말인가. 하물며 사또인 내게! 그럴 일은 없을 것이라고 큰소리를 쳤다. 죽어도 밥은 안 할 것이다! 굳게 다짐을 했건만, 슬슬 밥할 준비를 해야 할 것 같았다.

방울이가 소반에 밥을 차려 왔다. 굴비 한 마리가 고소한 냄새를 풍기고 있었다. 늘 졸졸 쫓아다니던 강아지가 굴비 냄새를 맡고 댓돌까지 달려왔다.

"어딜! 이건 마님 것이야."

서둘러 신발을 벗고 방으로 들어갔다.

"마님, 좋은 일 있으세요?"

참빗으로 머리를 빗고 있던 홍련이 인기척에 빗을 내려 놨다.

"벌써 때가 되었느냐?"

"해가 중천입니다요. 무슨 일이세요? 좋아 보입니다. 아프시고 처음입니다."

방울이는 소반을 내려놓고, 홍련을 다가앉혔다.

"새벽녘에 바깥바람을 쐬었더니, 상쾌하구나."

"마님!"

방울이가 호들갑을 떨었다.

"아직 몸도 성치 않으신 분이. 혼자 어딜 가십니까? 정 답답하시면 절 부르시지요. 다신! 절대! 그러지 마세요. 제가 대감 어르신께 곤장을 맞아야 이 말을 새겨들으시겠 습니까?"

"잔소리하는 무영 오라버니가 가시니, 네가 잔소리구 나. 걱정 마라. 사또와 현장에 다녀왔다."

그 말에 방울이는 더 크게 성을 냈다.

"현장이요? 마님! 정신 바짝 차리십쇼. 여기가 현장입 니다. 죽다 살아나신 게 며칠 전이라고요. 오늘부터 제가 꼭 붙어 있어야겠습니다."

"관아 환자들은 어쩔 셈이냐?"

"죽은 놈은 죽고, 살 놈은 살겠지요. 제가 무슨 의원이라도 됩니까? 무슨 부귀영화를 누리겠다고 아픈 마님을 내팽개칩니까. 어서 숟가락을 들고."

방울이는 숟가락을 들어 홍련의 손에 쥐여 줬다.

"푹푹 떠서 드셔요. 몸이 이게 뭡니까. 부지깽이처럼 빼짝 말라서."

앞이 안 보이는 주인 대신 그 숟가락을 잡아당겨 밥을 듬뿍 떠 줬다.

"요거, 굴비. 삼삼하니, 맛이 좋답니다."

방울이는 생선살을 발라 밥 위에 올려 줬다.

"얼른 드셔. 빨리. 안 그럼 밖에 있는 강아지한테 줘 버립니다."

하지만 홍련은 입을 벌리지 않았다.

"이거 자실 때까지 저도 가만있으렵니다. 누가 이기나 봅시다. 서방님 기다리다가 망부석이 된 얘긴 들어 봤어도. 나 같은 종년이 있을까. 이년 팔자가 드세네. 주인 밥 떠먹이다가 망부석이 되면. 것도 볼만하것소. 사시려면 드시고, 저승 가시려면 굶으시든가."

홍련이 참았던 웃음을 터트렸다.

"고것, 고집하고는."

그 말에 방울이는 열통이 터졌다.

"고집? 제 고집은 마님 발치도 못 갑니다. 저한테 고집 얘길 하실 건 아닌 거 같은데요?"

"사람이 죽고 사는 게 이치인데, 아득바득 먹고 살아야 겠느냐?"

"아이고, 공자님 나셨네. 말씀은 청산유수. 현실 감각 은 무념무상. 지금 마님 목숨이 마님 것 같습니까? 마님 돌아가시면 나도 끝이요."

"그래?"

"뭘 새삼스럽게 그러신대? 다 아시는 분이."

"내가 살아야, 너도 산다?"

"몰랐소?"

"알다마다. 그래서 내가 좋은 방법이 떠올랐는데."

홍련은 자기 쪽으로 가까이 다가오라는 손짓을 했다. 제 주인의 계략이 걱정스러운지 방울이는 겁이 가득한 얼 굴로 다가갔다. 홍련은 방울이의 귀가 제 입가와 가까워 지자 입을 열었다.

"날 살릴 수 있다면 뭐든 하겠느냐?"

"암요. 그럼요. 그 말 할라고 불렀소?"

방울이가 몸을 일으키려는 순간, 홍련의 그 어깨를 잡 아당겼다. 그리고 방울이에게 뭐라고 속삭였다. 말 끝나 기도 전에 방울이가 벌떡 일어났다.

"안 돼요! 무슨!"

"방울아. 끝까지 듣고."

"마님, 그건 아닌 것 같소."

"다른 사람 듣는다. 얼른 앉아라."

홍련이는 밖에서 누가 들을까 봐 목소리를 낮췄다. 벌벌 떨고 있던 방울이는 겨우 주인 곁에 앉았다. 우왕좌왕하다가 '옳지' 하며 다시 숟가락을 들었다.

"밥이나 먹읍시다."

"너뿐이다. 나를 살릴 사람은."

"마님. 난 사람이 아니요, 종년이요."

"방울아."

"아이고, 부르지 마세요."

"살고 싶다. 살아서 언니의 죽음을…."

홍련의 목소리를 벌써부터 슬픔에 미어졌다.

"진짜. 나 마음 약해지게 왜 그러세요, 마님."

방울이는 애간장이 타들어 갔다. 발을 동동 구르고, 마님의 손을 잡고 애원해 봐도 소용없었다. 이미 계획을 세운 홍련의 표정은 진중했다.

"그럼 하는 수 없지. 이대로 죽거든, 넌 지금 들은 말을 당장 잊어라."

그 말에 도리어 방울이의 억장이 무너졌다.

"마님! 내가 피 말려 죽겠소. 난 못해요. 나한테 왜 그러세요, 정말."

"마음 쓰지 말래도. 죽거든, 내 명이 짧았구나. 그리 생각할 테니. 걱정 마라. 절대 널 원망하지 않을 것이다. 나 없어도 잘 살거라. 내 옷은 네가 다 가져도 좋다."

"저 봐. 저거, 완전 날 원망하는 말투지. 죽어서 얼마나 괴롭힐까."

"귀신이 되어도, 절대 널 원망하지 않을 것이다."

"마님!"

발을 동동 구르던 방울이가 버럭 소릴 질렀다.

"내가 어찌 침을 놓습니까!"

홍련은 방울이의 마음이 반쯤은 넘어왔다는 것을 눈치챘다.

"네가 아니라, 내가 놓는다. 넌 옆에서 돕기만 해라. 내가 요리, 요리 짚어 주면, 잘 찔러 넣기만 하면 된다니까."

"마님. 그게 말이 쉽지. 그럼 아무나 의원하게요? 이건 아닙니다!"

"아니면 나 혼자 해야 하는데, 그것이 더 위험하다. 그래, 잘못되어 봤자 내가 죽기밖에 더 하겠느냐."

"아, 진짜 왜 이런대."

마님의 말에 수긍하면서, 분홍이는 패가 말렸다는 것을 깨달았다. 이대로 말려들면 안 된다는 생각에 정신을 바짝 차렸다.

"제가 의녀님 어깨너머로 많이 배웠지요."

"기특하게도, 많이 배웠더구나."

"허나! 약재나 키우고, 탕약이나 끓였지. 그게 의술입니까? 그냥 잡! 일! 그렇죠? 그런데, 침이라뇨. 아우, 정말. 좀 있으면 쉰동이도 올 거고. 그래, 무영 어르신이 한양에서 의원을 모셔 올지 모릅니다."

"그렇겠지."

홍련이 고개를 끄덕이자 방울이는 안심을 했다. 이렇게 달래다 보면, 나보고 침놓으란 소리는 하지 않겠지 싶었다. 하지만 웬걸?

"그러니까 네가 놓는 방법이 제일 빠르다."

"아이고, 마님."

"병에는 시간이 있다. 황금 시간대를 놓치면, 아무리 명의라도 죽은 자를 살릴 수 없다."

"그게 언젠데요?"

"이미 늦었다."

홍련의 목소리는 담담했다.

"내가 깨어났을 때부터 이미 늦었다. 하지만 오늘과 내일. 이날마저 놓치면 눈을 잃어야 할 것이다."

"아이고. 그건 안 되죠, 마님."

홍련은 입을 다물었다. 지금 제 수족처럼 부릴 사람은 방울이뿐이다. 그 결정은 방울이 스스로 내려야 한다. 무리한 부탁은 아니라고 생각한다. 방울이는 제법 눈썰미가 좋다. 독화살을 맞았을 때, 의원 곁에서 수행한 자도 방울이였다. 그 정도면 충분했다. 그리고 입으로는 하루 종일 쟁쟁거리고, 얼굴 치장에 많은 시간을 쓰지만 제법 담이 좋았다. 침을 놓을 때, 손이 떨리면 다른 혈을 건드릴 위험이 높다. 하지만 과감하게 환부에 침을 놓는다면, 명의가 따로 없다. 평소 눈썹을 세심하게 그리는 것을 볼 때마다 침을 야무지게 놓을 것이라고 생각했다.

홍련이라고 걱정이 없는 것은 아니다. 하지만 환부가 더 손상되거나 다치기 전에 살려 내야 한다. 벌써 증상은 진행된 것 같다. 어둠이 깊어지고 있었다.

"알겠소. 내가 뭘 하면 됩니까?"

드디어 방울이가 마음을 먹었다.

정동호는 제자리에서 왔다 갔다 발걸음을 제대로 옮기지 못하고 있었다. 한 울타리에 있는 관아에서 내아로 들어오는 길이 이리도 멀던가? 아직도 달팽이 껍질의 수수께끼를 풀어내지 못한 정동호는 풀이 죽었다. 장똘이가 하루 종일 탐문 수사해서 얻어 낸 정보 중 쓸 만한 것도 없었다. 저녁도 거른 채, 늦은 퇴근을 했다. 방문을 열고 들어가니, 웬일로 장화가 먼저 와 있었다.

"누님!"

놀란 정동호가 반가운 목소리를 냈다. 아니, 냈다고 생각했다.

"다 죽어 가네."

장화가 혀를 찼다. 맞는 말에 정동호는 고개를 들지 못했다. 그러다 좋은 생각이 떠올랐다. 귀신은 모르는 게 없다고 하지 않던가? 확신에 찬 그는 장화 앞에 넙죽 앉았다.

"달팽이, 아시죠?"

"뭐래."

장화는 귀를 후벼 팠다.

"왜 달팽이가 거기, 그것도 무진장 많이 있었잖아요."

정동호는 절박한 마음으로 질문을 쏟아 냈다. 하지만 장화는 달팽이의 '달'자도 이해하지 못했다.

"웬 달팽이 타령이야."

"진짜 모르십니까? 달팽이?"

"아. 달팽이 뚜껑 덮는 소리 하고 있네."

정동호의 눈이 휘둥그레졌다.

"달팽이 뚜껑이 있습니까?"

"그 말이 아니라. 달팽이 뚜껑이 꽉 닫힌 것처럼 내 마음이 답답하다, 이거지. 내가 달팽이 얘기 들으려고 널 기다린 줄 알아? 우리 아무래도 헛다리 짚은 거 같아."

장화는 뜸을 들였다. 그 말을 해야 하나, 말아야 하나 고민하는 얼굴이었다. 달팽이고, 헛다리고, 정동호 머릿속에는 오직 내기만 가득했다.

"분홍이가 살아 있어."

정동호는 실소가 터졌다.

"누님. 지금 그 말도 안 되는 소리를 하려고 날 기다리셨소?"

"진짜라고. 분홍인 안 죽었어!"

장화는 귀신 말을 귓등으로 듣는 그의 태도가 불쾌했다.

"너, 분홍이 살았으면 어쩔래? 내기할래?"

아이고, 이 자매들. 내기 못해 죽은 귀신들이 붙었나. 정동호는 혀를 찼다. 그러다 정신이 번쩍 들었다.

"그래, 내기 못해 죽은 귀신이다. 이게 어디서 귀신 앞에서 속말이야!"

그는 자포자기했다.

"내기합시다. 이기면 뭘 들어드릴까요?"

"그건 차차 정하고."

"왜? 불 속에서 살아났답니까? 불사조가 됐답니까?"

이제 그의 입에서는 비아냥거림만 쏟아졌다.

"농담 아니야. 의령수에 분홍이 옷이 없다구!"

그 말에 정동호는 정신이 번쩍 들었다.

"진짭니까?"

의령수는 망자가 삼도천을 건넌 후, 이승의 옷을 걸어 놓는 곳이다. 그곳에 옷이 없다면, 아직 이승에 살아 있다는 말이다. 정동호의 심장이 뛰었다. 다시, 사건의 시작이다.

  정동호는 홍련의 방 앞에서 기척을 냈다. 댓돌 아래 놓
인 신은 어제와 똑같은 모습으로 놓여 있었다. 밖에 나다
니길 좋아하는 사람이 한 번도 안 나왔다고? 의아했다.
이틀 전 새벽 나들이 이후 홍련은 제법 바깥출입을 했다.
그런데 어젯밤부터 오늘 아침까지 출입하지 않은 듯싶었
다. 무심코 돌아서다 걱정이 됐다. 게다가 방울이는 어젯
밤 구아방에 약재를 가지러 갔다. 여태 안 보이는 것을 보
면 아직도 그곳에 머무는 것이 분명했다.
  '혼자 어찌 계시려나.'
  혹시? 불현듯 불길한 생각이 떠올랐다. 정동호는 신발
을 신은 채 대청마루로 뛰어올랐다. 그리고 문을 열었다.
역시 방은 텅 비어 있었다.

  구아방에서는 두 여인의 애쓰고 있었다. 자리에 누워
있는 홍련은 가쁜 숨을 내쉬었다. 이마에도 땀이 송골송
골 맺혀 있었다.
  "괜찮다. 다시."
  홍련은 이를 악물었다. 두 손으로 침을 받쳐 든 방울이
는 부들부들 떨고 있었다.
  "이러다 마님 잡겠습니다."

"살려는 것이다. 한숨은 살려고 쉬는 숨이야. 내 몸은 내가 더 잘 안다. 어서."

홍련은 침 자리를 짚어 보였다.

"놓거라."

"아, 미치겠네."

"안 된다. 여기서 미치면. 정신 똑바로 차려!"

"아오, 정말. 미치겠네요, 마님."

"어서!"

홍련의 재촉 때문에 방울이는 다시 침에 정신을 모았다. 두 사람은 어젯밤 관아를 몰래 빠져나와 구아방에 도착했다. 도착하자마자 홍련은 마치 눈이 보이는 사람처럼 침구들을 찾아냈다.

"눈이 보이세요?"

"그럴 리가. 어둠이 익숙해진 거지. 물은?"

"지금 끓이고 있습니다. 주시죠."

방울이는 침구를 들고 밖으로 나갔다. 팔팔 끓는 물에 침구를 소독하고 다시 들어왔다. 홍련은 제 이부자리를 깔고 있었다.

"두셔요."

"아니다. 손끝에도 눈이 달렸는지, 훤히 보인다."

"그래도 이년 눈깔만 하겠습니까. 흰소리 말고, 누우십쇼."

그렇게 침 치료가 시작됐다. 홍련은 필요한 침 자리를 손으로 짚었고, 방울이가 침을 놓았다.

"보이세요?"

"한 번에 보일 것이면, 내가 혼자 하지 뭣 하러 불렀을까. 시간도 약이다."

그렇게 하루가 지나고, 이틀째다. 어제와 달리 홍련은 땀을 흘리며 힘들어했다.

"안 되겠소. 우리 이러지 말고 의원에 갑시다."

"잔말 말고. 어서."

홍련은 다시 숨을 가다듬었다.

10

"아부지."

쉰동이를 따라나섰던 만길이가 천연덕스럽게 달려왔다.

"아부지지지이이."

분명 잠든 것을 보고 나왔는데. 언제 따라 나왔을까. 쉰동이는 머릿속이 아찔해졌다.

철산만 벗어나면 금방이라도 의원을 구할 줄 알았는데. 쉽지 않았다. 이 고을의 의원은 죽어 가는 대감을 살리기 위해 불려 갔다고 했다. 이러다가는 한양에서 편 의원을 모셔 오는 것이 빠를 것 같았다. 막 고을을 떠나려는데 대감의 부고가 들렸다. 내일이면 의원이 돌아올 것이니 하룻밤을 더 머물러 보기로 했다. 주막의 쪽방을 겨우 빌렸다. 연고 없는 동네에서 쉰동이와 어린애가 뭐 할 일이 있을까. 둘은 까무룩 잠이 들었다.

"저년, 잡아!"

쉰둥이는 잠꼬대를 하다, 벌떡 잠에서 깼다.

"재수 없게."

의녀님이 분홍이에게 독화살을 맞았던 그날이 꿈으로 나타났다. 그 사건 이후 몸이 피곤할 때나 긴장할 때, 꼭 그 꿈을 꾸었다.

"죽어서까지 지랄이네."

쉰둥이는 낮잠을 망친 분홍이가 원망스러웠다. 어설피 잠을 잤더니 오히려 몸이 더 뻐근했다.

"넌! 꼼짝 말고 자라."

쉰둥이는 자고 있는 만길이에게 단단히 일러두고 방을 나섰다. 그 말에 미동도 없는 것을 보니, 깊이 잠든 것 같았다. 분명 깊이 잠들었는데 어찌 나왔을까?

쉰둥이는 제 주인에게 빌려 입은 도포 자락을 휘날리며 떡집에서 막 들어서 이야기를 나누던 찰나였다. 떡집 손녀딸은 이제 열여섯이나 됐을까? 어린것이 손끝도 야물고, 장사도 제법 잘했다. 잘 구슬려 보면, 오늘 밤은 외롭지 않게 보낼 것 같았다. 다 된 밥이었는데, 만길이가 떡하니 나타난 것이다.

"아부지, 오메, 을마나 찾았는디?"

저것이 어디서 어설픈 사투리를 배워서 친한 척이냐? 쉰둥이는 제 팔을 붙들고 늘어지는 만길이의 팔을 떼어냈다.

"누…구?"

떡집 소녀는 천진난만한 얼굴로 물었다. 이미 열여섯 살이면, 남녀의 이치도 깨닫기 충분한 나이였다.

"울 아버진디? 누난 뭐여?"

소녀의 얼굴이 빨개졌다. 방금 전까지 몸의 절반이 쉰동이 쪽으로 기울어져 있었는데, 이제 곧추세우고 정신 차린 모습이었다.

"떡 사요? 안 사요?"

소녀는 채근하며 물었다. 쉰동이의 마음도 다급했다. 다 된 밥이었는데. 역시 저놈을 달고 길을 나서는 것이 아니었다. 사또까지 다 원망스러웠다.

"얌마. 누가 네 아부지야? 미치겠네."

"아부지, 엄니가 찾아요. 갑시다."

"엄니?"

소녀에게 그 말이 턱하고 걸렸다.

"예, 울 엄니."

만길이는 천진난만하게 웃으며 친절하게 대답했다. 소녀는 눈에 쌍심지를 켰다.

"하, 진짜. 안 비켜요? 있는 놈이 더한다고. 안사람 있는 양반이 여기서 무슨 추태요? 남의 장사하는 집 막고 이게 뭐요?"

"낭자. 아니오, 절대 아니오. 이놈은 본디 시종인데."

"아부지!"

"그 아부지 소리 못 집어치워!"

그때였다. 떡집 소녀가 소금 한 줌을 쉰동이 얼굴에 뿌렸다. 방금까지 조신하게 행동하던 소녀는 거칠게 말했다.

"저리 비키라니까! 어디서 거지 양반 같은 게."

여인의 마음은 참으로 냉정하구나. 쉰동이는 한탄했다. 그 와중에도 만길이는 옷자락을 잡아끌었다.

쉰동이는 이를 악물고, 잇새로 말을 뱉었다.

"너어. 가서 보자."

만길이는 겁먹기는커녕 아부지가 아들 버리고 새장가들 생각이나 한다고 떠들어 댔다.

"네 아부지 아니래도!"

"아부지는 아부지답고, 아들은 아들다워야 한다고. 아부지가 노상 떠들어 놓구는. 이제 와서 왜 이러신대요?"

오히려 한술 더 떴다. 소금 한 주먹에 꼬맹이 욕까지 얻어먹은 쉰동이는 기가 막혔다. 골목을 돌자 인적이 드문 길이 나왔다. 이 틈을 타서 만길이 머리통을 한 대 후려칠 요량이었다. 손바닥으로 막 내리칠 찰나.

"사또도 아신대요?"

만길이가 눈을 동그랗게 뜨고 대들었다.

"나랏돈으로 이러고 다니는 거. 아신대요? 잊었소? 아재는 참말로 잊었소?"

만길이의 눈에 눈물이 차올랐다.

"내가 울 아부지 죽였소. 내가. 아재 몰래 목을 매고 죽
을래도, 나 죽으면 누가 잡소? 범인은 누가 잡냐고!"

아. 요 어린것이. 속이 깊었다. 쉰동이는 절로 고개가
땅으로 떨어졌다.

"넌 또 왜 그러니. 사내놈이. 눈물 뚝!"

"아재는, 내 맘도 모르고."

만길이가 속이 깊어도 어린아이였다. 갑자기 밀려온 설
움에 울음보가 터졌다.

"으으으앙. 아부지."

"아. 나. 참."

"아아앙."

만길이의 울음소리가 커지자 지나가던 아낙들이 아는
체를 했다.

"혼구녕이 났네. 아부지 말씀 잘 들어야지."

"아. 아. 아부지이이이. 아아앙."

아낙들이 돕는다고 한마디씩 던진 것이 불난 집에 부채
질한 꼴이었다.

"그만. 뚝."

쉰동이가 입을 막아 봤지만, 소용없었다. 할 수 없이 억
지로 업고, 얼른 자리를 피했다. 창피하고 부끄러워 앞에

누가 지나가는지도 모르고 땅만 보고 걸었다. 부끄러움이 지나가자 숨이 차올랐다.

"좀만 쉬자."

그러고 보니 아이의 울음소리가 그쳤다.

"자냐?"

만길이는 널찍한 쉰동이의 등에서 잠이 들었다.

"자식."

깨워서 걸어가자고 해도 되겠지만, 미안한 마음에 주막까지 업어 주리라 마음먹었다.

마음을 비우고 나니, 발걸음도 느긋해졌다. 철산은 흉흉한 사건으로 마을 사람들이 많이 빠져나갔다. 시장이라고 해 봐야 사치품은 구경하기 힘들었다. 딱 필요한 물건만 팔고 있던 철산과 달리 이 고을은 눈요깃거리가 많았다. 교통의 요지답지 보부상 사람들도 많았다. 특히 어린 동몽청 상인들도 보였다.

"곱구나."

처마에 걸어 놓은 댕기들이 바람에 흩날렸다.

"방울이 주면 좋겠네."

듣는 사람도 없는데 혼잣말하던 쉰동이의 얼굴이 빨개졌다.

"미쳤구만. 물심으로 얻은 마음은 물심으로 사라지니. 안 돼!"

단호하게 외쳤다. 하지만 몸은 벌써 댕기들을 구경하고 있었다.

"안사람 주시려구요? 자상도 하여라. 아이고, 애가 아부지를 꼭 빼다 박았네."

"총각이요."

"그렇죠. 사내들은 죽을 때까지 총각이라우."

넉살 좋은 주인은 시종일관 웃으면서 손님을 대했다. 어떻게든 하나 팔아 보겠다는 의지가 보였다.

"요건 어때? 막 들어온 건데."

"곱네. 고운데, 색이 안 맞겠는데?"

주인은 얼른 다른 색을 집어 올렸다. 쉰동이는 깐깐하게 물건을 봤다. 그리고 마음에 드는 노란색을 들어 올렸다.

"색시가 애기도 아니고. 애들이나 하는 색을. 비녀도 지겹고, 댕기가 편하다지만. 색이 너무 동하네. 어려요."

"그래서? 안 팔아요?"

"팔아. 팔아."

주인은 얼른 돈을 받고 거스름돈을 챙기고 있었다. 그사이 쉰동이가 반짝이는 호박 비녀를 보고 있는데 익숙한 목소리가 들렸다. 동몽청 상단의 어린 사내들을 호령하고 지나가는 여자의 목소리가 낯익었다. 망사로 얼굴의 절반을 가린 탓에 눈매만 봐서는 누군지 알 수 없었다. 목소리는 분명 익숙한데. 누구지?

"셈은 머리가 아니라 눈. 딱 보면 답 안 나와? 멍청한 것들."

단단히 화가 난 여자의 목소리였다. 쉰동이는 본능적으로 대들보 옆 작은 문에 몸을 숨겼다. 문틈으로 그 여자의 옆모습을 살폈다. 복면의 여자는 뭔가 눈치챈 듯 돌아봤지만, 그땐 아무도 없었다. 마침 바람이 불어 망사가 흩날렸다. 여자의 얼굴이 드러났다. 분홍이였다. 여자가 분홍인 것을 알아차린 쉰동이의 심장이 뛰기 시작했다. 두 손으로 입을 틀어막았다.

"가자."

분홍이는 무리로 돌아가 길을 재촉했다. 상단 무리가 사라지자 쉰동이는 털썩 주저앉았다. 다리에 힘이 탁 풀렸다.

"어찌, 저년이."

등 뒤에서 세상모르고 자는 줄 알았던 만길이가 대뜸 물었다.

"저 여자도 마음에 들었소?"

"안 잤냐?"

하긴. 그러고 보니 몸을 숨기고 염탐하는 사이에도 떨어지지 않고 매달려 있던 것을 보니 아까부터 깨어 있었나 보다.

"언제부터 깼냐?"

"안 잤는데?"

"뭐냐? 아깐."

"자는 척. 누구냐니까. 저 여자."

"네 아부지 죽인 여자."

"뭐요? 진작 말하지!"

만길이는 앞뒤 생각도 없이 이를 악물고 달려 나가려고 했다. 한 발을 나서기도 전에 우악스러운 쉰동이에게 손목이 잡혔다.

"왜요! 울 아부지 죽였다며!"

"내가 언제! 죽인 여자가 아닐까? 요래 말했지."

"농이요? 그것도 농이냐고!"

"그래, 농이다! 어린놈이 말을 꼬박꼬박. 일단 가자."

"원수가 눈앞에 있는데 어딜 갑니까? 전 못 갑니다."

"저 여자가 몇 명을 죽였는지 아냐? 말 잘했다. 너, 죽으면 안 된다며? 그 폭탄 목우, 누가 줬는지 너만 알고 있다며? 잘 봐라. 저년은 뱀의 꼬리다. 뱀 꼬리를 남겨 놔야 머리를 잡는 법이여."

쉰동이는 멋진 명언이 자신의 입에서 줄줄 나오자 감탄하는 눈치였다.

"꼬리를 잘라 버리면 어쩝니까? 도마뱀처럼요."

위험에 처하면 꼬리를 흔들어 적을 유인하는 도마뱀은 적에게 노출된 순간 꼬리를 자르고 도망친다. 어쩌면 분홍이는 사또와 의녀님이 찾고 있는 무리의 꼬리일지 모른다.

모습이 노출되거나, 쫓기고 있거나, 위험한 순간. 가장 먼저 잘라 버릴 꼬리. 쉰동이는 한시가 급하다고 생각했다. 주막 아낙에게 부탁의 말을 남기고 철산으로 향했다.

"주모. 의원 나리 오시면 철산 관아로 하루바삐 오시라고 전해 주시오."

"나리가 주모 말을 듣겠나?"

"방값은 서운하지 않게 넣었으니, 차차 쓰시고."

주머니를 열어 본 주모는 보쌈을 해서라도 철산으로 의원을 보내겠노라고 굳게 약조를 했다.

홍련의 목소리는 많이 지쳐 있었다.

"그래 이번이 마지막이다. 내가 네게 못 할 짓을 시켰구나."

자신이 결정한 일이지만, 참으로 무모한 시도였다. 그럴듯한 말로 방울이를 설득시켰지만 결과는 장담할 수 없었다. 방울이 몰래 한숨이 새어 나왔다. 하루 이틀 만에 고칠 수 있는 병이 아니라는 것은 이미 알고 있었다. 홍련이 의서를 달달 외우고, 침 자리를 달달 외웠던 의녀 시절에 편 의원은 늘 느긋하게 말했다.

"환자를 모두 고칠 수 있다고 자만하지 마라. 반은 내가 고치고, 반은 환자가 고치는 것이다. 그것이 자연이다.

어떤 병은 그대로 두면 자연이 고치기도 한다."

배움이 짧았던 당시에는 믿지 않았다. 하지만 오늘 같은 날은 그 말이 절실했다. 병이 스스로 낫길 바라고 또 바라고 있었다. 홍련은 간절한 마음으로 한 번 더 침을 놓기로 했다. 방울이는 제법 익숙한 솜씨로 침을 놨다. 가느다란 침이 홍련의 살갗을 뚫고 들어갔다.

"읍-, 읍-."

홍련이 고통을 참아 내는 소리가 들렸다. 방울이가 침을 밀어 넣는 순간 참았던 비명을 질렀다.

"마님!"

홍련은 의식을 잃었다.

관아에서는 얼굴 없는 망자의 검시가 시작됐다. 정동호와 권 이방, 그리고 오작사령이 한곳에 모였다. 비록 오래된 시신이라 할지라도 허투루 검시해서는 안 된다. 정동호가 비장한 각오로 시신 앞에 섰다.

"의녀 없이도 괜찮으시겠습니까?"

모처럼 업무에 복귀한 권 이방이 물었다.

"앞을 볼 수 없는 자가 검시라니요. 지금 인원으로도 충분합니다."

큰소리를 쳤지만 무엇부터 해야 하는지 앞이 막막했다. 검시서에 적힌 대로 시신의 앞뒤와 몸에 난 상처를 살펴보면 될 줄 알았다. 그런데 정말 '보는 것'밖에 할 줄 모르는 그는 서책으로 배운 지식의 한계를 뼈저리게 느꼈다. 시신을 꼼꼼히 보았지만 사인을 밝혀낼 수 없었다. 보다 못한 오작 사령이 답답한 얼굴로 물었다.

"그래서 사인은 무엇입니까?"

나도 그것을 찾는 것이다. 정동호도 답답한 마음이었지만, 차마 부하들 앞에서 아무것도 모른다고 말할 수 없었다.

그때, 홍련의 목소리가 들렸다.

"아직도 고민 중이십니까?"

며칠 동안 사라졌던 홍련이 방울이의 손을 잡고 나타난 것이다. 권 이방이 제일 반가워했다.

"어찌 이리 되었소."

그는 달려와 홍련의 두 손을 잡았다.

"어쩌다 이리….'

홍련은 권 이방의 목소리를 듣자, 죽은 분홍이의 시신이 떠올랐다.

"면목이 없습니다. 좀 더 신경 썼어야 했는데."

"…죽은 사람 말을 해서 뭐하누. 내, 잘 보내 줬네. 원의녀야말로 얼른 눈을 떠야지."

권 이방은 눈뜬장님이 된 홍련을 안쓰럽게 봤다. 정동호는 권 이방이 홍련의 손을 너무 오래 잡고 있자 신경 쓰였다.

"어서 오시지요."

그는 일부러 홍련의 손을 낚아채서는 시신 앞으로 갔다.

"검시 중이었습니다."

홍련은 흥미를 보였다.

"정말 익사한 시신이던가요?"

"…그것이."

"아, 이제부터 밝히시려던 참이셨군요."

"맞소."

혹시 제 무능함을 탓할까 봐 걱정했던 정동호는 한시름 놓았다.

"사또께서는 시신의 두개골을 취하여 정수리에 따뜻한 물을 넣으시려고 했겠군요. 콧구멍에서 가는 모래나, 진흙이 나온다면 살아 있을 때 물속에 던져진 것이니. 망자의 사인을 금방 알 수 있겠습니다."

"막, 그러려던 참이오. 여봐라, 뜨거운 물이 준비됐느냐?"

옆에서 일을 돕던 관원은 갑작스러운 명령에 놀란 표정이었다.

"뜨거운 물이요? 지금요?"

"당장 대령하라. 얼른!"

눈치 빠른 권 이방이 사또의 명을 반복했다. 관원은 허겁지겁 부엌으로 달려갔다. 잠시 후, 뜨거운 물이 도착했다. 정동호는 두개골에 뜨거운 물을 부었다. 정말 콧구멍에서 모래가 나온다면? 자신이 이긴 것이다. 안 나온다면? 원 의녀에게 밥을 해다 바치면서 달팽이 껍질의 비밀에 대해 물어야 할 것이다. 간절하게 애원했지만, 망자의 콧구멍에서 모래알은 나오지 않았다.

"나왔느냐?"

홍련은 조용한 목소리로 방울이에게 물었다. 시신을 처음 보는 방울이의 얼굴은 일그러져 있었다. 주인이 물으니 어쩔 수 없이 곁눈질로 시신을 보고 말했다.

"아니요."

"아무것도?"

"물만 줄줄 나옵니다."

대답을 마치고는 눈을 질끈 감았다.

"사또, 이걸 어쩌지요?"

정동호의 완벽한 패배였다.

내아 대청마루에 마주 앉은 홍련과 정동호의 분위기는 험악했다. 정동호는 내기에서 졌으니 닭백숙을 끓여 달라는 홍련의 생떼에 기가 막혔다.

"밥이라 하지 않았습니까?"

"이자가 붙었습니다. 오늘은 백숙이 먹고 싶습니다."

"차라리 달팽이로 국을 끓여 먹겠소."

"그럼 그만두시든가요."

홍련은 느긋했다.

"정말 달팽이의 비밀은 알고나 이런 무례한 부탁을 하는 겁니까?"

"고작 달팽이 하나로 사또를 협박하겠습니까? 범인도 알고 있습니다."

홍련의 말투에는 흔들림이 없었다. 정동호는 난감했다. 저렇게 배짱부리는 것을 보니 거짓말 같지는 않았다.

"사또를 백번 배려해서 닭백숙입니다."

"배려요?"

사또는 기가 막혔다.

"고맙습니다. 그 배려하시기 전에는 무엇을 자시고 싶었는지, 아주 궁금합니다."

"그쵸? 궁금하시죠? 멧돼지 수육입니다. 다친 후 기가 허해서 수육 한 접시를 먹고 싶사오나."

"멧돼지요?"

"예. 멧돼지는 피부를 윤택하게 해 주고, 헛것을 보아 까무러치거나 경기하는 아이에게 좋으니. 사또와 사이좋게 나눠 먹으면 금상첨화 아니겠습니까?"

홍련이 멧돼지의 효능을 줄줄 읊어 대자 주책없게도 귀가 솔깃했다.

"진짜, 헛것에 좋습니까?"

"그럼요. 누가 압니까. 귀신도 안 보게 될지. 그럼 잡으러 가시겠습니까?"

"됐소."

"고르시지요. 멧돼지를 잡으시겠습니까? 닭을 잡으시겠습니까?"

그래서 정동호는 닭집으로 닭을 잡으러 왔다. 평소에는 세월아 네월아 걷던 닭들이 오늘따라 봉황이 된 듯 우아하게 하늘을 날아다녔다. 목표를 정하고 닭에게 슬쩍 다가갔지만 역시나 날아갔다. 이가 갈렸다. 관아를 나오던 길에 만난 장똘이가 함께 붙잡혀 왔다. 아직 쉰동이가 돌아오지 않아서 불편하던 차였다. 장똘이는 급한 일인 줄 알고 따라왔는데, 닭집이었다.

"아이고 사또. 아이고 나으리."

닭집 할매는 손주뻘 되는 사또를 보자마자 머리를 조아렸다.

"금방 잡아 드리리. 가만 계쇼."

허리가 꼬부라진 할매는 뒷산에 풀어놓은 닭을 잡기 시작했다.

"이리 온."

오란다고 올 닭들이 아니다.

"이놈. 이리 오래도!"

화를 내도 잡힐 리 없었다. 보다 못한 정동호는 직접 두 팔을 걷었다. 장똘이도 지켜만 볼 수 없었다. 두 남자가 힘을 합쳐 겨우 닭 한 마리를 잡았다. 할매는 손뼉을 치고, 춤을 추었다.

. "장하다, 우리 사또."

정동호는 정말 장한 일을 해낸 것 같았다.

"닭백숙은 어찌 끓입니까?"

"아이고. 제가 끓입니다."

할매는 닭 털을 뽑으며, 아예 먹고 가라고 했다.

"아닙니다. 제가 쓸데가 있습니다."

"이런 것도 나랏일인가 봅니다."

"예, 아주 중대한 일입니다. 어찌 끓이면 됩니까?"

그는 정말 진지했다.

"백숙이 뭡니까? 허옇게 끓이면 되지."

"허옇게?"

"그렇지. 희멀건하게."

허옇게와 희멀건하게의 뜻을 알아들을 수가 없었다. 우물 물 한 번 길어 본 적 없다. 재차 요리법을 물어 물, 마늘, 파, 소금을 넣고 푹푹 삶으면 된다는 비법을 알아냈다. 처음에는 의녀가 골려 먹으려고 닭백숙을 시켰나 싶었는데. 요리법을 듣고 보니 세상 간단한 음식이었다.

"고맙소. 고마우이. 이렇게 살아 줘서 고마우이."

할매는 닭 피 묻은 손으로 연신 사또의 손을 잡고 인사를 했다. 어렵게 닭 한 마리를 얻은 사또는 관아로 돌아왔다.

장똘이는 사또 옆에서 불을 땠다.

"정말 직접 하시려구요?"

정동호는 대답 대신 팔을 걷어붙이고 가마솥 앞에 앉았다. 할매가 알려 준 대로 물, 파, 마늘, 소금, 닭을 넣고 뚜껑을 덮어 버렸다.

"이리하면 되는 것 아니겠냐? 얼마나 걸릴 것 같으냐?"

"글쎄요."

노파에게 얼마나 끓여야 하는지는 듣지 못한 것이다. 두 남자는 솥을 노려봤다. 세상에서 가장 어려운 숙제였다. 정동호는 그제야 닭죽이 생각났다.

"죽은 또 어찌해야 하느냐?"

장똘이도 모르긴 마찬가지였다.

"쌀을 넣어야 하는데. 넣어야겠죠?"

"그러니까, 언제?"

"지금이라도 넣을까요?"

"당장 쌀을 한 되 가져오너라."

장작불을 보던 장똘이가 밖으로 나갔다. 장똘이가 자리

를 비우길 기다렸다는 듯이 홍련과 방울이가 나타났다.
방울이는 부지깽이를 들고 번을 서는 사또를 보고 놀라 달
려갔다.

"사또. 드시고 싶으시면 말씀을 하시지."

앞이 안 보이는 홍련은 그 자리에 우뚝 서서 물었다.

"왜? 무슨 일이냐?"

"아이고, 마님. 사또가 직접 닭백숙을 끓이십니다."

"직접? 사또가 어쩐 일로 손수 하시느냐. 참으로 많이
자시고 싶으셨나 보구나."

사또는 시치미 떼고 모른 척하는 홍련이 알미웠다. 그
렇다고 내기에 졌다는 말을 입 밖으로 낼 수 없었다.

"가서, 물 한 바가지를 가져오너라."

그는 일부러 방울이에게 심부름을 시켰다. 이제 두 사
람만 남았다.

정동호는 닭을 잡느라고 홍련에 대한 미운 마음이 들었
던 것은 사실이지만, 그녀를 보니 마음이 눈 녹듯 풀렸다.
음식 하는 내내 마음이 설렜다. 이 음식을 먹고 눈을 뜰
수만 있다면 봉황이라도 잡으러 갈 태세였다.

"계속 여기에 세워 두실 겁니까?"

홍련이 먼저 손을 내밀었다. 그는 손을 잡아, 부엌 안으
로 안내했다.

"이쪽."

그는 한숨을 쉬었다. 이 여자, 언제쯤 눈을 뜰 수 있을까? 정동호는 짚으로 엮은 작은 방석을 내주었다. 둘이 그러고 앉으니 참으로 여염집처럼 편하게 느껴졌다. 어린 시절 부뚜막에 앉아 누룽지를 얻어먹고, 불놀이를 하던 그때처럼. 홍련이 잠시 추억에 빠져 있을 때, 갑자기 정동호가 치맛단을 들춰 올렸다.

"불똥이 튀어서."

그는 얼굴이 빨개졌다. 그러고 보니 장작에서 자꾸 불똥이 튀었다. 홍련은 한 발 뒤로 물러나 앉으려고 몸을 일으켰다.

"잠깐만요."

정동호는 혹시나 홍련이 넘어질까 봐 두 어깨를 잡아줬다.

"됐습니다."

갑자기 그의 향기가 코끝에 닿았다. 매캐한 연기와 달콤한 땀 냄새가 범벅된. 아주 오래전, 사냥 나갔던 아버지에게서 풍겼던 향기다. 뜻하지 않은 곳에서 익숙한 향기를 맡자 몸이 움츠러들었다.

"왜요? 몸이 안 좋습니까?"

정동호는 걱정스레 물었다.

"아니에요. 날벌렌가 봐요."

혹시나 그가 자신의 붉어진 목덜미를 알아차릴까 봐 딴

청을 부렸다. 그리고 불을 지피는 정동호 쪽을 바라다봤다. 반은 농으로 시작한 내기였는데 정말 닭을 잡아올 줄 몰랐다. 정말 우직한 사내였다.

"말해 달라고 먼저 청하셨으면 그냥 말씀드렸을 겁니다."

홍련은 미안한 마음에 진심을 고백했다. 음식을 해 달라는 것은 자신이 다친 후 죄책감에 시달리는 정동호를 위해 농으로 던진 말이었다.

"어차피 저놈은 가마솥에서 끓고 있습니다. 자. 달팽이, 뭡니까?"

홍련은 답을 내놨다.

"물길."

정동호는 부뚜막에 걸터앉았다.

"물길이라."

흥미로운 가설이었다.

"달팽이는 습지에 서식합니다. 우리가 발견했을 때, 주변에 물기가 있었나요?"

정동호는 다시 머릿속으로 현장을 복기했다. 비가 와서 젖은 정도였기, 습지는 아니었다. 없다고 대답하면서도 왜 물길을 이야기했는지는 알 수 없었다.

"이건 저만 아는 사실인데. 시신이 발견된 자리는 저 어렸을 때는 얕은 냇가였어요."

정동호는 잃어버렸던 조각을 찾았다. 머릿속의 생각들

이 저절로 끼워 맞춰졌다.

"지금은 냇가가 아니지만, 큰비가 오거나 장마철이 되면 냇가가 된다. 맞습니까?"

"그러니 범인은⋯."

홍련이 말하려는데 정동호가 손으로 막아섰다. 아무 말도 하지 말라는 수신호였다. 마지막 조각은 직접 끼우고 싶었다.

"범인은 그곳에 냇물이 흐르는 줄 모르고 버렸다. 아니, 시신을 유기할 당시, 풀이 무성한 들판? 잡초지?"

그의 머릿속에 범인이 들어앉았다. 정동호는 범인이 되어 사건 당일을 추리했다. 우선 범인은 시신을 유기하기 위해 이 들판을 찾았다. 왜 그랬을까? 들판을 지나면 바로 야산인데. 야산이 있는 줄 몰랐다는 것은 외부인이거나, 전입자다. 즉, 이곳 지리에 익숙하지 않은 자다. 그런데 들판에 시신을 버려도 모를 정도로 풀이 무성했던 계절이라면, 가을. 가을이면 가능하다. 그사이 들짐승들이 시신을 먹을 것이라고 생각했지만, 철산의 겨울은 다른 지역보다 빨리 시작됐다. 겨우내 눈 속에 파묻혔던 시신이 봄볕을 받아 갑자기 녹아내리다 밀랍 상태로 변했다. 그리고 꽤 많은 비가 왔다. 그때, 물길이 시신을 덮쳤기 때문에 시신은 익사한 모습으로 발견된 것이다. 그사이 달팽이들이 축축한 시신에 집을 지었다. 모든 것이 맞아 떨어졌다.

"고을 전출입자를 중심으로 사건을 재조사해야겠습니다."

"좋습니다. 낯선 자들은 실수하기 마련입니다."

홍련은 문제를 풀어낸 정동호의 실력에 놀랐다. 단서만 제공했을 뿐인데. 그가 그동안 얼마나 이 사건에 대해 고민하고, 머리를 굴렸었는지 알 수 있었다. 고소한 백숙 냄새가 부엌에 퍼졌다. 제법 음식 냄새가 좋았다. 그때 무쇠 솥이 부글부글 끓어 넘쳤다. 놀란 정동호가 맨손으로 솥뚜껑을 만지려고 하자 홍련이 별안간 일어나서 그의 손을 덥석 잡았다.

"안 돼요!"

자신보다 더 놀란 원 의녀를 보는 그의 눈빛이 심상치 않았다.

"원 의녀."

그의 목소리를 차갑게 가라앉았다. 홍련은 그제야 자신이 무슨 실수를 저질렀는지 깨달았다.

"보입니까?"

그가 홍련의 눈동자를 눈을 똑바로 맞추며 물었다.

"보이냐구요!"

정동호는 저도 모르게 소리를 질렀다. 홍련은 당황스러웠다. 잠깐, 아주 잠깐만 사또를 골려 주고 말하려 했다. 이제 볼 수 있다고. 그 말 하려고, 구아방에서부터 달려왔는데. 딱 좋은 기회를 날려 버렸다. 얼마나 화가 났을까. 홍련은 미안한 마음에 고개를 들 수 없었다.

"…이제… 보여요… 당신이….."

겨우 입을 뗀 순간. 정동호는 홍련을 와락 안았다. 그동안 얼마나 마음을 졸였던가. 차라리 내 눈이 안 보였으면 했던 순간이 얼마던가. 한참을 끌어안고서는 놓질 못했다. 다행이다, 참으로 다행이다. 가슴 한구석을 누르고 있던, 바윗돌 같은 걱정이 스르르 내려갔다.

"정말 보이십니까?"

"예."

"거짓은 아니지요?"

"예!"

홍련은 미안한 마음에 눈물이 고이려고 했는데 코에도 매캐한 냄새가 포착됐다.

"어머, 사또!"

홍련은 사또의 어깨너머로 솥에서 타오르는 연기를 봤다. 그때, 쉰둥이가 도착했다. 그의 눈에는 서로 부둥켜안은 사또와 마님, 그리고 연기를 내뿜으며 타고 있는 닭백숙이 보였다.

"먹는 걸 앞에 두고 두 양반이 정말! 뭐 하십니까? 저거 다 탔네."

몸이 고단했던 쉰둥이는 음식 앞에 까칠해졌다.

"사또!"

정동호는 동시에 일어난 일 때문에 당황스러웠다. 홍련은 눈을 떴고, 닭백숙은 타 버렸고, 쉰동이가 돌아왔다. 사또가 우왕좌왕하는 사이 홍련도 뭘 해야 할지 모르긴 마찬가지였다. 거기에 물 한 바가지를 들고 들어오던 방울이는 부엌에서 나는 연기를 보고 놀라 달려왔다. 솥에 물을 끼얹자 뿌연 연기가 피어올랐다.

"아이고, 다들 정신을 어디다 놓고 계셨소?"

방울이는 빈 바가지에 닭고기를 건져 내며 타박을 했다. 힐끗 돌아보니 쉰동이가 보였다.

"언제 왔대?"

"지금 왔다."

"피죽도 못 먹고 다녔나? 얼굴은, 어마!"

방울이는 쉰동이 옆에 선 아이를 이제야 봤다.

"뭘 놀래."

쉰동이는 방울이가 이 아이의 존재에 대해 알고 있다고 생각한 모양이지만, 아니었다.

"누…구?"

어린아이는 철없이 대답했다.

"우리 아부진데."

분홍이 소식을 전할 생각에 쉰동이는 방울이를 챙길 여유가 없었다. 그사이 충격받은 방울이는 조용히 자리를 피했다.

"사또. 분홍이가 살아 있습니다!"

그 한마디에 정동호와 홍련의 눈빛이 날카롭게 빛났다.

"또 누가 알고 있느냐?"

정동호의 목소리는 신중하게 떨렸다.

"없습죠. 알자마자 뛰어왔습니다."

"분홍이가 널 보았느냐?"

홍련도 궁금함을 참지 못했다.

"아닐 것입니요….

쉰동이는 말꼬리를 흐려졌다.

"분명해야 한다!"

사또가 다그치자 쉰동이는 망설였다. 찰나였다. 분홍이
가 자신을 보았다면 그냥 두지 않았을 것이다.

"못 봤습니다."

쉰동이의 대답을 듣던 정동호는 만길이를 봤다. 만길이
는 어른들의 심상치 않은 대화를 엿듣고 있었다. 그 여자
가 아버지를 죽인 사람이라고 하니 더더욱 흘려들을 수 없
었을 것이다. 정동호는 아이의 입단속을 맡겼다.

"분홍이의 소재를 비밀리에 파악할 것이다. 내가 소홀
하더라도 이 아이를 잘 지켜야 한다."

"그 걱정은 붙들어 매시고. 그나저나 의원 나리를 못 모
시고 왔습니다. 주모에게 부탁은 했지만. 한시가 급한데,

이게 뭔 일입니까."

쇤동이는 홍련의 눈을 보며 발을 동동 굴렀다.

"저리도 고우신 분이 여태 안 보이니. 죄송합니다, 마님."

홍련은 미안한 얼굴로 고개를 가로저었다.

"아니다. 나는⋯."

방금 사또를 속였던 것이 미안했던 홍련은 재빨리 대답하려 했다. 하지만 정동호가 홍련의 작은 손을 마주 잡았다.

"마님은 아직 앞이 보이지 않으신다."

놀란 홍련이 정동호와 눈을 마주쳤다. 그는 눈짓으로 홍련의 입을 막았다.

"첫날은 아무것도 안 보이시더니, 이제는 물체의 윤곽 정도는 보인다. 차차 나아지실 것 같구나. 수고했다. 시장할 텐데 요기부터 하고 오너라. 나는 마님을 모시고 구아방에 다녀올 것이다."

"사또가 직접 가신다구요? 방울이나 아랫것들을 시키실 것이지."

"아니, 아니! 절대 그럴 수 없다. 다녀오겠다. 그리고 명심, 또 명심해라. 그 아이를 잘 지켜야 한다. 의녀님은 이쪽으로 가시죠."

정동호는 홍련의 손을 잡아끌었다. 홍련은 눈이 훤히 다 보이는데 또 맹인 흉내를 하려니 참 답답했다. 혹시라도 쉰동이에게 들킬까 봐 괜히 먼 산을 보며 바보처럼 걸었다.

"앞에 턱이 있습니다."

정동호는 급히 홍련의 어깨를 잡아 넘어지지 않도록 부축해 줬다. 정말 남들이 보면 지극정성으로 보일 것이다. 홍련은 그의 손을 뿌리칠 수도 없었다. 눈뜬장님이니까.

"예."

모처럼 다소곳한 말투로 대답했다. 얼마나 조신하게 턱을 넘었던지, 어머니가 무덤에서 아시면 참한 규수가 됐다고 박수 치실 정도였다. 멀어져 가는 두 사람의 모습을 보는 쉰동이는 눈가만 촉촉해졌다.

"가엾은 우리 마님."

가슴이 미어지고 와중에도 배는 고팠다.

"내 팔자에 무슨 남 걱정이냐. 밥이나 먹으러 가자."

쉰동이는 무거운 마음은 잠시 접어 두고 관노방으로 향했다.

방울이는 관노방 마루에 밥상을 들고 들어왔다. 밥을 차려 주라고 하여 차렸지만 내키지 않았다. 상을 내려놓자마자 만길이는 걸신들린 듯 먹어 대기 시작했다.

"얼마나 굶었길래. 사람 꼴이 아귀 꼴이네."

하도 먹는 꼴이 기가 막혀 방울이는 툇마루에 걸터앉아

그 꼴을 구경했다.

"네 아부지는?"

방울이의 말투에서 해탈이 느껴졌다. 그래, 쉰동이가 언제 총각이라고 말했더냐. 백번 양보해서 총각인데 애가 있다고 치자. 묻지도 않고 따지지도 않고 입 맞춘 내가 미친년이고 바보 천치다. 한숨이 절로 났다. 쉰동이 아들을 보는 내내 마음이 물 먹은 종잇장처럼 축축 늘어졌다. 그런데 이 아들은 하늘에서 뚝 떨어졌을까? 아니다. 어떤 년이든 배를 맞췄으니 아이가 생겼겠지. 누굴까? 한양에 아내가 있는 것이 아닐까? 요놈은 큰놈이고, 흥부 자식처럼 주렁주렁 자식이 달린 남자는 아닐까? 망할 놈의 생각은 발이 달린 것처럼 방울이의 머릿속을 헤집고 다녔다.

"네 집에 엄마 없지?"

밥을 먹던 만길이가 수저를 떨어트렸다. 놀란 토끼 눈으로 방울이에게 다급하게 물었다.

"울 엄니 죽었소? 나 없는 동안. 죽었소?"

아이의 눈에서는 금방이라도 눈물이 떨어질 것 같았다.

"아니? 모르지, 난. 니네 엄마가 누군지."

"모르면서 왜 우리 엄니한테 시비여요?"

만길이는 팔뚝으로 눈물을 쓱 훔치고 다시 밥상으로 돌아갔다.

"한 번만 더 우리 엄니 얘기하기만 해 봐요!"

"아이고, 무서워라. 아들 없는 여자는 서러워서 살겠나."

방울이는 눈을 치켜뜨고 만길이를 쏘아봤다. 짙은 눈썹이며, 오똑한 코를 쏙 빼다 박았다.

"씨도둑질은 못 한다더니. 지 애비 빼다 박았네."

기가 막히고 코가 막혀서 헛웃음이 나는데, 쉰동이가 나타났다.

"밥 좀 줘 봐."

"내가 왜."

쉰동이는 눈도 안 마주치는 방울이의 태도가 영 거슬렸다.

"뭐여. 밥 달라고. 내가 네 마님 살리다가 굶어 죽겠다."

"그럼 우리 마님한테 가서 하소연을 하지, 왜 나한테 화풀이야."

"너, 뭐 잘못 먹었냐?"

"잘 먹고, 잘 잤다. 왜?"

"눈을 보고 말해. 나 안 보고 싶었냐? 나 안 보고 싶었냐고!"

쉰동이는 방울이의 가느다란 팔뚝을 잡아끌었다. 그 힘에 방울이는 밥상까지 끌려왔다. 만길이는 방울이를 한번 힐끗 보더니 도로 밥을 먹었다.

"야. 밥만 처먹지 말고, 네가 대신 좀 말해 줘라. 내가 한눈을 팔디 안 팔디?"

쉰동이의 물음에 만길이는 우걱우걱 밥만 먹을 뿐이다. 얄미워서 꿀밤을 주었다.

"밥 먹을 땐, 개도 안 건드리는 법입니다요!"

화가 난 만길이는 버럭 소리를 지르고, 다시 밥을 먹었다.

"지 버릇 개 못 준다고. 애한테 처먹어라가 뭡니까. 으이구, 저런 사람도 애비라고. 같이 안 살길 천만다행이지. 천만다행!"

"뭐?"

쉰동이는 방울이의 입에서 쏜살같이 쏟아지는 말들 때문에 헛웃음이 났다.

"너 진짜 저놈이 내 애라고 믿는 거냐?"

"그럼, 남의 애요? 둘러댈 걸 둘러대야지. 늦었소!"

"아니야. 나, 쟤 애비 아니다. 만길이 네가 직접 말해 봐."

우적우적 밥을 먹던 아이는 멋쩍게 웃었다.

"히히. 아부지."

그 한마디에 쉰동이의 눈동자는 커지고, 방울이의 눈꼬리는 하늘까지 치솟았다.

"애까지 팔아 가며 총각 행세하고 싶냐. 너 진짜, 노비 말종이구나!"

"야! 너 사람을 함부로 보는 거 아니다. 진짜 떡집 계집애가 찰떡같이 들러붙긴 했지만 나 거절했다."

"거절했는지, 찰떡같이 붙어 있었는지. 내가 어떻게 알아?"

"아! 미치겠네. 가슴팍을 찢어내 마음을 보여 주랴?"

"이야. 입에는 벌집을 물고 사냐. 꿀이 뚝뚝 떨어지네. 저 말솜씨로 계집들을 몇이나 발려 먹었을까?"

"발려 먹어? 무슨 계집 말투가 시정잡배 같으냐?"

진심이 통하지 않자, 쉰동이도 막말을 던지기 시작했다. 그때, 만길이가 쉰동이의 저고리를 잡아당겼다.

"아, 왜! 너 만나고 내가 되는 일이 없다."

하지만 만길이는 계속 저고리를 잡아당겼다.

"귀찮다고. 귀찮아!"

쉰동이가 험악한 얼굴로 돌아봤다. 좀 전까지 장난기 가득했던 만길이 얼굴이 사색이 됐다. 이미 쉰동이 곁에 몸을 숨기고, 손가락으로 마당의 누군가를 가리켰다.

"저 사람이냐?"

쉰동이가 나지막하게 물었다. 겁에 질린 만길이는 제대로 고개를 끄덕이지도 못했다. 절대 들키면 안 된다. 아이는 숨겨야 한다. 그 짧은 고민을 하는 순간에도 자동폭탄을 만길이에게 쥐여 줬던 범인은 다가오고 있다. 방법은 하나뿐이다. 쉰동이는 눈을 질끈 감고, 한 팔로는 만길이 한 팔로는 방울이의 허리춤을 감싸 안았다. 덕분에 만길이는 방울이와 쉰동이의 사이에 숨게 됐다.

"이 미친놈!"

"미친놈 맞으니까. 가만있어!"

쉰동이가 고함을 질렀지만 소용없었다. 방울이가 도망치려고 안간힘을 썼다. 그럴수록 쉰동이의 팔에는 힘이 잔뜩 들어갔다.

"안 놔! 뭐 하는 거야? 당장 놔!"

"일단 사람은 살려야겠다."

방울이가 대답하기도 전에 쉰동이의 입술이 방울이의 입술을 막아 버렸다.

권 이방은 집에 도착해서도 발칙한 것들 때문에 속이 뒤집혔다.

"망측한 것들."

대문을 열고 들어가는 순간에도 입에서 욕이 멈추질 않았다. 집안일을 돌보는 생남이가 가까이 오는 것도 몰랐다.

"어르신, 어디 불편하십니까?"

"요즘 것들은 이, 이, 이."

권 이방은 흥분하여 제대로 말도 못 했다.

"이해할 수 없다굽쇼?"

"그렇지. 백주대낮에 길바닥에서 하질 않나, 관아에서 설왕설래를 하지 않나. 나 참. 허 참!"

"어르신. 고정하시지요. 몸이 상하실까 걱정됩니다. 마님이… ."

눈치 빠른 생남이도 실수를 했다. 죽은 분홍이의 이름을 거론하는 것만으로도 주인에 대한 예의가 아니다.

"죄송합니다. 이놈이 생각이 짧아서."

"괜찮다. 이미 죽은 사람. 산 사람은 살아야지."

생남이는 실수를 만회하려는 듯, 고개를 숙이고 권 이방 곁에 종종걸음으로 따라붙었다. 대문에서 사람 찾는 소리가 들렸다. 걸음을 옮기던 권 이방은 익숙한 목소리에 손님이 누구인지 알아차렸다.

생남이가 대문을 열자, 정동호가 홍련의 손을 잡은 채서 있었다. 의녀의 눈이 멀었다는 소문을 들은 적이 있는데, 아마도 그 의녀인 것 같았다.

찻잔에 연둣빛 찻물이 쪼르륵 담겼다. 권 이방은 갑작스레 자신을 찾아온 사또와 의녀에게 차를 내주는 중이었다. 은은하게 퍼지는 녹차 향은 향긋했다.

"향이 좋습니다."

정동호가 첫 잔을 마셨다. 반면, 눈뜬장님 노릇을 해야하는 홍련은 이러지도 저러지도 못했다.

"마님도 드시지요."

권 이방이 찻잔을 앞으로 디밀었다. 그는 찻잔을 내밀면서 홍련의 눈동자를 살폈다. 뭔가 알아내려는 살쾡이

같은 날카로운 눈빛이었다. 그것을 눈치챈 홍련은 더욱 신중히 행동했다. 일부러 찻잔을 엎었다. 찻물이 닿은 손은 빨갛게 데었다. 옷자락이 젖는데도 움직이지 않았다. 놀란 정동호가 얼른 그녀를 뒤로 물렸다. 권 이방도 마른 수건으로 찻물을 닦아 냈다.

"아이고. 제 실숩니다. 안 보이는 것을 깜빡하고 뜨거운 차를 권하다니. 밖에 삼월이 있느냐?"

앳된 노비 삼월이가 들어왔다.

"옆에서 의녀님을 도와드려라. 앞이 안 보이신다."

이방의 말에 몸종의 눈이 커졌다.

"아. 몰랐습니다. 어디로 모실까요?"

"찬물이 필요하구나. 옷을 말릴 곳도."

삼월이는 홍련이를 부축하며 방을 나갔다.

이제 두 남자만 남았다. 정동호는 혹시나 권 이방이 분홍이의 존재를 알고 있나 싶어서 애가 달았다. 하지만 권 이방이 먼저 눈물을 흘리는 바람에 아무것도 물을 수 없었다.

"사또. 죽은 사람을 생각하면, 목이 메이고. 그 사람이 사또에게 한 짓을 생각하면, 면목이 없습니다. 사또."

백주대낮에, 술도 한 잔 먹지 않고 남자가 우는 것을 들어 주려니 정동호도 죽을 맛이었다.

"이 찻잎도 그 사람이 마련해 준 것이니. 하, 어디부터 정리해야 합니까. 사또. 모든 관직을 미루고 쉬고 싶습니다."

"이방께서 이리 마음을 약하게 드시면 어쩌십니까. 신참내기인 제가 무엇을 알겠습니까."

"대역죄인이 되어 사또의 곁을 지키는 것이 무슨 소용이랍니까. 사또, 그냥 저를 죽이시고."

권 이방은 갑자기 사또 앞에 고개를 조아리더니 더 큰 울음을 터트렸다.

"아닙니다. 이러지 마시지요."

결국 정동호는 아무것도 묻지 못하고 권 이방의 집에서 나왔다.

정동호와 홍련은 밤길을 나란히 걸었다.

"수상하네요. 뭔가 알았다는 듯이 눈물을 흘린 걸 보면. 밖을 살펴보았는데도, 별것은 없었습니다. 뭔가 하나는 걸릴 것 같았는데. 너무 평안한 것이 오히려 수상합니다. 누가 속았는지는 끝까지 밝혀 봐야 합니다."

"분명 죽은 시신이 분홍이라 하지 않았습니까? 의녀님께서."

홍련이 멈춰 섰다. 그때 왜 분홍이라고 확신했을까? 무엇을 보고 확신했을까?

"지금은 모르겠습니다."

"하. 분홍이가 쌍생아라도 됩니까?"

"좋은 지적입니다. 하지만 우리에겐 심증이 아니라, 물증이 필요합니다. 사또."

홍련의 말투가 거칠었다. 아까부터 화가 나 있었다. 사실 분홍이가 살아 있다는 말을 들은 순간부터다. 제 눈으로 분홍이가 투옥되는 것을 보았다. 또한 죽어 있는 시체도 분명 보았는데 버젓이 살아 있다니! 결국 제대로 확인하지 못한 자신의 탓이다. '본 것'을 믿어 버렸더니 이런 사달이 났다. 그래서 화가 났는데, 그 화풀이를 사또에게 한 것이다. 미안한 마음이 들었다.

'지금이라도 미안하다고 하자.'

망부석처럼 서 있는 정동호에게 다가갔다.

'저리 움직이지 않으신 것을 보면. 그래, 오해는 풀고 보자.'

발걸음을 옮기는데, 역시 사또는 움직이지 않았다.

"사또."

홍련이 마음을 누그러트리고 말을 걸었다. 그윽한 달빛이 그의 단단한 어깨 아래에 떨어졌다. 하지만 사또는 답이 없었다.

"오늘은 제가."

말을 하는데, 뭔가 이상했다.

"사또?"

홍련이 정동호의 어깨를 잡았다. 그는 떨고 있었다. 놀

란 홍련이 정동호의 얼굴을 살폈다. 파랗게 질린 정동호
가 식은땀을 흘리며, 몸이 굳은 채로 서 있었다. 그는 뭘
보고 놀랐는지 떨기만 했다.

"귀신이오?"

그는 간신히 고개를 끄덕였다.

"언니는 아니지요?"

언니라면 이렇게 놀랄 리 없다.

"눈 감아요! 얼른."

하지만 귀신 보고 놀란 정동호의 눈은 꿈쩍도 안 했다.
마치 자다가 가위에 눌린 것처럼 움직이지 않았다. 손으
로 눈을 가려 주며 있는 힘껏 안았다. 이런 환자에게 가장
급한 처방은 안정이다. 사람의 체온과 생기를 나눠 막힌
기를 풀어 줘야 한다. 그리고 스스로 마비 상태에서 깨어
나길 기다려야 한다.

"이런 잡귀들아! 물러가라! 차라리 나한테 와! 언니, 제
발, 언니라도 빨리 나타나. 언니."

갑자기 정동호가 숨을 내쉬며 홍련을 와락 껴안았다.
끔찍한 시간이 흘러갔다.

"됐소. 이제 됐소. 그리고… 그만… 이제 그만 떠나시오."

매번 자신 때문에 하얗게 질리는 홍련의 얼굴을 보고 싶
지 않았다.

"장화 누님의 일도 걱정 말고, 철산의 사건들도 걱정 말

고. 한양으로 떠나시오. 그것이 내 마음이 편할 것 같소."

"아니요. 혼자서는 못하십니다."

"그래서… 떠나라는 겁니다. 내가 부족하니 이리도 고생시키지 않습니까."

"도대체 무엇을 보았기에 갑자기 이러시오?"

홍련이 고개를 들어 사방을 둘러보았다. 쏟아지는 달빛. 부엉이의 울음소리. 먼 곳에서 개 짖는 소리. 그리고 살쾡이가 풀밭을 거니는 소리만 들렸다.

"이번 귀신은 얼마나 험하기에 가위까지 눌립니까."

정동호는 고개를 두리번거리는 홍련의 고개를 두 손으로 가만히 감싸 안았다.

"함께 보려고 하지 말고, 당신은 좋은 것만 보시오. 험한 것은 내가 볼 터이니. …사방이 귀신이었소. 철산이 어찌 이런 동네가 됐는지 모르겠지만, 갑자기 모든 나무에 목을 매단 처녀들이 보였소."

정동호의 목소리는 가볍게 떨렸다. 아무리 강철 심장을 갖은 사내라도 수십 명의 목맨 귀신을 본다면 제정신일 수 없을 것이다. 홍련은 그의 손목을 잡아 맥을 짚어 봤다.

"용하십니다. 처음 철산에 오셨을 때는, 콩닥콩닥. 맥이 약하게 뛰었습니다. 세상에 이리도 겁 많은 사내가 있나."

"흉을 보셨군요."

"그럼요. 보름이나 버티면 다행이다 싶었는데. 이리도

절 귀찮게 하실 줄 생각도 못 했습니다."

"그러니 떠나라, 말씀드리는 겁니다."

정동호의 눈빛은 진심으로 원하고 있었다.

"예. 그러지요. 지금 당장 떠나겠습니다."

홍련은 다소곳이 대답하며, 그의 눈빛을 살폈다. 정말 떠나겠다고 하자, 그의 눈동자는 흔들렸다.

"구아방을 정리하고, 한양으로 가겠습니다. 그게 마음 편하시다면, 지금 당장 떠나겠습니다. 사또 말대로 안전한 곳으로 떠나겠습니다."

"하지만 당장은 위험하기도 하고."

정동호가 허둥지둥 대자 홍련은 웃음이 났다.

"사또."

홍련이 가만히 그를 불렀다.

"저 안 보실 자신 있으십니까?"

"….."

"그러실 수 있습니까?"

"….."

정동호는 아무 말도 할 수 없었다. 제 입으로 떠나라고 했으니, 무슨 면목으로 잡을까. 여린 몸으로 언니의 사건을 쫓고, 거짓 혼인으로 여인의 삶을 포기한 이 사람. 죽을 고비 앞에서도 두려움이 없었던 이 여자를 내 평생 잊을 수 있을까? 그는 대답 대신 자신의 입술로 홍련의 입술을 가만히 덮었다. 달그림자 때문에 두 사람의 그림자가 길게 늘어졌다.

장화는 동생의 간절한 소리를 듣고 저승에서 서둘러 돌아왔다.

"아. 숨넘어가 죽겠네."

헉헉거리며 겨우 홍련 앞에 당도했는데 사또와 동생이 입을 맞추고 있었다.

"우와, 저것들이 진짜. 급하지도 않구먼."

장화는 정동호와 눈이 마주쳤다.

'누님, 제발. 눈치도 없으십니까?'

하. 요것이 귀신이 마음을 읽을 수 있다는 것을 이렇게 사용해? 장화는 기가 막혔다.

"아이고, 망측해! 망측도 풍년이야!"

장화는 그만 고개를 돌려 버렸다.

정동호가 다시 장화를 만난 것은 관아 내아였다. 홍련이 머무는 건넛방의 초롱불이 꺼진 후에야 종을 흔든 것이다.

"해도 해도 너무하네."

느릿느릿 벽을 뚫고 들어오는 장화는 일부러 어깃장을 놓으며 불평불만을 늘어놓았다.

"그래서 벽으로 들어오셨소?"

"남이사 벽을 뚫든, 구들장을 뚫고 나오든. 니들 정말

미친 거 아니야? 남사스러워서. 너, 내 동생한테 무슨 짓
했어!"

정동호는 기가 막혔다.

"아무 짓도 못 했습니다."

"입 맞춘 건?"

"그것밖에 못 했습니다."

"분홍이가 저승에 있나 찾아보라고 나는 일을 시켜 놓
고, 넌 잘 놀고 있다. 아무튼 분홍이는."

"없지요?"

"뭐야? 없는 거 어떻게 알았어? 우와, 나만 고생했네."

"아닙니다. 저희도 몰랐습니다. 우연히, 정말 우연히
쉰동이가 분홍이를 보았습니다."

"맞다. 그자는 살아 있는 자였다. 대신."

장화는 말을 멈췄다.

과연 이자가 저승의 일을 믿기나 할까? 하지만 보이지
않는다고, 없는 것은 아니다. 귀신을 보지 않은 자들이 귀
신을 믿지 않는 것처럼.

"…무영이가 죽었었어…."

"예? 죽었다고요?"

정동호는 믿기지 않았다.

"야! 사람 말을 잘 들어. 죽었었다고."

"그러니까, 죽었다고."

정동호가 말뜻을 이해하지 못한 것이 아니다. 사람이 죽었다가 다시 살아날 수 없기 때문에 하는 말이다. 죽으면 죽은 것이지, 죽었었다는 무엇이란 말인가.

"삼도천까지 온 것을 보면 죽은 것이 맞지. 그 앞에서 딱 만났어."

장화는 그 모습이 다시 눈앞에 선하게 보였다. 줄곧 동생을 지켜 주던 무영에게 고마운 마음이 있었는데 저승에서 마주하니 당혹스러웠었다.

"그래서, 지금 어딨답니까?"

"몰라. 그걸 몰라. 말을 안 해."

하. 정동호의 입에서 절로 한숨이 나왔다.

"어떻게 하면 좋겠습니까, 누님."

"찾아야지. 무영이 다쳤다는 것은 분명 계모와 연관이 있을 거야."

"도대체 계모란 자는 어떤 사람입니까? 어떤 자이기에 한 집안도 모자라서 철산을 이리 발칵 뒤집었습니까? 철산뿐입니까? 조선에 모르는 자가 없겠습니다."

정동호는 계모 때문에 고통스러워하는 홍련을 생각하자 제 일처럼 괴로웠다.

"…좋은 엄마…."

"뭐요?"

장화는 눈물범벅이 된 얼굴로 해맑게 웃었다.

"결국 계모가 됐으니, 그분도 마음이 편치는 않을 거야."

"도대체 누구 편입니까?"

"편? 난 그 누구의 편도 아니야. 정말 계모는 좋은 엄마였어. 남동생들이 태어났을 때도, 우리에게 미안해했어. 너희들에게 소홀해질까 봐 겁난다고. 어린 홍련이는 서운했을지 몰라도 난 이해할 수 있었어. 괜찮아요, 엄마. 이렇게 말했지."

장화는 그때 생각이 밀려오는지 잠시 말을 멈췄다. '괜찮아요, 엄마.' 그 말을 하기까지 쉬웠을까. 하지만 아버지를 생각하면, 그저 새어머니의 존재가 감사할 뿐이었다. '괜찮아요, 엄마.' 사실 이 말은 친모가 죽기 직전, 장화가 어머니의 손을 꼭 잡고 했던 말이기도 했다.

"내가 없으면, 네가 어미다. 어린것을 잘 부탁한다. 내가 짐만 남기고 떠나는구나."

"아니에요. 동생이 왜 짐이에요? 홍련이가 있어 저도 좋아요. 의지하고 둘이 잘 지낼 수 있어요. 걱정 마세요, 괜찮아요, 엄마."

그리고 곧 친모가 숨을 거뒀다. 아버지는 어머니가 돌아가시고 마음의 병이 들었다. 말로는 딸만 있으면 된다고 했지만 아닌 것 같았다. 결국 긴 여행을 떠났고, 새엄마와 돌아온 것이다. 아버지의 얼굴은 그전보다 건강해졌고 딸들을 돌보기 시작했다. 그리고 건강한 아들 셋을 낳았다. 그래서 괜찮을 줄 알았다. 자신이 죽기 전까지.

"지금도 괜찮습니까?"

정동호는 수건을 건네며 진지하게 물었다.

"네가 볼 땐 어떤데?"

그 수건으로 눈물 콧물을 닦아 내던 장화가 웃으며 물었다.

"안 괜찮아 보입니다."

"와, 반무당이네."

"지금 그게 웃을 일입니까? 두 자매가 똑같습니다. 자기가 아픈 줄도 모르고, 힘든 줄도 모르고. 무작정 달리는 망….."

아차. 정동호는 자신의 표현이 너무 과했다고 생각했다.

"망, 뭐?"

"아닙니다."

"망아지 같다고 하려고 했구만, 뭐."

"말귀는 귀신같이 알아들어. 됐습니다. 아무튼 자매님들 덕분에 제명까지 살 수 있을지 걱정입니다."

"별걱정을 다 하네. 제명 알고 사는 사람이 얼마나 된다고. 무영이는 어떻게 할 거야?"

"당연히 찾아야죠. 분명 뭔가 알아냈을 겁니다."

"어디서 찾게? 어디 갔는지 알아?"

"그러니까요. 그걸 찾아야 합니다."

정동호가 호기롭게 대답하는데 갑자기 천장에서 귀신 한 명이 툭 떨어졌다. 이번에는 장화가 더 놀랬다. 나중에는 짜증으로 변했다.

"야, 너 누구야!"

"장화야. 나야, 덕이."

눈을 질끈 감았던 정동호가 눈을 떠 보니, 처녀 귀신이 목을 맨 채로 천장에 매달려 있었다.

"덕이?"

장화는 귀신에게 가까이 다가가 얼굴을 살폈다.

"뭐야, 너 진짜 덕이잖아. 근데 왜 죽었어?"

"그냥 어쩌다가 죽었어."

덕이는 푸근한 인상처럼 성격도 좋았다. 죽은 사람 주제에 해맑게 웃고 있었다.

"너 죽었단 얘기 많이 들었는데. 이렇게 만나니까 좋다야."

"나도 좋은데, 너 올려다보니 목 아프다. 내려 줄까?"

"아냐. 내가 내려가지 뭐."

덕이 귀신은 제 손으로 밧줄을 쭉 잡아당겼다. 그랬더니 천장의 줄이 더 길게 내려왔다. 어쨌든 방바닥에 앉은 덕이는 여전히 줄을 목에 맨 채 있어야 했다. 정동호는 일찌감치 목맨 귀신들을 떼로 봤기 때문에 이번에는 충격이 덜했다.

"줄을 풀어 드릴까요?"

정동호가 조심히 물었다. 장화는 제 목이 감긴 것처럼 목을 만지며 구박했다.

"그래. 내가 다 답답하다."

"안 돼. 못 풀어. 업보야."

덕이는 환하게 웃으며 깔깔거렸다.

"업보래. 나 죽기 전에 이런 말 몰랐는데. 하하하."

"무슨 업보란 말씀입니까?"

정동호는 호기심이 가득한 얼굴로 물었다. 하지만 두 여인의 수다는 계속되었다.

"쟤가 귀신 보는 사또니?"

"응. 겁은 좀 많은데, 말귀는 잘 알아들어."

사람을 앞에 두고 이게 무슨 막말인가. 일을 잘한다, 잘생겼다, 혹은 백성에게 꼭 필요한 사또시다. 뭐 이런 좋은 말이 있는데, 말귀나 잘 알아듣는다니. 기가 막혔다. 정동호는 자존심이 상해 입을 다물었다. 덕이는 부끄러워서 그런 줄 알고 일부러 토닥여 줬다.

"우리끼린데 뭐. 괜찮아요. 귀엽다, 쟤."

"그치? 말귀 알아듣는 게 얼마나 대단한 능력인데."

예, 예, 누님들. 정동호는 기센 누나 귀신들 사이에서 벌써부터 피곤했다.

"명을 남겨 두고 내 손으로 명줄을 잘랐으니 귀신이 돼서도 이렇게 살아야 한다고 그러더라고."

두 귀신은 잠시 말을 잇지 못했다.

"죽은 것도 억울하고, 내 몸뚱이도 못 찾고. 이대로 저승 가면 안 된다고 해서 수소문하던 중에 사또를 알아냈지."

장화는 놀란 눈이 됐다. 정동호가 귀신을 볼 수 있다는 것을 아는 귀신은 자신뿐이었다. 그런데 어떻게 알았지?

"누구 소개로 온 거야?"

"그 얼굴 없는 귀신. 우리 새언니야."

귀신들의 대화를 가만히 듣고 있던 정동호의 귀가 번쩍 뜨였다.

"그 귀신이 누군지 아신단 말입니까?"

"여태 몰랐단 말입니까?"

"단서는 찾았고, 외지인일 것 같아서 수소문하던 차였습니다."

"어떻게 된 거야?"

장화가 정동호에게 물었다. 저승에 다녀온 사이 무슨 일이 있었던 모양이다.

"얼굴이 심하게 상한 귀신이 나타났습니다. 의녀께서는 시신에서 나온 달팽이를 보고 외지인이거나, 타지인일 것이라고 했습니다. 그에 맞는 자를 수색 중입니다."

"그런데 덕이야. 좌수 어르신이 며느리랑 딸이 죽었는데, 이렇게 조용히 계신다고?"

"우리 아버지, 체면 중시하는 좌수 어르신이니까. 아직 새언니 죽은 것은 모르실 수 있어. 친정오빠가 데려갔다고 알고 있거든. 우리 오빠 알잖아. 구제 불능. 아버지가 준 돈은 다 까먹었지, 과거 시험은 봐야지. 새언니한테 돈 달라고 손찌검을 했나 봐. 새언니가 어디서 돈을 구하니, 사채를 좀 썼지."

장화는 고개를 끄덕였다. 사채를 쓸 사정이 다 뻔하지 않던가.

"그럼 빚쟁이들한테 끌려가다 죽은 거야?"

"그러면 얼마나 좋니. 어느 날, 친정에서 새언니를 데리러 왔더라고. 제대로 못 가르쳐 보냈다고. 그러고 나서 연락이 끊어졌대."

"그럼 가족한테 맞아 죽었다고?"

"응. 친정오빠한테."

정동호는 전후 사정을 듣고 왜 홍련이 외지인이라고 말했는지 알게 되었다. 아무래도 날이 밝는 대로 좌수댁을 수색하여 범인을 잡아야겠다고 생각했다.

"아니요. 우선 제 시신을 찾아 주세요. 거기에 답이 있을 것입니다."

덕이 귀신은 공손하게 고개 숙여 부탁했다.

"그래. 그건 사또한테 맡겨. 수사 전문이니까. 얘, 너, 정말. 시집 잘 갔다고 소문나서 잘 사는 줄 알았는데. 시간 되니? 여기 말고, 조용한 데 가서 얘기 좀 들어 보자.
사또, 혼자 해결할 수 있지?"

언제는 누님이랑 같이 해결했습니까? 이 말이 불현듯
떠올랐다. 내 마음이지만 이렇게 불쑥 떠오르는 생각까지
차단하기 힘들었다. 그런데 장화는 아무 말이 없었다. 못
들어서 다행이라고 정동호가 마음을 놓는 순간.

"다행은. 다 알거든? 오늘은 바빠서 이만 간다."

역시 귀신은 못 속인다.

아직 새벽별이 빛나고 있었다. 방울이는 쌀을 씻으면서
헤죽헤죽 웃었다. 어제 쉰동이와 있었던 일을 생각하면
아무리 참아도 웃음이 났다. 권 이방이 나타나자 쉰동이
는 와락 자신을 안았다. 아이를 숨긴다는 핑계였지만, 권
이방이 지나가고도 한참을 안고 있었다.

"뭐 해. 이방 가셨는데."

"가만있어 봐."

"아저씨! 여기 사람 있거든요?"

쉰동이의 격렬한 애정 행각 때문에 숨어 있던 만길이도
선의의 피해자가 됐다. 겨우 빠져나온 만길이가 흘겨봤다.

"아저씨?"

방울이가 눈을 동그랗게 뜨자, 쉰동이가 노려봤다.

"왜? 진짜 애 아빠 줄 알았냐?"

"숨겨 둔 아들 아니었어?"

"아들 있음, 안 되겠냐?"

"그래, 안 된다."

이번에는 방울이가 먼저 와락 안았다. 그렇게 두 사람의 오해가 풀렸다. 그러니 아침부터 웃음이 나올 수밖에. 멀리서 쉰동이는 그 모습을 훔쳐보고 있었다. 노란 댕기를 선물로 주려고 손에 든 채였다. 방울이가 쌀을 다 씻고, 일어서는데 누군가 다가왔다.

"저기."

어? 방울이는 쉰동이라고 생각했는데 목소리가 달랐다.

"네?"

방울이가 돌아보니, 장똘이었다.

"어머, 무슨 일이세요?"

"이거."

장똘이는 병을 내밀었다.

"별건 아니고. 밭에서 오이 넝쿨을 뽑다가, 아까워서. 미안수를 좀 만들어 봤습니다. 좋아하시는 거 같아서. 얼굴에 바르면 좋다고 하니 부담 갖지 말고 쓰시죠."

그러고는 방울이의 손에 병을 쥐여 주고 사라졌다. 방울이의 얼굴에 엷은 홍조가 생겼다. 수줍게 웃기까지 했다. 본의 아니게 지켜보게 된 쉰동이의 얼굴이 흙색이 됐다.

"귀신은 뭐 하나? 저런 것들 안 잡아가고!"

새벽녘, 지붕 위에서 오랜만에 친구와 회포를 풀던 장화는 멈칫했다.

"누가 우리 불렀니?"

"설마."

장화와 덕이의 수다는 동이 틀 때까지 이어졌다.

홍련도 새벽녘까지 잠들지 못하고 있었다. 철산에 온 지도 벌써 석 달이 흘렀다. 아직도 언니의 죽음과 관련된 단서는 찾지 못했다. 고민이 그뿐이면 좋으련만. 아버지와 다름없는 황 대감은 홍련이 무영과 혼인하길 바라고 있다. 지금껏 위장 혼인한 것을 후회한 적은 없었다. 의녀가 궁궐에서 빠져나올 수 있는 방법은 그것뿐이었으니까. 구중궁궐을 나오던 그날, 얼마나 기뻤던가.

하지만 지금은 그 혼인이 족쇄가 되었다. 절로 한숨이 나왔다. 그런데 한양으로 떠난 무영의 소식이 들리지 않았다. 약조한 날짜가 지났는데도 감감무소식이었다.

그런데 새벽녘에 우연히 무영의 소식을 듣고 나서는 잠들 수가 없었다. 잠자리에 누워 뒤척이던 순간, 사또의 방에서 선명한 종소리가 들렸다. 언니를 부르는 소리다. 호기심이 일었다. 얼른 겉옷을 걸치고, 버선발로 살금살금 사또의 방으로 향했다. 얇은 창호지 앞에 귀를 바짝

붙였다. 방 안에서는 차분한 사또의 목소리만 울려 퍼졌다. 귀신인 언니의 소리가 들릴 리는 없었다. 언니와 남매처럼 도란도란 이야기하는 사또의 모습을 떠올리자니 웃음이 났다. 갑자기 격해진 사또의 목소리가 홍련의 귀를 찔렀다.

"그분께서 죽었단 말입니까?"

놀란 홍련은 두 손으로 입을 틀어막았다. 오라버니가 죽었다니. 다시 엿들었다.

"결국 다시 살아났단 말씀 아닙니까. 그렇다면 저희 측에서 먼저 찾아내야 합니다. 분명 뭔가 알아냈을 겁니다."

사또의 목소리에서 묵직한 책임감이 느껴졌다. 하지만 사또가 어찌 무영 오라버니를 찾을 수 있을까. 그가 어디에 살며, 한양 어딜 갔는지 알 수 있을까? 지척의 건넌방으로 되돌아가는 길이 천 리 길 같았다.

홍련은 방으로 돌아와서는 지금까지 잠들지 못했다. 두근거리는 가슴을 두 손으로 꼭꼭 누르고 또 눌렀다. 언니의 죽음을 밝히기 전까지 절대 한양으로 돌아가지 않겠다고 다짐했다. 하지만 지금은 망설일 이유가 없었다. 정말로 무영 오라버니가 다쳤다면? 치료를 해야 하니 짧은 시일에 철산으로 돌아오지 못할 것이다. 떠나기 전에 사또에게 알린다면? 당연히 말릴 것이다. 조금만 기다렸다가

같이 한양으로 가자고 할 테지. 하지만 사또가 관아를 비우는 것이 그리 쉬운 일인가. 관아의 업무를 분담하고, 휴가를 내고도 급한 일이 일어나면 떠날 수 없는 사람이 사또다.

대신 종이를 꺼내 간단한 서신을 남기기로 했다. 막상 붓을 드니 한 자도 쓸 수 없었다. 제 마음속을 고스란히 남길 수도 없으니 답답했다. 고민 끝에 담담히 몇 자만 적어 내려갔다.

「무영 오라버니가 위독하다는 소식을 들었습니다. 잠시 한양에 다녀오겠습니다.」

다 써 놓고 보니 참으로 매정하고 무정한 서신이다. 더 적고 싶은 말이 많았지만 붓을 놓았다. 서신을 접어 서안 위에 올려놓고 간단히 짐을 챙겼다.

방울이는 부엌에서 나물을 무치고 있었다.
"방울아."
다른 때와 달리 심각한 표정으로 서 있는 홍련이 수상했다.
"왜요? 뭘 찾으셔요?"
얼른 손을 씻고 마님에게 다가갔다. 그런데 홍련의 손

388

에는 작은 봇짐이 들려 있었다.

"아침부터 어딜 가세요. 잠깐만요. 제가 얼른 옷을 갈아입고 따라나서겠습니다."

"시간이 없다. 그대로 나서자."

그 말에 방울이는 벌컥 가슴이 내려앉았다. 앞이 안 보이시더니, 이번에는 몽유병을 앓으시는 것은 아닐까? 혹시 망령 든 것은 아닐까?

"마님. 아직 신새벽입니다."

홍련은 자신을 환자 취급하는 방울이를 보니 답답했다.

"무영 오라버니가 위험하다. 당장 한양으로 가야 한다."

"위험하다뇨? 무술 실력은 천하제일인 양반이."

"그러니까 하는 소리다."

홍련의 목소리를 들으니, 농담은 아닌 것 같았다.

"기다려 보셔요. 얼른 챙겨 나올게요."

"그럴 시간이 없다니까? 사또가 알기 전에 떠나야 한다."

방울이의 눈이 커졌다.

"사또에게도 말씀 안 드리셨어요?"

"내가 언제부터 사또 말을 들었느냐. 서신 한 장 남겼으니, 서운해하시진 않을 것이다."

방울이는 바로 행주치마를 벗어 놓고 마님의 뒤를 따랐다.

11

정동호는 출근하자마자 서고에서 해묵은 기록들을 들
춰 봤다. 철산에는 유독 미제 사건이 많았다. 그 사건과
관련 있는 실종자들은 주로 여자였다. 부엌일을 할 줄 아
는 어린 여종부터 나이 지긋한 마님들까지. 어찌 철산에
는 이런 사건들이 많이 일어나는지 알 수 없었다. 이 사
건들을 한 줄에 펠 단서조차 찾지 못했다. 그때 쉰동이가
들어왔다.

"때 되면 밥 먹으러 와야지. 소여물 주듯 챙겨 먹여야
겠소?"

"벌써 그리되었느냐?"

"해가 까치 똥구녕에 걸렸소."

"아이참. 밥 먹기 전에. 넌 그 말 좀 가려 할 수 없느냐?"

"됐고. 밥 먹으러 갑시다."

정동호는 쉰동이의 손에 끌려 대청마루로 향했다. 마루

에는 한 상 가득 차려져 있었다.

"방울이는 솜씨가 좋구나."

수저를 드는 정동호는 다른 날보다 가짓수가 늘어난 반찬을 보고 흡족해했다. 철산 음식은 한양 음식처럼 화려하진 않지만, 깊은 맛이 났다. 길고 긴 겨울을 견딘 채소들은 진한 향을 풍겼다.

"내가 차렸소. 뭘 알지도 못하면서."

마주 앉아 밥을 먹던 쉰동이는 또 입을 삐죽거렸다.

"아니. 방울이는 어디 갔느냐?"

"제가 묻고 싶습니다. 그놈을 만나 바람이 났나. 나물을 무치다 말고 나갔나 봅니다. 들어오기만 해 봐라."

쉰동이가 아침부터 심술부리는 이유를 알아차렸다.

"방울이, 남자 생겼느냐?"

"이게 다 사또 때문이요!"

쉰동이는 숟가락을 탁 내려놓으며 사또를 노려봤다.

"잠깐이면 된다고, 의원 모셔 오라고 하시더니. 이게 뭡니까. 그사이에 딴 놈이 눈독 들였으니, 책임져. 아, 나, 몰라."

"누구더냐?"

정동호도 궁금했다. 방울이가 미색은 아니어도, 남자만 득실거리는 관아에서는 인기 좋은 처자였다. 성격이 괴팍하고 불같은 것이 단점이지만 그녀를 흠모하는 사내들이 꽤 있는 것 같았다.

"저놈이요."

쉰동이가 보지도 않고, 손가락을 내민 곳에는 장똘이가 헐레벌떡 뛰어오고 있었다.

"사또!"

정동호는 뛰어오는 장똘이를 보고 직감했다. 어젯밤 갑자기 나타났던 덕이 귀신이 생각났다.

"넙적 바위 옆 밤나무에서 목을 맨 여자가 발견됐습니다. 그 여자는."

"윤덕이, 맞느냐?"

장똘이는 고개를 끄덕였다. 이제 관원들은 귀신 보는 사또를 이상하게 생각하지 않았다. 그 사실을 믿지 않으면 이해할 수 없는 일들이 자주 일어났기 때문이다. 차라리 믿는 것이 속 편한 관원들이었다.

"그래. 어제 윤덕이 귀신이 나를 찾아왔었다. 가자."

정동호가 일어섰지만, 장똘이는 움직이지 않았다. 아직 할 말이 남아 있었다.

"또 있느냐?"

"예."

장똘이는 철산 지리가 익숙하지 않은 사또를 위해 지도를 펼쳐 보였다. 그가 직접 그린 지도였다.

"여기. 폐우물에서도 시신이 떠올랐습니다."

"떠올라?"

깊은 우물에 시신을 버리면 대부분 찾기 힘들다. 깊은 우물 속을 누가 들여다볼까? 특히 폐우물은 인적이 드문 곳에 있으니 더더욱 시신을 찾기 어렵다.

"그 집 개가 찾았다고 합니다. 주인을 따르던 개인가 봅니다."

"하. 이제 개까지 시신을 찾는구나. 도대체 이 마을에 무슨 일이 벌어지는 것이냐? 그럼 이번 시신도 여자더냐?"

"예."

도대체 무슨 조화일까? 정동호는 두 시신을 수습하기 위해 관아를 나섰다.

홍련은 꼬박 반나절을 걸었다. 말 한 필도 없이 철산을 벗어나려 하니 시간이 더디 걸렸다. 철산에서 말을 빌리면 행방이 금방 드러날 것이다. 이곳을 벗어날 때까지는 일단 걷기로 했다.

"마님, 쉬었다 갑시다. 이럴 줄 알면 주먹밥이라도 싸오는 건데. 암튼 성격 급한 것은 알아줘야 해. 밥도 안 챙겨서 떠나는 사람이 어딨어요?"

"미안하구나."

홍련은 급한 마음에 침통을 챙겼는데 허기가 돌자 침통이 돌덩이처럼 무거워졌다.

"에이, 먹지도 못하는 거."

방울이는 괜한 화풀이를 침통에 했다.

"마님. 배 안 고프게 하는 침은 없소?"

"그런 침이 어딨겠느냐?"

"배가 고파 죽겠으니 하는 소리요."

"조금만 더 힘내자."

"그럽시다. 죽어도 사람 다니는 길에서 죽어야지. 여긴 호랑이가 나오겠습니다."

"말조심해라. 말이 씨가 된다 했다."

"에이. 여긴, 호랑이길 아닙니다. 어서 갑시다."

방울이가 먼저 일어나 홍련에게 손을 내밀었다.

"고맙다."

"고마우시면 한양 가서 고운 연지 한 통 사 주십쇼."

"그러자. 한양 가면 꽃신도 사고. 연지도 사고, 분도 사고."

"우와. 우리 마님이 웬일이래. 맨날 인삼이다, 황기다, 감초, 계피 사기 바쁘신 분이."

"좋으냐?"

"예! 벌써 두 다리에 힘이 불끈! 으아악!"

하늘에서 올가미가 떨어졌다.

"방울아!"

홍련은 눈 깜짝할 사이에 올가미에 갇힌 방울이를 꺼내

려고 안간힘을 썼다. 겁먹은 방울이가 울부짖었다. 홍련
은 맨손으로 올가미를 풀어 보려고 했지만 성긴 밧줄에 피
가 흐르기 시작했다.

"진정해라. 짐승을 잡으려는 덫인가 보다."

말은 이렇게 했지만 심장을 조여 오는 불안감을 감출 수
없었다. 누군가 미행했을까?

홍련은 불길한 생각을 떨치기 위해 있는 힘껏 올가미를
찢었다.

"마님! 아악! 마님!"

방울이는 흰자가 뒤집어지도록 소리를 질렀다. 하늘에
서 날아온 다른 올가미가 홍련을 뒤덮었다. 그리고 처용
탈을 쓴 사내들이 사방에서 나타났다. 올가미에 갇힌 홍
련은 이들의 정체를 파악하기 위해 정신을 집중했다. 하
지만 머리에 모란꽃을 달고 징그럽게 웃고 있는 처용탈만
보일 뿐이다.

"누구냐! 누가 보냈느냐?"

처용탈들은 대답도 않고 홍련에게 다가왔다. 한 사내가
올가미를 풀자 두 사내가 홍련의 양팔을 잡았다. 괴상한
웃음소리를 냈다. 가장 큰 처용탈을 쓴 사내가 어깨를 들
썩이며 웃고 있었다. 음산하고 불쾌한 소리였다. 두 사내
는 홍련을 큰 처용탈에게 끌고 갔다. 그자가 한 손을 들어
하늘을 찔렀다. 그러자 두 사내는 강제로 홍련을 무릎 꿇

리고, 고개를 하늘로 향하게 했다. 그리고 우악스럽게 그녀의 턱을 잡고 강제로 입을 벌렸다.

홍련은 이들이 무엇을 하려는지 눈치채고는 있는 힘껏 괴한의 손가락을 물었다. 왼쪽 사내의 손가락에서 피가 흘렀다. 홍련의 입에서도 비릿한 피 냄새가 났다. 하지만 절대 입을 벌려서는 안 된다. 큰 처용탈의 손에는 작은 약병이 들려 있었기 때문이다. 독약일까? 극약일까? 홍련은 온 힘을 다해 입을 꽉 다물었다.

장똘이가 내아로 화선지 뭉치를 한 아름 들고 들어왔다. 정동호는 윤 좌수가 언제쯤 집에 돌아오는지 물었다.

"무슨 말씀이십니까? 어르신, 오신 지 한참 됐는데. 모르셨습니까?"

정동호의 얼굴이 어두워졌다. 분명 며칠 전에도 권 이방에게 윤 좌수에 대해 물었다. 이곳에서 나고 자란 권 이방은 윤 좌수와 가장 가까운 사람이었다. 하지만 어쩐 일인지, 요즘은 왕래하지 않아 잘 모른다며 잡아뗐다. 얼굴 없는 귀신과 덕이 귀신이 윤 좌수 집안사람이니, 사건 해결을 위해서는 반드시 그와 면담을 해야 했다. 그래서 덕이 귀신이 다녀간 뒤로 몇 번이나 윤 좌수 집으로 포졸을 보냈었다.

"이 집에 사망자나, 실종자가 있습니까?"

하지만 늘 대문 앞에서 돌아오는 대답은 똑같다고 했다.

"없소."

그리고 지방에 출타 중인 윤 좌수가 언제쯤 철산에 돌아오는지 물어봐도 시종들은 잘 모르겠다고 했다. 그런데 윤 좌수가 지금 집에 돌아왔다고? 권 이방은 왜 그 사실을 알려 주지 않았을까? 정동호는 의아했다. 그래도 다행이라고 생각했다. 윤 좌수를 만나 며느리와 딸의 행방을 직접 물을 수 있으니까. 이제 사건 해결은 시간문제로 보였다.

"그제 밤에도 기방에서 나오시는 걸 봤는데요?"

"좌수 어르신이?"

"예에."

장똘이의 눈동자는 진실을 말하고 있었다.

"지금 나설 수 있겠느냐? 해가 더 기울기 전에 만나 봬야겠구나. 쉰동이를 부르고, 너도 같이 갈 채비를 하거라."

"예."

관아를 나서는 정동호는 볼이 부은 채로 따라오는 쉰동이가 눈에 거슬렸다. 하지만 그가 왜 뾰로통한지 쉽게 알 수 있었다. 그래서 귓속말로 아는 체를 했다.

"저자로구나. 방울이 남자."

앞서가는 장똘이를 가리켰다.

"아닙니다."

하지만 쉰동이의 눈빛은 장똘이의 뒤통수에 꽂혀 있었다.

"그만 노려봐라. 뚫어지겠다."

주인의 놀림에 쉰동이는 발끈했다.

"그냥 둘이 가지, 날 왜 불렀소?"

"내가 가는데, 네가 쉬겠다는 것이냐?"

"저놈 보면 속이 터진다는 것을 알면서도 이러기요?"

쉰동이의 얼굴은 붉으락푸르락해졌지만, 정동호는 재밌을 뿐이었다.

"오늘은 어찌 방울이가 안 보이는구나. 마님이랑 어딜 가셨느냐?"

"그걸 왜 나한테 묻소."

"그럼 누구한테 물을까? 시킨 일은 안 하고 방울이 뒤꽁무니만 쫓아다니는 놈한테 물어봐야지."

"하이고. 마님 뒤를 졸졸 쫓는 남자가 누구더라?"

쉰동이의 반격에 정동호는 헛기침하며 말을 돌렸다.

"만길이는 잘 자느냐?"

"벽에 머리만 대면 자는 놈이라. 내일 동틀 때까지 죽은 듯이 잘 겁니다."

그렇게 윤 좌수 집으로 향하던 중 권 이방과 마주쳤다.

"어딜 가십니까?"

권 이방이 먼저 물었다.

"예, 저희는."

장똘이가 말하려는 순간, 정동호가 말을 잘랐다.

"좋은 데를 갑니다."

"좋은 데라면⋯."

예리한 이방은 계속 꼬투리를 잡았다.

"여인들이 많은, 그런 곳 말입니다."

정동호는 정말 아무 말이나 늘어놨다. 장똘이와 쉰동이
는 사또의 거짓말이 의아했지만 태연한 척 굴었다. 오히
려 쉰동이가 한술 더 떴다.

"뭘 자꾸 묻소. 총각 사또가 어딜 가겠소? 오늘 밤 우리
사또, 찾지 마십쇼. 아주 제대로 놀다 올 겁니다."

권 이방의 얼굴에 묘한 화색이 돌았다.

"이게, 참. 송구합니다. 그런 건 제가 미리 준비했어야
했는데."

그 말과 동시에 사또는 쉰동이의 손을 꽉 잡았다. 보통
관아에는 사또의 수발을 드는 관기들이 있다. 그런데 사
또들이 죽어 나가니 관기들까지 챙겨 놓을 수가 없었다.

"네가 큰일을 했구나."

"그럼요. 안 가시겠다는 걸. 얼마나 닦달을 했다구요.
그런 거 안 하면 죽는다. 참는 거 아니다."

쉰동이는 태연하게 사또의 어깨를 다독여 보이며 말했다.

"제가 잘 모시고 다녀오겠습니다. 사또, 가시죠."

정동호도 능청스럽게 인사를 하고 쇤동이를 따라갔다.

권 이방이 안 보이자 장똘이가 정동호에게 다가와 물었다.

"어찌 권 이방에게 사실대로 말 안 하셨습니까? 비밀 업무입니까?"

"윤 좌수가 돌아온 지 수일이 되었다는데. 이방은 내게 그 사실을 숨겼다. 왜 그랬겠느냐?"

"그러게요. 수상합니다. 금방 들통날 일을."

"좌수 어르신을 만나 보면 알겠지. 가자."

정동호 일행은 걸음을 재촉했다.

윤 좌수의 기와집이 위용을 뽐내며 우뚝 솟아 있었다. 배산임수의 명당자리였다. 산자락 밑이지만 아늑하게 들어 있어 온기가 느껴지는 자리였다. 하지만 유독 그 집에서 음산한 기운이 느껴졌다. 대문은 굳게 닫혀 있었고 사람 발소리도 들리지 않았다.

"여봐라!"

쇤동이가 힘껏 외쳤지만 대답이 없었다. 다시 문을 두드리며, 게 없느냐를 수없이 외쳤지만 문이 열리지 않았다.

"사람이 없나 봅니다."

"그럴 리 없습니다."

보다 못한 장똘이가 나섰다.

"참 나. 사람 없다니까."

쉰동이는 나서는 장똘이가 못마땅했다.

장똘이는 문 앞에 서서 딱 한마디를 했다.

"사또 나리 납시셨소."

잠시 후 대문이 반쯤 열렸다. 그사이로 머슴이 빠끔히 고개만 내밀었다.

"어르신 계신가?"

장똘이가 물었다. 열린 문 사이로, 하던 일을 멈추고 밖의 말을 엿듣는 종들이 보였다. 기묘한 분위기였다. 다음에는 미리 기별을 넣고 찾아오라고 했다. 그때 정동호가 닫히던 대문을 잡더니 활짝 젖혀 버렸다. 머슴은 필사적으로 문을 잡고 매달렸다.

"안 됩니다, 사또. 오늘은 중한 일이 있어 외부인을 들이지 말라는 명이 있었습니다."

"누구의 명이냐?"

머슴은 입을 다물었다.

"안 됩니다. 부정 타면 안 되는 일입니다."

"실종자 수색에 협조하라."

사또는 무작정 밀고 들어왔다. 쉰동이와 장똘이까지 힘을 합치니 문이 활짝 열렸다. 이들이 머슴들을 상대하는 사이 사또는 안채로 향했다. 곧장 사랑방으로 향했지만, 이미 그는 자리를 떴다. 서안 밑에 놓인 방석에 손을 대 보니 아직 온기가 남아 있었다. 이번에는 마당으로 향했다. 그곳에서 장똘이가 호구 조사 중이었다.

"이게 무슨 소란입니까?"

때마침 출타를 마치고 들어오던 윤 좌수의 애첩 미로가 사또를 맞이했다.

"지금 어르신은 출타 중이시니, 다시 오시지요."

어린 애첩이었지만, 제법 대감마님 흉내를 내고 있었다. 윤 좌수는 조강지처와 사별한 후 2, 3년에 한 번씩 첩을 바꿔 가며 외로움을 달래고 있었다. 고을 최고의 어르신이자, 재력가인 윤 좌수를 기녀들이 가만둘 리가 없었다. 모두들 어떻게든 그의 여자가 되어 기방에서 나오는 것이 소원이었다. 이번에는 이 여자가 그 소원을 쟁취한 것이다. 정동호는 미로에게 관아에서 나왔으니 수사에 협조하라고 타일렀다.

"멀리 출타하셨습니다."

미로는 눈 깜짝하지 않고 거짓말을 했다. 정동호도 가만히 당하고 있지만은 않았다. 일부로 존대를 해 주며 그녀의 표정을 살폈다.

"며칠 전에 돌아오셨다는 소식을 들었습니다. 모르셨습니까?"

"흥. 저도 뵌 적 없는데, 누가 봤답니까?"

장똘이가 나섰다.

"기녀들이요."

미로는 기녀라는 단어를 듣자 눈이 흔들렸다. 애첩이지만 언제 쫓겨날지 모르는 불쌍한 인생이다. 이번에 쫓겨나면 퇴기가 되어 한평생을 유곽에서 살아야 한다는 것을 알고 있다. 그래서인지 다시 한 번 장똘이에게 확인했다.

"예, 확실합니다."

"제도 어제도 뵀습니다."

정동호는 일부러 거짓말을 하였다. 미로가 흔들리는 것이 보였기 때문이다. 효과는 바로 나타났다.

"혹시… 보름이랍니까, 그 기녀가?"

윤 좌수가 요즘 빠져 있는 여자가 보름인 것 같았다. 정동호는 고개를 끄덕였다. 그리고 질문을 이어 갔다.

"윤덕이를 마지막으로 본 게 언제입니까?"

질투에 이글거리던 미로의 눈빛이 차갑게 얼었다. 마치 이 집 사람들 모두가 약속이라도 한 듯 그 질문에는 함구했다.

"표정을 보아하니 모르는 것이 아니라, 몰라야 하는 것 같군. 명일 신시에 다시 오겠으니, 어르신께 잘 말씀드려 주시오."

사또는 일행을 이끌고 나갔다. 한바탕 소란이 일었지만 일행이 사라지자 종들은 다시 일사불란하게 사라졌다. 유난히 말수가 없는 조용한 종들이었다.

윤 좌수의 집에서 나온 정동호 일행은 바로 기방으로 향했지만 허탕이었다. 늦은 밤이 되어 관아로 돌아온 정동호는 불 꺼진 홍련의 방을 보고 그냥 돌아섰다. 댓돌 위에 꽃신이 얌전히 놓여 있는 것을 보니 얼굴을 보지 않아도 안심이 됐다. 방에 들어온 정동호는 호롱불을 켜자마자 종부터 흔들었다.

뭔가를 숨기는 권 이방. 철산에서 자신을 드러내지 않는 윤 좌수. 그리고 죽은 며느리와 자살한 딸 윤덕이.

이들 사이의 연결 고리를 발견하지 못했다. 아무래도 장화를 불러 덕이 귀신을 데려다 달라고 부탁해야 할 것 같았다. 종소리가 울리자 장화가 나타났다. 입에 곶감을 문 채.

"아, 정말. 내가 편하게 먹는 꼴을 못 보지? 제삿밥을 얻어먹고 있었는데."

"미제 사건만 이렇게 던져 주고 가면 어쩝니까? 책임지십쇼. 윤 좌수의 움직임이 이상합니다. 덕이 누이 귀신을 불러 주시죠?"

"걔 오늘은 안 돼. 오늘 혼인하는 날이잖아. 하룻밤은 자야지."

그 말에 정동호는 정신이 번쩍 들었다. 윤 좌수 집의 묘한 분위기도, 부정 타면 안 된다는 말도 다 이 영혼 혼례와 관련 있었던 것이다. 그렇다면 이미 딸의 죽음도 확인했다는 것이다.

"그럼 시신을 찾았단 말입니까? 가족이?"

"응."

"죽은 귀신도 기억 못 하는 곳을 가족이 찾아가 시신을 찾았다? 상황이 수상합니다."

"듣고 보니 그러네."

"며느리의 시신은 관아에 있고 딸의 시신은 스스로 찾아서 장례를 치렀다. 참 복잡한 집입니다. 그럼….."

"그 얼굴 없는 귀신이라도 불러 줄까? 걔는 아까도 잠깐 봤는데, 갈 곳이 없는지 어제도 그제도 한자리에 가만히 앉아 있더라고."

정동호도 장화와 같은 생각이었다. 하지만 고민됐다. 장화가 아무리 설명해도 쉽게 대답할 수 없었다. 짓이겨진 얼굴을 보고 질문할 자신이 없었다.

"뭘 그런 걸로 고민해?"

역시 속마음을 꿰뚫은 장화다. 기다리라는 말을 남기고 잠시 사라졌다. 잠시 후, 두 사람이 함께 오는지 바람이 더욱 매섭게 불었다. 호롱불의 불꽃이 심하게 흔들렸다. 그리고 서서히 장화와 얼굴 없는 귀신이 드러나기 시작했다.

하지만 정동호는 곤혹스러웠다. 흉측한 귀신을 어찌 본단 말인가. 그래도 사또 체면이 있어 고개를 돌리지는 못하고 실눈으로 그 귀신을 기다렸다. 그런데 방긋 웃는 각시탈이 보였다. 얼굴 없는 귀신이 예쁜 각시탈을 쓰고 나타난 것이다.

"귀신한테 탈 씌우는 거 쉬운 거 아니다."

"감사합니다. 누님. 자, 이제 겪으셨던 모든 것을 이야기해 주시면 됩니다. 하나도 빠짐없이 말씀해 주십쇼."

"예, 모두 털어놓겠습니다."

각시탈은 대답은 시원하게 했지만 쉽게 입을 열지 못했다.

"저를… 저를…."

이야기를 시작한 각시탈의 어깨가 들썩였다.

"겁탈한 백부님 이야기부터 해 드릴까요?"

각시탈을 쓴 얼굴 없는 귀신의 이름은 구영아였다. 구씨 부인은 덕망 높은 윤 좌수의 집에 시집가게 되어 그저 기뻤다고 했다. 그런데 첫해 남편이 죽었다. 다행히 태중에 있던 아이가 아들이라 그 집안의 며느리로 일부종사할 수 있었다. 하지만 아들 잡아먹은 며느리에 대한 구박은 차마 입에 담지 못할 정도였다고 했다. 시어머니는 이제 막 태어난 장손을 마치 자신의 아들 키우듯 했고, 구씨는 부정 탄다며 가까이 가지도 못하게 했다.

"전 그저… 어미가 아니라 유모였습니다."

구씨 부인의 눈에서 눈물이 흘러내렸다. 고된 시집살이

를 막아 줄 남편도 없고, 분신 같은 아들은 품에 안을 수
없었다. 그래도 친정으로 쫓겨나는 것보다야 당당한 삶이
라서 버텼다고 했다.

"늘 애쓴다, 애쓴다 해 주신 아버님 때문에 버텼습니다.
그땐 그런 분인지 몰랐습니다."

시아버지의 믿음 때문에 어려운 시집살이도 견뎌 냈다.
그사이 시어머니는 돌아가셨고, 아이는 다섯 살이 됐다고
했다. 시어머니가 돌아가신 후부터 시아버지의 출타는 늘
어났고, 오랫동안 집을 비우기 시작했단다. 그러던 어느
날, 백부가 찾아오셨고 모든 종들은 약속이나 한 듯이 자
리를 비웠다고 했다. 결국 사건이 벌어졌다. 백부가 구씨
부인을 범한 것이다.

그 말을 들은 장화는 소스라치게 놀랐다.

"그 어르신이? 말도 안 돼. 근엄한 얼굴로 금수 짓을 했
다고? 그런데도 참았어?"

장화는 믿을 수 없다는 표정이었다. 구씨 부인은 지난
날의 상처가 아물었는지 조용히 웃었다.

"저만 몰랐던 거죠, 바보같이."

그때부터 백부의 방문이 노골적으로 잦아졌다고 했다.
시아버지도 집을 비운 상태요, 종들은 알아서 피해 주는
꼴이었으니 힘없는 며느리는 백부의 놀잇감이 됐다.

"그런데 어느 날, 오라버니가 찾아왔어요. 혼인하고 처

음이었습니다. 너무 반가웠는데, 오라버니는 잔뜩 화가
나 있었어요. 갑자기 친정으로 돌아가야 한다고 손을 잡
아끌었죠."

하지만 구씨 부인은 거절했다고 했다. 잠시 시종과 밤
을 주우러 간 아들이 돌아오지 않았기 때문이었다. 아들
이 올 때까지 기다리자고 했더니, 막무가내로 잡아끌었다
고 했다. 아들은 핑계였고, 죽어도 윤씨 집안의 귀신이 되
어야 할 운명인데 시아버지의 허락도 없이 친정에 갈 수는
없는 노릇이었다.

"너희 백부님도 허락하신 일이다. 아버지가 기다리시
니, 어서 가자."

오라버니의 입에서 '백부'라는 말이 나오자, 그때부터
불길한 생각이 들었다고 했다.

"정말 온몸에 소름이 돋았어요. 불길했어요. 어떻게 오
라버니가 알았을까…. 어디까지 알고 있을까…. 그때 시
아버지가 돌아오셨습니다. 그런데 오라버니의 과격한 태
도를 보고도 못 본 체하고 방으로 들어가셨습니다. 그리
고 그대로 끌려 나가 죽었습니다."

구씨 부인은 지금 생각해도 자신의 죽음이 어이가 없는
지 목소리에 자조가 감돌았다.

"그럼 오라버니가 죽인 것입니까?

구씨 부인은 고개를 끄덕였다.

"백부도, 윤 좌수도 알고 있단 얘깁니까?"

역시 고개를 끄덕였다.

정동호는 홍련이 추리한 대로 범인은 '외지인'이었다는 것을 확인했다. 하지만 귀신의 증언만으로 사건을 해결할 수 없었다.

"증거가 필요합니다. 귀신이 증언을 할 수도 없으니, 백부가 순순히 인정하지 않을 것입니다. 윤 좌수도 마찬가지구요."

정동호는 혹시 증거가 있냐고 물었다.

"그럼요. 그 증거는."

구씨 부인이 말을 꺼내려는 순간, 첫닭이 울었다. 푸르스름한 새벽빛이 흰 창호지에 스며들고 있었다.

"뒤뜰 장독대 중 빈 곳에, 제가….."

하지만 점점 귀신들은 희미해지고 있었다. 내일을 기약하고 헤어져야 했다.

장화와 구씨 부인이 사라진 순간, 쉰동이가 벌컥 문을 열고 들어왔다.

"없어졌소!"

얼마나 뛰어다니다 들어왔는지, 쉰동이의 옷은 흠뻑 젖어 있었다.

"뭐가 말이냐?"

"사또. 만길이가 사라졌소."

생각지도 못한 사건이었다.

"분명 어제 잠들어 있다 하지 않았느냐!"

"감쪽같이 사라졌습니다요."

쉰동이의 표정이 울상이 되었다.

"기다려 봐라. 어린것이 갑갑하여 나갔는지 모르지 않더냐?"

"갑갑하여 신도 벗어 던지고 맨발로 나가요?"

신발이 그대로 남아 있다는 것은 납치일 가능성이 높았다. 정동호는 기운이 빠졌다. 옥사 폭파 사건의 유일한 증거가 사라졌으니 이를 어쩐단 말인가.

12

 홍련이 정신을 차렸을 땐 입에 재갈이 물려 있었다. 처용 가면을 쓴 자가 들고 있던 약병에는 마비 성분의 약이 있었던 모양이다. 머리가 깨질 듯이 아프고, 눈앞이 어지러웠다. 같이 잡혔던 방울이가 보이지 않았다. 가슴이 철렁 내려앉았다. 그리고 후회가 밀려왔다. 괜히 방울이를 급히 데리고 나왔구나. 그냥 밥이나 하게 둘걸. 그러면 이런 험한 일을 당하지 않았을 텐데. 이미 뒤늦은 후회였다. 지겹도록 자신을 덮치는 불행은 자신이 철산으로 향하던 날부터 계속 이어져 왔다. 우여곡절 끝에 살아남으면 꼭 주변 사람들에게 피해를 주게 된다.

 그런데 여긴 어딜까? 그자들은 누구일까? 계모는 왜 나를 죽이려는 것일까? 의문투성이였다. 지금 상황은 미처 생각하지 못한 변수였다. 제아무리 추리 마님이라고 해도 보고 들은 것이 없으니 잡혀 있는 곳이 어디인지 알 수 없었다.

눈을 뜬 순간부터 지금까지 물 한 모금 먹지 않았다. 그들은 물과 맨밥을 던져 주고 갔지만 먹을 수 없었다. 환각제나 마취제가 섞인 밥이라면 굶는 것이 낫기 때문이다. 하룻밤밖에 지나지 않았으나, 아직까지 살려 둔 것을 보면 죽일 생각은 없는 것 같았다.

뜨거운 여름 볕이 쏟아지기 시작하자 온몸은 땀으로 범벅되기 시작했다. 아무리 처소 안이라고 하지만, 한여름의 더위를 피할 수 없었다. 이렇게 땀을 흘린다면, 물을 안 마실 수 없을 것이다. 어쩌지…. 걱정이 밀려왔다. 또한 온몸과 짚을 깔아 놓은 바닥에서 참기 힘든 냄새가 피어올랐다. 잠시 후면 예민했던 코가 무뎌지겠지만 당장은 참기 힘들었다. 작은 바라지창도 없는 갇힌 공간이다. 숨쉬는 것보다 더 힘든 것은 머릿속을 떠나지 않는 끔찍한 생각들이었다. 차라리 아무 생각도 할 수 없는 바보천치라면 얼마나 좋을까?

홍련은 그동안 보고 들었던 각종 흉악 사건들이 떠올랐다. 지금 생사를 알 수 없는 방울이가 혹여 그런 사고를 당했을까 봐 걱정스러웠다. 또 쥐덫에 갇힌 제 꼴은 어떠한가. 누구에게 잡혔는지도 모르고, 어떻게 될지도 모른다. 당장 한양에서 죽어 가고 있을 무영 오라버니를 생각하니 가슴이 찢어졌다.

그래도 다행이었다. 사또에게 서신을 남기고 떠났으니, 찾으러 오진 않을 것이다. 누가 되지 않을 것이니 마음이 편했다. 다만 이렇게 죽게 되면 언니의 죽음을 밝혀내지 못했다는 것이 한으로 남을 것이다.

'그래. 죽으면, 만나겠지. 그때 언니한테 물어보자.'

홍련도 이제 자포자기의 심정으로 흙벽에 몸을 기댔다. 커다란 나무문이 기분 나쁜 소리를 내며 둔탁하게 열렸다. 갑자기 빛이 쏟아져 내렸다. 각시탈을 쓴 두 명의 사내가 피투성이가 된 짐승을 툭 던져 놓고 나갔다. 그리고 문은 닫혔다.

너무 갑자기 일어난 일이라 당황스러웠다. 빛이 쏟아져 내려 밖의 풍경을 살필 틈도 없었다. 그런데 짐승의 입에서 사람 소리가 났다. 가만히 보니 짐승은 발가벗긴 어린아이였다. 얼마나 맞았는지, 온몸이 피범벅이었다. 마치 털을 벗겨 놓은 어린 양 같았다. 놀라서 다가갔다. 아이가 쓰러져 있는 쪽으로 몸을 눕혀 심장 소리를 들었다. 약하게 뛰고 있었다. 뒤로 묶여 있는 손으로 가느다란 아이의 손목을 짚었다. 어린것이 잘도 버티고 있었다. 하지만 깨어나서 아무것도 먹지 못하면 죽게 될 것이다.

우선 아이의 체온 보호를 위해 볏짚으로 배와 등을 덮어 줬다. 아무리 한여름이지만 환자에게는 오한이 올 수 있다. 그리고 물과 주먹밥 앞에서 한참을 망설였다. 혹시나

독이 들었을까 봐 걱정스러웠다. 홍련은 생각했다. '내가
이 밥을 먹고 죽으면 아이는 앞으로 이 밥을 먹지 않을 것'
이라는 답을 얻었다. 둘 중 한 사람이라도 살아야겠다는
심정으로 바닥에 놓인 주먹밥을 입으로 물어 올렸다.

관아가 발칵 뒤집혔다. 정동호는 당장 만길이를 찾으라
는 명을 내렸다. 포졸들이 관아 안팎을 수색하기 시작했
다. 포졸들은 만길이가 누군지 영문도 모르고 그를 찾기
시작했다. 사또가 하루 종일 어린애 하나만을 찾을 수 없
는 노릇이다. 구씨 부인의 사건을 해결하기 위해 포졸을
대동해 윤 백부의 집으로 향했다. 그리고 장돌이를 구씨
부인의 친정인 곽산으로 보냈다.

윤 백부의 집은 윤 좌수의 집과 같은 동네였다. 다섯 집
만 지나면 바로 윤 좌수의 집인데, 그 집들 사이에 샛길이
있어 왕래가 더욱 용이해 보였다. 정동호는 윤 백부의 집
에 도착해 관아로 출두해야 한다는 명을 알렸다. 겁먹은
머슴은 놀라서 허겁지겁 사랑채로 달려갔다.
"어르신, 어르신! 사또 나으리가 오셨습니다요."
문틈 사이에서 흘러나오던 남녀의 은밀한 신음 소리가
멈췄다. 잠시 후, 등이 구부정한 그림자가 옷을 걸치는 것
이 보였다. 머슴의 뒤를 따라왔던 정동호는 사랑채 안뜰

에서 포졸들과 기다렸다. 잠시 후, 윤 백부가 옷을 갖춰 입고 나왔다. 열린 방문 사이로 겁먹은 어린 기녀의 얼굴이 보였다.

"사또께서 이 늦은 밤에 늙은이를 보러 오셨습니까?"

분명 윤 좌수보다 나이가 많은 어른이라 했지만 체통과 체면은 없어 보였다. 게다가 능글맞은 구렁이 같았다.

"부임했다는 소식은 잘 들었네만. 어찌 인사를 이리 늦게 오시누."

정동호는 자신을 위아래로 훑어보는 늙은 구렁이의 시선이 불쾌했다. 하지만 윤 백부는 오래된 벗이라도 만난 듯 사또의 팔을 잡아끌며 들어가자고 했다.

"뭐 하느냐. 술상 봐 오지 않고. 귀한 손님 오셨으니, 묻어 둔 송화주를 꺼내 오너라. 어서."

"예."

참다못한 정동호가 윤 백부의 손을 뿌리치며 외쳤다.

"멈추어라! 우린 범인을 잡으러 왔다."

정동호와 윤 백부의 눈빛이 허공에서 마주쳤다. 결국 윤 백부는 제 사람들을 모두 사랑채 밖으로 물렸다.

드디어 두 사람만이 대청마루에 마주 앉았다. 윤 백부는 아예 배짱을 부리며 정동호를 어린아이 취급했다.

"우리 어린 사또께서 무엇이 궁금하신가?"

정동호는 기죽지 않기 위해 일부러 환하게 웃었다.

"어르신은 작은집 큰며느리 구씨 부인에 대해 잘 아시지요?"

윤 백부는 너무나 뻔한 질문에 큰 소리로 웃었다.

"며느리를 모르는 백부가 어딨나, 이 사람, 참."

"그러게 말입니다. 제가 괜한 질문을 했습니다. 그런데."

정동호가 윤 백부의 얼굴을 살폈다. 전혀 긴장한 기색도 없고, 오히려 당당했다. 정말 귀신의 말만 듣고 이렇게 말해도 될까? 하지만 여기까지 온 이상 멈출 수 없었다.

"그런데 백부가 되셔서 작은집 며느리가 몇 달째 소식이 없는데, 궁금하지도 않으십니까?"

"자네도 참. 내가 시아버지도 아닌데 어찌 윤 좌수 집안일에 감 놔라 배 놔라 참견하겠는가. 속사정이 있겠지. 안 그런가?"

"그 속사정이 무엇인지, 정녕 모르십니까?"

윤 백부는 잠시 말을 아꼈다.

"…질부는 내 입으로 말하기 그렇지만. 질부에게는 우리 집안이 과분했네. 혹시 그 수상한 소문을 들었는가? 장조카가 죽은 지 한참 됐는데 질부의 배가 불러온다고 하니. 내 참, 입에 담기 거칠어서."

윤 백부는 지금 다시 생각해도 망측한지 불쾌한 표정을 지었다.

"그 일로 문중 사람들이 모였지. 대단한 질부 아닌가?

차마 입에 담지 못할 일들로 어르신들을 모았으니. 우리 윤 좌수가 얼마나 조상님들께 면목이 없겠는가?"

그는 여전히 혀를 찼다.

"그래서 친정으로 돌려보내자고 결정했다네. 내가 직접 그 소식을 친정 오라비에게 전했고. 그다음에 친정으로 데려갔으니, 우리는 이제 질부와 상관없는 사람들일세."

윤 백부는 당당하게 말했다. 한때 식구였다고 말할 수도 없을 정도로 차가운 얼굴이었다.

"그래서 함께 동침하셨습니까? 남이라서!"

정동호는 화를 참지 못하고 소리를 질렀다. 오히려 윤 백부는 호탕하게 웃었다.

"누가 그러던가? 증거가 있던가?"

없다. 아직 없지만 곧 찾을 것이다. 정동호는 그 말을 입안에 가득 담고, 이를 악물었다. 그러니 일단 관아로 데려가야 한다. 정동호는 가장 유력한 용의자 윤 백부에게 정중하게 청했다.

"허허허. 지금 관아라고 했나? 내 죄목이 무엇인가?"

"구씨 부인을 강간한 죄입니다."

그의 호탕한 웃음이 다시 한 번 쏟아졌다. 정동호는 처음부터 쉬울 것이라고 생각하지는 않았다. 하지만 질부를 강간한 중죄를 저지른 자가 이리도 뻔뻔할 줄은 꿈에도 몰랐다. 조선 시대 강간에 대한 법률은 엄격했다. 8촌 이내 근친 강간이 벌어지면 가해자는 법정 최고형인 참형을 받게 된다. 하지만 지금 증거가 없다. 귀신이 된 구씨 부인의 말뿐이다. 증거가 필요했다. 저자를 관아로 데려가 심도 있는 심문을 해야 한다. 그냥 두면 구씨 부인이 남겨놓은 증거를 인멸할지 모르는 상황이었다.

"결백하시다면 안 가실 이유가 있겠습니까?"

정동호도 되받아쳤다. 그때, 분기탱천한 목소리가 장내를 뒤덮었다.

"아니 될 소리!"

정동호는 소리 난 쪽으로 고개를 돌렸다. 한 번도 본 적 없지만, 그 목소리의 주인공이 윤 좌수라는 것을 단번에 알 수 있었다. 좌우에 보필하는 사람들을 데리고 나타났다.

"송구합니다, 형님. 집안 단속을 제대로 못 한 제 불찰입니다."

윤 좌수는 형에게 깍듯이 인사를 했다. 그리고 매서운 눈초리가 정동호를 향했다.

"자네가 새로 온 사또인가?"

그 눈빛은 정동호의 정수리부터 심연까지 훑는 것 같았다. 결코 유쾌한 눈빛은 아니었다.

"예. 불미스러운 일로 찾아뵙게 되어 유감스럽습니다. 하지만 이는 사사로운 일이 아니니 좌수 어르신께서는 물러나 주십시오."

윤 좌수도 상황이 이렇게 되자, 할 말이 없는 것 같았다. 이내 포기한 말투였다.

"…그래. 물러나지."

윤 좌수는 등을 돌렸다. 그때였다. 그가 좌우에서 보필하는 자들에게 수신호를 보냈다. 신호를 받은 이들은 순식간에 대청마루로 뛰어 올라왔다. 포졸들이 말릴 새도 없이 정동호의 두 팔을 잡아챈 후 끌어내렸다. 그들은 신분을 감춘 무사들이었다.

"놔라!"

정동호가 온 힘을 다해 버둥거려 봤지만 무사들의 힘은 보통이 아니었다. 놀란 포졸들이 뒤늦게 뛰어 올라왔으나, 장검을 뽑아 정동호의 목에 겨누는 바람에 더 다가오지는 못했다. 무사들은 정동호를 대문 밖으로 내동댕이쳤다. 아무것도 할 수 없었던 포졸들도 우르르 쫓겨 나왔다. 정동호의 완벽한 패배였다. 오늘 밤 완벽한 증거를 찾아내겠다고 다짐하며 높다란 담장을 노려보았다.

관아로 돌아온 정동호는 사건 일지를 펼쳤다. 지난밤 장화 귀신과 구씨 부인 귀신의 이야기를 듣고 바로 업무를 시작했더니 피곤이 몰려왔다. 틈이 날 때마다 쪽잠을 자며 버텼는데…. 그러고 보니 그사이 홍련을 본 기억이 없었다.

"쇤동아, 게 있느냐?"

마침 툇마루에서 졸고 있던 쇤동이가 바라지창으로 고개를 삐죽 내밀었다. 눈에는 아직도 잠이 붙어 있었다.

"의녀님은 들어오셨느냐?"

"그러게요."

"너도 못 봤느냐?"

쇤동이는 기억을 더듬는 듯했다. 정신이 바짝 들었다.

"그러게요! 못 봤네?"

그 말에 정동호는 당장 자리를 박차고 나와 홍련의 방으로 달려갔다.

댓돌 위에 홍련의 신발이 가지런히 놓여 있었다. 며칠 전 보았던 모습 그대로다. 한 치의 흐트러짐도 없었다. 마치 한 번도 신고 나간 적이 없는 것처럼. 정동호는 불길한 생각이 뇌리를 스쳤다. 사정을 모르는 쇤동이는 오히려 안심하는 표정이었다.

"안에 계셨네."

"아니다. 이틀 동안 이 신은 한 번도 움직인 적 없다."

정동호는 놀란 토끼 눈을 한 쇤동이를 뒤로하고 신도 벗지 않은 채 방으로 뛰어 들어갔다. 쇤동이는 외간 여자의 방에 기척도 없이 달려 들어가는 사또를 막아섰다. 하지만 그는 거침없이 방 안으로 들어갔다.

방은 텅 비어 있었다. 그의 머리카락이 쭈뼛 섰다.

"왜 몰랐을까? 왜!"

똑같은 실수를 되풀이하는 제 모습이 답답했다. 사건을 쫓기 위해 시간을 쪼개 가며 일을 했건만. 결국 제 사람은 지키지 못한 꼴이 되었다.

"사또…. 이게 무슨 일입니까… 사또."

뒤늦게 들어온 쉰동이도 입이 쩍 벌어졌다. 주인이 말끔히 정리하고 떠난 방은 온기라고는 느껴지지 않았다. 황량하고, 서늘했다. 정동호는 서안에 놓인 서신을 발견했다. 서둘러 서신을 펼쳤다. 다친 무영을 찾으러 떠난다는 몇 자만 적혀 있었다. 정말 필요한 글자만 적어 놓은 매정한 글이었다. 미안함도, 그리움도, 안타까움도 담겨 있지 않은 글. 서운했다. 홍련이 떠났다는 사실도 모른 채 이틀이나 지냈으면서도, 염치없이 서운했다.

"떠나셨다고요?"

글자를 모르는 쉰동이가 서신을 뺏어 들었다.

"됐다. 둘 다 떠났다."

정동호는 다시 서신을 뺏어 주머니에 넣으며 돌아섰다. 차라리 잘됐다. 속이 시원하다고 애써 위로했다. 죽으러 온 철산에서 팔자에도 없는 사또가 됐다. 그것도 미제 사건을 척척 풀어내는 실력 있는 사또가 됐으니 너무 많은 것을 얻었다. 처음부터 홍련은 자신에게 어울리지 않는 사람이었다. 이렇게 결론을 내리고 나니 마음이 홀가분해졌다. 늦은 밤이 되면, 장화 귀신이나 불러 화풀이를 해야겠다고 마음먹었다. 장화 귀신이 철산에 나타나지 않았다면 어땠을까? 여전히 궁궐의 선전관에서 선배와 동료들에게 따돌림을 당했겠지만 그런대로 잘 살고 있었을 것이다. 홍련도 나름대로 추리 마님 노릇을 하며 거짓 혼인 생활을 잘 이어 갔을 것이다.

"잘됐어!"

정동호가 혼잣말을 중얼거리며 댓돌을 내려오는데 검은 그림자가 쓰윽 다가왔다. 무영이었다. 정동호는 귀신이라도 본 듯 놀랐다.

"무엇이 잘되었습니까, 사또?"

자로 잰 듯한 반듯한 말투를 보니 정말 무영이었다.

"의녀께서는 안에 계십니까?"

무영도 홍련의 행방을 모르는 눈치였다.

"만나지 못하셨습니까? 의녀님은 그쪽을 만나러 갔습니다. 이틀 전에. 방울이도 데리고 갔습니다. 두 분이 엇갈리셨나 봅니다."

정동호는 예를 갖춰 정중하게 말했다. 하지만 상대방의 마음은 아니었나 보다.

"사또! 지금 홍련이를 홀로 보냈단 말씀이오!"

한양에서 돌아오는 내내 무영의 머릿속에는 홍련의 안

위에 대한 걱정만 가득했다. 사경을 헤매다 정신을 차린
후로 바로 달려왔건만 또 늦었다. 그런데 남 일처럼 말하
는 사또의 태도를 보자 화가 치밀어 올랐다.

"관아가 가장 안전한 곳이라며! 근데 언제, 어디로 사라
졌는지 알지도 못한다?"

"예. 모릅니다, 몰라!"

정동호도 화가 나 소리를 질렀다. 무영은 사또의 멱살
을 잡아 올렸다.

"이 자식이!"

무영의 손에 힘이 더욱 들어갔다. 정동호는 그 순간에
도 기죽지 않고 쏘아붙였다.

"죽다 살아났으면, 서신이라도 보냈어야지! 그럼 이딴
불상사, 없었을 거 아냐!"

무영의 손아귀에 힘이 풀렸다.

"…누가 …누가 그러더냐? 알고 있었단 말이냐?"

정동호는 대답 대신 무영만 노려봤다.

"대체 누가!"

무영이도 혼란스러웠다.

"홍련이도 내가 다친 것을 알았느냐?"

"…정확히는 …모를 겁니다. 아마…."

정동호도 궁금했다. 어떻게 알았을까? 그제부터 보이지
않았다면 장화 귀신과의 대화를 우연히 들은 것 같았다.

"그제 밤. 장화 누이가 말해 줬습니다. 저승에서 만났었
다고."

"거기가 정말 저승이었다고? 하…. 설마."

믿을 수 없어 혼잣말을 지껄였다. 꿈이라고 생각했는
데, 저승이었다니.

"장화 누이의 말이었으니 의녀는 의심도 없이 떠났을 겁
니다. 고민도 없어요. 자신보다 남을 지켜 주길 좋아하는
성정이니 그 말을 듣고 가만히 있을 수 없었을 겁니다."

정동호는 그 여자에 대해 이제는 너무도 잘 알았다. 생
각보다 몸이 앞서고, 옳은 일이라고 생각되면 낭떠러지라
는 것을 알고도 달려가는 여인이다.

"그쪽을 구하러 떠난 겁니다. 이딴 서신 한 조각 남기고
말입니다!"

정동호의 목소리가 높아졌다.

"넌 안 나올 것이냐!"

괜한 화를 쉰동이에게 부렸다.

"잠시만요. 사또. 잠시만!"

"내가 너를 기다려야 하겠느냐! 먼저 간다."

정동호는 방을 향해 소리치고 돌아섰다. 무영에게는 형
식적인 인사를 건네고 막 발을 떼었다.

"아이고. 사또!"

쉰동이가 허겁지겁 뛰어나왔다.

"좀 기다리쇼. 엉? 성질머리하고는."

그의 손에는 한 줌의 나뭇잎이 들려 있었다.

"마님이 이걸 남기고 가셨습니다."

정동호는 기가 막혔다.

"그걸 남기고 가셨겠냐? 딱 봐도 버릴 것이구만."

"아니. 이걸 고이고이 접어서."

쉰동이가 졸졸 따라붙으면서 설명해도 정동호의 귀에는
그 말이 들어오지 않았다. 결국 쉰동이가 집무실 앞까지
그걸 들고 쫓아왔다. 허나 신발을 벗던 정동호는 쉰동이
의 손에 든 나뭇잎을 뺏어 들더니 마당에 내팽개쳤다.

"됐느냐?"

"허. 참. 사또도. 사람 말을 끝까지 들어 봅시다. 이거,
경대 아래에."

"됐다. 됐다니까!"

정동호는 집무실로 들어갔다. 보란 듯이 '쾅' 하고 닫히
는 문을 보고, 쉰동이는 혀를 찼다. 주인을 못난 놈이라고
욕을 하며 바닥에 흩어진 나뭇잎을 짚신으로 툭툭 건드려
옆으로 밀어 놓았다.

기미 상궁처럼 밥을 먹어 본 홍련은 다행히 밥과 물에는
약이 섞여 있지 않다는 것을 확신했다. 이제야 손가락으
로 물을 찍어 아이의 입을 축여 줬다. 아직까지 의식은 없

었다. 이왕 손에 물을 묻혔으니, 아이의 얼굴을 닦아 줘야
겠다는 생각이 들었다. 피 냄새가 풍기자 파리, 모기가 아
이의 얼굴에 새까맣게 달려들었기 때문이다.

얼굴의 핏덩이를 닦아 내자, 맑은 소년의 얼굴이 드러
났다. 낯익은 얼굴이었다. 옥사 앞에서 작은 나무 인형과
곶감을 들고 있던 아이. 대체 왜 이 아이가 이런 험한 꼴
을 당했을까? 놀란 가슴은 두근거리기 시작했다. 아이가
뒤척였다. 조금씩 기력을 차리기 시작했다.

홍련은 아이를 보며 대체 자신에게 일어난 일이 무엇인
지 떠올려 봤지만 아무런 단서와 연결 고리가 없었다. 속
절없이 밤이 되었다. 여름이라 하여도 산기슭 골짜기를
따라 내려오는 한기는 어린아이의 몸을 내버려 두지 않았
다. 혼절한 와중에도 오한이 드는지 아이는 바들바들 떨
었다. 아이의 곁에서 모기를 쫓다 잠든 홍련이 개 짖는 소
리에 깼다. 방울이만 살아 있다면 금상첨화일 텐데.

"살아 있는 것이냐. 방울아."

혼잣말이라도 해야 살 것 같았다.

"너라도 도망쳤어야 할 텐데."

눈물이 터질 것 같아 입술을 깨물었다. 울어서 기운을
뺄 수 없었다. 체력을 보존해야 한다. 그사이 아이는 숨을
뱉어 내며 용을 쓰더니 눈을 떴다.

"정신이 들었구나. 살았어. 나를 알아보겠느냐?"

홍련은 품에 안았던 아이를 내려놓고 물그릇을 가져왔다. 겨우 깨어났는데 탈수가 온다면 다시 목숨이 위태로워진다.

"마셔야 한다. 힘들어도."

온몸을 멍투성이인 아이는 제대로 앉지도 못했다. 홍련이 묶인 팔을 이용해 아이를 벽으로 세웠다.

"천천히."

아이는 입안이 얼얼한지 대답은 하지 못하고, 겨우 입술만 축였다.

"먹을 수 있겠느냐?"

홍련은 밥을 가리켰다. 당장 아픈 아이가 무슨 밥을 먹겠느냐마는 기력을 회복하기 위해서는 곡기를 해야 한다. 이번에는 밥을 가져가 아이의 입에 억지로 넣었다. 씹을 힘이 없는 아이는 입안에 상처가 있는지 자꾸 내뱉었다.

"씹어. 입속 상처는 본디 쉽게 아무는 법이니. 참고 먹어야 한다."

홍련이 다시 밥알을 넣어 주자, 이번에는 오물오물 씹는 시늉을 했다.

"그렇지. 그렇지. 많이 먹지 않아도 된다. 허기만 가시게 먹으면 된다."

물과 곡기를 먹은 아이의 눈빛은 점차 또렷해지고 있었다.

권 이방이 정동호의 술잔이 넘치도록 솔잎주를 따랐다. 기방에서 꽤 인기 있는 술이었다. 연둣빛 술이 넘실거렸다. 솔잎 향이 코끝을 시원하게 자극했다. 주전자를 내려놓은 권 이방이 정동호의 얼굴을 살피며 운을 띄웠다.

"상심이 많으시겠습니다. 그렇게 떠날 것을. 그간 참으로 소란스러웠습니다."

제 편을 들어 주는 이방의 말이 귀에 거슬렸다. 대답 대신 술잔을 비웠다.

"몸 상하십니다. 술은 좋은 기분에, 즐기면서 드셔야지요. 사또가 내려오시고, 참으로 많은 일이 있었습니다. 이 술 한 잔이 뭐라고. 이제야 한 잔 올립니다."

정동호는 술잔을 내려놓고, 정색을 했다.

"이방께서는 그리되길 기다리셨던 사람 같습니다. 의녀가 떠나길 기다리셨습니까?"

"아이고. 당치도 않습니다. 사또, 이리 마음고생 하시는 걸 보니, 제가 안타까워서 그렇습니다."

"저는 괜찮습니다."

부러 강한 척했지만, 누가 보더라도 화가 잔뜩 난 얼굴이었다. 권 이방은 정동호의 눈치를 보며 밖에 대고 소리를 질렀다.

"들라 해라. 어서!"

그 소리가 끝나자마자, 악기를 든 기녀 넷이 들어왔다.

"술에 노래와 안주가 빠져서 되겠습니까?"

권 이방은 음흉한 눈빛으로 기녀들을 훑으며 말했다. 정동호는 호방한 척 앉아 있었지만 사실 어쩔 줄을 몰랐다. 흥이 나면 혼자 노래를 부르면 될 일인데 왜 기녀들을 불렀는지. 세상 모든 사내가 기녀를 좋아하는 것은 아니었다.

"잠시 바람을 쐬어야겠구나."

벌떡 일어난 정동호의 귀는 벌써 빨개졌다. 근엄한 척 밖으로 나갔지만 기녀들의 웃음소리가 등 뒤로 쏟아졌다.

"우리 사또 봤니? 아직 소년 같으시구나."

"이방은 이런 데 애를 데려오면 어쩌누."

"오늘 밤 누구를 품으실까?"

남자 다루기가 세상에서 제일 쉬운 여인들이었다.

정동호가 밖으로 나오자, 툇마루에 앉아 있던 쉰동이가 슬며시 일어났다. 두 사람은 약속이라도 한 듯이 서로 아무 말 없이 눈짓으로 소통을 했다.

"바람이나 쐬어야겠구나. 가자."

마치 누가 들으라고 부러 하는 말 같았다. 사또의 말에 쉰동이는 정해진 맞장구를 쳤다.

"예, 가시지요. 한 바퀴 휙 돌고 옵시다."

하지만 두 사람은 각기 다른 길로 흩어졌다. 쉰동이는 사또가 술을 마시던 기방의 누각 아래로 숨어들었다. 사또는 마치 쉰둥이와 동행하듯, 주절주절 제 말을 하며 걸었다.

쉰둥이가 숨어 있는 누각 옆으로 검은 그림자가 나타났다. 발자국만으로는 누구인지 알 수 없었다. 잠시 숨을 멈췄다. 방문 열리는 소리가 들렸다. 검은 그림자는 품에서 재빨리 검은 주머니를 꺼내 바쳤다. 매가 먹이를 낚아채듯, 검은 주머니는 사라졌다.

그리고 이방의 낮고 은밀한 목소리가 들렸다.

"사또부터 처리하고, 바로 움직인다. 대기하라."

검은 그림자는 목소리조차 없었다. 주군을 향한 충성을 드러내는 부복 자세로 대답을 대신했다. 검은 그림자는 곧 날렵한 바람 소리를 남기며 사라졌다. 그리고 주변이 조용해지자 쉰둥이가 누각 뒷길로 사라졌다.

잠시 후 정동호와 쉰둥이는 약속된 장소에서 만났다.

"사또. 말씀하신 대로였습니다."

"장똘이는?"

"포졸들과 대기 중입니다."

"마지막을 부탁한다."

"나으리. 마지막이라니요. 몸조심하십쇼."

"한순간도 방심할 수 없다. 만일 잘못된다면…."

품에서 서신을 꺼냈다.

"그분께 전해 드리거라."

쉰동이는 그분이 누구인지 이미 알고 있었다.

"살아 오셔서 직접 전하셔야 합니다."

"만일이라 하지 않았느냐. 시간이 없다."

정동호는 권 이방이 눈치채지 못하게 서둘러 방으로 들어갔다.

정동호가 이 작전을 세운 건 한 시진 전이다.

요즘은 여름이라 저녁이 되어도 해가 길었다. 하지만 소나기가 내리려는지 먹구름이 몰려왔고 밖은 어둑어둑해졌다. 홍련의 부재를 확인하고 돌아와 문서를 읽던 정동호는 어둠이 마치 제 마음같이 답답하다고 느꼈다. 다른 때보다 일찍 호롱불을 켰다. 홍련이 떠났다는 사실을 잊고 싶어 업무에 매진했다. 아무 일 없었다는 듯 돌아온 무영이 얄미워서 일만 하려고 했다. 하지만 그도 사람인지라 화가 나고, 기가 찼다. 다시 서신을 꺼내 들었다. 정갈한 홍련의 글씨체가 드러났다. 이리도 아름다운 서체로 매정한 글귀나 남기다니. 다시 생각해도 울화가 치밀었다. 게다가 화선지는 눈물로 젖거나, 손이 떨려 글씨가 흔들린 곳도 없었다.

"이 곧은 자세. 그렇지. 선택에는 흔들림이 없다, 그건

가? 이렇게 단호하지 않으시면 의녀님이 아니시지."

자꾸 엇나가는 자신의 마음을 추스르기 힘들었다. 홍련에게 자신이 아무런 의미도 없었던 사람이라는 것을 확인하니 더욱 비참해졌다. 화가 나 서신을 내던졌다. 하필 호롱불 근처로 떨어져 화르륵 불이 붙었다. 아무리 홍련이 밉다고 했지만 그녀에게 받은 유일한 서신이었다. 정동호는 얼른 몸을 일으켜 맨손으로 불을 껐다. 한쪽 귀퉁이가 까맣게 타들어 갔다. 마치 자신의 마음 같았다. 허탈한 마음으로 서신을 집어 들었다. 그을음이 서신 전체에 퍼져 있었다. 아니, 가만히 보니 얼룩덜룩한 것은 글씨였다.

'불이 닿으면 글씨가 보인다고?'

그는 서신을 호롱불 가까이 가져갔다. 타지 않을 정도로 열을 가하니 숨겨진 글씨가 드러났다. 홍련은 빼곡하게 비밀 이야기를 적어 놓았다. 눈이 보이지 않았을 때부터 자신의 정보원들에게 수집한 정보부터 떠나는 날까지 알게 된 정보들이었다.

「…사또, 분홍이는 빙산의 일각입니다. 권 이방이 분홍이와 연락을 주고받는 것이 포착됐습니다. 방울이가 위험합니다. 혹시 저와 방울이가 행방불명되면, 권 이방의 계략일 것입니다. 부디 몸조심하십시오.」

정동호 역시 권 이방의 행동이 수상하여 사람을 붙여 놓았었다. 그런데 홍련도 나름대로 수사를 진행하고 있었던 모양이었다. 이렇게 된 이상, 권 이방의 정체를 하루빨리 밝혀야 한다. 분명 홍련과 방울이를 잡고 있는 사람은 권 이방일 테니. 정동호는 권 이방에게 붙여 놓은 심부름꾼을 은밀히 만났다.

"오늘 권 이방과 달궁에 갈 것이다."

"사또. 너무 위험합니다."

권 이방 집에서 잡일을 하는 심부름꾼이었지만, 눈치가 빨랐다.

"어르신이 하시는 말을 엿들었습니다. 곧, 사또를 독살할 것입니다."

독살. 이미 중독돼 본 정동호는 놀라지도 않았다. 결국 분홍이의 생강차에 독을 탄 사람은 권 이방이었던 것이다. 가장 가까이에서 자신을 노렸던 적. 이제 그의 존재를 만천하에 알려야 할 때가 왔다.

"그 정도 각오는 됐다. 걱정 말거라. 이쪽에서도 대처를 할 것이니. 아직 의녀님에 관한 소식은 모르더냐?"

"예. 제가 그것까진 알 수 없었습니다. 사또."

정동호는 돈을 쥐여 주고 돌아섰다. 급히 쉰동이와 장똘이를 불러 비밀 작전을 도모한 것이다.

그리고 지금 이렇게 태연하게 자신의 적인 권 이방과 웃는 얼굴로 술을 마시고 있다. 평소와 다름없는 얼굴로 아부하는 척 앉아 있는 권 이방을 보니 속이 좋진 않았다. 저 얼굴로 의녀님을 죽이고, 나를 독살하려 했을 것이다. 왜? 도대체 왜? 의문이 떠나지 않았다. 하지만 오늘 밤, 죽지 않으면 알게 될 것이다. 아니, 알아낼 것이다.

심복에게 받은 독을 어디에 탔을지 유추해야 한다. 세심하게 상대를 살폈다. 권 이방은 술은 마시는 척했지만 안주에만 손을 대고 있었다. 역시 술이다. 이번에는 정동호가 주전자를 들어 술을 권했다. 그는 표정 하나 바뀌지 않고 술을 받았다. 마시는가 싶더니 기녀에게 다른 곡을 불러 보라며 딴청을 했다. 술에 독을 탄 것이 분명했다. 이를 확인하고자 잔을 들어 입가에 가져갔다. 그러자 권 이방의 표정이 바뀌었다.

미세하게 입가가 떨리는 것이 보였다. 기녀를 보는 척하면서도 사또의 술잔에 신경 쓰고 있는 것도 알 수 있었다.

"노래가 좋구나!"

정동호는 술잔을 들고, 장단을 맞추다가 일부러 술을 흘렸다. 바지에 떨어진 술을 털어 내며, 권 이방의 표정을 살폈다. 그의 얼굴은 실망으로 가득했다.

"아이고, 사또. 괜찮으십니까?"

입으로는 걱정하면서 마른 수건으로 바지춤을 닦아 주

었지만 눈꼬리에는 아쉬움이 가득했다.

"술을 다시 따라야겠구나."

권 이방이 잔이 넘치도록 술을 따랐다.

"이제 분위기를 바꿔 볼까 하구나. 달궁에 최고의 선녀
가 있다던데? 춤 솜씨를 볼까나?"

정동호는 권 이방의 정신을 빼놓기 위해 일부러 다른 주
문을 했다. 권 이방이 춤을 잘 추는 기녀를 청하는 동안
재빨리 미리 준비한 잔으로 바꿔치기했다. 그리고 권 이
방이 눈치채기 전에 빈 잔을 들어 술을 마시는 시늉을 했
다. 술 넘어가는 소리까지 기막히게 흉내 냈다. 드디어 권
이방이 웃었다.

"하하하. 사또, 흥이 넘치는 자리입니다요. 암요. 드셔
야죠. 으하하하."

정동호는 자신이 죽기만을 기다리는 권 이방의 모습에
진절머리가 났다. 일부러 흥에 취한 척하면서, 술상 아래
숨겨 놓은 잔에 슬쩍 은반지를 낀 손가락을 담갔다. 얼마
나 맹독인지, 은반지는 바로 까맣게 변했다. 증거까지 잡
았다.

이 술 한 잔을 마셨다면? 이렇게 쓰러졌을 것이다.

"으으으…!"

정동호는 독을 마신 사람처럼 괴성을 지르고 목을 제 손
으로 잡아 쥐며 몸을 바르르 떨어 독이 퍼진 것처럼 연기

했다. 권 이방은 놀라지 않았다. 오히려 그런 정동호를 구경했다.

'실컷 구경해라. 다음에는 네가 사약을 받을 것이다.'

정동호는 권 이방을 노려보며 쓰러졌다. 상 위로 엎어진 정동호는 죽은 척했다. 떨어진 그릇은 깨지고, 상 위의 음식들은 모조리 엎어졌다. 그 바람에 안주들이 얼굴에 뒤엉켜 볼썽사나웠다. 게다가 콧구멍에 떡고물이 들어가 곤혹스러웠다.

'죽었다. 나는 죽은 자다.'

마음속으로 주문을 외우면서 정말 숨을 참았다. 어린 시절, 강 속에서 했던 매복 훈련을 떠올렸다. 최대한 숨을 아꼈다. 어린 시절 훈련관의 목소리가 귓가에 맴돌았다.

"숨은 온몸으로 쉬는 것이다. 몸의 모든 숨구멍을 열어라."

개소리! 실제 해 보니 쉽지 않았다. 하지만 숨을 내려놓으니 죽은 듯 있을 수 있었다.

그런데 누구 하나 소리 지르는 사람이 없었다. 기녀들도 한패란 소리다. 오히려 악기 연주 소리가 한껏 높아졌다. 사건 현장을 숨기려는 요행일 것이다. 권 이방은 신중했다. 바로 다가오지 않았다. 확실해질 때까지 기다리는 모양이었다. 그사이 누각과 연결된 문이 열렸다. 사내두 명이 들어왔다. 분명 방금 전 쉼동이가 봤던 사내일 것이다.

죽은 척하는 정동호는 오감을 집중했다. 발자국 소리를 들으니, 두 사내는 꽤나 무공을 익힌 자들이었다. 집중하지 않았다면 발소리를 듣지 못할 정도로 몸이 가벼웠다. 날카로운 쇳소리가 들렸다. 분명 칼이다. 걸을 때 칼집 소리가 들리지 않았던 것을 보면, 단도일 것이다. 품에 숨긴 단도는 근거리 살인 무기로는 최고다. 독살로도 모자라 마지막 숨통까지 확실히 끊으려는 모양이다.

단도가 허공을 가르기 직전. 정동호는 벌떡 일어났다. 단도를 들었던 복면 사내를 한 손으로 제압하면서, 휘파람을 불었다. 놀란 기녀들의 연주 소리가 잠시 멈춘 틈을 타고 위협적인 휘파람 소리가 달궁에 퍼졌다.

그 신호는 문 앞의 쉰둥이과 담 밖에서 매복 중이던 장똘이의 귀에 꽂혔다. 미리 잠입해서 머슴으로 일하던 포졸들도 그 소리를 들었다. 일제히 사또가 있는 방을 향해 달렸다. 장똘이는 문 열 시간도 없어, 문을 부수고 들어갔다.

"사또!"

방 안은 아수라장이었다. 문짝이 부서지자 그제야 기녀들이 비명을 질렀다. 숨죽여 벌벌 떨고 있던 기녀들은 마침 열린 문으로 도망쳤다.

정동호는 단도를 들어 자신을 찌르려던 복면 사내의 허

벅지를 찔렀다.

"어서 이방을 잡아라!"

열린 뒷문으로 또 다른 복면 사내가 권 이방을 호위하며
누각에서 뛰어내리는 것이 보였다. 정동호도 뒤쫓았다.

권 이방은 생각지도 못한 사또의 반격에 놀랐다. 물에
물 탄 듯, 술에 술 탄 듯 사또 흉내나 내는 얼치기라고 그
를 얕보았었다.

"빌어먹을!"

분이 차올랐다. 자신의 완벽한 패배를 인정할 수 없었
다. 앞서 달리던 복면 사내가 담벼락 앞에 엎드렸다.

"말이 준비됐습니다."

사내를 밟고 올라 훌쩍 담을 넘었다. 땅에 두 발을 디딘
순간, 검은 그림자 스무 명이 일제히 그를 둘러쌌다. 그리
고 스무 개의 활촉이 그의 심장을 겨눴다. 활촉은 마치 먹
이의 죽음을 기다리는 맹수의 날카로운 이빨 같았다.

"자, 이제 어디로 가시겠습니까?"

스무 명의 그림자를 뚫고 한 남자가 다가왔다. 무영이
었다.

13

별이 떴다. 홍련은 작은 흙벽돌 사이의 구멍으로 별을
볼 수 있었다. 며칠 동안은 먹구름 덕분에 도통 하늘을 읽
을 수 없었다. 오늘 저녁만 해도 소나기가 내릴 것처럼 검
은 구름이 하늘을 가득 채웠었다. 지금도 구름이 다 가시
진 않았지만 그사이로 간간이 별을 볼 수 있었다. 북극성
만 찾으면 일단 방위를 알 수 있다. 여긴 대체 어딜까? 작
은 구멍을 통해 열심히 위치를 찾았다. 하지만 작은 구멍
으로 보는 하늘은 손바닥보다도 작았다. 많은 별들이 있
었지만 북극성을 찾는 것은 어려웠다. 자리를 이리저리
옮겨 다녀 봤지만 소용없었다.

밖에서 보초 서던 남자들의 목소리도 잦아들었다. 꽤나
밤이 깊어진 것 같았다. 저절로 한숨이 나왔다. 다시 작은
구멍으로 밖을 바라봤다. 그새 구름이 몰려와 하늘을 덮
었다. 별은 사라졌고 무성한 나뭇잎만 보였다. 그리고 보

니 바람결에서 촉촉한 물기가 느껴졌다. 이렇게 부는 바람이라면?

"샛바람이다."

홍련은 나뭇잎들이 흔들리는 방향에 주목했다. 뱃사람들은 샛바람이 동쪽에서 불어온다 하였다. 비구름을 몰고 온다고 하였으니 지금 부는 바람은 필히 샛바람일 것이다.

"동쪽."

방향 감각을 익히고 다시 밖을 보니 익숙한 것들이 눈에 들어왔다. 산 능선도, 나무의 종류도 모두 눈에 익은 것들이다. 아직 철산을 벗어나진 않은 것 같았다. 무엇보다 지금 잡혀 온 아이는 철산의 아이였다. 아이의 발바닥이 맨질맨질한 것을 보면 별로 걷지 않았다는 것이다. 먼 거리를 걸었다면 이미 발바닥은 상처와 물집으로 가득했을 것이다.

"…상….."

자는 듯했던 아이가 입을 열었다.

"깨어났느냐?"

홍련은 얼른 달려갔다. 곡기를 하고 잠들었던 아이가 일어났다. 이제는 정신이 드는지, 눈이 맑아졌다.

"정신이 드느냐?"

홍련의 말에 아이는 고개를 끄덕였다.

"…여기…."

아이는 입이 아픈 모양인지 쉽게 말하지는 못했다.

"천천히 하거라. 여기가 어디냐 묻는 것이지?"

아이는 고개를 가로저었다.

"그럼?"

"여기… 상엿집…."

"무당집 너머에 있는 상엿집이란 말이냐? 여기가?"

얼른 다시 달려가 작은 틈으로 밖을 보았다. 아까는 보이지 않았던 갈림길이 보였다. 저 멀리, 드문드문 반짝이는 것은 민가의 석등일 것이다.

"맞구나. 그렇지. 여기가 상엿집이라면 말이 되지. 동쪽, 그러니까 관아를 등지고, 서쪽. 아. 그리 멀지 않아."

홍련의 얼굴이 상기됐다.

상엿집은 마을 사람들이 함께 쓰는 상여를 보관하는 곳이다. 사방에 창이 하나도 없었던 이유는 바로 상엿집이었기 때문이다. 토석벽을 쌓고, 널찍한 판자문 하나만 덜렁 달려 있는 독립된 건물이다. 게다가 이쪽은 서낭당을 넘고 무당집으로 가는 길목이라 사람들이 잘 다니지 않았다. 즉, 마을에도 가장 인적이 드문 곳이 바로 상엿집이다.

"이 손을 풀 수 있겠느냐?"

속옷도 입지 않은 채 짐승처럼 버려졌던 아이는 기적같이 살아났다. 적들은 아이가 송장이 됐을 거라고 믿겠지만, 이제는 홍련의 조력자이다. 며칠 동안 누워 있던 아이는 현기증이 났는지 휘청거렸다.

"무리하지 말거라."

하지만 아이는 기어코 일어섰다.

"빨리. 저, 빨리 나가야 해요."

"네 몸이 우선이다. 이름이 무엇이냐?"

"만길이."

만길이는 아픈 몸을 추스르며 기다시피 다가왔다. 그리고 남은 힘을 다해 거친 매듭을 풀기 시작했다.

"혹시 나를 본 적 없느냐?"

"…."

"널 어디서 본 것 같은데."

"옥사에서 뵈었습니다."

맞다. 그 아이가 맞았다. 홍련은 자신이 본 아이가 만길이었다는 것을 확인했다. 그러자 꼬리에 꼬리를 무는 질문들이 떠올랐다. 네가 왜 여기 있느냐? 폭탄을 터트린 자를 보았느냐? 물어야 할 것이 너무 많이 말문이 막혔다. 만길이가 먼저 입을 열었다.

"빨리 나가야 합니다."

"그래. 손만 풀리면 내가 어찌해 보겠다. 엄마가 많이 걱정하시겠구나."

"아니요. 울 엄니가 아니라. 사또가 위험하십니다."

사또라는 말에 홍련은 얼어붙었다.

"사또요. 귀신 보는 사또."

"왜? 사또께 무슨 일이 있더냐?"

만길이는 밧줄을 푸는 일에 몰두했는지 금방 대답하지
못했다.

"무슨 일!"

홍련의 채근에 아이는 다시 말을 이었다.

"나쁜 이방 아저씨가 왈패들이랑 사또 나리를 죽인다고
했어요."

설마 일어날까 싶었던 일이다. 아직 이방에 대한 정확
한 정보가 없어 사또에게 보고할 수 없었다. 게다가 사또
곁에 있는 자 중 누가 이방의 사람인지 알 수 없어 입단속
을 했다. 하지만 사건이 벌어진 다음에 증거를 찾아내는
것이 무슨 소용일까? 그래서 관아를 떠나던 날 간략한 서
신을 남기고 돌아서다 다시 붓을 들었었다. 원래 써 놓았
던 서신의 빈 여백에 시큼한 초를 찍어 글씨를 써 내려갔
다. 글씨는 금방 말랐다. 그래서 얼핏 서신을 보는 사람들
은 그저 빈 여백이라고 생각할 수밖에 없을 것이다.

식초를 이용해 비밀 서신을 남기는 방법은 의녀 시절에
배웠다. 스승님이 말하시길, 왕의 밀명을 수행하는 자들
이라면 누구나 알고 있다고 했었다. 하지만 신임 사또가
이 방법을 알고 있을지는 미지수였다. 이럴 줄 알았다면

미리 암호를 정하거나, 비밀 서신 확인 방법을 알려 줬어야 했는데…. 이미 때늦은 후회였다. 사또의 능력을 믿어 보고, 결과는 하늘에 맡기기로 하고 관아를 떠나왔다.

그런데 정말 이방이 추악한 발톱을 드러냈다. 게다가 사또를 죽이려 한다는 사실을 듣자 마음이 급해졌다. 아이는 야무지게 밧줄을 풀었다. 하지만 며칠 동안 뒤로 묶였던 홍련의 팔은 쉽게 움직이지 않았다. 굳어 버린 어깨는 돌덩이를 얹은 것처럼 무거웠다. 이를 악물고 팔을 움직였다. 혹시라도 보초 서는 자에게 들킬까 봐 더더욱 신음을 삼켰다. 눈치 빠른 아이는 홍련의 팔을 잡고 앞으로 당겼다. 작은 힘이었지만 고마웠다. 반대쪽 팔도 만길이의 도움으로 움직이기 시작했다. 홍련은 이제야 숨을 내쉬었다. 얼마나 진땀이 흘렀는지 등줄기가 축축했다.

"나가자."

사방이 막히고, 장정 두 명이 지키고 있는 이곳을 어찌 나갈 수 있을까? 만길이에게 '나가자'라고 했지만, 홍련의 마음은 '나가야 한다'가 정확했을 것이다.

"어찌 나갑니까."

어린애가 보더라도 빠져나갈 구멍이 보이지 않았다.

홍련은 사방을 살폈다. 지금 이 순간, 여길 나가려면 어떻게 해야 할까?

결국 권 이방은 오라에 묶여 들어왔다. 미리 관아에서
기다리고 있던 정동호는 이번 기습 검거에 동참해 준 무영
에게 고개를 숙여 감사의 뜻을 표했다. 이미 마당에는 권
이방을 도왔던 기녀들과 가솔들이 붙잡혀 온 상태였다. 가
솔들은 주인이 잡혀 온 모양을 보자 곡소리를 냈다. 장내
가 소란해지자 장똘이가 육모방망이를 들고 호령을 했다.

　"그 입 다물라!"

　하지만 소용없었다.

　"네 이놈! 우리 어르신 털끝 하나만 건드려 봐라!"

　가장 연로한 가노가 감히 관원에게 대들었다. 가노들과
관원들 간의 다툼이 더욱 심해졌다. 거기에 겁에 질려 우
는 기녀들까지. 난장판이었다.

　허공을 가르는 공명음이 장내에 울려 퍼졌다. 주변의
소란이 어떠하든 정동호가 지금 당장 권 이방에게 물어야
할 것이 있다. 그 답을 얻기 위해 그가 허리춤에서 장검을
꺼내 든 것이다. 날카로운 검은 권 이방의 목을 향했다.

　"의녀님은 어디 있느냐!"

　정동호의 목소리는 그 어느 때보다 단호했다.

　"으하. 으하하하. 그걸 알고 싶으면 이러시면 안 되지."

　사실 칼자루는 권 이방이 쥐고 있는 것이나 다름없었
다. 검을 든 정동호의 손이 분노로 흔들렸다.

　"한 번 더 묻겠다. 홍련 의녀는 어디에 가뒀느냐!"

발작하듯 이어지던 권 이방의 웃음이 멈췄다. 칼끝이 그의 목을 찔렀기 때문이다. 차가운 검은 사람이 죽지 않을 만큼만 살집을 뚫고 들어갔다. 검붉은 피가 흘러내렸다. 정동호의 눈빛에서 처음으로 살기가 내비쳤다.

이런 기분은 처음이었다. 당장 이 사람을 죽이고 싶었다. 이를 악물고 핏발 선 눈으로 권 이방을 노려봤다. 검을 든 정동호의 손이 부들부들 떨렸다. 권 이방이 입을 열지 않으면 당장이라도 목을 베어 버릴 것 같았다. 그러나 찢어 죽이고 싶은 마음을 누르고 버텨야 했다. 모멸과 비아냥의 웃음도 견뎌야 했다. 아직, 홍련의 생사를 모르기 때문이다. 비록 칼을 들고 위협하고 있지만 홍련의 위치만 알려 준다면…. 생사 여부만이라도 알려 준다면…. 당장 무릎이라도 꿇을 수 있었다. 정동호는 차마 그러지 못하고 이를 악물었다.

"…죄를 지었습니까? 제가?"

권 이방은 자못 여유 있는 태도였다.

"도통 모르겠습니다. 증거도 없이 무작정 떼를 쓰시면 제가 당해 낼 도리가 없습니다, 사또."

잠시 조용했던 권 이방의 가노들이 다시 고함을 질러 댔다. 제 주인은 결백하고, 무고하다는 외침이었다.

"그딴 계집년 하나가 사또의 앞길을 망쳐야 되겠습니까?"

권 이방의 말투는 차분했다. 오히려 사또를 걱정해 주

고, 충고하는 말투였다. 하긴, 맞는 말이다. 이성을 잃고
이방을 찔러 죽이기라도 한다면? 죄를 면치 못할 것이다.

정동호는 숨을 한 번 크게 들이쉬었다. 참는 자가 이기
는 법이다. 이번에는 숨을 내쉬었다. 하지만 정동호가 권
이방을 잡아 온 이유는 분명했다.

"아니, 잘못 아셨습니다. 의녀 홍련을 납치한 죄목이 아
니라, 사또 독살로 끌려온 것이오. 거기에 여죄를 추궁하
는 것뿐. 어차피 감옥행이오. 어서 의녀님과 그 시종 방울
이를 어디에 감췄는지 고하시오!"

"사또 독살? 쯧쯧. 누가 그런 대범한 범죄를 감히 짓겠
습니까?"

"논점을 흐리지 마십쇼. 이미 증거는 확보했으니."

"증거? 제가 사또를 죽이려 했다는 증거 말씀입니까?"

권 이방은 딱 잡아뗐다.

"증거도 없이 무고한 백성을 잡아들였겠느냐? 여봐라!
당장 증거를 대령하라!"

관원 하나가 사건 현장에서 가져온 술병과 안주를 가져
왔다.

"고작 술병으로 어쩌시려고 합니까? 직접 독이 들었나
드시기라도 할 겁니까?"

정동호는 대꾸도 하지 않았다.

"쇠동이는 들라!"

사또의 명이 떨어지자마자, 쉰둥이가 목줄을 한 닭 세 마리를 끌고 들어왔다. 놀란 닭들은 제멋대로 뛰고, 달리고, 날갯짓을 했다.

정동호는 칼을 거두고 술병과 안주를 든 관원에게 다가 갔다.

"모두들, 잘 보거라!"

그가 안주를 닭들에게 내던지자 먹이를 따라 한곳에 몰려들었다. 그리고 관원이 들고 온 종지에 술을 따랐다. 목말랐던 닭들이 부리로 콕콕 술을 찍어 마셨다. 이내 닭들이 요란하게 날갯짓을 하며 몸부림쳤다. 아무리 짐승이라지만 죽어 가는 모습은 처참했다. 고통스럽게 퍼덕거리던 닭들은 약속이나 한 듯이 퍽하고 쓰러졌다.

"이방은 내가 마시는 술에 몰래 독을 탔소. 이 닭들이 아니더라도."

정동호는 제 손가락에 낀 은반지를 치켜 올렸다. 아직도 새까맣게 변색된 채였다.

"증거가 더 필요합니까?"

교만하게 웃던 권 이방의 웃음이 가셨다.

"사또 독살, 이것만으로도 사형을 면치 못할 것이다."

정동호의 말을 듣던 그는 고개를 끄덕이며 한가하게 말했다.

"더 말해도 사형. 덜 말해도 사형. 사형을 면치 못할 바에는 사또의 애나 태워야겠소."

참으로 대범한 이방이었다. 또다시 정동호의 가슴에서 뜨거운 것이 치고 올라왔다. 그 순간 오히려 쇤동이가 화를 참지 못했다. 순식간에 이방에게 달려들었다.

"뚫린 주둥이라고 아무 말이나 씨불이느냐! 짐승만도 못한 새끼야!"

쇤동이의 주먹이 권 이방의 얼굴로 향했다. 미처 피하지 못한 그는 제대로 주먹을 맞았다. 입술 사이로 검붉은 피가 새어 나왔다. 피를 뱉어 낸 권 이방이 쇤동이를 놀렸다.

"네놈이 찾는 건 마님이 아닐 텐데. 방울이 고년이. 살결이 어찌나 고운지."

그 말을 끝까지 듣기도 전에 쇤동이는 눈알이 하얗게 뒤집혔다.

"뭣이!"

쇤동이는 두 발을 날려 권 이방의 복부를 강타했다. 이방은 '악' 소리 한 번 제대로 지르지 못하고 매타작을 당했다.

"그만하거라!"

정동호가 소리쳤다. 하지만 이미 쇤동이는 이성을 잃었다. 마치 짐승을 때려잡듯 발길질을 했다. 보다 못한 장똘이와 관원이 달려들어 쇤동이를 끌고 나갔다.

"놔! 놓으라구!"

쉰동이는 거칠게 반항했다.

바닥에 쓰러진 권 이방이 숨을 고르더니 몸을 일으켰다. 얻어터져 피투성이가 된 채 입을 열었다. 말을 할 때마다, 붉은 피가 흘러나와 기괴했다.

"넌. 헉헉. 절대… 찾지… 헉헉. 못할 것이다. 으하. 으하하하."

권 이방의 소름 돋는 웃음소리가 멈추기도 전에 정동호의 귓가에 익숙한 여자 소리가 꽂혔다.

"아니."

모든 사람들의 시선이 소리 나는 쪽으로 향했다. 벌거벗은 아이의 손을 잡은 채 흰 속옷 차림을 한 홍련이었다.

"난, 기다리는 게 딱 질색인 여인이요!"

속저고리와 속치마를 입은 채였지만 홍련의 걸음은 당당했다. 광기 어린 웃음을 짓던 권 이방의 눈이 크게 흔들렸다.

"네가, 어찌!"

그가 손가락을 들어 가리킨 사람은 만길이였다. 분명 죽은 것을 확인하고 버렸거늘.

"어찌 살아났으냐!"

피투성이가 된 권 이방이 소리치자, 만길이는 겁을 먹었다. 홍련은 아이를 제 뒤로 숨겼다. 그 모습을 보고 쉰동이가 달려왔다.

"만길아! 이놈 새끼!"

겁에 질려 있던 만길이도 아는 사람이 나타나자 와락 울음이 터졌다.

"아부지."

쉰동이는 달려들어 아이를 낚아챘다. 그리고 제 새끼처럼 품에 안았다. 만길이의 울음이 터졌다. 쉰동이는 아이를 다독이고 다독였다.

정동호의 눈에는 홍련밖에 보이지 않았다. 제 눈으로 보고 있지만, 믿을 수 없었다. 한 발, 또 한 발. 그녀를 향해 내딛는 이 걸음을 믿을 수 없었다.

사람들의 웅성거리는 소리가 들렸다. 나이 많은 가노들은 '망측하다'고 했고, 관원들은 홍련을 소복 입은 귀신 보듯 했다. 그 자리에 있던 무영은 홍련을 향해 뛰어갔다. 하지만 이번에는 한 발 늦었다.

정동호는 홍련 앞에 섰다. 홍련은 아무렇지 않은 듯 보이려고 애를 썼다. 그 순간, 사또가 관복 도포를 벗어 홍련에게 걸쳐 줬다. 그의 손은 옷깃을 여미고 있었지만, 눈빛은 홍련의 얼굴부터 발끝까지 살피고 있었다.

"사또."

홍련이 어렵게 입을 뗐다.

"긴히 드릴 말씀이 있습니다."

옷을 챙겨 입은 홍련은 하고 싶은 말이 많았지만 우선

처리해야 할 일이 있었다.

"종전에 일어났던 옥사 방화 사건의 범인은 바로 저 이 방이옵니다."

"방화 사건도 이방의 짓이란 말입니까?"

정말 산 넘어 산이었다. 이제야 자신을 살해하려던 이 방의 계략을 밝혀냈는데 또 다른 사건이라니. 게다가 방화 사건은 아직도 조사 중인 사건이었다.

"증거가 있습니까?"

사또는 제 입으로 내뱉으면서도 증거라는 말에 신물이 올라왔다. 뭐 이리 복잡한 사건이란 말인가. 증거에 증거를 찾아도 사건은 계속 일어났다. 이제는 그 단어만 들어도 현기증이 날 정도였다.

"증거는 바로 저 아이입니다."

홍련은 함께 탈출한 만길이를 가리켰다. 유일하게 범인의 얼굴을 알고 있던 아이가 만길이였다.

"말할 수 있겠느냐?"

홍련은 무릎을 낮춰 만길이와 눈높이를 맞춘 후 물었다. 쉰동이의 품에서 아직도 겁에 질려 있는 만길이는 바들바들 떨고 있었다.

"괜찮어. 말해 봐. 어여!"

쉰동이가 다그치자, 오히려 만길이는 몸을 뺐다.

"니가 말을 해야 이 사달이 끝나!"

마음이 급한 쉰동이는 재촉만 했다. 보다 못한 홍련이 아이의 두 손을 잡았다.

"네 잘못이 아니야. 널 혼내는 거 아니니까 걱정 말고. 널 속인 사람, 네 아비를 죽인 사람, 그 사람이 누구니?"

네 아비를 죽인 사람. 그 말이 만길이의 마음을 움직였다.

"저…. 저 사람입니다."

만길이의 손가락은 권 이방을 향했다.

"나무 인형을 주면서 이거 가지고 들어가면 울 아부지한테 곶감 줄 수 있다고."

"저자가 누군지 알았느냐?"

정동호가 조심히 물었다. 혹시 아이도 한패일까 싶은 의심이 일었다. 지금 그가 철산에서 믿을 수 있는 사람은 아무도 없으니까. 만길이는 주춤했다.

"누군진 몰라도."

어린 마음에 더 이상 거짓말은 할 수 없었다.

"모르진 않습니다."

"그게 무슨 말이냐?"

정동호는 수수께끼 같은 아이의 말이 흥미로웠다.

"…사또."

만길이의 대답에 장내가 술렁거렸다. '그렇지', '맞네, 그려', '깜빡했네'라는 말이 간간이 들렸다.

"울 엄니가 사또라고 했습니다. 철산 사또. 내가 날 때부터 사또라고. 그러니까 인사 잘하라고. 울 엄니가."

한번 말을 시작한 만길이는 서슴없이 말을 이었다. 그
말을 들은 정동호는 이제야 깨달았다.

"그대가 사또라."

권 이방은 자신의 실체가 드러나자 민망한지 웃었다. 피
범벅이 된 입가가 부자연스럽게 올라갔다. 괴기스러웠다.

"본래 철산 사또가 계신 줄 미처 몰랐습니다. 나라님께
서도 괜한 걱정을 하셨습니다. 이렇게 훌륭한 분을 두고.
그런데 사정을 모르는 한양에서는 계속 사또를 보냈으니
눈엣가시처럼 눈에 거슬리셨겠습니다."

정동호는 권 이방의 마음을 정확하게 꿰뚫었다. 이제야
그는 자신이 사또로 부임한 순간부터 지금까지 석연치 않
았던 사건들을 떠올려봤다.

사또의 말에 홍련은 한마디 더 보탰다.

"그동안 사또를 죽인 사람도 장화 홍련 귀신이 아니
라…. 그것도 당신 짓입니까? 그 모든 짓이?"

사실 사또는 미처 거기까지 생각하진 못했었다. 기껏해
야 자신을 죽이려고 했겠지 싶었다. 그런데 '장화 홍련 귀
신'이라는 말을 들으니 이 모든 것도 권 이방의 계략인가
싶었다. 권 이방은 한 수 위였다.

"…증거가 있는가?"

정동호는 생각하기도 싫었다. 철산이 '부사들의 무덤'이

된 것이 권력욕에 눈이 먼 이방의 계략이었다니.

"어찌 이런 무모한 짓을."

기가 막혀 말이 나오지 않았다.

"정말 신임 사또들을 모조리… 죽였습니까?"

이방의 입은 그 뒤로 열리지 않았다. 분노에 떨던 정동호는 명을 내렸다.

"당장! 저자를 독방에 가두어라!"

사또의 명이 떨어지자, 포졸들이 달려와 양쪽에서 권이방을 포박했다.

"놓아라. 스스로 갈 터이니. 내 죄가 있다면 좋은 집안에 태어나지 못한 것뿐이다. 양반으로 태어났다면 그 자리는 분명 내 것이었으리라."

권 이방은 거칠게 제 부하였던 포졸들을 물렸다. 정동호를 쏘아보고는 당당하게 감옥을 향해 걸어갔다.

참으로 길었던 밤이 저물어 가고 있다. 이제는 파르스름한 하늘에 먹물처럼 어둠이 번졌다. 관원들은 이방과 관련된 자들을 모조리 감옥으로 데려갔고, 쉰동이는 만길이를 데리고 제 방으로 돌아갔다. 그 방에는 며칠 동안 만길이를 찾던 엄마가 기다리고 있을 것이다. 달궁에서 권이방을 잡고, 관아에 들어와서는 그의 여죄까지 물었더니 며칠이 흐른 것 같았다. 날을 꼬박 새운 정동호에게 피곤이 몰려왔다.

어제저녁 무렵, 곽산으로 떠났던 장똘이도 돌아왔다. 구씨 부인의 오라버니 구영특의 얼굴까지 볼 새는 없었다. 또 내일이 남아 있지 않던가. 그렇게 짬을 만들어 넓은 관아 마당에 홍련과 둘만 남았다. 홍련은 아직도 사또의 도포를 입은 채 꼿꼿이 서 있었다. 두 다리로 버티면서 장내가 정리되는 것을 살폈다. 하지만 시간이 흐를수록 서있기 힘든 것은 사실이었다. 정동호가 다가와 홍련의 팔을 부축했다.

"아니요."

더 이상 숨길 순 없었다. 결국 긴장이 풀린 홍련은 사또에게 의지했다.

"걸으실 수 있겠습니까?"

사또의 물음에 그녀는 고개를 끄덕였다. 하지만 걸음을 잘 옮길 수가 없었다. 온몸이 떨렸다. 긴장이 풀어지니 몸을 지탱하기도 힘들었다. 정동호는 홍련을 세워 두고, 앞을 막아섰다. 그리고 등을 내주었다.

"이러다 쓰러집니다."

"아닙니다, 사또."

홍련은 일부러 힘차게 걸었다. 사실 그를 볼 자신이 없었다. 무영을 위해 몰래 길을 나서지 않았던가. 차라리 화를 내거나, 따져 물으면 속이 편할 것 같았다. 혹시 서

신을 못 보신 건가? 핑계를 만들어 봤지만 쓸데없는 짓이
다. 벌써 며칠이나 관아의 별채를 비웠으니, 사또가 모를
리 없었다. 무안한 마음에 무작정 걸을 때였다.

"거, 참. 고집은."

정동호는 성큼 걸어와 홍련의 팔을 잡고, 제 등에 업히
도록 억지힘을 썼다. 홍련은 놀랄 새도 없이 사또의 등에
업혀 버렸다.

"…전 …사실."

"죽다 살아난 사람이 힘도 좋소. 말할 기운이 남았습니
까? 당장 감옥에라도 가두고 싶은 마음이니까…. 이번에
는 그냥 넘어가지 않을 것이오. 그대의 죄는 내일 물을 거
니 각오를 단단히 하고 계십시오."

홍련은 그야말로 죄인이 되어 입을 다물었다. 하고 싶
은 말이야 차고 넘쳤다. 그런데 삽시간에 피곤도 몰려왔
다. 등에 가만히 기대고 있자니 잠이 쏟아졌다. 입으로는
'사또-'를 불렀지만, 이내 그의 등에서 까무룩 잠들었다.

관아에서 사또가 머무는 내아까지는 금방이었다. 그 짧
은 거리를 걷는 사이 홍련이 잠들었다. 정동호는 그녀가
얼마나 고된 일을 겪었는지 차마 물을 자신이 없었다. 조
금만 더 세심히 살폈다면 이런 일을 피할 수 있었을 텐데.
그런데 이 대견한 여자는 스스로 돌아왔다. 그가 지금 할
수 있는 것은 편히 쉴 수 있는 등짝을 내어 주는 일뿐이었

다. 관아와 내아 사이를 몇 번이나 돌았을까. 다시 내아로 들어가는 중문에 도착했을 때 장화가 서 있었다.

"지극정성이로구나. 힘이 남아도느냐? 얼른 눕혀. 할 말이 있어."

장화의 비아냥거림도 오늘은 반갑게 들렸다. 중문을 열고 들어가자, 별채 툇마루에 앉아 있는 무영이 보였다.

"뭘 고민해. 얼른 무영이한테 안겨 줘."

귀신의 말이 무영에게 들릴 리 없었다.

"그래도 방에 눕혀야 하지 않겠습니까?"

정동호는 혼잣말을 했다. 눈치 빠른 무영은 정동호 곁에 장화 귀신이 있다는 것을 직감했다. 무영은 팔을 뻗어 홍련을 안아 들었다.

"걱정 마시오."

"그럼 잘 돌봐 주십시오. 몸이 성치 않은 듯싶습니다. 이상이 있으면 바로 절 불러 주시고⋯."

"사또께서 여기까지 데려다주었다고 꼭 전할 것이오."

정동호는 지금 그 말을 잘못 들었나 싶었다. 처음 만난 날부터 지금까지 절대 한 번도 자신에게 호의를 내보인 사내가 아니었다. 특히 홍련과 관련된 일이라면 더더욱 그랬다. 얼핏 열린 문틈으로 이미 정갈하게 깔아 놓은 이부자리가 보였다. 보기와 달리 세심한 사내였다.

툇마루에서 쓸쓸하게 돌아서는데, 방금까지 곁에 있던

장화 누님이 보이지 않았다. 주변을 두리번거렸다. 장화
는 다시 중문을 나서고 있었다. 아마도 조용한 곳을 찾는
것 같았다.

정동호와 장화는 별실에 마주하고 앉았다. 평소 머슴애
처럼 쾌활하고 거침없었던 그녀가 오늘따라 초조해했다.
곁에서 지켜보는 그도 덩달아 불안해졌다.

"홍련 의녀도 찾았는데, 무슨 걱정이십니까? 구씨 부인
에게 무슨 일이 있습니까? 아직 오라버니 되는 사람과는
대질신문을 하지 못하였습니다."

하지만 장화 귀신은 귀담아듣는 것 같지 않았다.

"시간이 없대. 내가 구천을 떠돌 시간."

장화는 그 어느 때보다 긴장하고 있었다.

"딱 열흘. 그 뒤엔 난….."

그 뒷일은 생각하기도 싫은지 고개를 절레절레 내저었다.

"그걸 왜 이제 말씀하십니까?"

열흘 안에 장화 홍련 귀신 사건을 해결하기에는 시간이
턱없이 부족했다. 단서도 없는 장화의 시신은 어디서, 어
떻게 찾는단 말인가. 산 너머 산이다. 왜 하필 열흘밖에
남지 않았단 말인가.

"열흘이 아니라, 천 일이 있었던 거지. 난 그 시간을 그
냥 흘려 버린 꼴이 됐고. 나도 몰랐어. 일 년 정도는 남

았다고 생각했었는데, 어디서 착오가 생겼는지 도통 알 수가 없어. 저승사자에게 오늘 최후통첩받았어. 딱 열흘 뒤, 데리러 올 테니 미련을 정리하라고."

"일 년이나 착각을 했다구요?"

"죽은 후 충격으로 일 년을 그냥 보냈나 봐. 내가 죽었는지, 안 죽었는지도 모르고. 그러니까 일 년은 허송세월하고 저승사자를 만난 거지. 그 일 년 동안 뭐 했는지는 나도 몰라. 죽은 줄 몰랐나 봐."

정동호는 더 이상 다그칠 수 없었다. 이래서 어떻게 죽었는지, 어디서 죽었는지 모른다고 말했구나 싶었다. 지금 답답한 것은 당사자가 아니겠는가. 하지만 시신을 찾기 전까지는 저승으로 갈 수 없다고 말했었다. 그래서 시신을 찾는 중이고, 철산의 돈줄을 쫓다 보면 시신을 찾을 수 있을 것이라고 하지 않았던가.

"그렇지. 시신을 못 찾으면 저승으로 못 가. 대신 죽은 후 천 일이 지나면, 귀신마저 될 수 없고…."

귀신도 아닌 존재는 '무(無)'의 단계가 아니라 '공(空)'이라고 했다. 텅 비어 버리는 것. 하늘의 별이 되었다가 다시 환생하는 것도 금지되고, 전생의 모든 기억을 잃어버리게 된다고 한다. 그리고 이 세상 어디에도 머물지 못하도록 소멸된다. 동생과 이번 생에 못 나눈 정을 다음 생에라도 나누고 싶었다. 혹은 어머니의 어머니가 되어 돌보고 싶기도 했는데…. 이제는 모든 것을 놓아야 한다.

"안 됩니다. 이제 겨우 권 이방을 잡았습니다. 그동안 신임 사또들을 죽였던 경위를 밝혀야 합니다. 누님. 누님이 신임 사또 귀신들을 만나 보실 수 없겠습니까? 독살을 했는지, 교살을 했는지. 누님이 알아내셔야 합니다."

"그래야지. 열흘 동안."

"그동안 사또 귀신들을 보신 적 없습니까?"

"왜 없어?"

"그럼 관아 이야기도 들으셨습니까? 자신이 왜 죽었는지, 아셨답니까?"

"몰라. 안 물어봤는데?"

"왜 그러셨습니까? 중요한데."

"내가 귀신들 사연을 다 듣고 다니니? 어느 날부터 이상한 소문이 돌더라고. 내가 사또들을 죽이고 다닌다고. 웃기지? 너무 화가 나서 저승 입구에서 바로 돌아왔지. 그런데 막상 와 보니까 벌써 열 명이나 죽었더라고. 장화 홍련 귀신이 죽였다는 소문이 돌고. 안 되겠다 싶었지. 사실 그 소문이 아니더라도 사또를 찾아가려고 하긴 했었어. 그 많은 귀신들 중에 억울하고 원통하고 한이 맺힌 귀신들은 죄다 철산 귀신들이더라고. 어찌 된 영문인지 알아보고 싶었어."

장화도 노력을 안 한 것은 아니었다. 사또 귀신들과 이야기를 나누고 싶었지만 뜻대로 되지 않았다.

"사또들은 귀신이 된 다음에도 얼마나 도도하신지. 나 같은 처녀 귀신하고는 말도 안 섞더라고. 장례는 일사천리로 처리되니 바로 저승으로 가던데? 한도 없나 봐."

하긴, 그들은 나라를 위해 명예롭게 죽었다고 생각했을 것이다. 이방에 의해 개죽음을 당했다고는 상상도 못하고.

"정말 이방이 죽였는지 몰랐습니까? 왜 이방한테는 안 나타나셨어요? 경고라도 하시지."

"왜 안 했겠니? 근데 귀신은 아무나 보는 게 아니더라고. 아무리 나타나려고 해도 안 돼. 그런데 너는 바로 보더라고. 이것도 타고나는 거야. 넌 축복받은 거라고."

정동호는 정말 궁금했다. 어린 시절부터 겁이 많았고, 귀신을 무서워하는 자신은 왜 귀신을 볼 수 있었을까?

"…네 마음. 누군가를 돕고 싶은 그 마음. 그거 아닐까? 그래서 살았잖아."

장화는 그의 마음을 꿰뚫어 보고 핵심을 짚어 냈다.

"그런데 이방은 왜 널 못 죽였을까?"

"그러게요."

"…누군가 이 계획을 미리 알고 있었을까?"

"관아에 제 편이 있다? 말도 안 되는 소리입니다."

"그렇지 않다면, 누가 독을 빼돌렸을까? 사또들은 아마 독살일 텐데."

관 속의 사또들을 꺼내서 부검할 수는 없는 노릇이다. 하지만 외상 없이 감쪽같이 죽이려면 독살뿐일 것이다.

"차차 알게 되겠죠. 그런데 누님 시신은요? 찾으면 문제가 해결되는 거 아닙니까? 저승으로 돌아갈 수 있고. 죽은 곳이 어디인지 기억이 안 나십니까?"

결국 그것이 문제였다.

장화와 헤어진 정동호는 눈을 붙이려고 쉰동이의 방에 들렀다. 내아는 홍련에게 내주었으니 갈 곳이 없었다. 그리고 부탁도 있었다. 지난번에 모셔 오기로 한 의원이 오지 않았으니, 다시 한 번 청을 넣어 볼 생각이다. 원 의녀가 아무리 뛰어난 의술을 갖고 있다 한들, 자신의 몸을 치유하기에는 버거울 것 같았다.

그리고 만길이가 궁금했다. 그동안 사건을 해결해야 한다는 빌미로 어린 만길이를 잡아 두었던 것이 못내 마음에 걸렸다. 그 엄마는 얼마나 속이 탔을까.

쉰동이의 방에 도착하니 댓돌 아래에는 아이와 엄마의 짚신만 나란히 놓여 있었다. 이미 둘은 잠든 것 같았다. 오랜만에 어미의 품에서 잠든 아이를 생각하니 절로 흐뭇해졌다. 쉰동이가 눈치 없이 모자 사이에 끼어서 잠들지 않았을 것이다.

다시 발걸음을 관노방으로 옮겼다. 불편하더라도 거기

서 자고 있을 것이다. 잠이라면 사족을 못 쓰는 놈이니, 이미 잠들었겠지만. 관노방 문을 여니 시큼한 사내들의 냄새가 확 풍겨 왔다. 하지만 어디에도 쉰동이는 없었다. 잠귀신이 잠을 마다하고 어딜 갔을까?

정동호는 관내를 돌아보다 결국 관아의 대문을 넘었다. 마침 구름에 가려졌던 아침 해가 쨍하고 나왔다. 순식간에 피로가 몰려왔다. 몽롱한 정신을 단단히 잡아 쥔 채 돌아가려는데, 막 돌아오는 쉰동이가 보였다. 발끝만 보고 걷는 쉰동이는 사또를 보지 못했다. 평소와 다른 모습이었다. 그는 코앞까지 와서야 정동호를 발견했다.

"사또오."

쾌활하고, 활발한 쉰동이의 목소리가 다 죽어 갔다. 다 큰 사내의 눈이 빨갛게 물들었다. 울음을 참느라고 핏줄이 섰다.

"…못 찾았습니다. 우리 방울이. 찾아 주십쇼. 사또."

방울이에 대한 그의 마음이 이 정도로 진심인지 몰랐다. 정동호는 쉰동이의 어깨를 감쌌다. 홍련과 따로 납치됐다는 것은 불길한 징조다. 제발 그 징조가 빗나가길…. 두 남자가 기대하는 것은 그것뿐이었다. 목숨을 부지하고 있는 것. 조선 팔도에 종년 하나 죽이는 것쯤은 우습게 아는 자들이 많았으니까. 언제나 우직했던 쉰동이의 어깨가 가늘게 떨렸다.

14

 죽은 듯 잠을 자던 홍련이 악몽을 꾸다가 급히 깼다. 식
은땀을 흘려 온몸이 축축하다 못해, 서늘했다. 푸석거리
는 지푸라기와 썩은 내가 진동하는 지옥이겠지, 하고 눈
을 떴는데 관아였다. 그래, 탈출했지. 무릎 사이에 고개
를 묻었다.

 꿈에서 언니를 보았다. 모처럼 꿈속에서라도 만나 반가
웠다. 언니는 여전히 변한 것이 없었다. 생전에 함께 공기
놀이를 할 때의 모습이었다. 꿈속에서 언니가 손을 잡아
끌었다. 너무 생생한 촉감이 아직도 손끝에 맴돌았다. 언
니의 재촉에 못 이겨 따라나섰는데 그 앞이 바로 천 길 낭
떠러지로 변했다. 그걸 못 본 언니는 계속 앞으로 가자며
손을 잡아끌었다. 안 돼, 언니, 안 돼! 못 가게 끌어당기
며 안 된다고 사정했다.

 "난 가야 해."

그 순간 언니가 손을 놓았다. 언니 손을 잡으려고 발버둥 쳤지만 소용없었다. 이미 벼랑에서 떨어졌다. 언니의 끔찍한 비명 소리 때문에 악몽에서 깰 수 있었다.

처음에는 흠뻑 젖은 옷 때문에 오한이 들었다가 지금은 가슴에 통증이 왔다. 심장이 아니라 마음의 병이다. 가슴이 저릿저릿하고, 아려 왔다.

'…미안해. 언니… 이제 아무것도 못 하겠어…. 아무것도….'

고개를 파묻은 무릎 사이로 눈물이 새어 나왔다. 철산에 올 때만 해도 자신 있었다. 언니의 시신을 찾아서 억울함을 풀어 주겠다고 스스로에게 약조했었다. 하지만 언니의 비밀을 풀기는커녕 몸조심하기 바빴다. 어젯밤도 필사적으로 탈출하지 않았다면? 그 뒤는 생각하기도 싫었다.

그동안 사또들을 죽인 자가 이방이었다는 사실이 충격적이기도 했다. 그럼 왜 이방은 장화 홍련 귀신 핑계를 댔을까? 이방이 언니도 죽였을까? 정신없이 생각하고 있을 때, 누군가 어깨에 손을 올려 소스라치게 놀랐다. 곁에서 홍련을 지키던 무영이 미안한 얼굴로 곁에 있었다.

홍련은 곁에 사람이 있을 것이라고 생각도 못 했었다. 그런데 이게 누구인가!

"오라버니?"

지금 귀신을 보는 것일까? 홍련의 눈은 동그래졌다. 분

466

명 다 죽어 간다고 하지 않았던가? 그를 살리기 위해 길을 나섰던 것인데. 어리둥절해하는 홍련의 눈빛을 보니, 무영은 마음이 조금 놓였다.

"분명 크게 다쳤다 들었는데….”

"아니다. 봐라. 무사하다.”

무영이 슬며시 웃는 것을 보고 나서야 긴장이 풀렸다.

"미안하다. 나 때문에. 내가 호위무사의 자격이 없구나.”

"덕분에 더욱 강해졌습니다.”

"도대체 무슨 일이 있었느냐. 얼굴이, 이 상처가.”

"제가 묻고 싶습니다. 도대체 누가 오라버니를 죽이려고 했습니까?”

"아마도 분홍이 측이겠지.”

"분홍이라면 결국 권 이방과 한패인 사람들이군요. 새로운 것을 알아내셨습니까?”

홍련은 이 수수께끼 같은 사건을 빨리 매듭짓고 싶었다. 이 고개가 마지막이라면 얼마나 좋을까? 막연한 기대감이었다. 모든 수수께끼가 풀리면 언니의 시신을 찾을 수 있지 않을까?

"일단. 허재희. 그자가 확실히 한양에서 움직이고 있었었다.”

홍련은 그 이름을 잊을 수 없었다.

"결국 계모군요.”

"권 이방과 계모가 어떻게 엮였는지 알 순 없다. 같은 편인지도 아직 파악되지 않으니 몸조심해라."

"이방은 이제 감옥에 갇혔습니다. 걱정 마세요. 그런데… 오라버니…. 방울이는 찾았습니까?"

"아직."

무영의 대답이 무거웠다. 홍련의 표정도 좋지 않았다.

"지체할 수 없습니다."

"안다. 이미 사또가 사람을 풀어 찾고 있다. 너까지 나설 필요가 없다."

"아니요. 제가 가야 합니다. 일단, 제가 갔던 길을 되짚어 가겠습니다."

"버틸 수 있겠느냐?"

"그럼요. 버텨야지요."

간절한 그녀의 눈동자를 거절할 수 없었다. 무영은 그녀를 부축해서 나왔다. 홍련을 따르던 개가 반갑게 컹컹거렸다.

마침 정동호는 집무실에서 장돌이의 보고를 받고 있었다. 관원들이 빈집과 공장들을 뒤졌지만 못 찾고 있다.

"분명 방울이도 권 이방 짓일 것이다. 반드시 찾아야 한다. 그간 저지른 권 이방의 죄를 모조리 전하께 아뢸 것이다."

정동호는 힘주어 말했다.

"벌써 철산 밖으로 빼돌린 것은 아닐까요?"

장똘이의 말에도 일리가 있었다.

하지만 홍련을 철산에 두고, 방울이만 다른 곳으로 옮겼을 리가 없다. 게다가 조사해 본바, 권 이방 사람 중에 철산 밖으로 나간 자는 없었다.

"분명 철산에 있을 것이다. 쉰동이는?"

새벽에 만난 쉰동이는 지칠 대로 지쳐 있었다. 날이 새도록 방울이를 찾아 헤맸으니 당연한 결과였다. 그러나 몸이 상하지 않아야 방울이를 찾을 수 있다. 억지로라도 눈을 붙이라고 방으로 들여보냈었다.

"또 나갔다고 합니다."

정동호는 혀를 쳤다. 미련한 놈. 몸이 상하면 여인을 지킬 수 없다고 그리 타일렀거늘. 허나 그 마음은 이해할 수 있었다. 만약 내게 이런 일이 일어났다면, 연모하는 여인을 찾을 수가 없다면 몇 날 며칠이라도 잠을 마다하고 찾으러 나갔을 테니까.

"이방의 집에서 수상한 것은 발견되지 않았느냐?"

"없었습니다."

"분명 저들이 음모를 꾸미는 곳이 따로 있을 것이다. 찾아야 한다. 방울이도. 은밀한 곳도."

사또의 명을 받은 장똘이는 서둘러 나갔다. 그리고 기

다렸다는 듯이 홍련과 무영이 들어왔다. 정동호는 홍련을 보고 놀랐다.

"그렇게 돌아다니시면 안 됩니다!"

자신도 모르게 홍련을 다그쳤다.

"압니다. 하지만 한시라도 빨리 방울이를 찾아야 합니다. 저야 운이 좋았지만. 방울이는⋯."

뒷말을 할 자신이 없었다. 정동호도 그녀의 마음을 모르는 것은 아니었다.

"포졸들뿐만 아니라, 관아의 모든 인력을 동원했소. 쉰동이도 찾아보고 있습니다."

"그런데도 흔적도 못 찾았다는 것입니까? 우선 저와 방울이가 갔던 길부터 다시 가 봐야겠습니다. 그때 그자들은⋯."

홍련이 그때의 기억을 떠올려 봤다. 미간이 찌푸려졌다. 의문투성이의 사건이었다. 그들은 이미 기다리고 있었다. 쫓아온 것도 아니고, 매복 중이었다.

"우리가 어디로 가는 줄 알고 있었습니다."

"그게 가능합니까?"

"가능하고 안 하고는 지금 의미가 없습니다. 이미 그 일이 벌어졌으니까요. 당장 현장으로 가야겠습니다."

두 남자는 결국 홍련을 따라나섰다.

꽤 깊은 숲이었다. 정동호는 숲길을 따라 걸으면서 기가 찼다.

"겁도 없이 이 길로 가셨습니까?"

홍련은 대꾸하지 않았다. 아니, 못 했다. 이 길은 한양으로 가는 지름길이다. 하지만 산세가 험하고 들짐승이 다니는 길이다. 웬만한 장정도 겁내는 길을 선택한 것이다. 변명의 여지가 없었다. 죽을 각오가 아니면 갈 수 없었을 것이다.

"여인의 몸으로 여길 가셨다구요?"

정동호는 기가 차서 다시 한 번 물었다. 홍련은 들릴 듯 말 듯 중얼거렸다.

"…아니. 좀, 급하니까. 사람이 죽는다는데…."

이 상황에서 가장 눈치가 보인 사람은 무영이었다.

"흠. 흠."

괜히 헛기침을 하고 몇 걸음 앞서 걸었다. 자신을 노려보는 정동호의 눈길이 느껴졌다. 뜨거운 눈길을 애써 모른 척했다.

사또의 시선을 피하기 위해 앞서 걷던 홍련이 멈춰 섰다.

"저깁니다!"

두 남자의 시선이 그곳에 모였다. 산기슭이 만나는 경계선에 생긴 오솔길이었다. 야트막하지만, 산기슭을 끼고 있었다. 위에서 바라보면 움푹 파인 웅덩이처럼 보이는 덫의 형태였다. 사건 현장에는 부러진 나뭇가지와 짓밟힌 나뭇잎들이 어지럽게 엉켜 있었다. 홍련이 오른편 산기슭을 가리켰다.

"그자들이 매복해 있다가 공격했습니다."

돌이켜 생각해 보니 이미 관아에서부터 미행이 붙었던 것 같다. 홍련은 자신의 아둔함을 자책했다.

"제 동선을 파악하며, 올가미까지 준비한 것을 보면 보통내기들은 아닌 것 같습니다. 기동력, 정보력. 뭐 하나 떨어지는 것이 없군요. 어떻게 미리 알았을까요?"

홍련은 감탄했다. 적이 치밀할수록 나도 치밀해져야 한다. 그래야 따라잡았다가, 앞서갈 수 있다. 하지만 아직 단서가 많이 부족하다. 자만과 오만으로 일을 그르쳐서는 안 된다. 방울이의 목숨이 걸려 있으니까. 신중하게 주변을 살폈다.

"기억나느냐? 어느 쪽으로 끌려갔는지?"

"전혀요. 그놈들은 탈을 썼습니다. 두목은 가장 큰 처용탈을 썼구요. 놈들이 약을 먹였습니다. 그래서 정신을 잃었습니다. 더는 보고 들은 것이 없어요. 눈을 떴을 때는 이미 갇힌 후였으니까."

그렇다고 도주로를 추측하지 못하는 것은 아니다. 언제나 현장은 답을 갖고 있다. 다시 주변을 살피던 홍련이 한곳을 가리켰다.

"이쪽입니다."

툭툭 끊어진 나뭇가지와 짓밟혔다가 새로 자란 풀들이 방향을 알려 줬다.

"확실합니다. 이쪽으로 가면 바로 상엿집도 나오니까요."

홍련과 일행은 나뭇가지가 알려 주는 방향을 따라 뛰었다. 놈들이 두 조로 나뉘어 움직였을 가능성도 염두에 두며 길을 살폈다. 하지만 적들은 상엿집까지는 함께 이동한 모양이었다.

홍련은 상엿집이 보이자 서둘러 입구로 다가가다가 멈춰 섰다. 칡넝쿨에 덮인 채 죽은 보초병과 눈이 마주쳤기 때문이다. 그들은 잔혹하게 칼에 찔린 상태였다. 나무 덤불로 엉성하게 뒤덮어 놨다. 하지만 완벽하게 숨기진 못했다. 자객은 뭐에 쫓긴 듯 황급히 사라진 것 같았다.

정동호와 무영은 생각에 잠긴 홍련이 걱정되어 쳐다봤다. 하지만 홍련이 느끼는 감정은 달랐다.

'설마 내가 죽였다고 생각하는 것은 아니겠지?'

그러고 보니 의심할 여지는 많았다. 상엿집을 탈출하면서 문지기들을 죽일 수 있는 정황이 있다. 하지만 결백했다. 탈출하긴 했지만 사람을 죽이진 않았다.

"전 아닙니다."

홍련을 걱정하던 두 남자는 입이 떡 벌어졌다. 정동호과 무영은 홍련에게 흉한 것을 보여 주지 않으려고, 각자

겉옷을 벗어 시신에게 덮던 중이었다.

"누가 의녀님 짓이라고 했소?"

"보기 흉하니 고개를 돌려라. 어서!"

이럴 때는 무영과 정동호의 마음이 척척 맞았다.

"그래. 어서, 오라버니 말씀을 들으세요."

홍련은 두 남자의 배려가 새삼스러웠다.

"그런데 이곳에서 어떻게 탈출하셨습니까? 장정 두 명
이 지키고 섰고."

정동호는 상엿집 안을 들여다보며 물었다. 창도 없는
막힌 공간뿐이었다.

"하늘로 솟지 않는 이상 나갈 곳이 없지 않습니까?"

홍련은 손가락을 들어 천장을 가리켰다. 대들보 옆으로
작은 환기 구멍이 보였다.

"하늘로 솟았지요."

"허, 참. 도술을 쓰시나 봅니다. 축지법은 못 하시오?"

정동호는 농으로 받아칠 수밖에 없었다. 혼자 하늘로
솟는다는 것도 이상하지만, 사내아이까지 데리고 있었다.
뒤에서 듣고 있던 무영도 의문을 품었다.

"사또가 묻지 않으시더냐."

홍련은 오늘따라 죽이 척척 맞는 두 남자를 향해 설명을
이어 갔다.

"만길이가 깨어나면서 가능했습니다. 놈들은 죽었다고

생각했겠지요? 하지만 아이는 살았습니다. 아이들은 잡초와 같습니다. 조금만 도와주면 끈질기게 살아날 수 있습니다. 만길이가 깨어나자마자 손에 묶인 밧줄을 풀어달라고 했습니다. 그런데 아이는 손을 풀어 주면서, 사또가 죽을 거라고 하더군요. 어디서 뭘 들었었나 봅니다. 저도 마음이 급했고, 아이도 마찬가지였는데, 어디로 나갑니까? 사방이 막혔는데…."

그때만 생각하면 지금도 아찔했다.

"그래서 일단 옷을 찢어 밧줄을 만들었죠. 마침 작은 막대기가 있어 이렇게 대들보 위로 넘겼습니다."

홍련은 마치 밧줄을 들고 있는 것처럼 직접 시연까지 했다.

밧줄이 대들보에 걸리자 탈출을 시도했다. 우선 아이에게 반대쪽 줄을 잡게 한 뒤 잡아당겼다. 작은 아이는 어렵지 않게 대들보에 올랐다. 손이 야무진 만길이는 밧줄의 끝을 대들보에 단단히 묶었다고 했다.

그러고 나서야 홍련이 사력을 다해 밧줄을 타고 대들보에 올라간 것이다. 올라가자마자 밧줄을 거둬들인 뒤 환기 구멍 밖으로 내보내 무사히 탈출했다.

"보초들은? 따돌리셨습니까?"

"천운이었습니다. 깊은 잠이 들어 있었는데…. 저자들을 검시해 봐야겠습니다."

하지만 말을 하는 홍련 자신도 석연치 않은 구석이 있었
다. 세 사람이 현장을 떠나려는데 쉰동이가 개를 쫓아오
고 있었다. 관아에서 키우는 개, 백설기였다. 홍련은 반
갑게 개를 맞았다.

"백설기, 네가 무슨 일이냐?"

백설기는 홍련의 말을 알아듣는 듯, 그 자리에 서서 다
시 컹컹 짖었다.

"백설기요?"

정동호는 개를 빤히 보았다. 어느 집에서나 볼 수 있는
그저 흔한 백구였다.

"사또는 헉. 헉. 개도 못 알아보십니까? 관아에서 노상
마주치던 그놈. 그 갭니다. 헉. 헉. 방울이가 밥을 챙겨
주던 놈이라. 그년 생각이 나서 그만."

쉰동이가 말끝을 흐렸다.

"안아 준다는 게…."

뒷말은 거의 안 들렸다.

"네가 풀어 주었느냐?"

정동호는 조심히 물었다. 혹시 쉰동이가 미친 것은 아
닌가 싶었다. 방울이가 보고 싶어 개를 안아 주다니!

"바로 이겁니다!"

갑자기 홍련이 소리쳤다.

"지금 이 개는 누가 시키지도 않았는데, 여길 찾아왔습

니다. 어떻게 왔을까요?"

"그야. 마님 냄새를 아니까."

쉰동이가 대답했다. 너무나 당연한 것이었다.

"저야 오다가다 스친 정도입니다. 가끔 머리도 쓰다듬
어 주었지만, 방울이는 다릅니다. 아침마다 밥을 줬고,
이놈은 용하게 알아채고 밥을 먹으러 왔다는 겁니다."

"그럼 개가 방울이를 찾을 수 있겠습니까?"

정동호는 그제야 말뜻을 이해했다.

"찾아 주길 기대해야죠."

홍련의 말이 정답이었다. 아무도 방울이의 흔적을 발견
하지 못했다. 홍련마저도 막막한 상황이었다. 운이 좋다
면, 아니 이 개가 영특하다면 방울이를 찾아 주지 않을까?

"자, 어디로 갈 것이냐?"

홍련은 말 못하는 짐승에게 간절하게 빌었다. 제발…
방울이를 찾아다오…. 제발.

백설기는 생각보다 총명했다. 간혹 갈 곳을 잃고 그 자
리에서 뱅글뱅글 돌기도 했다. 홍련은 그때마다 방울이의
앞치마를 개 코앞에 내어 줬다. 백설기는 쉰동이가 관아
에서 나설 때 일부러 챙겨 온 그 앞치마에 코를 대고 한참
킁킁거리더니 다시 길을 나섰다. 이제 백설기는 인가(人
家)를 지나 숲으로 향했다.

"아무래도 잘못 짚은 거 같습니다."

홍련도 불안하긴 마찬가지였다. 마을을 벗어나면서부터 의심이 일긴 했다. 하지만 한번 마음먹은 것은 끝까지가 봐야 하는 성격이었다. 비록 틀렸더라도, 제 눈으로 틀린 것을 확인해야 했다.

"기다려 보세요. 이쪽은 수색하셨습니까?"

"하긴 했지만⋯."

정동호도 자신은 없었다. 인가가 없기 때문에 수색을 멈추긴 했다. 인가뿐만 아니라 별채나 창고도 없는 곳이다. 고작해야 작은 암자뿐이다. 잠시 멈춰 서서 둘의 대화를 듣던 무영은 홍련의 뜻을 따르기로 했다. 간혹 백설기가 길이 아닌 곳으로 뛰어가면, 무영은 앞서서 길을 만들었다. 단도로 수풀을 베어 가며 산 중턱까지 올랐다. 백설기도 지쳤는지 잠시 멈춰 샘물을 홀짝였다.

"쉬어야 한다."

무영은 아까부터 발걸음이 무거워진 홍련이 걱정스러웠다.

"그럴까요?"

좀처럼 쉴 줄 모르는 아이가 이렇게 말하는 것을 보니, 힘에 부쳤나 보다. 홍련은 숨을 고르며 돌에 걸터앉으려고 바위를 짚었다. 하필 물이끼가 낀 돌을 밟고 미끄러진 것이다. 넘어지기 직전, 무영이 홍련을 안아 들지 않았다면 크게 다쳤을 것이다.

"다리가 풀렸나 봅니다."

홍련은 무안했다. 잠깐 쉬어 간다는 것이 일행을 지체하게 만들었으니까.

"전 괜찮습니다. 조금만 쉬었다가 다시 걸으면 됩니다."

무영이 억지로 일어나려는 홍련의 어깨를 잡았다.

"덧나면 하산도 무리다."

다 와서 이런 사고라니. 홍련은 무안했다.

정동호는 짙은 녹색으로 물든 홍련의 치맛자락과 신을 번갈아 봤다. 그리고 오직 홍련만 바라보고 있는 무영에게 다가갔다. 막상 그 앞에 가니 망설여졌다. 한 번도 직접 이렇게 불러 본 적은 없었으니까.

"…저…형님."

오히려 놀란 것은 무영이었다.

"의녀님과 먼저 내려가시죠. 제가 마무리하고 관아로 가겠습니다. 끝까지는 가 봐야 하지 않겠습니까?"

정동호의 그 말이 가장 반가운 사람은 쉰동이였다. 쉰동이는 정말 그 말이 고마웠다.

무영은 두 남자를 번갈아 쳐다봤다. 홍련은 부탁을 잊지 않았다.

"반드시 셋이 되어 오십시오."

"걱정 말고 의녀님이나 몸 조심히, 오라버니 말을 잘 따르시오. 망아지같이 뛰지 마시고."

여인에게 망아지라니.

"그럼 망아지는 이만 내려갑니다."

홍련은 무영에게 손을 내밀었다. 그의 손에 의지하며 내려가기 시작했다. 내려가는데 백설기의 울음소리가 더 우렁찼다. 아무래도 가까이 온 모양이었다.

백설기가 뛰기 시작했다. 흥분한 개는 경중경중 바위를 뛰어넘었다.

"찾았느냐! 냄새가 나느냐?"

쉰동이는 사력을 다해 개를 쫓았다. 반면 연일 밤샘 근무를 한 정동호는 체력이 바닥났다. 최선을 다해 쫓아갔지만 뒤처지고야 말았다. 물에 젖은 솜뭉치처럼 다리가 무거웠다. 겨우 바위에 뛰어올라 시야를 확보하니, 작은 암자가 보였다.

컹컹 짖던 백설기는 암자 앞에 서더니 끙끙거렸다. 애절하게 울었다. 그리고 댓돌 위에 아무렇게나 놓인 짚신 위에 폴짝 앉았다. 뒤따라온 쉰동이는 백설기에게 물었다.

"여기냐?"

"컹!"

쉰동이가 조심스레 발걸음을 옮겼다. 방에서는 수상한 소리가 들렸다. 여자의 신음 소리였다. 쉰동이는 일이 잘못됐음을 직감했다. 적의 침입을 눈치챈 자가 벌컥 문을 열고 나왔다.

"누구야? 이 개새끼는 뭐고!"

상체는 벗은 채로 바지춤을 추켜올리며 소리쳤다. 그 열린 문틈으로 얼핏 방울이가 보였다. 입과 손이 묶인 채, 찢겨진 옷을 입고 있었다. 옷이라고 해 봐야 겨우 걸쳐 있는 수준이었다. 쉰동이는 그 순간 눈이 돌아갔다.

"이 짐승 새끼야아!"

상대방도 쉰동이를 알아봤다. 그자는 권 이방의 노비 곰발이었다. 곰발은 갑작스러운 공격에 대비하지 못하고 굴러떨어졌다. 쉰동이는 곰발을 제압하기 위에 온몸으로 달려들었다. 첫 공격은 성공적이었지만, 무공 하나 익혀 본 적 없기 때문에 계속 헛발질을 했다. 몇 대 맞아 주던 곰발이 적극적으로 공격을 해 오자 전세는 역전됐다.

"참나. 귀찮아 죽겠네."

곰발의 공세를 보다 못한 백설기가 곰발의 종아리를 덥석 물었다.

"아악! 이 개새끼!"

그가 힘껏 발길질했다. 백설기는 힘없이 나가떨어졌다. 깨갱거리다, 댓돌 아래 숨어 버렸다. 그 틈을 타서 쉰동이가 곰발에게 다시 달려들었다. 뒤편 암자에서 잠을 자고 있던 일행들이 하나둘씩 나왔다. 모두 넷. 곰발까지 다섯 명이 이곳을 지키고 있었다.

눈곱을 떼고 나오던 일행 하나가 한 몸이 되어 싸우는 쉰동이와 곰발을 발견했다. 순식간에 다섯 명이 쉰동이를 둘러쌌다. 싸움에 맥을 못 추던 쉰동이는 덜컥 겁이 났다. 마음은 이미 방울이를 구하고도 남았을 텐데 현실은 녹록하지 않았다. 겁에 질린 쉰동이를 보고 다섯 개의 입이 떠들어 댔다.

"서방님이 구하러 오셨네."

"무슨 서방이야. 그건 날세."

"예끼, 자네가 무슨. 나 정도는 돼야지."

사내들의 더러운 농담에 쉰동이는 악이 바쳤다.

"내가 죽기 전에는 그렇게는 안 되지! 으아아악."

마지막 힘을 쏟아 다섯 명을 상대했다. 그 꼴이 어찌나 우스워 보이던지. 곰발은 헛웃음이 났다.

"그래, 오늘이 네 장삿날이다!"

곰발이 팔을 걷어붙이고 발길질을 시작했다. 다섯 명이 동시에 달려들자 쉰동이는 맥을 못 췄다. 열린 문틈으로 그 광경을 보고 있던 방울이는 내뱉지도 못하는 비명을 지르고 있었다. 쉰동이를 이를 악물고 버텼다. 버티는 놈이 이기는 것이여. 늘 어머니가 말해 주셨던 '노비의 덕목'이었다. 하지만 다섯 장정의 매타작을 당할 길 없던 쉰동이는 정신이 가물가물해질 지경이었다. 그런데 갑자기 사내들이 쓰러졌다.

"네 이놈들!"

정동호의 목소리였다.

"…나…으리."

쉰동이의 입에서 웃음이 났다.

"니들은 죽었다."

겨우 몸을 추스르며 일어났다. 정동호의 장검이 춤을 추듯 움직였다. 결국 다섯 명 모두 허벅지를 베이고 쓰러졌다. 결국 이방의 짓이었다. 정동호는 곰발의 목에 검을 갖다 댔다.

"네 주인이 감옥에 갇힌 것은 아니냐?"

곰발은 시뻘건 눈으로 노려볼 뿐, 대답하지 않았다.

"어차피 대답은 필요 없다. 네 말은 짐승의 울음소리와 다를 바 없으니까."

그리고 칼을 들어 가장 어린 자의 목에 올려놓았다.

"오라가 있느냐."

막내는 큰 형님인 곰발의 눈치를 봤다. 곰발은 절대 가져오지 말라는 눈짓을 했다. 그것을 본 정동호는 검 끝으로 막내의 목을 눌렀다. 피가 새어 나왔다. 겁에 질린 막내가 벌벌 떨었다.

"있, 있, 있습, 니다, 요."

"가져와야 네가 살 것이다."

막내는 다리를 절뚝거리며 광에 들어가 튼튼한 밧줄을

들고 나왔다.

"묶어라."

정동호는 막내가 이방의 하인들을 기둥과 나무에 한 명씩 묶는 것을 도왔다. 그리고 마지막으로 직접 막내를 기둥에 묶었다. 그리고 다섯 명에게 명령했다.

"부녀를 납치하고, 희롱한 죗값은 면치 못할 것이다. 하지만 알고 있는 것을 모조리 말한 자에게는 사형만은 면해 줄 것이다. 포졸들이 다시 올 것이다. 그때까지 잘 고민해 보거라."

죽음 앞에서 다섯 명은 편이 갈리는 것 같았다.

"기회는 한 번뿐이다."

정동호는 그 말을 남기고 암자의 안채로 향했다.

사또가 다섯 명을 처리하는 동안 쉰동이는 안채 방으로 향했다. 한 걸음 걸을 때마다 뼈마디가 부서져 나가는 것 같았다. 하지만 문 앞에 서서 방울이를 보는 것만큼은 아프지 않았다.

방울이는 작은 몸을 공처럼 말았다. 어디든 숨고 싶은데 마땅한 곳이 없었다. 부끄럽고 창피하고 수치스러워 지금 당장 죽고 싶었다. 게다가 하필, 왜 하필. 저자가 나를 구했단 말인가. 이런 모습을 가장 숨기고 싶었던 이에게. 그저 숨고 싶었다. 그런 방울이의 마음이 전달됐는지 쉰동이의 가슴이 산산이 부서졌다. 방울이에게 다가가는 걸음걸음이 가시밭이었다.

"얼른 일어나. 집에 가게."

쉰동이는 최대한 무심하게 말했다. 아무것도 못 본 것처럼, 아무 일도 없었던 것처럼.

"가야지. 얼른."

하지만 방울이는 미동도 없었다. 쉰동이도 더 이상은 말하지 않았다. 방을 돌아보던 그는 궤짝 위에 놓인 홑이불을 발견했다. 조용히 그걸 집어 방울이에게 다가갔다. 몸을 감싸기에는 충분했다.

"놔둬."

방울이의 앙칼진 목소리였다.

"난 안 가. 못 가."

그래도 쉰동이는 멈추지 않았다.

"그냥 두라고 쫌!"

"그럼 여기서 살려! 마님은 어쩌고!"

쉰동이도 화가 치밀었다.

"갈 곳도 없으면서. 집 놔두고 여기가 어디라고."

입으로는 화를 내고 있었지만 이를 악물어야 했다. 마음이 아파서, 차마 볼 수 없어서, 그래도 자신이 해 줄 것이 이것밖에 없는 쉰동이는 눈물을 삼키며 방울이를 안아 들었다. 안 가겠다고 발버둥 치던 방울이도 그의 품에서

는 길 잃은 강아지처럼 조용해졌다. 쉰동이는 울음을 참
으며, 가늘게 떨고 있는 방울이를 꼭 안았다. 쉰동이가 방
울이를 데리고 나오자 기다리고 있던 정동호가 달려왔다.
차마 아무것도 물을 수가 없었다.

"일단 관아로 가자."

이번에는 정동호가 앞장섰다.

관아에서 마음을 졸이며 기다리고 있던 홍련은 발목을
부목에 댄 채 겅중거리며 달려왔다. 발목이 아팠지만 그
것이 대수랴.

"방울아…."

그런데 세 사람의 분위기가 심상치 않았다. 홍련은 쉰
동이에게 업힌 몰골을 보고 직감했다. 가장 우려한 일이
벌어지고 말았다. 차마 짐승들도 행하지 않는 범죄가 일
어났다는 것을.

"얼른 안으로 데려가세요. 전 구아방에 들러야겠습니다."

무영의 소매를 잡은 홍련의 손이 떨려 왔다.

"약재랑. 옷이랑. 뭘, 이럴 땐 뭐가 필요한지…."

홍련답지 않게 당황하고 있었다.

"자책하지 마라."

무영은 홍련의 떨리는 손을 가만히 잡아 주었다. 구아
방까지 가는 길이 오늘은 꽤나 멀 것 같았다.

옥사 독방에 갇혀 있는 권 이방에게 곰발과 부하들이 잡혀 왔다는 소식이 은밀히 전해졌다.

"상구와 덕채도 당했습니다."

횃불도 없는 어두운 독방에 그림자 하나가 옥살에 바짝 다가가 앉아 소식을 전했다.

"사또에게?"

"아닙니다. 이미 발견된 당시 죽은 채였다고 합니다."

권 이방은 잠시 말을 멈췄다.

"곧 검시가 예정돼 있습니다만."

여전히 이방은 듣기만 했다.

"목격자도 없고, 현장에서 발견된 단서도 없다고 합니다. 상구와 덕채는 일가친척이 없으니. 그냥 묻힐 것 같습니다."

"아니지. 어렵게 죽였으니, 잘 써야겠지."

"예?"

"아무 쓸모도 없는 자들을 왜 죽였겠느냐? 둘 다 내 사람이었으니 불똥 튀는 건 시간문제다."

"어르신."

"나 하나 살자고 아픈 팔을 잘라 내는 아둔한 자들과는 다르다. 분명 이 짓은."

권 이방의 눈빛이 독사처럼 번뜩였다.

"독을 잘 쓰는 고년 짓이겠구나. 연분홍. 그년을 반드시 잡아 와라.”

권 이방은 점점 흥미로워지는 상황에 웃음이 났다. 감히? 나를 상대로? 네가? 가족 하나 없이, 기방에서 고생하는 것을 데려다가 마님 노릇을 시켜 줬더니! 뒤통수를 쳤다, 이거지? 그럼, 나도 가만있을 수 없지. 낮은 소리로 속삭였다.

“여길 나갈 것이다. 그자를 준비시켜라.”

이미 둘 사이에 암묵적으로 결정된 것이 있는 것 같았다. 검은 그림자는 재깍 알아듣고는 조용히 사라졌다. 권이방은 손깍지를 끼고, 몸을 풀었다. 그의 뼈에서는 기괴한 소리가 났다.

내아 분위기는 무거웠다. 구아방에서 서둘러 돌아온 홍련이 방으로 들어갔다. 방울이는 여전히 누워 있었다. 등을 돌려 벽만 바라보며 웅크리고 있었다. 멀찍이 떨어져 앉아 있던 쉰동이가 말없이 일어났다.

“밥은?”

쉰동이가 고개를 저었다.

“물은?”

역시 고개를 저었다.

“하. 어쩔 것이냐. 너를. 내, 너를.”

홍련의 마음에 큰 바위가 얹힌 것처럼 답답했다.

"미안하지만, 자네가 물을 좀 받아 주겠나? 상처에 좋은 약재들을 챙겼으니, 뜨거운 물을 받아 푹 우려낸 물을 섞어서 채워 주게."

"예, 마님. 근데, 다리는….."

홍련은 아직도 다리에 부목을 대고 있었다. 하지만 이까짓 상처를 저 상처에 댈 수 있을까?

"걱정 마라. 많이 좋아졌다. 물을 다 받거든 불러 주게."

쉰동이는 홍련이 주는 약재 보따리를 받아 밖으로 나갔다. 홍련은 주저하다가 방울이 곁으로 갔다. 요 아래에 손을 넣어 봤다. 방금 아궁이에 나뭇가지 몇 개를 넣고 왔다. 너무 덥지 않을까 걱정이었다. 구들에는 온기가 느껴졌다. 여름이라 작은 온기에도 사람들은 금방 땀을 흘렸다. 그게 정상이지만 방울이의 얼굴은 푸석하고 거칠었다.

"방울아….."

홍련은 방울이의 어깨를 다독였다. 낯선 사람의 손길을 대하듯, 방울이는 몸을 움츠렸다.

"…미안, …미안하구나."

다시 어깨를 두드리려다가 그만두었다. 무슨 말이 필요할까.

"내 생각이 짧았다. 그냥 널 두고 갈 것을. 미안하다."

진심이었다. 그런데 방울이의 어깨가 가을 국화 꽃송이

처럼 바르르 떨렸다. 한 방울, 두 방울. 눈물을 흘리던 방울이는 참을 수 없는 정도가 되자 엉엉 울기 시작했다.

"울어라. 참으면 병이 되니….."

그 말에 방울이가 몸을 돌려 일어나 앉았다.

"…마님…."

두 여자는 서로의 처지가 가련해 한참을 울었다. 참았던 설움을 다 토해 내자, 방울이의 눈빛이 좀 맑아졌다.

"마님. 마님. 어쩌면 좋소. 이 죄를 어찌. 부모가 주신 몸을 더럽히고."

방울이의 그 말이 홍련의 가슴에 맺혔다. 죄라니, 이것이 죄란 말인가? 죄를 지은 자들은 다리 뻗고 옥사에서 끼니마다 밥을 챙겨 먹고 있다. 정신이 번쩍 들었다.

"죄인은 따로 있다. 자책하지 마라."

하지만 방울이는 혼자 감당하기 힘든 사건 앞에서 자신을 몽땅 잃어버린 것 같았다.

"나는 이제 못 살겠소. 어쩌면 좋습니까, 마님."

홍련은 그 말에 언니가 떠올랐다. 언니는 남자와 동침한 적도 없는데 아기를 낳았다는 오해를 받았다. 아무리 결백하다고 외쳐도 소용없었다. 언니와 같은 이유로 방울이를 잃을 순 없다. 여인이라는 이유로 '죄인'이 되는 조선이 싫었다.

"너의 죄는… 죄는… 조선에서 여인으로 태어난 것이구

나."

홍련은 방울이의 손을 잡아 쥐었다. 절대 너를 잃지 않
을 것이다. 절대로.

정동호는 옥사에서 구영특과 한바탕 입씨름을 했다. 당
연히 관아 마당으로 끌어내 심문하는 것이 옳지만, 윤 좌
수가 연계된 사건이라 조심스러웠다. 일단 옥사에서 간단
한 조사를 마치고, 다시 대질심문을 할 요량이었다. 그러
나 구영특은 보통내기가 아니었다.

"그년은 우리 문중의 수치요!"

매몰차게 내뱉었다. 사또가 아니라 나라님이 오더라도
태도는 변하지 않을 것이라고 했다.

"누구한테 그딴 소리를 들었습니까?"

구영특은 좀처럼 화를 삭이지 않았다. 정동호는 차마
말할 수 없었다. 귀신이 된 당신의 동생에게 들었다고 하
면 누가 믿을까?

"분명 윤 좌수 댁에서는 친정에서 데려갔다고 했습니다."

"데려갔습니다. 집까지 데려갔어야 했는데 그년이 도망
쳤습니다. 그 뒤론 모릅니다."

거짓말이다. 얼굴색 하나 변하지 않고 거짓을 말하는
자를 보니 속이 편치 않았다.

"왜 실종 신고도 하지 않았소?"

"뭐 자랑이라고 신고합니까? 참나."

그의 태도를 보니 더 이상 질문할 가치도 없었다.

"만약 이 모든 진술이 거짓으로 드러나면 사형이오. 하지만 협조한다면 목숨만은 보전해 주리다."

사또가 할 수 있는 최대의 배려였다.

"사또가 무고한 백성의 명줄을 쥐고 흔든다는 얘긴 또 처음 듣소. 확실한 증거가 없으니까 이러나 본데. 사또, 괜히 남의 집안 긁어서 부스럼 만들지 마쇼. 알겠소?"

그는 오히려 사또를 혼내고 돌아앉았다.

정동호는 마음이 심란하였다. 죄 지은 자는 저렇게 당당하게 소리치고, 죽은 자는 말이 없으니 그 억울함을 어찌 풀어 줄 수 있을지 묘안이 떠오르지 않았다.

내아로 돌아오는데 쉰동이가 마당을 쓸고 있었다. 방울이를 찾은 후로 쉰동이가 가장 많이 머무르는 곳은 내아 별채였다. 그렇다고 방에 들어가는 것은 아니었다. 그저 툇마루에 앉아 우두커니 있는 것이 전부였다. 그 전이라면 정동호가 타박했을 것이다. 일은 안 하고 방울이 뒤꽁무니만 쫓아다닌다고. 하지만 아무리 종놈, 종년이라도 이번 사건은 충격적이었다. 그래서 당분간 눈감아 주기로 마음먹은 터였다.

"어찌 청소를 다 하느냐?"

492

"언젠 안 했나."

"간만이라 그러지."

"사또는 눈깔도 없소? 잡초도 뽑고, 돌도 고르고. 에헤. 이 낙엽 보소."

쇤동이는 주춧돌 근처에 버려진 낙엽을 쓱쓱 쓸어 냈다. 그런데 그 나뭇잎은 다른 잎들과 달랐다. 애벌레가 참 묘한 부위만 파먹었다.

"이, 뭐여?"

쇤동이가 누렇게 변한 나뭇잎을 들어 올렸다.

"오호라. 이거 마님 방에서 나온 거 아니오? 맞네. 그 때, 사또가 여기다 냅다 던졌잖소. 맞구만. 이거 글자요?"

쇤동이가 들고 있는 낙엽에는 아들 자(子) 자(字)가 거꾸로 새겨져 있었다. 그 옆에 있던 낙엽도 집어 들었다.

"오, 이건 다르네."

계집 녀(女) 자였다. 쇤동이는 두 자를 들고 집요하게 물었다.

"글자 맞지? 우리 마님이 뭐라고 쓰셨소?"

하필 쇤동이가 녀(女)와 자(子)를 나란히 들었다. 필시 좋을 호(好)자였다. 정동호의 얼굴을 빨갛게 달아올랐다.

"아무것도 아니다."

"날 무시하쇼? 글자 맞구만."

"아니래도!"

당황한 정동호는 나뭇잎들을 모조리 주워 담고 자리를 피했다. 쿵쾅거리는 마음을 주체할 수 없었다. 쉰동이가 멀어지는 것을 확인하고는 나뭇잎을 펼쳐 들었다.

계집(女)과 사내(子)가 만나면 좋을 호(好)자가 된다는 것은 천자문을 뗀 동자들도 알 만한 파자였다. 분명 의녀가 마지막 서신과 함께 남겨 놓은 나뭇잎이라고 했다. 정동호는 호(好)자를 흐뭇하게 바라봤다.

'좋으시면서 내외하시기는.'

그는 나뭇잎을 들고 별채로 향했다.

홍련은 별채 안마당에서 짐을 챙기고 있었다. 작은 바구니와 호미였다.

"뭐 하십니까?"

정동호는 슬쩍 다가가 히죽 웃으며 말을 걸었다. 이 얼마 만인가. 오붓하게 갖는 둘만의 시간이.

"염증 치료에 좋은 제비꽃을 뜨러 갑니다. 철이 지났지만, 그래도 간간이 찾을 수 있을 겁니다."

꽤 깊은 산에 갈 것인지 주먹밥과 물까지 단단히 챙긴 모습이었다.

"이게 무엇입니까?"

정동호가 나뭇잎을 내밀었다.

"설마… 사또께서!"

홍련은 깜짝 놀랐다.

"어찌 아셨습니까? 그건, 그냥, 제가….."

나뭇잎의 비밀을 푼 사또가 달리 보였다. 그녀의 볼이 빨갛게 상기됐다. 그리고 나뭇잎을 보고 감탄했다.

"생각했던 것보다 결과물이 좋습니다. 진정 글씨를 알아볼 수 있다니."

홍련은 나뭇잎 하나하나를 정성껏 살펴봤다.

정동호는 빨리 물어보고 싶었다. 이렇게 마음을 표현해 주셨는데, 알아차리지 못해서 죄송하오. 그리고 미안하오, 이제야 그 마음을 알아차려서. 주책맞은 말들이 스멀스멀 올라오고 있었다. 그리고 그녀의 눈을 지그시 바라봤다.

"그리 말씀하시고 싶으셨습니까?"

"그럼요. 꼭 확인하고 싶었습니다."

아니, 마음을 확인할 것 같으면 직접 물어볼 것이지. 원 의녀도 참. 정동호의 뱃속이 간질거렸다. 아, 이 미운 사람. 그리도 남자 속을 태우고는.

"사실 저도."

좋아한다는 말을 직접 말하려니까 쑥스러웠다. 정동호가 망설이는데, 홍련이 나뭇잎으로 글자를 만들고 있었다. 그런데 글자를 본 그는 당혹스러웠다. 홍련이 만들고 있는 글자는 좋을 호(好)자가 아니었다.

"혹시 비밀 서신도 발각될까 봐 따로 만들었습니다. 나뭇잎에 꿀을 발라 벌레가 먹도록 했는데…."

그걸 바라보는 정동호의 얼굴이 점점 굳어 갔다. 홍련은 자(子) 자를 두 개 겹쳐 놓았다.

"분홍이는 쌍생아였습니다."

아들 자(子) 자가 두 개 합쳐진 쌍둥이 자(孖) 자였다.

"오라버니가 한양에서 알아낸 사실이었죠. 저 역시 서신으로만 받는 내용이라 확실하진 않았습니다. 그리고 오라버니와 연락이 끊어졌습니다."

정동호는 생각지도 못한 대답에 놀라움을 금치 못했다.

"분홍이의 동생은 귀머거리였는데, 그게 거짓이었답니다. 허재희, 제 계모는 비밀이 자꾸 새어 나가는 것을 알아차렸는데, 바로 동생 연자홍의 짓이었다고 합니다. 죽여서, 제대로 썼죠. 허재희는 자신이 가장 믿는 연분홍을 빼내고, 그 동생의 시신을 쓴 겁니다. 제가 옥사에서 봤다는 연분홍은 바로 연자홍이었습니다. 사또께서 이걸 알아차리실 줄이야."

정동호는 이제 연분홍에 대한 궁금증을 풀었다. 그자가 쌍생아라면 일을 꾸미면서도, 권 이방의 시선을 따로 돌려놓을 수 있었을 것이다.

"그런데 어찌 아셨습니까? 나뭇잎에 글자가 있다는 것을."

홍련은 상기돼 있었다. 재밌는 놀이에 끼어든 아이처럼 즐거워했다.

"이 정도는 잡서를 통해서도 알 수 있는 일입니다."

그는 괜히 목소리에 힘을 주어 말했다. 하지만 씁쓸하게 밀려오는 허탈함은 어찌할 수 없었다. 그런데 눈치 없게도 다음 파자가 눈에 들어왔다. 자존심도 없는 이 승부욕이란!

"이 글자는."

정동호는 계집 녀(女)자를 세 개 집어 올렸다. 아래 두 잎, 위에 한 잎을 올리자 간(姦)자가 만들어졌다.

"누가 간음을 했다는 것이요?"

질문을 던져 놓고, 그도 고민에 빠졌다. 홍련은 골똘히 생각하는 그의 얼굴이 마음에 들었다.

"영특하시네요."

그 말을 들은 정동호는 가타부타 말없이 고개만 끄덕였다. 하지만 속마음은 숨긴 채였다. '내가 지금 당신에게 영특하다는 소리를 듣고 싶겠소?' 갑자기 달콤한 연서가 딱딱한 기밀문서로 바뀌었다. 이 여인과 있으면 자꾸 산통도 깨진다. 이렇게 된 바에야 일이라도 제대로 하자는 생각이 들었다.

"구씨 부인의 간통을 미리 알고 있었습니까?"

홍련의 눈이 커졌다.

"누구랑 정이 통했답니까?"

"통한 것은 아니고. 그 집 백부가 범했다고 합니다."

"그건 간통이 아니고, 강간이오. 억지로 부녀를 해하는 것이 어찌 통한 것입니까?"

홍련의 구박이 이어졌다.

"원 의녀는 무슨 생각으로 이 글자를 떠올린 겁니까?"

"사실 간통은 아닙니다."

홍련은 나뭇잎들을 펼쳐 놓기 시작했다.

"왜, 여자들만, 이렇게 죽어야 했을까….."

그것은 푸념이었다.

"그냥 한번 연습 삼아 써 봤습니다."

정동호는 맥이 풀렸다. 괜히 쇤동이에게 화가 났다. 이 자식! 원 의녀가 내게 남긴 것이라고 하더니! 그 녀석에게 조롱당하고, 희롱당한 기분이었다.

"어찌 이걸 발견하셨습니까? 잘 됐다고 생각했는데."

홍련이 해맑게 물었다. 정동호는 별안간 하늘이 아찔해졌다. 누구 것인지 의심조차 하지 않았던 자신의 죄였다.

'이놈. 네 이놈. 이 아둔한 놈.'

아직도 홍련의 눈은 대답을 기다리고 있었다. 주춤하던 정동호는 퉁명스럽게 답했다.

"방을 빼면, 짐을 다 치워 주셔야지. 방을 치우던 쇤동이가 발견 안 했으면 어쩔 뻔했습니까? 이리도 중요한 내용을."

"어찌 글씨가 숨어 있을 것이라고 생각하셨습니까?"

"그거야."

사내 체면이 있지. 내다 버렸었다고 말할 순 없었다. 이럴 땐 말꼬리를 돌리는 게 최선이다.

"그런데 제비꽃 뜯으러 가신다고 안 하셨습니까?"

"한가하시면 같이 가시겠습니까?"

"사또가 어디 한가한 사람이요?"

정동호는 톡 쏘아붙이면서도 바구니를 들어 올렸다.

홍련은 참 잘도 산을 탔다. 아직 절뚝거렸지만 못 걸을 정도는 아니었다. 하지만 정동호는 벌써 숨이 턱까지 찼다. 철산 어디든 혼자 보낼 수 없어 따라나섰다. 몸은 힘들었지만 마음은 한결 편했다. 그리고 방울이의 치료를 위해 제비꽃을 구하러 가는 것이니 공무나 다름없다. 백성을 돌보는 것이 목민관의 일이다. 그리고 둘이 좋은 시간을 보내 보려고 했지만 재미라고는 하나도 없는 이 여자는 고개 숙여 열심히 제비꽃만 찾았다. 뭐든 열심히 하는 것이 미덕이라지만, 남의 속을 이렇게 모를 줄이야.

"얼른 찾아보셔요. 제비꽃이 뭔지 모르시는 건 아니죠?"

홍련은 꿔다 놓은 보릿자루같이 뻣뻣하게 서 있는 정동호를 채근했다. 사실 그에게도 이유가 있었다. 글공부만

하던 한양 도련님이 제비꽃을 알 리가 없었다.

"몰라요?"

홍련이 다시 물었다.

"진짜요? 어떻게 제비꽃을 모르실 수 있지? 제비꽃은…."

홍련은 쪼그리고 앉아 바위틈 사이로 난 개미집을 찾았다.

"개미집 근처에 있어요. 이상하죠? 개미집 근처에 주로 보라색 제비꽃이 있더라구요. 이쯤 있을 법도 한데."

이제는 오리걸음으로 바닥을 훑으면서 바위 아래, 나무 아래를 살폈다.

"꽃이 작거든요."

입은 여전히 조잘조잘했다. 정동호는 혹시라도 또 미끄러지거나, 넘어질까 봐 그녀의 뒤에서 어린아이 걸음마 지켜보듯 했다.

"구아방의 좋은 약초 두고, 이게 무슨 고생이요."

괜히 홍련이 고생을 사서 하는 것 같아 마음이 불편했다.

"제철에 나는 것이 있다면, 그것이 우선이지요. 생기와 활기가 약초에 담겨 있으니, 명약입니다. 제비꽃은 염증에 효과가 좋아요. 피부에 난 상처에도. 찾았다!"

돌 틈 사이로 **빽빽**하게 피어 있는 제비꽃이 보였다. 홍련은 보물이라도 찾은 것처럼 활짝 웃었다. 손을 뻗어 한

송이를 집어 올렸다. 굵은 명주실처럼 가느다란 줄기에 작은 보랏빛 꽃송이 하나가 달린 수수한 꽃이었다.

"예쁘죠?"

정동호는 대답하지 않았다. 꽃을 들고 흐드러지게 웃고 있는 홍련이 더 예뻤으므로.

"고작 이 꽃이오?"

"고작이라뇨? 효능 최고지, 나물로도 먹지. 그리고 이 끝을 잘라서. 요렇게 하면."

홍련은 제비꽃 송이 아래 볼록 튀어나온 부분을 손톱으로 조심이 잘랐다.

"삐죽 나온 게 꼭 오랑캐 머리채 같죠? 그래서 오랑캐꽃 이라고도 불러요."

꽃송이에 작은 구멍이 뚫렸다. 그리고 줄기를 반지처럼 동그랗게 구부려 그 구멍에 넣었다. 꽃반지였다. 홍련은 정동호의 손을 덥석 잡더니 가운뎃손가락에 그 반지를 끼워 줬다. 반지가 다 끼워질 때까지 그의 몸은 미동도 하지 않았다. 갑자기 여인의 반지를 받은 그는 정신이 아찔하였다. 예측할 수 없는 여인이었다.

"어렸을 때, 이걸로 언니가 반지 많이 만들어 줬는데. 그래서 반지꽃. 이제 확실히 알겠죠?"

그리고 다시 제비꽃으로 눈을 돌렸다. 그때, 정동호가 손목을 낚아챘다.

"아니요. 모르겠습니다."

그의 눈빛이 흔들리고 있었다. 홍련은 애써 모른 척했다. 아련한 그의 눈빛을 지금은 피하고 싶었다. 침묵이 흘렀다. 산새 소리만 적막한 숲속을 채웠다. 침묵을 먼저 깬 것은 정동호였다.

"더 이상."

말을 하고 있는 지금도 이 말을 해야 할까, 말까 그는 고민했다. 하지만 성큼성큼 제 가슴속으로 다가오는 이 여자를 말리지 않을 수 없었다.

"오해하고 싶지 않습니다. 아무렇지 않게, 스스럼없이. 이렇게 다가오시면 제가 참을 수 없습니다."

홍련은 슬쩍 손을 뺐다. 대답 대신 그리고 무심히 돌아섰다. 마치 자신의 말을 못 들은 사람처럼 매정하게 돌아섰다. 그 뒷모습을 보고 있노라니 가슴이 아팠다. 그런데 홍련이 다시 제비꽃 하나를 뜯어 왔다. 그리고 그에게 내밀었다.

"지금 내 말 못 들었소?"

화를 내는 정동호에게 끈질기게 꽃을 들이밀었다. 이 와중에도 홍련은 웃고 있다. 그는 어이가 없었다. 하도 어이가 없어 꽃을 집어 들었다.

"어쩌라구요?"

그의 화에도 아랑곳하지 않고 홍련은 제 손을 내밀었

다. 그리고 다섯 손가락을 쫘악 펼쳐 보였다. 그리고 웃기만 했다.

"얼른요."

홍련은 재촉했다. 꽃반지를 만들어 달라고 채근했다. 정동호는 아랫입술을 질끈 깨물었다. 그리고 서툴지만, 천천히 꽃반지를 만들기 시작했다. 꽃잎이 얼마나 작고 여린지 잘못하면 찢어질 것 같았다. 커다란 손으로 조심조심 꽃을 살펴 가며 겨우 완성했다.

"됐소?"

정동호는 볼이 부은 채로 말했다.

"끼워 주셔야죠."

홍련의 말에 그는 참으로 멋없게 꽃반지만 쏘옥 끼워 줬다. 꽃반지를 한참 바라보던 홍련이 말을 꺼냈다.

"옛 어른들은 이 꽃을 또 여의초라고 불렀다지요. 참, 이름도 많습니다. 제가 배홍련, 원 의녀, 추리 마님으로 불린 것처럼. 이 제비꽃을 잘 보면 물음표를 닮았습니다. 그래서 여의(如意)초입니다. 늘 사또를 보면 내 마음에도 물음이 남았습니다. …어찌 저리도 한결같으실까. 하지만. 지금 제 처지가 그렇습니다. 아버지의 행방은 알 수 없고, 언니는 죽었습니다. 제게 쉬운 날은 단 하루도 없었습니다. 사또. 언니를 찾을 때까지 기다려 주세요."

"걱정했소. 그냥 사라져서. 무영 형님께 가더라도 무사히만 간다면 감사할 것 같았소. 물론 같이 가자고 했더라면 더욱 좋았겠지요. 실종되었다는 걸 알았을 때 다짐했습니다. 돌아오시면 아무것도 바라지 않기로."

"이제 제비꽃을 보면 제 생각을 해 주세요. 모든 것이 생각처럼 이뤄진다는 이 꽃말처럼요. 모든 의문에 합당한 답을 찾을 겁니다."

그는 왜 홍련이 자신의 마음을 알면서도 선뜻 다가오지 못했는지 이해할 수 있었다. 언니의 죽음 앞에서 그 무엇이 기쁠 수 있을까. 그는 살포시 홍련을 다독이며 안았다. 불현듯 아직 홍련에게 장화 누님의 사정을 밝히지 않은 것이 떠올랐다.

"얼마 전 장화 누님이 나타나셨소."

정동호 역시 더 지체되기 전에 말하는 것이 상책이라고 생각했다. 주어진 열흘 중 사나흘은 그냥 흘려보내게 생겼으니까.

"이레 안에 장화 누님의 시신을 찾아야 합니다. 이승에서 시간이 없다고 합니다."

홍련의 표정은 절망으로 가득했다.

"그게 가능하다고 생각하십니까?"

"지금 상태로는 불가능합니다. 증거도, 증인도 없는 사건입니다. 사실 그 누구도 정식으로 관아에 수사 요청을 한 적이 없었습니다."

마음이 급했다. 이렇게 넋 놓고 있을 일이 아니다.

"알겠습니다. 사또, 저기 보이시죠? 그쪽 제비꽃이랑. 저 바위틈, 거기, 모조리 뽑으세요. 시간이 없습니다!"

마음이 급해진 홍련은 사또를 부려 먹기 시작했다.

쉰동이는 관아에 들른 매분구에게서 연지와 향유를 샀다. 그리고 내아 별채 앞에 섰다. 방울이는 돌아온 이후 이 방에서 한 번도 나오지 않았다. 그래서 늘 아침저녁으로 별채에 들렀지만 아직까지 그녀의 얼굴을 보지 못했다. 툇마루에는 오늘 아침에 몰래 놓고 간 자두가 그대로 있었다. 인기척을 들었을 텐데…. 쉰동이는 그 옆에 연지와 향유병을 가지런히 놓았다.

처음 그녀를 만났던 날이 떠올랐다. 입술연지가 볼까지 쭉 그어졌었지…. 그때를 생각하면 여전히 빙그레 웃음이 났다. 연지를 바르면서 기분 전환이라도 하라는 소박한 생각이었다. 연지를 찍고 다른 놈을 만나러 가도 좋다. 그냥, 저 감옥 같은 방에서 얼른 나왔으면 좋겠다. 방문을 열어 보고 싶었지만, 참고 돌아섰다.

쉰동이의 발걸음 소리가 멀리 사라졌다. 아무도 없는 별채는 고요했다. 그가 돌아가고 나서야 방문이 열렸다.

벌써 밤이 깊었다. 홍련은 정동호의 방에 앉아 언니가

오길 기다리고 있었다. 맑은 종소리가 경쾌하게 퍼졌다. 정동호는 이제 귀신을 기다리면서도 농담할 정도로 담이 커졌다.

"이렇게 종을 울리면 필요한 사람이 나타났으면 좋겠소."

내심 홍련을 향한 말이었다. 장화 귀신을 부를 때만 종을 사용하는 것이 아까웠다. 종을 울릴 때마다 홍련이 나타나면 얼마나 좋을까? 그런 종이 있다면, 그녀가 실종됐을 때도 금방 찾지 않았을까? 달콤한 상상은 오래가지 못했다.

"사또도 참. 종소리에 사람을 부르면, 그게 개나 소가 아닙니까? 사람을 짐승처럼 부리고 싶소? 사또는 제가 종을 치면 소처럼 달려오실 것이오?"

"안 갑니다!"

"소… 사또가… 흐악, 흐흐흐."

홍련은 숨이 넘어가도록 웃었다.

"지금 내가 소가 된 모습을 상상한 것이오?"

"왜 아니오, 소가… 되면."

뭐가 그리 우스운지. 정동호는 기분 나빴다.

"그만하소."

급한 마음에 쉰동이 말투가 툭하고 나왔다.

"소. 하소."

그만 '소'자에 또 웃음보가 터졌다. 정동호도 결국 웃고 말았다. 웃음도 병이라고 하더니, 강력한 전염병이었다. 얼마 만인가. 눈물 나도록 웃는 모습을 본 것이. 혹시 '억지로 웃는 것은 아닐까' 싶을 정도로 별것 아닌 것에 웃었다.

"웃기고들 있네."

언제부터 구경하고 있었는지 장화 귀신은 팔짱을 끼고 서 있었다.

"어, 누님!"

정동호가 웃음을 멈추고 바로 앉았다. 홍련도 눈치를 채고, 매의 눈으로 돌아왔다.

"언니?"

그가 손가락으로 장화 귀신이 있는 곳을 가리켰다.

"얼마 시간이 없다며? 걱정 마. 내가 반드시 찾아낼 테니까."

장화는 정동호를 노려봤다.

"홍련이한테 말했어?"

"…급하니."

"뭣 하러 그랬어. 괜히 걱정하게."

장화는 동생을 가엽게 바라봤다.

"제가 혼자 할 수 없는 일이었습니다. 죄송합니다."

정동호는 괜히 무안해졌다. 홍련에게는 언니의 말이 안 들렸지만, 내용을 유추할 순 있었다.

"아니야. 언니, 나 걱정 안 해. 반드시 해결할 거니까. 우선 구씨 부인, 그 사람을 불러 줄 수 있을까?"

그 말을 무심히 듣고 있던 장화의 얼굴이 어두워졌다.

"그건 힘들겠는데?"

"왜 그러십니까, 누님."

홍련의 얼굴도 찌푸려졌다.

"누님! 누님!"

갑자기 정동호가 다급하게 장화를 불렀다.

홍련은 뭔가 일이 틀어졌음을 직감했다.

홍련은 난관에 부딪혔다. 언니가 거절할 줄 몰랐기 때문이다. 여유 있게 장화 귀신과 대화하던 사또가 갑자기 언니를 불렀다. 그것도 잠시. 그의 사지가 경직되기 시작했다. 얼굴이 하얗게 질리면서 온몸으로 퍼졌다.

"사또!"

정동호는 그 말이 들리지도 않는지 고개조차 돌리지 못했다.

"왜요? 이번에는 어떤 귀신인데요?"

홍련이 다급하게 물었다.

"…저…승…사자였소."

"그럼… 언니는요?"

"갔습니다."

"벌써 저승사자가 데려갔다구요?"

정동호는 고개를 끄덕였다. 홍련은 따지듯 물었다.

"열흘이라면서요? 아직 시간이 남았다면서요!"

"그건 확실합니다. 기다려! 다시 올게! 이렇게 외치셨습니다. 아무래도 뭔가 일이 틀어진 것 같은데."

"정말 저승사자가 확실합니까?"

"제가 왜 거짓을 말합니까. 갑자기 검은 구름이 쫘악 깔리더니 상복처럼 새하얀 옷을 입은 남자가 불쑥 나와서 얼마나 놀랐다구요! 얼굴이 흙빛인데 입술까지 새까맸습니다. 저승사자는 처음이라 저도 간담이 서늘했습니다."

하지만 차마 홍련에게 하지 않은 말이 있었다. 저승사자는 장화 누님의 머리에 검은 주머니를 씌웠다. 얼굴 전체가 가려지는 크기였다. 그 주머니에는 신비한 힘이 있는지 장화 누님은 순순히 저승사자를 따라갔다. 마치 앞이 보이는 것처럼. 그 사실마저 홍련에게 낱낱이 설명해 주면 그녀의 마음이 너무 아플 것 같았다.

"이제 어쩌지요?"

정동호는 홍련의 눈치를 보며 살폈다.

"언니가 어찌 됐는지, 물어봐야겠습니다. 우선 그 무당 할매를 좀 불러 주세요. 저 어렸을 때부터 용하다는 말을 많이 들었습니다. 그리고 이건 어디까지나 제 개인적인 부탁입니다. 언니가 살아 있는 사람이 아니니 무당에게 부탁할 수밖에 없습니다. 무당이 아니면 누구에게 묻겠습니까. 방법은 그것뿐입니다. 그리고 남은 사건은 순리대로 해결하겠습니다."

"그게 무슨 뜻입니까? 순리대로?"

"이대로 손 놓으실 겁니까?"

홍련이 당돌한 눈빛으로 물었다.

"손을 놓긴요. 다만, 구씨 부인의 증언이 없으면 우리는 아무것도 할 수가 없습니다. 구영특이나 윤 백부 측 모두 사건을 회피하고, 부인하고 있습니다."

"당연합니다. 하지만 사또, 범인들 중 몇 명이나 자백한다고 생각하십니까? 안 들키면 죽을 때까지 잡아떼는 사람들입니다."

"그러니까 말입니다. 작정하고 시치미를 떼는 범인들에게는 증거밖에 길이 없습니다."

"그럼 찾아야죠. 그 증거를."

"자신 있으십니까?"

정동호는 걱정됐다. 윤 좌수 집안의 명성을 보아서 괜히 건드리기만 했다가는 화를 면치 못할 것 같았다.

"뭐가 두려우십니까?"

홍련은 그가 주저하는 것을 눈치챘다.

"혹시나 의녀님이 다칠 것 같아 그러오. 좌수 댁을 겨냥했을 땐 관복을 벗을 각오를 해야 합니다."

"저는 벗을 관복이 없습니다. 대답은 충분하지요? 저는 이 사건을 반드시 풀 것입니다. 이 세상에 완벽한 범죄가 몇이나 될 거 같습니까?"

"많겠죠. 너무 많아 셀 수 없을 것 같습니다. 철산만 봐도 그렇지 않습니까?"

"아니요. 하나도 없습니다. 죄인은 반드시 벌을 받게 됩니다. 내가 받지 않으면, 후세의 업보로 남습니다."

그때 밖에서 어린 계집의 목소리가 들렸다.

"의녀님이 여기 계십니까?"

처음 듣는 목소리에 홍련도 귀를 쫑긋 세웠다.

"아는 목소립니까?"

정동호가 물었다. 홍련은 고개를 저었다.

"혹시 위험할지 모르니, 기다리시오."

정동호가 밖으로 나갔다. 얼마나 급하게 뛰어왔는지, 짚신을 한 짝만 신은 어린 여종이 서 있었다. 여종은 정동호를 보자마자 납작 엎드렸다.

"아이고, 아이고. 사람이 죽습니다. 사또, 우리 마님이 돌아가시게 생겼습니다."

이제는 눈물까지 흘려 가며 애걸했다.

홍련이 도착한 곳은 김 대감댁이었다. 종가여서 늘 사람이 북적이는 집이다. 어린 시절 김 대감에 대한 소문을

들은 적 있었다. 종손이지만, 종손이 아닌 사람이라고 수
군댔다. 어린 시절에 계모가 말해 주길 사실 이미 대는 끊
어졌는데, 김 대감을 양자 삼아 억지로 대를 이었다고 했
었다. 그 과정도 알고 있었다.

　돌아가신 이 집 할머니는 시기 질투가 강한 여자라고 했
다. 줄줄이 딸 다섯을 낳고도 아들이 없자, 막내가 백일
도 되기 전에 다시 잉태했다고 했다. 사실 그것은 거짓 잉
태였다. 열 달 후 씨받이가 낳은 아들을 마치 자신이 낳은
것처럼 꾸민 것이다. 사람들은 '결국 종손은 맞네'라고 맞
장구쳤다.

　일각에서는 워낙 씨받이가 행실이 좋지 않았던 터라 그
집안의 씨는 아닐 것이라고 했다. 사람들은 점점 김 대감
이 그 가문의 씨는 아닌 것 같다는 결론을 내렸다. 아버지
의 올곧은 성품은 하나도 닮지 않았기 때문이다. 어머니
가 엄하게 키웠다고는 하나, 결국 사람 노릇 못하는 한량
으로 자랐다. 철산에서 가장 팔자 좋은 사람으로는 김 대
감이 꼽히고, 가장 팔자 더러운 사람으로는 그 아내가 꼽
힐 정도였다.

　"이쪽이옵니다."

　여종의 발걸음은 점점 빨라졌다. 별채 앞에 다다랐다.
댓돌에는 여인들의 신이 가득했다.

　"마님. 의녀님 오셨습니다."

방 안의 사람들이 얼마나 기다렸는지, 방문이 급히 열렸다.

　"아이고, 오셨네. 어서요, 형님. 정신 좀 차려 봐요."

　안에 모인 중년의 여자들이 호들갑을 떨었다. 방으로 들어서는 홍련은 강한 술 냄새 때문에 눈살을 찌푸렸다. 방안에 앉은 여인들도 그 냄새의 정체를 알고 있는 듯했다.

　그중 가장 연장자가 홍련을 잽싸게 끌어 앉혔다. 경우 없는 행동에 홍련은 불쾌했다. 그렇다고 사람 살리는 일에 소홀할 순 없었다.

　"어찌, 살릴 수 있겠는가?"

　중년 여인이 다급하게 물었다. 홍련이 환자에게 다가갔다.

　"어찌 술을 이리 많이 드셨습니까?"

　홍련이 맥을 짚으며 타박조로 말했다.

　"에휴. 그러게 말일세. 질부, 정신 좀 차리게. 시아버지 제삿날 이게 무슨 꼴이요. 질부!"

　하지만 환자는 미동도 없었다. 그러고 보니 이 안에 모여 있는 사람은 종부, 작은어머니, 동서들 같았다. 연장자가 바로 작은어머니인 것 같았다.

　"아무리 화가 나도 그렇지. 하필 시아버지 제삿날 이게 무슨 꼴이오. 남부끄러워서. 부부의 일은 부부의 일이고, 종가의 일은 종가의 일이지. 이게 무슨 망조람. 너는 무엇

했느냐? 형님이 술을 드시면 말렸어야지!"

작은어머니의 불똥이 어린 동서들에게 튀었다.

"죄송합니다. 작은어머니. 하지만 어젯밤부터 드셨는지, 오늘 아침부터."

"그럼 진작 의녀를 불렀어야지!"

홍련은 둘의 대화를 듣고 있자니 한심했다.

"종부의 술을 깨기 위해 저를 부르셨습니까?"

화가 난 홍련의 말투가 차가웠다. 하지만 작은어머니는 알아차리지도 못했다.

"깰 수 있겠는가?"

"아니요."

홍련은 딱 잡아뗐다.

"의녀가 못 할 것이 어디 있느냐?"

"한시가 급하다 해서 왔습니다. 하지만 고작 술이라니요?"

"고작? 네 눈에 종가의 제사가 눈에 안 보이더냐!"

작은어머니의 눈에서 불이 일었다. 하지만 홍련은 흔들리지 않았다.

"종가의 일은 제가 관여할 바가 아닙니다."

"천것이 감히!"

홍련은 웃음이 났다. 참으로 오랜만에 들어 본 말이었다. 어린 시절 자신의 집에 고개 숙이고 인사 왔던 김 대감의 얼굴이 스치고 지나갔다. 이들은 내가 배 좌수의 딸이라는 것을 모른다. 홍련은 참았다. 배 좌수의 딸이 아니라, 일개의 의녀라고 해도 달라질 것은 없다. 지금 저들이 원하는 것은 의녀다. 아무리 천하다고 놀려고 마음이 급한 사람들이 바로 저들이다.

"가 보겠습니다."

홍련이 일어서자, 당당했던 작은어머니는 그녀의 다리를 잡았다.

"아이고, 의녀님. 어떻게든 정신만 차리게 해 주십쇼."

"제가 할 수 있는 것이 없습니다. 맥을 짚어 보니 특이한 사항은 없습니다. 시간이 지나야 해결될 병입니다."

홍련은 최대한 상냥하게 말하고 돌아섰다.

"종부가 제사를 못 모시다니요. 큰일 납니다. 의녀님."

이번에는 동서들도 홍련의 앞을 가로막았다.

"그러게요. 하지만 제 소관은 아닙니다."

홍련은 그들을 뿌리쳤다. 숙취를 빨리 깨도록 하는 비방은 많다. 하지만 이리도 예의 없는 사람들에게 베풀고 싶지 않았다. 관아로 돌아가 풀어야 할 사건들이 가득했다. 언니와 헤어질 시간도 다가오고 있었다. 일각이 아쉬운 때였다. 게다가 사람이 다 죽어 간다고 하지 않았던가? 하지만 죽을 정도로 술을 마신 것도 아니었다. 더 이상 이곳에서 시간을 지체할 수 없었다. 무의미했다.

인사를 하고 떠나는 홍련의 뒤로 작은어머니의 마지막 외침이 들렸다.

"얼마요? 얼마를 부르든지 내겠소. 돈이면 됩니까?"

하지만 홍련의 마음은 이미 떠났다. 방문을 힘차게 열어젖혔다. 그런데 열 살쯤 되는 소녀가 문 앞에 서 있었다.

"의녀님, 우리 어머니를 살려 주세요. 제발, 살려 주세요."

그 아이의 품에는 홍련의 흙 묻은 신발이 안겨 있었다. 홍련은 간절한 눈동자를 못 본 척할 수 없었다.

"의녀님, 지금 안 깨어나면 우리 어머니 내쫓깁니다. 제발요. 한 번만 도와주셔요. 저러다 정말 우리 어머니 죽으면 어쩝니까. 의녀님."

초조한 소녀는 홍련의 신발을 다시 힘껏 안았다.

"내려놓아라. 고운 옷을 버리겠구나."

홍련이 부드럽게 말했다. 하지만 소녀는 신발을 내놓으면 홍련이 도망이라도 칠 것 같아 걱정하는 듯했다.

"옷 버린대두."

홍련은 품에 든 신발을 빼내며 말을 이었다.

"술에 몸이 상했을 때는 목욕을 하는 것도 방법이다. 신은 내려놓고 어서 가서 목욕물을 받아라. 술은 열을 내게 하는 독이니라. 물을 너무 뜨겁게 받아서는 안 된다."

홍련이 자상하게 일러 주자 소녀는 얼른 부엌으로 달려갔다. 소녀 뒤에 서 있던 몸종도 '아기씨'를 외치며 얼른

쫓아갔다. 작은어머니는 홍련이 마음을 돌린 것을 확인하
자 다리에 힘이 풀려 풀썩 주저앉았다.

"종가는 망해도 신주보가 남는다고 하는데. 남부끄러워
라. 이를 어째, 돌아가신 우리 형님이 어떻게 대를 이었는
데. 아이고, 종부! 좀 어서 일어나 보게. 어서!"

"그럴 시간 있으시면 지구자나 찾아 주세요."

홍련이 똑 부러지게 말했다.

"그게 뭔가?"

"지구자. 헛개나무 열매입니다. 없나요? 칡뿌리도 좋구
요. 감잎도 좋고, 국화꽃 말린 것이 있으면 더욱 좋습니
다. 꿀도 같이 내오시지요."

"알겠네."

작은어머니는 몸을 추스르고 밖으로 나갔다. '여봐라'
하며 시종을 부르는 소리가 우렁찼다. 홍련은 알고 있었
다. 지금 필요한 것은 넋두리가 아니라 행동이라는 것을.
만약에 언니의 죽음 앞에서 넋두리를 시작했다면, 지금도
울고만 있었을 것이다.

홍련은 다시 종부 곁에 앉았다. 가져다 달라고 부탁한
약재들은 숙취에 효과가 있는 약재들이다. 급히 끓여서라
도 꿀과 섞어 먹여야 했다. 약재가 준비될 동안 지압을 하
기로 했다. 옆에서 발만 동동 구르는 동서들에게 양해를

구했다.

"지압을 할 것이니, 부인을 엎드리게 해 주시지요."

두 명의 동서는 양쪽에서 만취한 형님을 뒤집었다.

"형님, 뒤집소."

"아이고, 괜찮으시려나."

두 사람의 마음을 알았는지, 종부는 '끄-응-' 하며 정신을 차리고 있었다. 그러더니 종부는 헛구역질을 했다. 두 동서는 혹시라도 토할까 봐 멀찍이 물러앉았다. 다행히 토하지는 않았다.

"제가 모실 테니 나가셔도 좋습니다."

홍련의 말이 떨어지게 무섭게 두 동서는 자리를 떴다. 홀로 남은 후, 본격적으로 혈 자리를 찾았다. 중년 여인의 두툼한 살집 때문에 등뼈는 잘 보이지 않았다. 손가락으로 일일이 눌러 가며 열한 번째 등뼈 부근에 있는 비수혈을 찾았다. 열두 번째 등뼈 부근에 있는 위수혈까지 찾고 나서 두 부위를 지그시 눌렀다.

"비위가 상하시겠지만, 참으셔야 합니다. 숙취로 두통이 오거나 메슥거릴 때 유용합니다. 제가 부인께 해 드릴 수 있는 것은 이것뿐입니다. 증상은 점차 완화될 것입니다. 물론 사람에 따라 차이는 있습니다."

환자가 의식이 있는지 없는지는 중요하지 않다. 다만, 열린 두 귀로는 듣고 있을 것이라는 믿음으로 일하는 것이다. 얼마나 혈 자리를 눌렀을까?

"무…."

종부가 입을 뗐다. 홍련은 머리맡에 놓인 자리끼를 건넸다.

"정신이 드십니까?"

"물."

속이 타는지 종부는 물부터 들이켰다. 엎드린 채로 허겁지겁 물을 마시고 나서야 일어나 앉았다.

"천천히 드셔요."

종부는 물을 다 마시고 나서야 정신이 든 것 같았다. 기어들어 가는 목소리로 물었다.

"자넨… 누군가…?"

"관아 의녀입니다. 사람이 죽어 간다 하여 불려왔습니다."

종부는 자신의 처지가 심란한지 앓는 소리를 냈다.

"지금쯤 목욕물이 준비됐을 겁니다. 그 전에 약을 드셔야 합니다."

"이까짓 것에 무슨 약을."

종부는 자조적으로 웃었다.

"차라리 죽게 두지, 헛수고를 했구나."

"죽으려면 목을 매셨어야죠."

종부가 놀란 눈으로 홍련을 봤다.

"지금이라도 늦지 않았습니다."

홍련은 오히려 끝까지 말을 전했다.

"하. 어린것이 배포 한번 크구나."

"인생 한 번. 뭐가 두렵겠습니까? 튼튼한 광목천이라도 준비해 드릴까요?"

의녀의 여유에 종부는 오기가 생겼다.

"준비랄 것이 뭐 있겠는가. 가서 관이나 짜라고 말하게."

종부는 호기롭게 말하고, 비틀거리며 일어났다. 현기증이 이는지 풀썩 주저앉았다가도 다시 일어섰다. 홍련은 지켜보기만 했다. 부축하지도 않았다. 말리는 시늉조차 안 했다. 오히려 의녀가 가만히 있자, 오기를 부렸던 종부만 무안해졌다. 말을 뱉었으니 안 할 수도 없고. 죽자니 억울하고. 무명 끈을 꺼내기도 전에 풀썩 주저앉았다. 결국 울음이 터졌다. 입술을 깨물며 울음을 참아 봤지만 소용없었다.

"우십쇼. 우셔야 가슴에 응어리진 것이 풀립니다. 부인은 가슴속에 뜨거운 불덩이를 안고 계십니다. 활활 타는 불덩이에 술을 부으시면 어쩝니까."

"흑흑. 그럼 어쩌란 말이냐. 내가 어쩌란…. 나는 만져도 못 본 돈이라네. 대감이 끼고 놀았던 종년이 내 명의로 돈을 빌렸나 보오."

"그게 무슨 소립니까?"

"대감이 시켰겠지. 곳간 열쇠는 내가 쥐고 있으니까."

"어디서 돈을 빌렸답니까?"

"…"

"얼마나 큰돈입니까?"

"…"

"설마 사채를 쓰셨습니까? 이율이 얼마나 됩니까?"

하지만 종부의 흐느낌만 더해졌다.

"이럴수록 대감에게 사실을 알리고, 방책을 찾아야 합니다."

종부는 울음과 웃음이 섞인 기묘한 소리를 냈다.

"흐흣, 방책은 죽음뿐이라네. 그놈이 얼마나 악독한 놈인데. 이미 이자가 원금을 넘어섰네. 그뿐인 줄 아나? 우리가 노비가 된다네. 그놈의 노비가."

"마님. 지금 그게 말이 됩니까? 종가 사람들이 노비가 되다니요?"

홍련으로서는 이해할 수 없었다.

"그러니 내가 제사를 지낼 수 있겠는가? 대는 억지로 잇는 것이 아니네. 이렇게 큰 화가 미치지 않는가."

"이 사실을 대감이 아십니까?"

"알지. 알다마다. 그러니까 둘이 도망쳤지. 말이 유람이지, 야반도주 아니겠는가?"

"나라에서 정한 이율보다 높게 받으면 엄벌에 처하는 것이 나라 법입니다. 정신 차리시고, 관아로 신고하러 갑시다. 하실 수 있습니다."

홍련이 부인의 손을 잡고 설득했다. 하지만 그녀는 고개를 저었다.

"…돈이… 양반인 시대네…. 죽는 것이 나을 것 같아."

"절대! 절대 그렇지 않습니다. 여기서 죽으면 나 하나 구제받지만, 관아에 신고하시면 여럿을 살릴 수 있습니다. 그 작자가 누굽니까?"

"그자는… 권 이방이네. 이제 알겠는가? 내가 당하고도 왜 관아에 갈 수 없는지를?"

홍련은 등잔 밑이 어두웠던 자신의 불찰을 자책했다. 도대체 권 이방은 어떤 자이길래 살인과 사채에 깊이 연관돼 있을까?

"혹시 다른 피해자를 알고 계십니까?"

"모르네. 잘은 모르지만, 철산 사람치고 권 이방에게 채무가 없는 자가 없을 것이네. 철산을 잘 아는가?"

종부는 홍련을 알아보지 못했다. 어린 시절 떠났으니 외지인이나 다름없을 것이다. 그래서 모른다고 답했다.

"철산의 산세를 보았는가? 악산이라는 악산은 다 모여 있는 곳이야. 척박하기 이를 데가 없지. 저 아래 지방은 늘 춘풍이 분다는 말을 들었지. 겨울에도 푸성귀를 뜯어 먹는다고 하는데 우리는 생각도 못한 풍경이지. 그런데 흉작이 이어지니 우리의 삶은 어떻겠나?"

"결국….."

"그렇다네. 세금을 내기 위해 권 이방에게 빌리기 시작했지. 처음부터 금리가 그리 세지 않았어. 동네 아낙들이 너도나도 그 돈을 썼지. 하지만 그 후로는 감당이 안 되었네. 난 맞아 죽을 각오를 하고 대감에게 이 사실을 알렸지. 그게 실수였지. 대감은 그것을 빌미로 대놓고 내 명의로 돈을 빌리기 시작했어. 결국 이 지경이 됐다네."

"그래서 신고도 하실 수 없으셨군요."

"오는 사또마다 죽어 나가니, 우리 같은 부인네들이 누구에게 하소연을 하겠나."

"누가 또 있을까요? 피해를 입은 분들이요."

"아까 말하지 않았던가. 다들 빌렸다고. 얼마를 빌렸느냐가 문제지. 모두 이자가 원금을 넘었을 것일세. 사실 사라진 사람들…. 쌍둥이 자매, 구씨 부인. 그리고 윤 좌수댁 덕이마저 모두 권 이방의 덫에 걸렸어."

홍련은 사건의 조각들이 맞춰지기 시작했다. 권 이방은 자신의 돈벌이를 위해 사또들을 죽인 것이다.

"이제 권 이방은 관아에 갇힌 몸입니다."

"가둔다고 갇힐 자인가?"

종부는 허탈하게 웃었다. 방을 나오는 홍련은 그 말이 계속 마음에 걸렸다. 권 이방이 정말로 가둔다고 갇힐 자인가. 사또를 만나기 위해 얼른 발걸음을 재촉했다.

관아 마당에는 수레 다섯 대가 가득 메우고 있었다. 장 똘이가 앞장서서 지휘하고 있었다. 어느 수레에는 문서가 가득했다. 어느 수레에는 값어치 있는 장신구가 가득했 다. 또 어느 수레에는 둘둘 말린 화첩들이 보였다. 암자에 서 발견된 권 이방의 물건들이었다. 홍련은 기가 찼다. 실 로 대단한 양이었다. 권 이방의 집 안이 정갈하고 깨끗한 이유가 있었다. 홍련이 암자에 있던 자들은 어찌 되었냐 고 묻자, 장똘이는 그놈들은 굴비 엮듯 엮어서 감옥으로 바로 보냈다며 호들갑을 떨었다.

홍련은 종부에게 들은 이야기를 사또에게 하기 위해 집 무실로 향했다. 그런데 장똘이가 막아섰다.

"사또께서는 윤 좌수 어르신과 담판을 짓고 계십니다. 윤 좌수 어르신이 아무도 들이지 말라 하셨으니 의녀님도 못 들어가십니다."

"여기가 좌수 댁도 아니고. 그게 가당키나 한 소리야."

하지만 홍련은 개의치 않고 집무실로 향했다.

"사또. 찾으셨습니까?"

방 안에서 홍련의 소리를 들은 사또는 당황했는지 대답 이 얼른 돌아오지 않았다.

"기록할 자가 필요하다 하여 급히 들었습니다."

다시 한 번 읍소하자 방문이 열렸다.

"늦으셨습니다."

정동호였다. 열린 문틈으로 윤 좌수가 매서운 눈빛으로 홍련을 쏘아봤다.

마주 앉은 정동호와 윤 좌수 사이에 팽팽한 기운이 돌았다.

"아무도 들이지 말라 하지 않았나?"

윤 좌수가 불쾌감을 드러냈다.

"아무나가 아닙니다. 관아에 오셨으니 제 법을 따르셔야 합니다."

"약속과 다르오."

"약속을 하였지, 약속을 지킨다 하지 않았습니다. 제가 어르신과 차담을 나누는 것이 아닙니다. 관련자 진술을 받고 있으니 마땅히 기록해야 합니다. 그래서 좌수께서는 며느리의 실종 사건을 전혀 모르셨다는 말씀입니까?"

사또가 말을 시작하자 미리 먹을 찍어 준비하고 있던 홍련이 붓을 놀렸다. 윤 좌수는 고개만 까닥였다. 홍련은 그 모습도 묘사했다.

"며느리 구씨 부인은 살해된 채 발견됐습니다."

윤 좌수는 그 말이 껄끄러웠는지 표정을 찡그렸다.

"누가 우리 며느리를 살해했을까? 자네가 알고 있나?"

늙은 영감은 능구렁이 같은 표정을 지었다.

"난 자네에게 도움을 요청하는 걸세. 우리 며느리를 죽인 자를 반드시 찾아내서 법대로 처벌해 주게. 젊은 사또. 의욕이 충만한 것은 이해하네. 나도 한때 그랬으니까. 하지만 누굴 도와야 하는지 아직도 모르겠는가?"

윤 좌수는 슬며시 웃으며, 정동호를 압박했다.

"어르신. 백부께서 살인범이라고 밝혀지면, 좌수 어르신 역시 죄를 면치 못할 것입니다."

"죄를 짓긴 했지."

뜸을 들이던 윤 좌수의 입이 열렸다.

"집안을 돌보지 못한 것이 내 죄라네."

홍련은 미꾸라지처럼 빠져나가려는 윤 좌수의 농간에 혀를 내둘렀다.

"그럼 일어나네. 나오지 말고, 수고하게. 좌수라고 대접받는 것은 싫으니."

그가 일어나 나갔지만, 정동호는 잡지 못했다. 풀이 죽어 고개를 숙였다.

홍련이 붓을 내려놓고 다가갔다.

"사또! 잘하셨습니다."

"한마디도 제대로 묻지 못했는데, 뭘 제대로 했다는 것입니까?"

"덕분에 그 사람의 눈동자를 봤습니다."

"뭔가 알아내셨습니까?"

정동호의 눈빛은 기대로 가득 찼다. 제발 이 시간이 헛된 시간이 아니기를 기대했다.

"예. 확실히 알아냈습니다."

홍련의 말에는 힘이 실렸다.

"도대체 그것이 무엇입니까?"

"저들은 완벽합니다. 어르신의 눈동자는 흔들지도 않았습니다. 니들이 찾을 테면 찾아봐라, 우린 결백하다. 이런 뜻이죠. 뭐가 더 필요합니까? 지금 저들도 부인이 숨겨 놓은 것이 무엇인지 모른다는 뜻입니다."

홍련의 말에 그는 정신이 번쩍 들었다. 저들에게 자백받기 전에 증거를 찾아내면 그만이다.

"확신할 수 있습니까? 서신이든 뭐든 남겼다고 보십니까?"

"그럼요. 억울하니 무엇이든 남겼을 것입니다. 갑시다. 얼른."

"어딜 갑니까?"

"보물찾기 하러요."

홍련은 정동호의 손을 잡아끌었다.

그날 저녁, 윤 좌수가 직접 대문을 열어 주었다. 지난번만 해도 노기가 가득한 얼굴이었는데, 이제는 여유를 부리고 있었다.

"이렇게 빨리 보게 될 줄이야. 어서 들어오시게."

정동호는 집 안을 네 방위로 나눠 인원을 배치했다.

"샅샅이 살펴라. 부인의 것은 모조리 찾아야 한다."

사또의 명령에 따라 포졸들을 일사분란하게 맡은 자리로 돌아갔다.

"어르신은 잠시 물러나 주십쇼. 지금부터 발견되는 물건들은 증거로 쓰일 것이니 일절 접촉하지 않으셔야 합니다. 식솔들을 모두 한곳으로 불러 주십쇼."

"알겠네."

윤 좌수가 손짓하자, 일꾼을 관리하는 큰 아범이 종들을 불러냈다. 하던 일을 멈추고 모인 종들은 웅성거렸다.

"다들 호지집으로 가 있게."

큰 아범의 지시에 따라 대문 밖에 있는 호지집으로 향했다. 주인집 밖에 살고 있는 노비들의 집을 호지집으로 부르는데, 큰 아범의 집이었다. 주인집과 가까울수록 신임을 많이 받는 노비였다. 윤 좌수가 가장 믿는 노비가 큰 아범이란 뜻이기도 했다.

그사이 포졸들은 촘촘히 자신이 맡은 구역을 뒤졌다. 정동호는 혹시라도 놓친 곳이 있을지 살폈다. 그런데 홍련이 보이지 않았다. 안채, 곳간, 우물, 사랑채를 둘러봐도 찾을 수 없었다. 이 집은 아흔아홉 칸을 자랑하는 철산의 명가라 한 울타리에 있어도 들고나는 사람을 모두 볼 수 없는 구조였다.

이곳저것 찾던 정동호는 장독대 앞에서 홍련을 만났다. 장독대는 작은 단지부터 사람 하나가 들어가고도 남을 커다란 장독대까지 수십 개가 모여 있었다. 그녀는 항아리를 하나씩 두드려 보고 있었다. 그러다 한 곳에 머물렀다. 한 번, 두 번 더 두드려 보더니 와 보라고 했다.

"찾은 것 같습니다. 안이 빈 항아리는 울림이 들립니다. 장이 차 있으면, 묵직하고요."

그러더니 항아리 뚜껑을 열고 뭔가 찾기 시작했다. 정동호는 끝도 없이 물건이 나오는 항아리를 감탄하며 봤다.

"여기가 부인의 보물 창고였나 봅니다."

홍련은 이내 장부를 찾아냈다. 정동호는 그녀의 손에 들린 장부를 살폈다. 어두워서 내용을 알 수 없었다. 두 사람은 장독대를 벗어나 횃불이 있는 곳까지 나왔다. 불빛 아래서 첫 장을 넘겼다. 정갈한 글씨로 '日記(일기)'라고 적혀 있었다. 큰 수확이었다.

"됐소. 이제 됐소."

그는 확신에 찼다. 이미 사건은 해결된 것이나 다름없었다.

"아닙니다. 내용을 확인해야지요. 부인이 신변잡기적인 소소한 것을 적었다면 낭패입니다."

홍련은 말을 하면서 부지런히 장을 넘겼다. 한 장, 한

장 빠른 속도로 넘겼다. 글씨를 읽는다기보다는 후루룩-
넘기는 모양새였다.

"아직까지 특별한 것은 없습니다."

책장을 허투루 넘기는 것 같았는데 내용을 파악하고 있
었다. 정동호는 보고도 믿기지 않았다.

"글자를 읽으셨다구요? 그렇게 빨리?"

"읽는 것이 아닙니다. 보는 거죠. 책을 마치 한 장의 그
림처럼 머릿속에 넣는 겁니다. 그러는 동안 내용도 파악
됩니다. 선비님들은 다들 이 정도는 읽는 것이 아니오?"

"대단한 능력이오. 나도 그런 능력이 있었으면 동자 시
절에 장원급제를 했을 것이오."

그러는 사이에도 홍련은 일기를 읽어 내려갔다. 열심히
책장을 넘기다 드디어 멈췄다.

"찾았습니다."

홍련은 윤 백부가 처음 언급되던 날을 찾아냈다.

"윤 백부는 좌수가 없는 날을 이용해 조카며느리에게 몹
쓸 짓을 한 겁니다."

일기에는 차마 입에 담지 못하는 추잡한 내용들이 적혀
있었다. 같이 읽어 내려가는 정동호의 얼굴이 화끈거릴
정도였다.

"이것이 사실이라고 해도 윤 좌수의 죄는 없습니다."

정동호가 사실을 짚어 냈다. 하지만 홍련은 동의하지

않았다. 몇 장을 더 넘기더니 다른 내용을 찾아냈다.

"보십쇼. 이날은 시아버지가 계셨습니다."

구씨 부인의 일기에 정확하게 적혀 있었다.

"시아버지는 어른을 잘 모시라고 하고 나가셨다."

"글자 그대로 받아들이면 문제는 없습니다. 어른은 잘 모셔야죠."

"상황을 봐요. 그다음 문장을 보면, 백부와 둘이 있는 여기가 지옥이다. 내가 참는 이유는 건이 때문이다. 건이 는 누굴까요?"

"부인의 아들입니다."

사전 조사에서 밝혀진 내용이다. 아들은 학문을 익히기 위해 한양 먼 친척 집에 맡겨진 상태라고 했다.

"사또, 여길 보시죠."

몇 장을 더 넘기던 홍련이 뭔가 발견했다.

"부인이… 아이를 낳았었습니다."

"그럼 부정했다는 소문이 사실이란 말입니까?

정동호가 일기를 살피며 물었다. 일기에는 산달을 앞두고 태중의 아기가 움직이지 않는다는 한 줄이 쓰여 있었다. 홀로 난산을 했단다. 결국 죽은 아이를 낳았다. 비록 백부의 아이지만, 아이에게만은 미안하다고 했다.

"백부의 아이를 출산했다구요?"

정동호는 기상천외한 사건 전개에 뒷골이 당겼다.

"미풍양속을 해치는 이런 사건이 일어나다니."

"이 여인이 그 집에서 무엇을 할 수 있었을까요? 누구에게 도움을 청할 수 있었을까요?"

홍련의 말이 그의 가슴을 먹먹하게 했다.

"아무것도 할 수 없었을 것이오."

"정말 가문을 더럽혔을까요?"

"그건 당사자에게 직접 물어봐야겠습니다."

그는 일기를 들고 마당으로 향했다.

정동호와 포졸들은 그길로 윤 백부의 집으로 달려갔다. 홍련은 보이지 않았다.

"죄인은 오라를 받으시오!"

마당에서 춤을 추고 있던 기녀들이 소리 지르며 도망쳤다. 윤 백부는 지인들과 대청마루에서 술을 마시고 있었다.

"불청객이라니. 또 자네로군. 올라와서 술이나 마시게."

"그럴까요?"

정동호는 저벅저벅 그에게 다가갔다. 그러고는 잔에 술을 붓기 시작했다. 빈 잔이 가득 차고, 이내 콸콸 넘쳤다. 윤 백부는 옷이 젖자 불쾌했다.

"뭐 하는 짓인가?"

"이승에서 마지막 잔인데, 차고 넘치게 받으셔야지요. 조카며느리를 범한 금수에게 이깟 술은 사치요! 뭣들 하느냐! 당장 이자를 잡아들여라!"

정동호가 절도 있게 소리쳤다. 포졸들이 우르르 몰려와 그를 묶었다. 곁에 있던 지인들은 신발짝도 내던지고 도 망쳤다.

"네 이놈! 감히 증거도 없이! 나를!"

"증거? 바로 여깄소이다."

정동호는 그 앞에 구씨 부인의 일기를 내밀었다. 윤 백 부의 얼굴은 사색이 됐다.

"이것은 증거의 일부요. 결정적인 증거를 선물로 준비 했습니다."

정동호는 오라에 묶인 윤 백부를 끌고 어디론가 향했다.

윤 백부는 뒷산으로 끌려가는 내내 고함을 쳤다. 하지 만 이제 그를 도와주는 사람은 아무도 없었다. 구씨 부인 의 일기가 발견된 이상 죄를 피할 길이 없었다. 장독대에 서 며느리의 일기가 발견되자 윤 좌수는 입을 다물어 버렸 다. 일을 도맡았던 큰 아범과 몇몇 노비들이 사또의 무리 에 따라붙었을 뿐이다.

"아이고, 큰어르신. 큰어르신."

큰 아범은 짐승처럼 끌려가는 윤 백부 곁을 지켰다.

야산의 중턱을 넘자 산세가 험해졌다. 길도 끊어졌다. 오른쪽 계곡 건너에 횃불이 보였다.

"저쪽이다."

정동호는 바삐 다리를 옮겼다.

그곳에는 두 명의 포졸이 땅을 파고 있었다.

"아무것도 없는데요?"

한 명이 난감한 표정으로 홍련에게 말했다.

"분명 이곳이다. 작은 못이 보이지 않느냐. 여기 널찍한
바위와."

"그렇긴 합니다."

"조금 더 수고하여라."

홍련이 일을 시켜 놓고 고개를 돌리니 정동호의 일행이
올라오는 것이 보였다.

"사또! 여깁니다."

어두운 밤이라 길이 엇갈리면 어쩌나 내심 걱정했었다.
곧 정동호가 도착했다.

"찾으셨습니까?"

아주 중요한 증거라 그도 잔뜩 긴장했다. 홍련이 고개
를 가로젓는 순간이었다. 땅을 파던 포졸의 곡괭이에 뭔
가 걸렸다. 포졸이 다시 곡괭이를 들자 홍련이 막아섰다.

"조심!"

그 한마디를 하고는 구덩이 앞에 무릎을 꿇었다. 그리
고 맨손으로 흙을 파냈다. 작은 궤짝이었다.

"사또! 이겁니다!"

홍련은 다시 포졸들에게 궤짝이 부서지지 않도록 파내라고 주문했다. 서서히 궤짝이 드러났다. 포졸들은 조심히 그 상자를 꺼냈다. 홍련은 그 상자를 열어 안에 든 것을 확인했다. 고개를 끄덕이자, 정동호가 다가왔다. 둘은 이미 그 안에 무엇이 들었는지 알고 있는 듯했다. 포졸들과 윤 좌수 측 사람들은 웅성거렸다.

"뭣이 들었길래?"

"금덩이인가?"

하지만 예측은 빗나갔다. 정동호가 손짓하자, 두 포졸이 궤짝을 들어 윤 백부 앞에 놓았다. 그리고 직접 열었다.

"보시오. 이것이 증거입니다."

궤짝 속을 엿보던 사람들은 귀신을 본 듯 기겁을 했다. 죽은 태아가 훼손되지 않은 채 잠자듯 누워 있었기 때문이다. 윤 백부는 전혀 동요하지 않았다.

"이게 뭣 하는 짓이냐? 내가 이 아이의 아비라도 된다는 말이냐?"

그 말을 들은 홍련이 나섰다.

"누가 아비라고 하였습니까? 어르신."

윤 백부는 부르르 떨면서 홍련을 노려봤다.

"기껏 이것인가? 결정적인 증거가?"

"아직 시작도 안 했습니다."

홍련은 호기롭게 말하고 죽은 태아에게 다가갔다. 두 손가락을 아기의 작은 입에 넣어 벌리려고 했다. 쉽지 않았지만 손가락에 걸리는 종이를 꺼낼 수 있었다. 그 종이를 펼쳐 보았다. 역시 홍련의 추측이 맞았다. 사또에게 그 종이를 건넸다. 사또도 종이에 적힌 내용을 확인하고 죄인에게 말했다.

"자, 보시오. 이 아이의 아버지는 윤홍진. 당신이요."

그동안 버텨 왔던 윤 백부가 무너졌다.

"아니오, 절대 아니….."

정동호는 그를 압박하며 다시 한 번 종이를 확인시켰다.

"여기 적힌 아비의 이름, 윤홍진이 분명하오."

큰 아범은 끝내 울음을 터트렸다. 집안에서도 쉬쉬하며 숨겨 왔던 비밀이 터진 것이다.

이 사건이 철산에 미칠 파장은 불 보듯 뻔했다. 이것이 사실이라면 윤씨 가문의 몰락은 시간문제였다. 큰 아범은 어르신의 어깨를 흔들었다.

"제발 아니라고 말씀하세요! 아니라고!"

하지만 윤 백부는 입을 열지 못했다.

"9월 10일. 아기를 묻어 주고 내려왔다."

정동호가 일기를 읽다 잠시 멈칫했다. 아이의 입에 종이를 넣었다는 대목이 보이지 않았기 때문이다. 당혹스러웠다. 하지만 윤 백부가 구씨 부인을 범하고, 임신까지 시켰다는 것은 밝혀낸 셈이다. 이제 관아로 내려가 구영특에게 살인 자백만 받아 내면 된다.

"당장 범인을 끌고 가라!"

포졸들은 사또의 명을 받아 죄인을 압송했다.

사건을 마친 정동호와 홍련은 횃불 하나에 의지해서 산에서 내려오고 있었다.

"어찌 알았습니까? 죽은 아이의 입에 아버지의 이름을 적은 종이가 있다는 것을."

"늘 생각합니다. 사건과 마주할 때, 늘. 나라면 어떻게 했을까? 범인의 역할을 할 때면 어떻게 죽였을까? 어떻게 숨겼을까를 고민하죠. 대단해요, 범인들. 얼마나 고민하고 실행하는지. 오히려 우발적으로 저지른 사건들은 허술하고, 보통 현장에서 마무리됩니다. 하지만 이 머리를 사용하는 범인들이 골치 아픕니다."

일리 있는 이야기였다.

"마찬가지로 피해자의 입장에서도 생각해 봅니다. 칼에 찔렸다면 어디로 도망갈까? 나를 겁탈하려는 사람을 만나면 어디를 공격해야 할까."

"그것만으로도 사건을 해결한단 말입니까?"

"아니요. 그게 시작입니다. 사람들의 마음을 헤아리는 것. 이번 사건도 마찬가지였습니다. 내가 죽은 아이를 낳았다. 사람들에게 아버지는 밝힐 수 없지만, 아이에게만은 알려 주고 싶다. 그럼 어떻게 했을까요? 엄마라면. 아비 이름을 고이 적어 병에 넣거나, 상황이 여의치 않으면 몸에 간직하게 했을 겁니다. 훼손되지 않도록 입에 넣는 것이 가장 안전할 수 있구요."

"어찌 그런 끔찍한 범행을."

정동호는 말을 하다 멈췄다. 눈치채지 못한 홍련은 계속 이야기를 이어 갔다.

"아무리 욕정이 치밀어 올라도 그렇지. 조카며느리를 범합니까? 이런 사건들은 엄하게 다스려야 합니다."

한참을 이야기하던 홍련은 곁에 사또가 없다는 것을 알았다.

"사또?"

돌아보니, 사또는 다른 곳을 보고 우두커니 서 있었다.

"사!"

홍련은 부르려다 말고 멈칫했다. 사또가 누군가에게 인사하고 있는 것 같았기 때문이다.

사실 정동호는 아까부터 누군가 따라오는 것을 느꼈다. 홍련과 대화하면서도 힐끗힐끗 살폈지만, 아무도 없었다. 사실 헛것과 귀신은 구별하기 쉽지 않았다.

"사또."

누군가 그를 불렀다. 돌아보니 아름드리나무 뒤에서 각

시탈이 빼꼼 고개를 내밀었다. 구씨 부인이었다.

"사또, 감사합니다. 제 한을 풀어 주셨습니다. 큰절 받으셔요."

그는 손을 들어 사양하는 몸짓을 보였지만 소용없었다. 절이 다 끝나 갈 때쯤 홍련이 눈치채고 옆으로 왔다.

"…혹시 부인이 나타나셨습니까?"

"예."

홍련은 그의 시선이 머무는 곳에 공손히 인사를 했다. 저승까지 먼 길이니 조심히 가시라는 인사다. 부인도 맞절을 했다. 이승의 한을 풀어 준 고마운 인연이었다. 서로 볼 수는 없지만, 이미 마음으로 상대방을 보고 있었다. 인사를 마친 홍련이 문뜩 물었다.

"사또, 우리 언니 봤냐고 물어봐 주세요."

정동호가 묻기도 전에 각시탈은 고개를 가로젓고 있었다.

"못 봤다고 합니다."

"그럼. 혹시 권 이방에게 돈을 빌렸냐고 물어봐 주실래요?"

"장화 누님이요?"

"아니요. 구씨 부인도 이방에게 돈을 빌렸나 궁금해서요."

그 말을 듣고 있던 구씨 부인이 먼저 입을 열었다.

"예. 저도 급전을 쓴 적이 있습니다."

뜻밖이었다. 정동호는 그 자초지종을 상세히 물었다. 홍련도 그 답변이 궁금했다.

"친정에 돈이 필요했습니다. 오라버니가 급전을 부탁하시는 바람에. 그 돈을 빌렸다는 것을 백부가 알아 버렸습니다. 그때부터 시작됐습니다."

홍련은 수긍이 됐다.

"그럼 돈은 갚으셨습니까?"

"갚았지요. 백부의 돈으로. 그 이자를 톡톡히 물었습니다."

백부는 돈을 갚아 주고 나서, 몸을 탐했던 것이다. 홍련은 조카며느리의 어려운 사정을 덮어 주기는커녕 욕정의 대상으로만 바라본 백부를 이해할 수 없었다.

"그럼 왜 오라버니는 당신을 죽였을까요?"

"이번에 빌린 돈은 갚을 수 없었으니까요."

각시탈이 웃으면서 말하니 그 분위기가 기묘했다.

"또 돈을 빌렸단 말입니까?"

"예. 마지막이라고. 오라버니는 제발 도와 달라고 했습니다. 하는 수 없이 또 이방에게 돈을 빌렸고, 이방이 백부에게 말해 버렸습니다. 백부와의 관계를 끊고 싶었던 저는 어떻게든 돈을 갚으려고 했어요. 제 손으로. 하지만 오라버니는 능력이 안 됐고, 결국 재촉하는 저를 죽여 버렸습니다."

참으로 기구한 운명이었다. 귀신의 말을 홍련에게 전하는 정동호는 제 귀로 들은 내용이지만, 믿기 힘들었다. 홍련도 마찬가지였다. 그런데 문득, 며칠 전 언니가 한 말이 떠올랐다.

"부인은 어디에 계셨습니까? 언니가 만날 수 없다고 했었는데. 언니도 갑자기 사라지고."

정동호도 그 점이 궁금했다.

"어찌 저승의 이야기를 이승에 옮기겠습니까."

구씨 부인은 숨기는 것이 있는지 얼른 말을 얼버무렸다. 그래도 자신의 한을 풀어 준 홍련에게 한마디는 하고 싶었다.

"사건의 끝에, 찾으실 수 있으실 겁니다."

그리고 연기처럼 사라졌다. 정동호는 아직 물어볼 것이 남았다. 수차례 불러 봤지만, 이제 보이지 않았다.

"갔습니까?"

"예."

"마지막에 뭐라고 하던가요?"

"사건의 끝에 가면 찾을 수 있을 거라 했습니다."

언니가 처음 했던 말과 똑같았다.

"우리가 맞게 가고 있나 봅니다."

홍련의 말에 그도 동의했다.

15

늦은 밤, 쉰동이는 별채 앞을 서성거리고 있었다. 어제 툇마루에 올려놓은 연지함은 그대로였다. 달그림자를 받아 덩그러니 놓여 있었다. 아예 건드리지도 않은 모습이다.

"밤중에 불도 안 켜고. 안 무섭나."

오후까지 일을 마치고 저녁 무렵이 되어서야 별채로 돌아올 수 있었다. 하지만 가까이 가지는 않고 별채 사립문에서 서성였다. 일꾼들에게 물어보니 툇마루에 올려놓은 밥도 먹지 않았다고 했다. 한 끼도 안 먹고, 밖에 나오지도 않고. 도대체 방울이가 어떻게 지내는지 궁금해 죽을 지경이었다. 하지만 섣불리 다가가지도 못했다.

"지 좋아하는 것도 마다하고. 병은 중병인가 보다."

무사히 있는 것 같아 돌아가려고 했다. 하지만 이놈의 다리가 떨어지지 않았다. 밖으로 향했다 싶었지만, 어느새 몸을 다시 별채를 향했다.

"독한 년."

기적 소리가 나면 문을 열어 볼 만도 할 텐데. 아까부터 서 있었지만, 얼마나 모진 마음을 먹었기에 모르는 척을 할까.

"야속한 년."

입에서는 거친 소리가 나왔지만 속이 바짝바짝 탔다.

"평생 이렇게 살 거면 차라리 뒈져 버리지."

반은 진심이었다. 그래도 모진 말을 내뱉어서 마음에 걸렸다.

"진짜는 아니고."

혼자 북 치고 장구 치는 제 모습이 우스웠다. 그러다 문득 조급증이 들었다. 주인도 없겠다, 마님도 없겠다. 때는 이때다 싶었다.

"네가 뭐라 해도, 난 오늘 네 얼굴 좀 봐야겠다."

쉰동이는 별채로 향했다. 문 앞에서 주춤했지만, 문고리를 거칠게 잡아당겼다. 방에서 밀려 나온 썰렁한 기운에 쉰동이는 놀랐다. 방은 텅 비어 있었다.

쉰동이는 바로 알아차렸다. 방울이가 잠시 방을 비운 것이 아니라는 것을. 방은 정갈하게 정리돼 있었다. 노상 외출할 때 들고 다니는 주머니도 그대로였다. 하지만 관아 안에 있을 가능성도 있다. 우선 가까운 데부터 샅샅이 찾았다. 헛수고였다. 방울이를 봤다는 사람은 아무도 없었다. 괜히 포졸에게 화를 냈다.

"보초는 어찌 서는 것이오!"

엄한 사람에게 화풀이하고는 구아방으로 달려갔다. 보는 눈이 많은 관아 생활이 불편할 수도 있다. 혼자 있고 싶어 그쪽으로 옮겼을지도 모르니까. 하지만 허탕이었다. 역시 그곳도 텅 비어 있었다. 마치, 아무도 살지 않는 방처럼. 쉰동이는 애가 탔다. 안마당에 섰는데 너무 막막했다. 눈물이 흘렀다.

"하아. 갈 데도 없는 것이."

눈물을 훔치면서 하늘을 봤다. 저 하늘의 연기처럼 감쪽같이 사라진 방울이.

"콜록, 콜록. 이놈의 연기."

부엌에서 연기가 모락모락 나왔다. 아궁이의 연기가 안뜰로 역류했나 보다. 뛰어 들어가 보니 아직 아궁이의 불씨가 살아 있었다. 조금만 빨랐다면 만날 수도 있었을까? 안타까운 마음에 발을 굴렀다. 다시 관아로 뛰었다. 혼자 해결할 수 있는 문제가 아니었다. 방울이가 철산을 벗어나기 전에 마님께 이 사실을 알려야 했다.

"그것을 왜 이제 말하느냐!"

정동호의 호통이 떨어졌다. 놀란 홍련은 방으로 뛰어들어갔다. 정동호는 씩씩거리며 쉰동이를 나무랐다.

"당장 나부터 찾았어야지!"

"이렇게 될 줄 알았습니까! 구아방에 갔나 했지."

방에서 나온 홍련의 얼굴은 굳어져 있었다.

"그만들 하시오!"

댓돌을 내려온 홍련의 언성도 높아졌다. 예민해질 수밖에 없었다. 생각지도 못했던 일이니까. 요 며칠 언니 일로 마음이 복잡했었다. 시간이 정해져 있다고 생각하니, 다른 일을 할 수가 없었다. 방울이는 잘 있으려니 생각했다. 워낙 제 일을 똑 부러지게 하는 아이기 때문에 걱정하지 않았다. 괜찮을 줄 알았다.

"구아방에도 없다고?"

"예. 옷가지랑 짐은 홀랑 태웠습니다."

좋은 징조는 아니었다. 신변 정리였다. 이승의 인연을 정리한다는 뜻일 텐데. 그리고 절로 들어가거나, 다른 고을로 떠났다면 다행일 것이다. 하지만 홍련의 머릿속에는 자꾸 불길한 생각만 스쳐 갔다. 고개를 젓고, 흔들어 봐도 그 생각을 지울 수 없었다.

"이승의 끈을 놓기 전에 얼른 찾아야 합니다."

"방울이는 강한 아이입니다. 그리 쉽게 포기하지 않을 겁니다. 쉰동아, 또 방울이가 갈 만한 곳이 없느냐? 친한 동무나, 자주 가는 상점이나."

"사또! 이미 사건은 벌어졌습니다. 동무네 놀러 가는 아이가 옷가지를 모조리 태워 버립니까? 최악의 상황을 염두에 두어야 합니다."

홍련은 다급해졌다. 제 사람 하나 간수하지 못한 주인이 무슨 면목이 있을까.

"사또, 한 번 더 백설기의 도움을 받아야겠습니다."

홍련은 대들보에 묶여 있는 개를 쳐다봤다.

"할 수 있겠느냐?"

주인의 물음에 백설기는 힘차게 '컹! 컹!' 대답했다. 힘찬 대답에 비해 홍련은 걱정이 앞섰다. 이미 한 번 일어났던 기적이 두 번으로 이어질 수 있을까? 백설기의 목줄을 풀어 주면서도 바들바들 손이 떨렸다. '제발, 살아만 있어라. 방울아.' 하지만 불안한 마음을 동료들에게 내비치고 싶지 않았다. 홍련이 발걸음을 옮기려는데 무영이 들어왔다.

"어딜 가느냐?"

백설기의 목줄을 쥔 홍련을 의아하게 바라봤다.

"오라버니. 방울이를 보셨습니까?"

"네가 구아방에 보내지 않았더냐?"

"예?"

"점심 지났을까. 포목점 앞에서 만났는데. 어딜 가냐니까, 의녀님 심부름이라며 가더구나. 무슨 일이냐?"

참다못한 쇤동이가 끼어들었다.

"얼굴은 어땠습니까? 아픈 기색은 없었습니까?"

"수척해 보이기는 했다만."

무영은 그제야 일이 어떻게 돌아가는지 파악한 것 같았다.

"아직 안 돌아왔느냐?"

"예, 주변을 정리하고 나갔습니다. 오라버니, 어디로 간다거나, 다른 말은 없었습니까?"

무영은 다시 한 번 방울이를 만났던 순간을 떠올려 봤다. 이제야 그것이 마지막 인사였다는 것을 알았다.

"늦을 테니, 기다리지 말라고 하더라."

쉰동이는 조급해졌다. 말릴 새도 없이 홍련의 손에 들린 백설기를 데리고 달려 나갔다. 사또도 그 뒤를 쫓았다.

"오라버니, 다녀와서 말씀드릴게요. 혹시 모르니, 관아를 지켜 주세요."

홍련은 급히 말을 마쳤다. 얼른 저들을 뒤쫓지 않으면 뒤처질 테니. 하지만 무영이 홍련의 손목을 잡아 쥐었다.

"너는 남아라. 남자 둘이면 충분하다. 너는 여기서 기다려라."

"안 됩니다. 방울이는 제가 찾아야 합니다. 제 사람이니까요."

홍련은 무영의 손을 뿌리쳤다.

한 번 해 봤다고 백설기는 날개 단 듯 달렸다. 그러고 보니, 방울이의 마지막을 본 자도 백설기뿐이었다. 방울이 실종 사건 때보다 여건은 지금이 좋았다. 당시에는 사건이 벌어지고 수일이 흐른 후였다. 추적이 어려워 보였었다. 그 어려운 일을 해낸 백설기에게 오늘 사라진 주인을 찾는 것은 식은 죽 먹기일 것이다. 쉰동이는 힘든 것도 모르고 산속을 달렸다.

깊은 산속의 계곡 가장자리에 앉아 있는 방울이는 사위가 어두워지는 것도 몰랐다. 시원하게 쏟아지는 물소리를 듣고 있자니 몸이라도 한결 깨끗해지는 기분이었다. 계곡물은 절벽을 따라 아찔하게 떨어지고 있었다. 그 아래는 거대한 못이 입을 벌리고 있었다. 하루 종일 찾아 헤맨 보람이 있었다.

처음 와 본 곳이다. 웬만한 곳은 약초를 캐러 다니면서 다 둘러봤는데 여긴 마님도 모르는 곳이다. 이제 남은 것은 뛰어내리는 것뿐이다. 하지만 무슨 미련이 남았는지 하염없이 계곡물 소리만 듣고 있었던 것이다. 물소리가 얼마나 시원하던지 답답했던 마음이 후련해졌다. 그렇게 넋 놓고 듣고 있다 보니 뛰어내릴 일도 잊은 것이다. 잊을 것이 따로 있지. 실소가 터졌다. 살고 싶어지기 전에 얼른 죽어야겠다는 생각이 들었다.

멀리서 컹컹 개 짖는 소리가 들렸다. 여름밤 새 울음도 오늘따라 구슬펐다. 가지 말라고 발목을 잡는 것 같았다. 하지만 이미 결정했다. 돌이킬 수 없다. 해야 한다면, 단칼에 이룰 것이다. 방울이는 드디어 뜻을 세우고 벼랑 끝에 섰다. 한 발, 한 발. 그리고 마지막으로 한 발을 내딛을 때였다.

"멈춰어어어!"

쉰동이였다. 놀란 방울이의 몸은 이미 벼랑 쪽으로 기울고 있었다.

"안 돼!"

그의 비명이 숲을 울렸다. 그렇게 방울이가 눈앞에서 사라졌다.

쉰동이는 방울이를 발견하고 달려갔다. 분명 방울이와 눈이 마주쳤다. 짧은 찰나였지만, 분명 작별 인사를 하고 있었다.

"안 돼!"

쉰동이가 소리 지르며 미친 듯이 달려갔지만 방울이는 이미 물에 빠진 후였다. 주인의 냄새를 맡았는지 백설기는 자리에서 맴돌았다. 뱅글뱅글 돌아봐도 주인이 보이지 않았다. 개는 끙끙거리며 쉰동이의 짚신을 긁적거렸다.

쉰동이는 두 번 생각할 것도 없었다. 본디 그런 남자였다. 우선 횃불을 폭포로 던졌다. 방울이가 떨어진 곳에 불빛을 비추고는 사그라졌다. 동심원이 퍼지고 있는 곳이 필시 방울이가 빠진 곳일 것이다. 주저하지 않고 절벽으로 몸을 던졌다. 같이 죽거나 같이 살거나. 답은 그것뿐이었다.

정동호와 홍련이 뛰어 올라왔을 때는 모든 일이 벌어진 후였다. 너무 놀라서 말도 제대로 나오지 않았다. 살인 사건에도 눈 깜짝 안 하던 홍련도 당황했다. 두 다리가 땅에 붙은 듯 움직이지 않았다. 그런데 이 장소와 장면이 낯익었다. 언젠가 꿈에서 본 듯도 했다. 언니가 저런 곳에서 뛰어내렸지.

"언니?"

정동호는 이 상황에서 헛소리를 하는 홍련을 보자 정신이 들었다. 둘 중 누군가는 제정신이어야 했다. 홍련은 뭐에 홀린 듯 벼랑 끝으로 걸어가고 있었다. 한 발만 옮기면 벼랑 끝이다.

"정신 차려!"

뒤에서 그녀를 안아 버렸다.

"언니가. 저기, 언니가."

"죽을 작정입니까?"

"아니요. 언니가 떨어진 곳하고 똑같아요. 꿈에."

"정신 차립시다. 발끝 하나만 잘못 옮기면 저승길이요.

두 사람을 구하려면 길로 가야 합니다."

"여기 와 본 것 같아요."

"꿈이라면서요? 정신 차리고 내려갑시다."

홍련도 뭐에 홀린 것 같았다. 꿈속에서 본 곳과 어쩜 이
리도 똑같단 말인가. 사또와 계곡 아래로 뛰어 내려가는
내내 의구심을 떨칠 수 없었다.

방울이는 고통스러웠다. 뛰어들면 끝일 줄 알았는데 마
음이 무거웠다. 마지막으로 쉰동이의 얼굴을 봤기 때문일
까? 게다가 한여름이라지만 계곡물은 동짓달 냇물처럼 차
가웠다. 차갑다 못해 온 살갗이 아팠다. 뛰어들면 심장마
비로 즉사한다더니 그것도 아니었다. 그 얼굴을 본 후로,
심장은 요동치고 있었다.

그때였다. 몸이 심연에서 수면 위로 떠오르고 있을 때
묵직한 것이 떨어져 물결을 만들어 내고 있었다. 눈도 못
뜨고, 허우적거리는 쉰동이었다. 가만두면 죽게 생겼다.
그래도 가만두자 싶었다. 내가 죽을 판인데, 누구 목숨을
건지겠는가.

하지만 끝까지 모질지는 못했다. 헤엄도 못 치는 이 남
자를 저승까지 데려갈 순 없었다. 정신을 잃어 가는 쉰동
이의 손을 덥석 잡았다.

"둘 다 죽었을까요?"

홍련이 못의 수면을 살폈다. 잔잔했다. 거친 계곡물 소리만 허공을 채웠다.

"제가 들어가 보겠습니다."

"사또, 헤엄칠 줄 아십니까?"

"전장(戰場)이 육지만 있겠소? 걱정 마십쇼. 동료 하나쯤은 거뜬히 업고 헤엄칩니다."

그때였다. 푸악- 어푸- 요란한 소리와 함께 한 몸처럼 엉킨 방울이와 쉰동이가 수면 위로 떠올랐다. 다행히 둘 다 살아 있는 것 같았다. 하지만 어둠 속에서 둘을 분간하긴 힘들었다. 반가운 마음에 정동호가 물가로 횃불을 들이밀었다.

"쉰동아!"

"방울아!"

주인들은 다급하게 이름을 불러 댔다. 그 소리를 들었는지 물에 빠진 사람들도 힘차게 헤엄치기 시작했다. 한 사람이 헤엄치고, 다른 사람은 구조당한 모습이었다.

"방울이가 정신을 잃었나 봅니다. 사또, 얼른 불을 피워 주십쇼. 산속이라 체온 유지가 어려울 것입니다."

홍련의 재촉에 정동호는 재빨리 큰 돌을 몇 개 집어 왔다. 동그랗게 돌을 놓았다. 주변에 보이는 마른 나뭇가지들도 있는 대로 주워 모았다. 그리고 횃불의 불을 붙이자 금방 불이 붙었다. 그사이 홍련은 굵고 질긴 칡넝쿨을 뽑아 왔다. 두 개를 엮자 제법 그럴싸한 밧줄이 됐다. 그리고 훌렁, 치마를 벗었다. 모닥불을 만들던 정동호의 눈이 커졌다.

"사또도 얼른 바지를 벗으십쇼."

홍련은 그사이에 치맛단을 절반으로 쭈욱 찢었다.

"바지요?"

사또는 허리춤을 잡고 주춤했다. 이걸로 뭘 하려는 짐작도 못 하는 얼굴이었다. 홍련은 반 토막이 난 치마를 공중에 펄럭였다. 공기를 가득 담고, 재빨리 네 귀퉁이를 하나로 오므렸다. 남은 하나도 같은 방법으로 공기주머니를 만들었다.

"어서요! 우선 바지 아랫단을 묶고, 이렇게 공기주머니를 만들어 주세요."

말하는 사이에도 두 손은 부지런히 밧줄을 연결하고 있었다.

"이제 곧 힘이 빠질 것입니다. 빨리 던져야 해요. 어서요, 사또!"

다행히 정동호도 한 번에 공기주머니를 만들었다. 홍련은 그것까지 쥔 밧줄에 매달았다. 그리고 그에게 넘겼다.

"힘껏 던지세요. 최대한 멀리 가야 합니다. 공기가 들어 날아가기 힘듭니다. 벌써 힘이 빠지나 봅니다."

물속에서 헤엄치는 두 사람의 속도가 점점 느려지고 있

었다. 정동호는 최대한 힘을 실어 던졌다. 공기주머니 때문에 생각한 것만큼 멀리 날아가지는 못했다.

"잡아! 어서! 잡아!"

홍련이 소릴 질렀다. 하지만 두 사람은 힘에 부쳤나 보다. 물속으로 가라앉았다 올라오기를 반복했다.

"안 돼!"

홍련이 발을 굴렀다. 보다 못한 정동호가 입수 준비를 했다.

"더 이상은 안 됩니다. 밧줄을 나무에 단단히 묶어요. 내가 구할 테니."

홍련은 밧줄을 들고 가까운 나무 기둥으로 달려갔다. 단단히, 아주 단단히 묶었다. 선 자리에서 보니 사또는 한 손으로 줄을 잡고, 한 손으로 헤엄치고 있었다.

물속에 뛰어든 정동호는 이제야 두 사람의 형체를 확인했다. 쉰동이가 아니라, 방울이가 헤엄치며 그를 구한 것이다. 한 손으로 줄을 잡고, 한 손을 뻗었다. 겁에 질린 쉰동이는 여전히 버둥거렸다. 그 덕분에 방울이는 물속에서도 땀을 흘렸다. 거친 호흡이 이어졌다.

"다 왔다! 힘내라!"

"어푸, 어푸."

쉰동이는 또 물을 먹었다.

"여기다, 여기!"

정동호는 애타게 외쳤다.

정신없이 헤엄치던 방울이의 귀에도 이제 사또의 목소리가 들렸다. 지원군이 나타났지만, 더 이상 버틸 힘이 없었다. 쉰동이는 자꾸 가라앉으려고 했다. 그냥 뒀다가는 죽을 것이 뻔했다. 하지만 쉰동이를 살리려고 하니 내가 죽을 것 같았다. 그 상황을 본 정동호는 고함을 쳤다.

"너라도 살아야 한다. 놔라. 얼른!"

"안 돼요, 그럼 이놈 죽어요!"

"어푸, 어푸."

쉰동이는 죽어라 바동거릴 뿐이다. 어쩔 수 없이 정동호는 끈을 잡은 손을 놓았다. 일단 방울이라도 살려 낼 작정이었다. 사또의 손이 겨우 방울이에게 닿았다. 살았구나 싶었다. 그것도 잠시였다. 마주 잡은 쉰동이의 손아귀에서 점점 힘이 빠지고 있었다. 이미 눈동자도 풀렸다. 이러다 시신으로 건지게 될까 걱정되는 상황이었다.

"사또, 옆으로. 이 옆으로."

방울이가 먼저 쉰동이의 한쪽 팔을 잡았다. 다른 쪽은 사또에게 부탁했다. 정동호는 재빨리 잡았다. 남은 한 손을 뻗어 겨우 밧줄을 잡았다. 뭍에서 홍련도 있는 힘을 다해 줄을 잡아당겼다. 세 명이 한 몸이 되어 물 밖으로 나왔다.

"방울아!"

홍련은 흠뻑 젖은 그녀를 와락 안았다.

"왜 그랬느냐, 왜!"

방울이의 작은 어깨가 흔들렸다.

"…그냥 두시지, 왜… 저를….."

"그걸 말이라고 하느냐! 너라면 나를 그냥 뒀겠느냐!"

"…마님."

두 여자는 다시 부둥켜안고 울었다. 서로의 마음을 너무나 잘 알아서 눈물이 멈추질 않았다. 홍련은 앞으로 더 험한 길을 가야 하는 방울이의 팔자가 참으로 가여웠다. 죽을 각오로 뛰었는데도 살아 있는 방울이도 기구한 제 팔자에 울음이 터졌다.

정동호는 아직 할 일이 남았다. 쉰동이의 볼을 사정없이 때리며 정신을 잃지 않도록 고함을 질렀다.

"정신 차려라. 여기서 자면 죽는다! 어서!"

입에서는 간신히 신음 소리가 삐져나왔다. 연신 뺨을 때리면서 쉰동이를 불렀다. 다시 볼을 때리려는 순간, 쉰동이가 벌떡 일어났다.

"아우씨. 뺨 맞다 뒤지겠네에! 드럽게 아프네."

"정신이 드냐?"

"정신이 쏙 듭니다. 방울이, 방울이는 살았습니까?"

"야, 이놈아. 헤엄도 못 치면서 뛰어들긴 왜 뛰어들어서! 일을 이 지경으로 만들어?"

그 말을 들은 쉰동이의 가슴이 철렁했다.

"…죽었소?"

덜덜 떨렸다. 입이 떨어지지 않았다. 최악의 결과라면 듣고 싶지 않았다. 귀를 막았다. 아니, 빨리 알고 싶었다. 귀를 막은 채 고개를 올렸다. 방울이가 서 있었다. 한심한 눈빛으로 노려보며.

"같이 죽으려고 환장했어?"

꼬장꼬장한 그녀의 목소리가 내리꽂혔다. 곁에 있던 홍련은 정동호의 옷깃을 살짝 당겼다. 슬쩍 빠지자는 신호였다. 제 주인들이 사라지자, 방울이가 쏘아붙이기 시작했다.

"헤엄도 못 치면서. 발목은 왜 잡는데? 저승 가는 길 곱게나 보내 주지. 왜? 왜!"

"같이 갈라 그랬지."

쉰동이는 능청스럽게 웃었다.

"거기가 어디라고 같이 가?"

"너 가는 곳이면, 어디든 가야지."

"안 무섭디?"

"뭐가 무서워. 죽든가 살든가, 둘 중 하나겠지. 그러는 넌 어떻게 생겨 먹은 년이 죽을 생각을 해!"

"뭐어?"

"발칙하게."

적반하장으로 화를 내는 쉰둥이를 보니 울화가 치밀었다.

"이게 진짜! 말 다 했어?"

죽다 살아나서 사람 멱살 잡기는 처음이었다. 그런데 쉰둥이가 대답이 없다. 방울이는 의아했다. 저놈이 바락바락 대들어야 싸움이 되는데.

"야, 너….."

점점 방울이의 말꼬리가 내려갔다. 쉰둥이는 이 여자가 어디까지 화를 내나 가만히 보고만 있었다. 그러다 두 손으로 방울이의 볼을 꼭 감쌌다.

"이게 얼마 만이냐?"

그의 눈은 이미 얼굴 구석구석을 훑고 있었다.

"참도 못생겼구만."

"안 놔?"

방울이는 거친 두 손을 떼어 내려고 바둥거렸지만, 소용없었다.

"가만 좀 있어 봐. 얼마나 보고 싶었는데. 내가 얼마나."

그의 한마디에 방울이의 눈가가 촉촉해졌다. 이 남자에게 일생일대 이렇게 애절한 순간이 있었을까?

"미안해. 너무 늦게 와서. 그날도, 오늘도. 다 미안하구만. 내가 죽일 놈이다. 내가."

쉰둥이는 방울이를 조심스레 안았다.

"살아. 보란 듯이 살아. 너 좋다는 놈 만나서 혼인도 하고. 애도 낳고. 살아야 하지 않겠어? 이대로 죽으면 억울해서 귀신 된다. 이런 못난이 귀신, 얼마나 무섭겠냐?"

쉰동이가 너무 진지해서 방울이는 오히려 웃음이 났다.

"정말 좋다는 놈 만나서 혼인해도 되겠냐?"

"만나라니까."

"좋다. 네가 살려 놨으니까, 네 소원대로 해 준다."

쉰동이는 그 말을 듣고 덜컥 겁이 났다. 정말 마음에 품고 있던 남자라도 있나 싶었다.

"진짜, 다른 놈 만나도 미워하지 않기다."

"내가 쫌보냐."

"진짜?"

"진짜. …네가 살 수만 있다면….."

그 말이 끝나기도 전에 방울이가 입술로 쉰동이의 입을 막아 버렸다. 마치 이번이 마지막인 것처럼…. 참으로 애틋한 입맞춤이었다.

무심코 모닥불을 쬐던 정동호와 홍련은 그들의 갑작스러운 애정 행위에 볼이 빨개졌다. 황급히 시선을 돌린다는 것이 서로 마주 보게 됐다.

"흠흠. 이럴 땐 어째야 하는 것이오?"

정동호는 난감했다. 홍련도 마찬가지였을까?

"자는 척이라도 해야겠습니다. 어깨를 빌려주시지요."

그러고는 너무나 태연하게 그의 어깨에 기댔다. 참으로 피곤한 하루였다. 백설기는 이미 홍련의 발치에서 코를 골며 자고 있었다.

관아로 돌아온 홍련은 아무 말 하지 않고 방울이와 나란히 누웠다. 그리고 손을 꼭 잡았다.

"한숨 붙이자."

"마님, 전 괜찮습니다. 아침밥도 해야 하고. 빨래도 밀렸습니다요."

"그것이 걱정되면서 어찌 죽을 생각을 했느냐. 오늘 그 일을 겪고도 밥할 힘은 남았느냐?"

조곤조곤 꾸짖는 말투였지만, 방울이는 그 따스함이 좋았다.

"왜 그랬느냐?"

"…."

"미안하다. 묻지 않으려고 했는데. 그곳에 가니까 언니 생각이 나더라. 얼마 전에 그곳이 꿈에 나왔거든. 언니도 너처럼 뛰어내리더라. 넌 무슨 생각으로 그곳에 갔는지, 나중에 마음이 편해지면 말해 주려무나."

그리고 돌아누웠다. 왜 언니는 아무도 구해 주지 못했을까?

"아무도 못 찾을 줄 알았습니다. 마님과 안 가 본 곳. 심부름 안 가 본 곳. 사람이 없는 곳. 길이 없는 곳. 숨바꼭질하듯 그런 곳만 찾았습니다. 그랬더니 그 계곡 위였습니다. 저 정도면 딱 죽기 좋겠다 싶었습니다."

"그렇구나. 백설기 아니면 널 잃을 뻔했어. 거긴 생각도 못 했거든."

"예. 그래서 택한 곳입니다. 허나 종년 몸 하나 버린 것이 뭐 대단하다고 요란스럽게 죽겠습니까."

"누가 네게 그런 말을 하더냐?"

홍련은 자조적인 방울이의 말에 화가 났다.

"죽어야 할 사람은 그자들이다. 아니, 죽이는 것도 아깝다. 죗값을 치러야지. 평생 벌을 받게 할 것이다."

"…마님, 전 누구에게도 걸림돌이 되고 싶지 않았습니다. 제가 살면 마님께도 누가 되고, 사또께서 수사하시기도 껄끄러우실 것 아닙니까?"

"아니. 네 생각이 짧았다. 정녕 그것 때문에 죽으려 했느냐?"

"…아닙니다."

"그럼?"

"자신이 없었습니다. 지금도 무섭습니다. 세상이 무섭고, 사람이 무섭고."

"그럼 어찌하고 싶으냐? 한양에 먼저 가 있겠느냐? 네

561

언니도 가까이 있으니, 마음이 편하지 않겠느냐."

"마음만으로도 감사합니다. 하지만 안 되겠습니다."

홍련은 방울이의 대답에 고개를 갸웃했다.

"고민이 있더냐?"

"이제 그 사람이 없으면 안 되겠습니다. 저를 위해 목숨을 내놓았습니다. 죽어라 헤엄치면서 딱 하나 알았습니다. 죽어라 살면 되겠다."

"맞다. 마음을 예쁘게 먹었다."

"…그런데 여전히 마음은 무겁습니다. 제가, 이 몸으로, 하아."

"방울아. 꽃이 졌다고 아무도 흉보지 않는다. 명년에는 또 명년의 꽃이 핀단다. 지금은 힘든 계절이겠지. 겨울이 지나야 봄이 오는 것처럼, 너에게 지금은 겨울이다."

"겨울이 지나갈까요?"

"그럼. 겨울이 빨리 지나가게 하는 방법을 아느냐?"

방울이가 고개를 저었다.

"겨울잠을 자는 것이다. 피곤하다. 얼른 자자."

홍련은 다시 방울이를 눕혔다. 나란히 누운 두 여자는 곧 잠들었다.

16

홍련은 쉰동이를 기다리는 동안 툇마루에 앉았다. 시원한 바람이 귓가를 스치고 지나갔다. 얼마 전까지 화기(火氣)가 가득했던 바람이 변했다. 바람 끝에 시원함이 매달려 있었다. 이제 한여름은 지나 버렸다. 쉰동이가 뛰어왔다.

"사또가 급히 부르셔서 자리를 비워야 하네. 그동안 우리 방울이를 부탁하네. 지난번처럼 밖에서 지키지 말고, 불편하겠지만 한방에서 지켜 주게."

홍련의 말을 들은 그의 볼은 빨갛게 상기됐다.

"남녀가 유별한데, 어찌 그럽니까. 그것도 의녀님 방에서요? 못 합니다."

"사람이 죽고 사는데, 그것이 뭐 중요한가."

"차라리 부엌 아줌니를 곁에 놓으시지….”

"방울이가 힘이 보통 세야지."

"그렇긴 합니다."

"자네 정도면 충분하네. 오늘 잘 부탁하네."

"걱정 마시고 다녀오십쇼."

홍련은 그의 인사를 받고 사라졌다. 쉰동이가 열린 문으로 보자, 방울이는 세상모르고 자고 있었다. 보고만 있어도 좋았다. 자꾸 웃음만 나왔다. 자고 있는 줄 알았던 방울이가 낮게 읊조렸다.

"저게 실성했나. 대낮부터 실실 쪼개는 걸 보니 미쳤네, 미쳤어."

"안 자?"

"너 같으면 잠이 오겠냐?"

누워 있던 방울이가 일어났다.

"마님 걱정하실까 봐 누워 있었지. 뭐 해, 안 들어오고. 할 말도 있고."

"내가 거길 왜 들어가."

쉰동이는 말은 그렇게 해 놓고 짚신짝이 동구 밖까지 날아가도록 내던지고 들어갔다. 방에 들어와서는 방울이 옆에 벌러덩 누웠다. 이렇게 둘이 사는 것도 나쁠 것 같지 않았다. 그런데 요년이 요쯤 되면 저리 안 가냐고 발광을 해야 하는데 조용했다.

"같이 살까?"

방울이가 심드렁하게 말했다. 그 말에 쉰동이의 심장이 덜컥 내려앉았다.

"할 줄 알았냐?"

역시 요망한 년이다. 사내 마음을 떡 주무르듯이 한다.

"목숨 살렸으면 됐지. 평생을 책임지라고?"

"말은 정확히 하자. 내가 널 살렸지."

"살린 거냐? 내가 너 때문에 물을 얼마나 처먹었다고! 평생 마실 물은 그날 다 마셨다. 헤엄도 못 치면서."

"처먹든지 말든지. 할 말이 뭔데?"

"아무래도 그 못에 뭔가 있는 거 같아. 네 잡으라고 손을 뻗었는데, 차가웠어. 딱딱하고."

"내 손이?"

"물속에 있는 그 시신이."

"으이이익? 그 못에 시신이 있다는 거야?"

"나, 아무래도, 죽은 사람 손을 잡은 거 같아. 마님께 말씀드려야겠지?"

"여직까지 왜 말을 못 했어?"

"무서워서."

"뭐가 무서워. 내가 있는데."

쇤동이가 방울이의 어깨에 슬쩍 팔을 얹었다.

"나여, 네 방패."

끈적끈적한 눈빛을 보내며, 한 마리의 짐승처럼 그녀에게 다가왔다. 헤실헤실 웃으며 쇤동이를 받아 주던 방울이가 갑자기 그를 걷어찼다. 급습을 당한 쇤동이는 배를 부여잡고 방바닥을 데굴데굴 굴렀다.

정동호가 홍련과 향한 곳은 무당집이었다. 무당 할매가
이들을 맞았다. 지난 달팽이 사건 때 귀신 보고 놀랜 그
무당이었다. 오랜만에 찾아온 손님에게 새콤하고 시원한
오미자차를 내놓았다. 홍련은 시원하게 들이켰다.

"맛이 좋습니다. 물은 어디서 길어 오셨습니까?"

"노인네가 멀리 갈 수 있나. 뒤에 샘이 있어."

"약수네요. 언제 길러 와도 될까요?"

"뭘 나한테 물어. 내 껀가. 우리 산신령님 꺼지. 근데
나리는 왜 안 드십니까? 기도 중이십니까?"

무당 할매는 정동호의 얼굴을 빤히 봤다.

"귀신 붙었을까 봐? 귀신도 보는 분이 뭘 걱정하십니
까? 조오기, 앉아 계신 동자승은 보이십니까?"

제단 구석에서 약과를 집어 먹고 있던 동자신이 방긋 웃
었다. 동자신이 아니라, 그 옆에 앉아 있는 장군신의 무서
운 눈빛 때문이었다. 금방이라도 양손에 든 보검으로 자
신을 내리칠 것 같았다.

"이, 우리 장군님을 보셨구만. 하나도 안 무서워. 을마
나 좋으신 분인데. 근데 직접 물어보시는 건 안 될 겁니
다. 워낙 강한 신령님이시라. 사또가 다치실지 모릅니다."

"예. 오늘은 제가 아니라 여기 의녀께서 궁금한 것이 있

어 찾아왔습니다."

"저도 의녀님을 한 번 만나려고 했었습니다."

"어찌 저를."

홍련은 고개를 갸웃했다.

"그날. 끔찍하게 죽은, 그 여자 발견된 날."

구씨 부인을 말하는 것일 것이다.

"예쁘장하게 생긴 귀신 년이 나왔잖우. 고 얼굴이 자꾸
눈에 밟히는데. 알 듯 말 듯 하잖아? 그때 딱 우리 의녀님
얼굴이 떠오르더라고."

그리고 홍련의 얼굴을 빤히 들여다봤다.

"맞다. 맞네, 내가 맞았어. 그날은 어두워서 우리 의녀님
얼굴을 잘 못 봤는데. 고 귀신하고 꼭 닮았어. 자매처럼."

"그렇습니까?"

홍련은 놀랐지만, 태연한 척 대답했다.

"귀신은 속여도 나는 못 속여. 요 눈치 하나로 지금까지
빌어먹고 사니까. 언니 문제로 왔지?"

그 말을 듣는 순간, 홍련의 심장이 요동쳤다. 증거로 사
건을 추리하는 것에는 도가 텄다. 하지만 이렇게 귀신의
말은 어찌해야 할지 난감했다. 하는 수 없이 무당의 도움
을 받으러 왔지만, 미심쩍었다. 그런데 한 번에 제 맘을
읽어 버릴 줄은 몰랐다.

"눈깔만 뜨면 귀신이 뵈는 사또가 계신데 뭣 하러 나를

찾아오셨수?"

"무당은 귀신을 부를 수 있다면서요? 그 귀신, 친언니
예요. 그런데 갑자기 사라졌어요. 불러도 대답 없고. 우
리 언니, 언니를 좀 불러 주세요."

"왜 자꾸 죽은 사람을 불러내나."

무당 할매는 귀찮다는 듯 쏘아붙였다. 그러면서도 무구
(巫具)를 챙겨 왔다. 수십 개의 방울이 달려 있는 십자 방
울을 꺼내 들었다.

"뭘 알고 싶은데?"

"언니가, 죽은 날. 어디서 죽었나 알고 싶어요."

좌르르르르– 좌르르르르–

말이 끝나기가 무섭게 무당은 십자 방울을 흔들었다.
요란한 방울 소리와 함께 흰자위가 희뜩거렸다.

"죽은 날은?"

"모릅니다."

좌르르르르– 촥!

"혼자 죽었지?"

"아마도요."

좌르르르르– 촥!

이번엔 눈을 감고 흔들었다. 신명 들려 요란하게 놀더
니 갑자기 멈췄다.

"가까이 있는데? 물이 보여. 잠자듯이 누워 있는데."

"혹시 폭포가 있나요?"

무당은 번쩍 눈을 떴다.

"그래. 무슨 소린가 했는데, 폭포네. 물이 쏟아지는 소리가 웽웽 귀에 들려. 어떻게 알았지?"

"꿈에 나왔어요."

"거봐. 동생에게 찾아왔었네. 귀신들은 그렇게 나타나는 거야. 영이 맑으니까, 언니를 볼 수 있었지."

"언니를 불러올 수 없을까요?"

"할 수 있지. 하지만 난 못해."

"왜요?"

홍련이 묻자, 무당은 들릴 듯 말 듯한 소리로 말했다.

"신빨이 떨어졌거든."

그리고 정동호를 매섭게 쏘아봤다.

"차라리 사또께서 이쪽으로 나가시는 게 낫겠는뎁쇼? 영이 너무 맑아. 신어미 제대로 만나면 큰 박수도 되겠소."

정동호는 난감했다. 무당 할매는 같이 일하자며 손을 덥석 잡았다. 이야기가 엉뚱하게 흘러갔다. 홍련이 사또의 옆구리를 꾹 찔렀다. 이제 그만 일어나자는 신호였다. 정동호는 미리 준비한 복채를 슬쩍 내밀었다.

"또 뭔가 보이거든, 관아로 오시오. 그리고 우리가 왔다간 것은 비밀이요."

무당은 돈을 슬쩍 확인했다. 입이 쭉 찢어졌다.

"그럼요. 난 사또를 뵌 적도 없고, 의녀님을 뵌 적도 없는 사람이라오."

이게 얼마 만의 수입인가. 무당은 연신 인사를 했다. 정동호와 홍련은 아쉬운 마음을 뒤로하고 그 집을 나와야만 했다.

쉰동이와 방울이는 나란히 내아를 나왔다. 사또를 찾기 위해 집무실에 들렀다. 하지만 이미 외출 중이시라고 했다.

"이렇게 중요할 때, 사또도 참."

쉰동이는 투덜거렸다.

"넌 대체 무서운 게 뭐냐? 물속에서 죽은 사람을 봤는데도 안 무섭디?"

너털너털 걷던 쉰동이가 물었다.

"너는 죽겠다고 소리치지, 난 죽지도 못했지. 무서울 새가 있어야지. 하지만 물속에서 본 건 시신은 분명해. 차갑고. 으읍."

갑자기 쉰동이가 방울이의 입을 막았다. 방울이는 뭐하는 짓이냐고 소리치며, 발버둥 쳤다. 하지만 솥뚜껑처럼 두툼한 그의 손바닥은 움직일 줄 몰랐다.

"가만 좀 있어 봐!"

그녀를 진정시키고 바라본 곳은 옥사였다.

"저놈이 왜 저길 들어가지?"

장똘이였다. 주변을 살핀 뒤 옥사로 들어갔다. 포졸도 기다렸다는 듯이 문을 열어 줬다. 수상했다. 쉰둥이는 의구심을 떨칠 수 없었다.

무당집을 나온 홍련은 말없이 걸었다. 그러다 우두커니 멈춰 섰다.

"혹시 그 연못에 언니가 있을까요? 방울이가 빠졌던데요."

"꿈에서 본 곳과 똑같다 하셨소?"

되물으면서도 미안한 마음이 들었다. 그날, 홍련을 믿어 주지 않은 것이 마음에 걸렸다.

"예."

"그럼 확인하러 갑시다."

정동호는 그 방법뿐이라고 생각했다.

"머릿속으로 백번을 생각해도 소용없습니다. 한 번 확인하는 것이 낫소."

"전 수영을 못합니다. 누가 수색을 한단 말입니까?"

"제가 확인해 보겠소. 대낮에 안전 밧줄을 준비하고 들어간다면 가능합니다."

"안 됩니다. 위험합니다."

홍련은 물이 무섭다. 헤엄칠 줄 몰라 두렵다. 게다가 동네에서 우물에 빠져 죽은 아이를 여럿 봤다. 강물에 휩쓸려 간 노파들의 이야기도 심심치 않게 들었다. 정동호는 걱정 가득한 홍련의 눈을 봤다. 그녀를 안심시켜야 했다.

"전 물보다 귀신이 더 무섭습니다. 제 외가가 어딘 줄 아십니까? 강릉입니다. 걷는 것보다 헤엄치는 것이 더 쉽소. 다들 물귀신이라고 불렀습니다."

장난스럽게 말하는 그를 보니 조금 안심이 됐다.

"그래서 헤엄 실력이 출중하셨군요."

"파도도 없는 못이오. 훨씬 수월합니다. 갑시다. 당장 확인해 봅시다. 그곳은 확인해 보지 않았잖소?"

"네. 철산의 연못이란 연못은 모두 확인했지만 떠오른 시체는 없었습니다."

"시체가 떠오르기만을 기다렸습니까?"

"예. 자연의 순리니까요. 부패한 시신은 떠오를 수밖에 없습니다."

"지금까지 못에서 발견된 시신은 없었단 것이오? 부패가 심해서 알아보지 못한 것도 없었소?"

"없었습니다."

"그런데, 물속에 들어가면 찾을 수 있을까요?"

"그러니까요. 제가 주저하는 점이 그것입니다. 벌써 몇 년입니까. 사라져도 벌써 사라졌을 겁니다."

"그래도 전 가 봐야겠습니다."

정동호는 그녀의 손을 잡아끌었다.

"좋습니다. 언니를 찾게 된다면 이곳 생활도 정리하고 철산을 떠나겠습니다."

"철산을 떠나신다구요?"

"예. 전 사건을 해결하러 왔으니까요."

"그럼 그냥 둡시다. 언니를 찾든지 말든지."

갑자기 그가 어깃장을 놨다.

"제 곁에 두려면 천천히 사건을 해결해야겠습니다."

"사또는 천년만년 철산 부사만 하십니까? 일이 끝나면 당연히 철산을 떠나셔야지요."

"싫소. 여기서 천년만년 살 것이오."

정동호는 툴툴거리며 앞서 걸었다. 몇 걸음 걷지 않았는데, 빗방울이 떨어지기 시작했다.

"빨리 걸읍시다."

빗줄기가 굵어졌다. 피한다고 될 정도가 아니었다. 몇 걸음 가지 않았는데 벌써 옷자락이 홀딱 젖었다.

"안 되겠소."

그가 마을과 다른 방향으로 손을 잡아끌었다.

"어디로 가시게요?"

"이쪽으로 올라가면 물레방앗간이 있소."

"그쪽에요?"

홍련은 가 본 적이 없었다. 있다는 것도 몰랐다.

"없는데."

"제가 얼마 전에 발견했습니다."

일단 큰비를 피할 수 있다고 하니 사또를 따라 달릴 수밖에 없었다.

비를 피해 뛰어온 곳은 물레방앗간이었다.

"여기 이런 곳이 있었습니까?"

홍련은 수상한 물레방앗간을 매의 눈으로 살폈다. 여자옷가지며, 면경이며, 간단한 문방사우까지 갖춰져 있었다. 여기가 물레방앗간이라고? 믿기지 않는 눈치였다. 이미 들킨 이상 그도 숨길 생각은 없어 보였다.

"이걸로 갈아입으시지요."

정동호는 다른 곳에 숨겨 두었던 옷을 꺼냈다. 한 번도입지 않은 새것이었다. 젖은 옷 때문에 떨고 있던 홍련은얼른 옷을 갈아입고 나왔다. 그동안 정동호는 뒤를 돌아서 있어야 했다.

"됐습니다."

홍련의 허락이 떨어지고 나서야 등을 돌렸다. 순간, 그는 숨이 멎을 뻔했다. 노랑 저고리와 꽃분홍의 치마를 입은 홍련을 보니 영락없는 아기씨였다.

"사또도 얼른 옷을 갈아입으세요."

"전 괜찮습니다."

"여름 고뿔 우습게 볼 게 아닌데."

"불을 피우면, 옷가지야 금방 마릅니다."

말은 그렇게 했지만, 뼛속이 시려 왔다. 그러나 당장 고
뿔에 걸려 죽어도 옷을 갈아입을 수 없다. 남은 여벌 옷이
라고는 모두 여인들의 옷이기 때문이다. 홍련은 여기저기
구경하며 작은 단지들을 열어 봤다. 간단히 먹을 만한 요
깃거리들이 채워져 있었다.

"사또가 준비하셨습니까?"

정동호는 고개를 끄덕였다.

"비밀 요새였군요."

"어찌하다 보니, 필요했습니다."

"사또."

홍련의 얼굴에는 걱정하는 빛이 스쳤다.

"혹시, 제가 걱정하는 일을 꾸미시는 건 아니시겠지요.
세를 모으거나, 군사를 모으거나."

"역모요? 가당치도 않습니다. 임금께서 저를 발탁해 이
곳에 보내 주셨습니다. 신의를 저버릴 수 없습니다."

"그럼 왜 요새를 만드셨습니까? 암행어사도 아니신데."

"암행어사는 아니지만, 암행이 필요할 때가 있습니다."

달궁의 전기수를 조사하던 중이라고 말할 수는 없었다.
게다가 여장까지 하고 잠입했으니, 제 입으로 고백하긴
어려웠다. 거기에 차마 무영과 방울이의 도움을 받았다
고 말할 수 없었다. 그들은 엄연히 홍련의 사람들이었으

니까. 홍련은 우왕좌왕하는 그의 눈빛을 보고 대충 간파했다.

"조력자는 세 명이었군요."

정동호는 귀신을 본 것처럼 놀랐다.

"여기 각기 크기가 다른 꽃신이 있으니까요. 사또는 여장을 하셨군요. 다른 남자도. 그런데 한 명은 여자였습니다."

함에 숨겨 둔 신발을 꺼내 들었기 때문이다.

"맞… 소…. 어찌 여자가 있다는 걸 아셨습니까?"

그가 물었다. 홍련은 대답 대신 신발을 내밀었다.

하지만 여전히 오리무중이었다.

"사또. 이 두 꽃신의 뒤꿈치는 구겨져 있습니다. 하나는 멀쩡합니다. 여자들은 어렸을 때부터 이 신을 신는 연습을 합니다. 구겨 신었다가는 어머니에게 혼납니다. 그렇게 수년을 익히다 보면, 발가락부터 넣는 방법을 터득하게 되는 거죠. 이렇게 구겨지지 않게요. 이 두 분은 남자셨군요."

말을 마치며 신발 두 켤레를 흔들었다. 정동호는 감탄했다. 정확히 자신과 무영이 신었던 신발이었다.

"자, 정말 무엇을 하셨는지 말씀 안 하시겠습니까?"

홍련은 팔짱을 끼고 채근했다. 하지만 그는 버텼다. 괜히 신을 뺏어 들며 투덜거렸다.

"그냥 신어 봤소. 그냥."

남자 체면이 있지. 여장한 걸 들킨 순 없었다. 신발을 다른 곳에 숨기며 구시렁거렸다. 그 모습이 홍련의 눈에 더 수상해 보였다. 끝까지 숨기시겠다? 배시시 웃었다.

"그걸 신고 달궁에나 가셨겠지요."

신을 넣고 함을 닫던 그가 멈칫했다. 태연한 척하려고 했지만, 숨길 수 없었다.

"이건 또 어찌 아셨소?"

"여기 적혀 있지 않습니까?"

"어디요?"

이렇게 당혹스러울 수가. 그녀가 모두 맞출 줄은 몰랐다. 혹시나 서신을 흘렸나 바닥을 살폈다. 바닥은 깨끗했다.

"대체 뭘 본 것이오?"

그는 초조했다.

"사또."

그가 고개를 들었다. 그녀가 사또의 양 볼을 차례로 콕 콕 짚었다.

"얼굴에 죄다 드러납니다."

또 속았다. 진지하게 홍련이 사기꾼은 아닌지 의심해야 겠다. 저런 자가 상대편이라면 꼼짝없이 당했을 것이다.

"달궁에 수상한 전기수가 출입한다고 하여 몇 번 들렀습니다. 바깥채를 빌려서 여인들에게 이야기를 들려주고 돈을 받는다고 했습니다."

"그건 어떻게 아셨습니까?"

"방울이가 그런 거 귀신같이 쫓아다니지 뭡니까."

그 말이 끝나기가 무섭게 물레방앗간 문이 열렸다. 정동호는 귀신을 본 듯 깜짝 놀랐다. 홀딱 젖은 방울이가 문 앞에 우두커니 서 있었다.

"사또! 예서 뭐 하십니까?"

그 뒤에 있던 쉰동이가 불쑥 고개를 들이밀었다.

"어? 마님도 계셨네요?"

결국 네 사람 모두가 모였다.

홍련은 방울이를 쨰려봤다. 괘씸했다.

"나를 속이고 사또를 도왔느냐?"

"죄송합니다, 마님. 사또가 절대 비밀이라고 하셔서. 그냥 죽을 걸 그랬구만요."

"농담이 나오냐?"

쉰동이가 타박을 했다.

"사또, 저는 지금 잘잘못을 따지는 것이 아닙니다. 위험하게 방울이를 방패 삼아 암행을 하셨습니까?"

정말 큰 사고가 나지 않은 것이 천만다행이었다.

"그래도 나중에는 무영 형님까지 합류하셔서 큰 걱정은 없었습니다."

"쉰동이가 아니구요?"

홍련은 정말 놀란 눈치였다.

"하하. 원 의녀. 남자 둘이 저와 쉰동이인 줄 아셨습니까?"

"예. 당연히 사또가 가시면, 쉰동이라고 생각했습니다. 넌 뭘 했느냐?"

쉰동이는 볼멘소리를 했다.

"저도 당했습니다. 저만 쏙 빼놓고 두 분이 나 참."

"가만 보면 의녀님도 허당이십니다. 이 기골 장대한 놈이 여인의 옷이라니요. 여튼 그런 일이 있었습니다. 별 성과 없이 끝났지만. 그런데 너희들은 여기 무슨 일이냐?"

아궁이에서 불을 쬐던 쉰동이가 신발을 말리며 대답했다.

"여기 오려고 온 것은 아니고. 어딜 좀 가는데 비가 오죽 와야지. 일단 피하고 봐야지 않겠습니까? 요것이 근처에 피할 데가 있으니 가자고 해서 왔습죠. 에이, 좋다가 말았네."

방울이는 기막히단 표정으로 노려봤다.

"뭐가 좋았다가 말아? 뭘 생각한 거야? 잘난 놈은 얼굴값, 못난 놈은 꼴값이라더니. 네가 미쳤구나!"

두 사람이 아웅다웅하는 사이 밖에서 천둥번개가 요란하게 울렸다. 홍련은 이 둘이 어딜 가려고 했는지 너무 궁금했다.

"방울아. 어딜 가려고 했느냐. 몸도 성치 않으면서."

불쑥 쉰동이가 껴들었다.

"아니, 그날. 계곡에서."

그때 방울이가 쉰동이의 옆구리를 찔렀다. 그만하라는 신호였다.

"아닙니다요."

쉰동이가 고개를 돌렸다. 그 모습이 더욱 수상하여 홍련이 다그쳤다.

"방울이 너는 계곡에서 무엇을 잃어버렸느냐?"

"아닙니다."

"그럼 무엇을 보았느냐?"

"…."

옆에서 구박만 받던 쉰동이가 방울이의 만류를 뿌리쳤다.

"숨겨서 뭐한데? 마님, 이것이 못에서 시신을 발견했다잖습니까? 그래서 확인해 보자고. 막 못으로 가던 길이었습니다."

'시신'이라는 말에 정동호는 눈이 커졌다.

"정말 시신이더냐?"

방울이에게 물었지만, 이번에도 쉰동이가 대답했다.

"그렇다니까요. 손을 덥석 잡았는데, 죽은 사람이랍니다."

정동호와 홍련은 약속이나 한 것처럼 눈을 맞췄다.

"언니예요!"

"단정할 수 없습니다."

"꿈에도. 무당도. 그리고 방울이까지. 사건을 쫓다 보면 언니를 만나게 될 거라고 했잖아요? 분명합니다. 당장 못으로 갑시다."

"비가 멈추면, 우선 관아로 갑니다. 내일 날이 밝는 대로 포졸들을 데리고 가겠습니다."

"아니요. 지금 당장 확인해야겠습니다."

"어차피 비가 와서 물이 흐립니다. 물이 불어난 것은 물론이고. 당장 달려간다고 해도, 찾을 수 없습니다. 여태 기다리지 않았습니까? 단 하루만 기다리십쇼. 아니, 기다려야 합니다. 이건 명령입니다."

정동호의 그 어느 때보다 단호했다.

홍련은 잠을 잘 수 없었다. 내아 툇마루에 앉아 별을 세고 있었다. 비가 온 뒤라 더욱 맑았다. 별들을 쫓다가 북두칠성을 찾았다. 늘 같은 자리를 지키는 북극성이 오늘따라 든든해 보였다.

"예서 뭐하는 게냐?"

무영이었다.

"답답하여 별을 보고 있었습니다. 오라버니는 어딜 다녀오십니까?"

"나도 답답하여 여기저기 쏘다니다 왔다."

그리고 홍련의 곁에 앉았다.

홍련은 곁에 앉은 무영의 냄새를 맡았다. 달짝지근하고 알싸한 술 냄새가 풍겼다.

"얼마나 답답하시면 약주를 하셨습니까?"

무영은 잠시 당황했다. 저 아이가 오감이 유난히 예민한 것은 진작 알았다. 하지만 술집에 있었지만 한 잔도 마시지 않은 술 냄새까지 잡아낼 줄 몰랐다. 장화 홍련 귀신에 대한 단서를 찾기 위해 술집을 전전하고 있었다. 조금이라도 도움이 되고 싶었으니까.

"들어가자. 밤바람이 이제 가을바람 같구나."

무영은 홍련의 손을 잡아끌었다. 손에 이끌려 일어나던 홍련이 무영을 보고 말했다.

"언니를… 찾을 거 같아요."

무영은 정신이 번쩍 들었다. 홍련이 여기 온 이유이자, 미제 사건이다. 이 사건을 해결하면 이 녀석을 데리고 한양으로 돌아갈 수 있다.

"어디냐? 누가 찾았느냐? 너도 봤느냐?"

"아직은 아닙니다. 내일이면 확실해질 것입니다."

홍련의 눈시울이 붉어졌다.

다시 못을 찾아가는 길은 어려웠다. 벌써 두 번이나 길을 잃었었다. 방울이조차 갈팡질팡했다.

"분명 이쪽이었는데⋯."

방울이는 난감했다. 사또를 포함해 스무 명이 넘는 관원들이 자신의 결정만 기다리고 있다고 생각하니 부담스러웠다. 시신이 바위틈에 끼었거나, 죽은 거목이 가로막고 있을 때 사용할 도르래까지 대동했으니 길을 잘못 들어 헛걸음을 하면 모두가 고생을 한다.

"어째요, 마님."

"천천히 생각해 보아라. 나도 내려올 때 길을 확인하면서 내려왔는데. 큰비가 오더니 나무들이 부쩍 달라졌구나. 게다가 새벽에 내려왔으니."

마음 같아서는 단번에 찾을 것 같았다. 이렇게 헤매게 될 줄이야. 생각지도 못했다. 두 여자는 갈림길 앞에서 울상이 됐다. 정동호가 다가왔다.

"두 분 모두 기억이 안 나십니까?"

"예. 사또도 모르시겠습니까?"

되레 홍련이 물었다. 정동호도 고개를 끄덕였다. 홍련은 그날을 떠올려 봤다. 하지만 물줄기를 가운데 두고 나뉘는 길이 너무 많았다. 헷갈렸다. 하늘을 보았다. 해의 위치도 확인했다. 나뭇가지의 방향을 살펴도 오리무중이었다. 그때, 머릿속에 스치는 장면이 있었다. 다시 보니 꿈에서 걸었던 길과 똑같았다.

"왼편입니다."

얼마나 무모한 일인지 스스로가 더 잘 알았다. 하지만 다른 방법이 있는가? 없다.

'언니, 맞다고 해 줘. 내가 가는 길이.'

갈림길로 향하는 홍련의 마음은 조마조마했다.

얼마나 걸었을까?

"마님, 저쪽입니다. 제가 저 가래나무를 기억하거든요. 가지가 신기하게 생겨서. 확실합니다."

방울이가 드디어 길을 찾았다. 덕분에 일행들은 빠르게 계곡을 찾을 수 있었다. 계곡에 도착한 홍련은 두근거리는 마음을 주체할 수 없었다. 정말 언니라면? 다른 사람들을 시신 검험하듯이 평정심을 유지할 수 있을까? 해야 한다. 만약 언니라면 더욱 자세히 살펴야 한다. 죽음을 밝힐 사람은 나뿐이니까.

"사또는 조심히 수색하십쇼. 물속이라 변수가 많을 것입니다."

홍련은 미리 준비한 환약을 건넸다.

"계곡물은 차갑습니다. 이 약은 짧은 시간이지만 열을 내게 해 줄 겁니다."

손에 약을 받아 든 그는 먹기 전에 주춤했다.

"맛은?"

"바빠서 신경 쓰지 못했습니다."

그 한마디에 정동호는 번민에 빠졌지만, 체온을 올려 준다는 말에 먹기로 했다. 입속에 들어온 약은 은은한 국화향이 났다.

"마음에 드십니까?"

"진작 이렇게 만들어 주시지. 이런 약은 천날만날 먹을 수 있겠습니다. 약 먹고 힘내서 제가 꼭 찾아 드리겠습니다."

"조심, 또 조심하세요."

사또는 포졸들에게 다가갔다.

"우선 내가 들어간다. 나머지는 대기하고 있거라. 시신이 발견되면 그때 같이 들어갈 것이다."

포졸들의 우렁찬 대답이 숲속을 울렸다.

이제 입수할 시간이다. 그가 입수하자 사람들이 우르르 못가로 몰려갔다. 잠시 후 거친 숨을 내뿜으며 정동호가 올라왔다.

홍련은 떨려서 묻지도 못했다. 그 역시 아무 말이 없었다. 쏟아지는 폭포 소리만 허공을 메웠다. 그는 거친 숨을 연신 내뱉었다. 모두 다 그의 입만 바라보고 있었다.

"하아."

무거운 한숨을 쉬었다. 그리고 드디어 입을 열었다.

"아래, 여자의 시신이 있다."

포졸들이 웅성이기 시작했다.

"갑조는 입수 준비를 하고, 을조는 밧줄을 연결하라. 준비되는 대로 다시 들어간다."

"예!"

포졸들은 각자의 위치로 뛰어갔다. 정동호는 그제야 홍련을 바라봤다. 바들바들 떨고 있는 것이 보였다. 오늘따라 꼭 모아 쥔 그녀의 두 손이 가련해 보였다. 말하지 않았지만, 무엇을 묻고 싶은지 알 수 있었다. 그래서 더욱 입이 떨어지지 않았다. 간절한 눈빛에 그의 가슴은 시려왔다.

'맞소. 그대의 언니가.'

그의 눈빛을 읽은 것일까. 홍련은 풀썩 주저앉았다.

"마님! 마님!"

방울이가 곁에서 부축을 도왔다.

'울지 않아. 언니를 찾았잖아. 언니를. 웃는 얼굴로, 언니를 만나야 하는데….'

이를 악물고 울음을 참았다.

'언니는 세상에서 내가 우는 것이 제일 싫은 사람이니.'

다시 이를 악물었지만, 터져 나오는 설움과 울음을 멈출 수 없었다.

장화의 시신은 내아 별채 마당에 백포가 덮인 채로 누

워 있었다. 다른 자들에게 공개되지 않았고, 홍련과 사또만 참관했다. 그리고 방울이와 쉰동이가 곁에서 일을 도왔다. 홍련이 백포를 걷어 다시 한번 확인했다. 밀랍이 된 언니의 시신은 생전 모습 그대로였다. 하지만 물 밖으로 나오면서 빠르게 부패가 진행되고 있었다. 시간이 없다.

"맞습니다. 언니가."

"다른 흔적이 있는지 살펴보시지요."

"예."

쉰동이가 관아의 병풍을 들고 왔다.

간이 막이 세워지자 홍련은 언니를 찬찬히 살필 수 있었다.

"방울아, 검험하다가 수상한 것이 있으면 즉시 말하거라."

"예. 근데 어쩜 이리 생전 모습 그대로실까요?"

"계곡 속에서 밀랍화가 되었다. 계곡의 차가운 수온도 도움이 된 것 같고. 흔한 경우는 아니구나."

"한이 서려서 그럴까요?"

"그럴 수도. 오죽 한이 깊었으면."

언니의 시신은 깨끗했다. 구타나 교살은 아니었다. 비강에서 모래가 흘러나오는 것을 보니, 물속에서 죽은 것도 확실했다. 정말 자살이었다. 한동안 언니의 얼굴에서 시선을 뗄 수 없었다. 병풍 너머로 정동호의 목소리가 들렸다.

"이제 보내 드려야 할 것 같습니다."

그 목소리에 정신이 들었다.

"예."

홍련은 정말로 마지막이란 생각으로 언니의 차가운 얼굴을 쓰다듬었다. 그리고 백포를 덮었다. 일을 마친 홍련이 나오자, 쉰둥이는 재빨리 병풍을 거뒀다.

"장례를 준비하시겠습니까?"

정동호가 정중히 물었다. 홍련은 대답할 기운도 없었다.

"혼자 하실 수 있으시겠습니까?"

"해야지요. 식구가 저밖에 없으니까요. 감사합니다. 언니를 찾아 주셔서."

홍련은 억지로라도 미소를 지었다.

장화의 장례는 구아방에서 치러졌다. 하루짜리 짧은 장례였다. 그래도 무당 할매의 도움으로 한결 수월하게 진행됐다. 언니를 양지바른 곳에 묻어 주고 나서야 실감이 났다.

홍련은 언니의 무덤을 기억하기 위해 작은 제비꽃 무더기를 묘비 대신 심어 줬다. 제비꽃을 옮겨 심을 동안 정동호와 무영은 우두커니 서 있었다. 흙을 다독이는 홍련의 뒷모습을 바라볼 뿐이다.

한참을 말없이 섰던 정동호가 먼저 입을 열었다.

"형님, 이제 한양으로 가십니까?"

"가야겠지."

"…."

그 말이 서운하게 들렸다.

"하지만 아직 일이 남았소."

그동안 무영인 한양에서 비밀리에 받아 온 소식이 있었다. 황 대감은 친구의 죽음을 끊임없이 의심했고, 결국 계모를 찾아냈다.

"권 이방 압송은 내 마지막 임무네. 그러니 홍련을 지켜야 하는 호위무사의 직위는 잠시만 자네가 맡아 주겠나?"

"걱정 마십시오, 형님."

"그 형님 소리는 그만할 수 없나?"

"형님. 철산도 의녀님도 제가 잘 지키겠습니다. 볍씨 하나가 떨어져 죽으면, 쌀 한 포기가 됩니다. 장화 누님은 제게 그 볍씨였습니다. 누님의 죽음이 헛되지 않게 죗값을 치르게 할 것입니다. 더 이상 철산에서 아니 조선에서 억울하게 죽는 이가 없도록 하겠습니다."

그 말을 들은 무영이 정동호에게 고개를 숙였다.

"역시 사또십니다."

"아이고, 왜 이러십니까, 형님."

두 사람이 이렇게 길게 말하는 것은 처음이었다. 제비

꽃을 들고 있던 홍련이 두 사람을 바라보며 미소를 지었다. 그리고 내년에 찾아왔을 땐 제비꽃이 흐드러지게 피었으면 좋겠다고 생각했다.

정동호가 내아로 들어왔을 때, 지금껏 본 것 중 가장 고운 옷을 입은 장화가 미리 와서 앉아 있었다. 떠날 채비를 하는 표정도 읽을 수 있었다.

"누님!"

"인사는 하고 가야지. 내가 그렇게 싸가지 없지는 않거든."

장화는 그간 고생을 치하했다. 그리고 정동호가 가장 궁금해하는, 왜 검시 결과가 왜 자살일 수밖에 없는지 두런두런 이야기를 늘어놓았다.

혼례 전날 계모와 크게 다퉜다고 했다. 그날 밤, 이복동생이 들어와 장화를 욕보였다고 했다. 그렇게 시켜 놓고는 행실이 바르지 못하다고 거짓 소문을 낸 것이다. 몸종들의 증언도 한몫했단다. 시커먼 사내가 장화 아기씨 방에서 나왔다고 서로 증언했으니까. 사실 대로 말할 수 없었다. 만약 사내가 남동생이라고 밝혀지면, 동생까지 욕정의 대상으로 삼는 천하제일의 잡년이 되었을 테니까. 어떻게든 혼인은 성사될 수 없었다. 계모는 경고했다. 네가 죽지 않으면 다음은 네 동생 년이라고.

"그 말을 듣고 안 죽을 사람이 있었을까? 후회하지 않아. 그 사람은 정말 그러고도 남았을 테니까. 이 사실은 홍련이에게 비밀로 해 줘. 사건 해결에 도움이 될까 이야기하는 거니까. 연못에서 날 끌어 올렸을 때, 그날의 기억이 모조리 돌아왔거든. 그렇게 된 거야. 말하고 나니 별것도 아니네."

장화는 눈물을 훔치며 겸연쩍게 웃었다. 당사자가 침착하게 말하니 오히려 정동호가 위로의 말을 건넬 수가 없었다. 지금 이 상황에서 어떤 말이 위로가 되겠는가.

"맞아. 위로하려고 하지 마. 어떤 말로도 날 위로할 수 없으니까. 마지막 날, 공이 되기 직전에 날 찾아 줘서 고마워."

장화의 칭찬에 그는 어깨를 으쓱했다.

"저만 믿으시라고 했잖습니까?"

"방울이한테 감사해라. 걔가 어떻게 거길 찾았을까? 기특하게 죽을 생각을 다 하고. 지금도 간담이 서늘하다고. 그 저승사자 놈. 날 연모한다더니 일은 칼같이 해. 내가 언젠가 그놈을 죽여 버려야지."

이까지 바득바득 갈며 두 손을 모아 쥐었다.

"뭘 또 죽입니까. 육신도 찾았으니 원한은 푸십쇼. 이제 정말 떠나시는 겁니까?"

"왜? 내가 보고 싶을까 봐? 또 귀신들 데리고 와?"

"정중히 사양합니다."

"한을 풀어 줘서 정말 고마워."

장화는 느닷없이 일어서더니 큰절을 올렸다.

"아이고, 누님."

정동호는 말리려고 일어섰지만, 선뜻 귀신을 만질 수 없었다.

"왜 이러십니까. 아이고."

절을 받는 내내 그는 좌불안석이었다.

"얼른 일어나십쇼."

오늘따라 왜 이리 절을 정성껏 하시는지. 누님, 누님, 몸 둘 바를 모르겠습니다, 누님. 그렇게 사또의 애간장을 녹이고서야 장화가 절을 마쳤다. 그리고 장난기 가신 얼굴로 정중하게 물었다.

"사또. 귀신 보는 영안(靈眼)을 이제 거둬 갈까요?"

뜻밖의 제안이었다.

"나랏일도 과중한데, 저승의 일까지 어찌 계속 맡기겠습니까? 제가 특별히 저승사자에게 부탁했더니 염라대왕께서 허락을 하셨습니다. 고 죽일 놈이 싹싹하긴 합니다."

"갑자기 존대를 하시니….”

"그럼 반말로 하리?"

이제야 장화 누님 같았다. 정동호가 씨익 웃었다.

"내가 널 점찍었다만."

"뭐야? 그럼 누님이 영안인가 뭔가 준 거요?"

"난 딱 점찍기만 했다. 네가 영안을 갖고 있을 줄은 정말 몰랐으니까."

"아무튼 도로 가져갈 수 있다는 건 확실합니까?"

장화는 고개를 끄덕였다.

"그럼….."

정동호는 '가져가시오'라고 말하고 싶었다. 그런데 그 말이 목에 탁 걸려서 나오지 않았다. 어쩌면 이것이 운명일까? 여태껏 누군가의 선택을 받아 본 적이 없다. 그것이 죽음을 관장하는 염라대왕일지라도 고마운 것은 고마운 것이었다. 게다가 그 덕분에 홍련을 만났고, 미제 사건을 풀어 가고 있었다.

"그냥 두시오."

"뭐? 너 미쳤니? 무섭다며? 힘들다며?"

장화가 진심으로 걱정했다.

"이거 마지막 기회야. 너 평생 귀신 보고 살아야 한다고."

"어쩔 수 없지요."

"우와. 이거 간이 부었네. 진짜 딱 한 번만 더 묻는다. 영안, 가져갈까?"

"그냥 둡시다. 적응도 됐고, 불편한 것도 없고. 동무도 없는데, 귀신들이랑 말벗이나 하렵니다."

"얘가 정말 미쳤구나."

벌써 먼 곳에서 닭이 울었다. 정말 헤어져야 하는 시간
이다.

"염치없지만, 내 동생 잘 부탁해. 인사도 전해 주고."

점점 장화의 모습이 흐릿하게 변했다. 그래도 마지막은
웃고 있어서 정동호도 마음이 편했다. 장화 귀신을 처음
본 날부터 오늘까지 우여곡절이 많았지만 사또가 될 수 있
도록 이끌어 준 귀신이었다. 참으로 고마운 인연이었다.
장화와의 약속은 꼭 지키겠다고 다짐했다. 닭 소리가 힘
차게 울렸다.

홍련은 이제 구아방을 정리해야 했다. 참으로 정도 많
이 들었던 곳이다. 이제 고향 집은 주점으로 바뀌었으니
구아방이 고향집이나 다름없었다. 그릇을 정리하다 옛일
이 떠올랐다.

어린 홍련은 철산 옛집 툇마루에 앉아 있었다. 새로 신
은 꽃신의 코를 보면서 팔랑팔랑 다리를 흔들고 있었다.
뒷마당에서 나오는 장화는 국화꽃 한 아름을 들고 나왔다.

"언니, 이 꽃은 다 뭐요?"

"차를 만들려고 한다. 너도 도우렴. 꽃이 다치지 않게
조심히 따면 돼."

두 소녀는 소쿠리를 앞에 두고 은은한 국화꽃을 땄다.

"언니."

"왜에?"

"언니. 그 도령이 나를 좋아하는지 어떻게 알 수 있어?"

"우선 그 사람을 생각하면 마음이 따뜻해져."

"그리고?"

장화의 얼굴에는 장난기가 가득했다.

"비밀."

"언니. 알려 줘, 제발. 이 꽃도 내가 다 딸께!"

"진짜지? 네가 손질 다 할 거지?"

"응!"

장화는 국화꽃을 들고 있는 홍련의 어깨를 잡고 눈을 맞췄다.

"이렇게 그 사람 눈 속에 내가 보이면 그 사람 마음속에도 내가 있는 거야."

"치. 그런 게 어디 있어. 순 거짓말쟁이."

하필 철산에서의 마지막 밤에 어린 시절 언니와 나눈 이야기가 떠올랐을까? 그때 정동호가 찾아왔다.

"언제 떠나십니까?"

정동호가 물었다.

"정리되는 대로 떠날 겁니다."

둘은 이별 앞에 말이 없었다.

"사또."

홍련이 북극성을 보며 대답했다.

"답답하지 않으십니까? 저는 조선이 너무도 답답합니다."

뜻밖의 대답이었다.

"더 많은 것을 보고, 더 많은 것을 듣고 싶습니다. 더 이상 삼종지도에 묶이고, 가문에 묶이고 싶지 않습니다."

홍련다운 생각이었다.

"그럼 함께 조선을 떠날까요? 멀리 서역까지 가 보는 것은 어떻겠습니까? 색목인 귀신도 볼 수 있는지 궁금하군요."

정동호가 일부러 농을 섞어 가며 물었다.

"아뇨. 아직 풀어야 할 사건이 남았습니다. 우리를 쫓던 붉은 깃 화살의 정체도, 분홍이가 저지른 범죄도 해결할 것입니다. 그리고 계모의 행방은 계속 쫓고 있습니다. 한 번도 생각해 보지 못했는데, 어머니의 죽음도 석연치 않았다고 들었습니다. 그 여자와 연관 있지 않을까요? 지금은 모든 것이 의심스럽습니다. 권 이방의 악덕 사채업도 반드시 임금님께 고할 것입니다."

"그걸 어찌 혼자 하시려고 합니까?"

"그럼 누가 할까요? 제 식구들의 일입니다. 사또는 철산을 지키세요. 그것이 사또의 일이십니다. 저는 제 일을 할 뿐입니다."

"아뇨, 제 백성의 일입니다. 한양에 함께 가겠습니다."

"사또!"

"그 많은 사건을 해결하려면 응당 사람이 필요하지 않겠습니까, 추리 마님?"

뜻밖의 제안이었다. 정동호는 임금의 숙원 사업이었던 장화 홍련 사건을 해결하고, 유일하게 살아남은 사또였다. 철산 백성들이 이제야 제대로 된 사또가 왔다며 덩실덩실 춤을 출 정도였다.

"제가 여기 올 때, 임금님께 감히 약조를 받았습니다. 장화 홍련 귀신 사건을 해결하고 살아서만 돌아오면 뭐든 해 주시겠다고 하셨습니다. 그래서 이 사건을 끝까지 해결하겠다는 서신을 이미 보냈습니다. 저와 함께하시겠습니까?"

그때 홍련은 보았다. 그 사람의 눈 속에서 미소 짓고 있는 자신을. 그리고 자신보다 더 환하게 웃고 있는 그를.

그리하여 추리 마님과 귀신 보는 사또는 남은 사건 해결을 위해 한양으로 향했다.

집필 후기

고전 소설 『장화홍련전』의 해설을 읽다가 이 소설을 떠올렸다. 조선 시대 분재기(分財記)에서 비롯된 가정의 비극이 눈에 들어왔다. 지금 우리가 살고 있는 모습과 다를 바가 없었기 때문이다.

『탐정 홍련』은 2017년 위즈덤하우스와 함께 웹소설로 집필한 것이다. 여러 기획안 중 이 작품을 골라 준 오가진 과장님께 다시 한 번 감사 인사를 전한다. 탁월한 선택이셨어요!

이 작품은 웹소설로 연재하던 중 부산국제영화제 E-IP 피칭 행사에 선정돼 수상의 영광을 안겨 주었다. 우리에게 친숙한 『장화홍련전』에 조선 시대 검험서인 『신주무원록』을 접목한 여성 탐정물이라 심사위원들의 이목을 끈 것 같았다. 행사에서는 '셜록 홈즈보다도 앞선 시기에 과학수사를 한 여성 탐정'으로 소개했다. 세종대왕이 편찬한 『신주무원록』의 반포 시기가 소설 『셜록 홈즈』보다 앞섰기 때문이다.

웹소설을 완결하고 나니 아쉬운 점만 더 많이 보였다. 이대로 떠나보내기가 아쉬웠다. 그러다 올해 한국콘텐츠진흥원 창의인재동반사업 사업화에 선정되어 책으로 낼 수 있는 기회를 얻었다.

웹소설 전체를 그대로 단행본으로 옮기는 것과 탐정 홍련 캐릭터를 살려 연작 소설로 진행하는 것 사이에서 고민했다. 변덕 많은 작가의 고민을 함께 나눠 준 엄 이사님께 심심한 감사를 전한다.

결국 단행본은 웹소설과 달리, 탐정 홍련에게 철산, 한양, 완주, 탐라 등 조선 팔도를 다니며 사건을 해결할 수 있는 기회를 주기로 결정했다. 사또 정동호는 귀신이 된 백성들의 하소연을 계속 들을 것이다.

그래서 단행본은, 시작은 웹소설과 같지만 결론을 다르게 함으로써 새로운 소설이 되었다. 덕분에 『탐정 홍련 − 한양 사건 일지』를 써야 하는 숙제가 생겼다. 그 집필 시기가 언제가 될지는 모르겠지만 탐정 홍련이 갈 길을 남겨 두었다.

탐정 홍련에게 새로운 가능성을 선물해 준 한국콘텐츠진흥원에게 한 번 더 감사를 전한다. 또한 한국추리문학선에 참여할 수 있도록 선뜻 손을 내밀어 주신 김재희 작가님, 양수련 작가님, 한수옥 작가님께 고마운 마음을 전한다. 정해진 일정이 빠듯한데도 책을 만들어 주신 책과 나무 양옥매 대표님 및 직원분들, 감사합니다.

그리고 서영, 윤영, 예준, 우진, 상준, 서진, 상은이에게도 이 페이지를 빌려 사랑을 전한다.